Bibliothek der
phantastischen Abenteuer
Herausgegeben von
V. C. Harksen

Über dieses Buch Der wohlhabende Bergbauingenieur Graydon, ein unternehmungslustiger Junggeselle, schließt sich in Peru der Expedition dreier Abenteurer an, die im peruanischen Hochland nach Inkaschätzen suchen wollen. Sie verirren sich im Gebirge und stoßen überraschend auf ein ebenso schönes wie unheimliches Mädchen, das weder Indianerin noch Weiße zu sein scheint. Graydon befreit sie aus den Händen seiner Gefährten, die sich daraufhin gegen ihn verbünden, denn Suarra trägt wertvollen Schmuck und goldene Waffen. Obwohl sie den Männern entkommen ist, kehrt sie schon bald wieder zurück – in Begleitung eines höchst seltsamen, uralten Mannes mit jungen Augen und eines weißen Lamas. Sie rettet nun ihrerseits Graydon vor den drei anderen, die von der Gier nach Gold bereits gänzlich verroht sind, und verspricht, sie alle zu einer Stelle zu führen, an der es Gold im Übermaß gibt. Zugleich schwört sie, den Männern nichts anzutun. Heimlich warnt sie jedoch Graydon vor einer drohenden Gefahr...
Merritt hat hier »alles, was gut und teuer ist« – alte Götter, versunkene Völker, böse Dämonen, blutgierige Saurier, ritterliche Krieger, gute und schlechte Schönheiten, Spinnenmenschen, Echsenmänner, Flügelschlangen, magische Dinge und Wunderwerke der Technik – zu einer wildbewegten Handlung zusammengemixt. Man kann das Buch, in dem ein Höhepunkt in wahrhaft atemberaubendem Tempo auf den anderen folgt, nicht wieder aus der Hand legen und ertappt sich immer wieder dabei, daß man hinten nachlesen möchte, wie die Sache nun wirklich ausgeht. Ideale Urlaubs- und Entspannungslektüre.

Über den Autor Abraham Merritt wurde 1884 in Beverly/USA geboren und starb 1943 in Indian Rock Beach/USA. Er war Journalist und später Herausgeber des Hearst-Blattes »American Weekly«. Seine stets ungemein spannenden Sensationsromane haben die Fantasy-Literatur bis heute nachhaltig beeinflußt. In der Bibliothek der phantastischen Abenteuer erschien bisher der Roman ›Das Volk der Fata Morgana‹ (Bd. 2703); ›Der Mondteich‹ und ›Metallstadt‹ werden folgen.

Abraham Merritt
Das Gesicht im Abgrund

Roman

Aus dem Amerikanischen
von Marcel Bieger

Fischer Taschenbuch Verlag

Veröffentlicht im Fischer Taschenbuch Verlag GmbH,
Frankfurt am Main, August 1987

Die amerikanische Originalausgabe erschien 1932
unter dem Titel ›The Face in the Abyss‹ bei Collier Books, New York

Umschlaggestaltung: Die Titelillustration von Claus-Dietrich Hentschel, Konstanz,
zeigt einen Ausschnitt seines Acrylbildes »Erinnerung« (1976; 84 × 60 cm);
die Typographie besorgte Manfred Walch, Frankfurt am Main.
Gesamtherstellung: Clausen & Bosse, Leck
Printed in Germany
1680-ISBN 3-596-22727-5

Die Hauptpersonen

Nicholas Graydon	ein amerikanischer Bergbauingenieur unterwegs in Peru
Starrett, Soames, Dancret	drei Abenteurer
Suarra	ein geheimnisvolles Mädchen
Adana, die Schlangenmutter	Herrscherin und Priesterin von Yu-Atlanchi, eine der Weisen
Tyddo	der Fürst der Torheit, zugleich einer der Weisen
Nimir	ein Renegat, ein Verfemter und Verdammter; einst ebenfalls einer der Weisen von Yu-Atlanchi
Lantlu	ein machtgieriger Adliger, der den Thron von Yu-Atlanchi erobern will
Huon	der Herr der Verbannten
Dorina	seine unheimliche Gemahlin
Kon	ein Spinnenmann, Grydons treuer Freund
Regor	ein Held der Verbannten

I

Suarra

Nicholas Graydon traf in Quito auf Starrett. Besser gesagt, Starrett suchte ihn dort auf. Graydon hatte schon viel von dem bekannten Abenteurer der Westküste gehört, aber bisher hatten sich ihre Wege nie gekreuzt. So öffnete er nun seinem Gast mit unverhohlener Neugier die Tür.

Starrett hielt sich nicht lange mit Höflichkeiten auf und kam sofort zur Sache. Ob Graydon die Legende vom Schatzzug gehört habe, der Pizarro das gewaltige Lösegeld für den Inka Atahualpa bringen sollte? Und daß die Anführer dieses Zugs, nachdem sie erfahren hatten, daß ihr Herrscher von dem blutrünstigen Conquistador ermordet worden war, vom Weg abgewichen waren und den Schatz in der unwegsamen Wildnis der Anden verborgen hatten?

Natürlich hatte Graydon schon davon gehört, sehr oft sogar. Er hatte auch das eine oder andere Mal daran gedacht, sich auf die Schatzsuche zu begeben. Das sagte er Starrett, und der nickte.

»Ich weiß, wo dieser Schatz verborgen ist«, erklärte Starrett.

Graydon lachte laut.

Aber am Ende hatte Starrett ihn überzeugt; zumindest soweit, daß er es für lohnenswert genug hielt, sich dort einmal umzusehen.

Graydon mochte den großen Mann. Die direkte und freimütige Art, die von ihm ausging, verdeckte die Züge von Brutalität in seinen Augen und in seinen Mundwinkeln. Starrett meinte, er wolle noch zwei alte Kameraden mitbringen. Graydon fragte ihn, warum er gerade auf ihn als Reisegefährten verfallen sei. Starrett erklärte ihm geradeheraus, weil er und seine Gefährten wüßten, daß er die Kosten der Expedition aufbringen könne. Den Schatz wollten sie dann zu gleichen Teilen untereinander aufteilen. Und falls sie nichts finden würden, nun, Graydon sei doch ein erstklassiger Bergwerksingenieur, und die Gegend, in die sie sich begeben würden, sei reich an Bodenschätzen. Irgendeinen wertvollen Fund würden sie dort schon machen. Sie könnten gar nicht anders als mit vollen Taschen zurückkehren.

Graydon dachte nach. Im Augenblick warteten keine Verpflichtungen auf ihn. Er hatte erst vor kurzem den dreiundvierzigsten Geburtstag hinter sich gebracht, und seit seinem Diplom an der Bergwerks-Fakultät der Harvard-Universität vor elf Jahren hatte er keinen richtigen Urlaub mehr gemacht. Die Kosten zur Ausrüstung der Expedition würden ihn nicht in Verlegenheit bringen. Und zumindest würde die Reise, wenn schon nichts anderes, so doch ein wenig Abwechslung in sein Leben bringen.

Nachdem er sich die beiden weiteren Mitreisenden angesehen hatte – Soames, ein düsterer, hagerer und hartgesottener Amerikaner aus den Neuenglandstaaten, und Dancret, ein kleiner und zynischer, aber oftmals amüsanter Franzose –, setzten die vier einen Vertrag auf und unterschrieben ihn.

Mit der Eisenbahn fuhren sie nach Cerro de Pasco, um sich für ihre Expedition auszurüsten. Dies war der letzte größere Ort, von dem aus sie ihre Reise in die Wildnis beginnen konnten. Eine Woche später schon waren sie mit acht *Burros,* wie man hier die Lastesel nannte, und sechs *Arrieros,* wie man in dieser Weltgegend Träger nannte, mittendrin in den Berggipfeln, durch die nach Starretts Karte ihr Weg führte.

Vor allem diese Karte hatte Graydon im Endeffekt überzeugt. Sie war nicht wie üblich aus Pergament gemacht, sondern aus einer hauchdünnen Goldfolie von ungewöhnlicher Flexibilität. Starrett hatte sie aus einer goldenen Rolle von antiker Machart gezogen und ausgebreitet. Als Graydon sie studierte, konnte er weder eine Landkarte noch sonst etwas darauf erkennen. Erst als Starrett sie in einem bestimmten Winkel gehalten hatte, waren darauf Zeichen sichtbar geworden.

Eine eigentümliche und wunderbare Karte. Vielmehr handelte es sich dabei weniger um eine Karte als um ein Bild. Hier und da fanden sich auf ihr sonderbare Symbole, die Starrett als in den Fels

gehauene Zeichen deutete, um denen von der alten Rasse den Weg zu weisen, die nach der Vertreibung der Spanier den Schatz bergen wollten.
Ob diese Zeichen jedoch zum Lösegeld für Atahualpa führen würden oder sonstwohin, wußte Graydon nicht mit letzter Sicherheit zu sagen. Starrett hingegen war felsenfest davon überzeugt. Aber Graydon hegte einige Zweifel an Starretts Geschichte, wie die Karte in seinen Besitz gekommen war. Allerdings war nicht zu verkennen, daß diese Karte aus einem bestimmten Grund angefertigt worden war. Und auch der Umstand, daß die Zeichen so geheimnisvoll angelegt waren, legte nahe, daß sich am Ende des Weges etwas sehr Interessantes befinden mußte.
Auf ihrem Weg entdeckten sie die Zeichen im Fels genau an den auf der Karte angegebenen Stellen wieder. Guter Dinge und in freudiger Erwartung gaben Starrett, Soames und Dancret ihren Anteil in Gedanken schon aus. Zeichen um Zeichen kamen sie voran und gelangten immer tiefer in die unerforschte Wildnis.
Dann begannen die Arrieros zu murren. Sie näherten sich nun einem Gebiet, erklärten sie, das verwunschen sei. Die Cordillera de Carabaya, in der nur Dämonen hausten. Erst die Aussicht auf höhere Entlohnung, offene Drohungen und inständige Bitten konnten die Träger dazu bewegen, zunächst mitzukommen. Aber eines Morgens entdeckten die vier Abenteurer beim Aufwachen, daß die Arrieros verschwunden waren; und mit ihnen die Hälfte der Burros und ein Großteil der Vorräte.
Aber sie machten weiter. Aber dann fanden sie sich mit den Zeichen nicht mehr zurecht. Entweder waren sie vom Weg abgekommen, oder die Karte, die sie bislang so genau geleitet hatte, hatte sie am Ende in die Irre geführt.
Sie befanden sich in einem seltsam einsamen Gebiet. Vierzehn Tage war es nun schon her, daß sie zum letztenmal auf Indios gestoßen waren. Da hatten sie in einem Dorf der Quicha haltgemacht, wo sich Starrett von dem selbstgebrannten Schnaps der Bewohner einen furchtbaren Rausch angetrunken hatte. Seitdem war ihnen kein Mensch mehr begegnet. Auch Eßbares ließ sich in

dieser Gegend nur schwer finden. Es gab nur wenig Wild und noch weniger Vögel.
Viel schlimmer aber war der Stimmungsumschwung bei Graydons Kameraden. So wohlgelaunt sie gewesen waren, als sie ihren Reichtum noch für greifbar nahe gehalten hatten, so niedergeschlagen waren sie nun, da sie sich verirrt hatten. Starrett wurde eigentlich überhaupt nicht mehr nüchtern und war entweder laut und mürrisch oder schweigsam und dumpf brütend.
Dancret sprach kein Wort mehr und war außerordentlich leicht reizbar. Und Soames war wohl zu dem Schluß gelangt, daß Starrett, Graydon und Dancret sich gegen ihn verschworen hatten; ja, daß sie vorsätzlich vom Weg abgekommen waren, oder aber die Felszeichen gefälscht hatten. Nur wenn Dancret und Soames sich zu Starrett gesellten und mit ihm von dem Quicha-Gebräu tranken, mit dem sie einen der Burros beladen hatten, wurde ihre Gegenwart für Graydon etwas erträglicher. Aber manchmal konnte sich Graydon bei solchen Gelegenheiten nicht der Befürchtung erwehren, daß die drei ihm die Schuld am Mißlingen der Expedition gaben und möglicherweise insgeheim schon seine Ermordung planten.
An dem Tag, an dem Graydons großes Abenteuer wirklich begann, befand er sich gerade auf dem Rückweg ins Lager. Schon vor dem Morgengrauen hatte er sich auf die Jagd nach Wild gemacht. Dancret und Soames waren ebenfalls früh aufgebrochen und suchten nach den fehlenden Felszeichen.
Ein jäh abgewürgter Frauenschrei drang an sein Ohr und war die Antwort auf all seine Befürchtungen. Waren der real gewordene Ausdruck der Bedrohung, an der sich seine vagen Ängste geklammert hatten, seit er vor Stunden Starrett allein im Lager zurückgelassen hatte. Die ganze Zeit über hatte er das Gefühl gehabt, etwas Unheilvolles balle sich zusammen. Und hier schien es wahr geworden zu sein! Graydon fing an zu laufen und stolperte den Hang zu der Gruppe von graugrünen Algarrobas zu, in der sie ihr Zelt aufgeschlagen hatten.
Er brach durch das dichte Unterholz bis zu der Lichtung.
Warum hat die Frau nicht ein zweitesmal geschrien? fragte er sich

beim Rennen. Dann hörte er ein Kichern, ein kehliger, boshafter Laut.

Starrett hielt ein Mädchen über sein Knie gebogen. Mit einem muskulösen Arm hielt er ihren Nacken in der Klemme, während sich die Finger auf die Lippen der Frau preßten, um sie zum Schweigen zu bringen. Seine Rechte umklammerte ihre beiden Handgelenke. Und ihre Beine hielt er mit dem gebogenen zweiten Knie fest.

Graydon packte ihn an den Haaren, legte ihm einen Arm unter das Kinn und zog ihm den Kopf scharf zurück.

»Laß sie los!« herrschte er ihn an.

Halb starr vor Überraschung ließ Starrett die Frau los. Er wand sich unter Graydons Arm und kam mühsam auf die Füße.

»Wieso mischst du dich da ein?«

Blitzschnell fuhr seine Hand zu der Pistole. Aber noch schneller war Graydons Faust, die den Mann an der Kinnspitze traf. Die halbgezogene Waffe fiel auf den Boden, und Starrett brach zusammen.

Die Frau sprang auf und rannte davon.

Graydon sah ihr nicht nach. Ohne Zweifel floh sie zu ihren Leuten, um sie dazu zu bewegen, Rache an den Weißen zu nehmen. Wahrscheinlich gehörte sie einem Stamm der wilden Aymara an, die nicht einmal die alten Inkas jemals hatten bezwingen können. Und sie würden in einer Weise Rache für das schändliche Tun der Weißen nehmen, wie Graydon sie sich nicht auszumalen wagte.

Er beugte sich über Starrett. Nach dem Kinnhaken und mit seinem Rausch würde er einige Stunden ohne Bewußtsein bleiben. Graydon hob die Pistole auf. Er wünschte, Soames und Dancret würden bald zum Lager zurückkehren. Zu dritt würden sie sich ihrer Haut wehren können ... vielleicht sogar durchbrechen und fliehen können ... sie mußten nur rasch genug zurück sein ... die Frau würde nicht lange brauchen, um mit den Kriegern zu ihnen zu kommen und Rache zu nehmen ... wahrscheinlich berichtete sie schon in diesem Moment von der ungeheuerlichen Tat. Graydon fuhr herum.

Da stand sie und sah ihn an.
Graydon konnte nur noch ihre Schönheit bewundern. Er vergaß den Mann zu seinen Füßen, vergaß alles um sich herum.
Ihre Haut war vom blassesten Elfenbein. Sie leuchtete durch die Schlitze ihres weichen, bernsteinfarbenen Gewandes, das sie wie dicke Seide umschwebte. Ihre Augen waren oval und etwas geneigt, und die großen Pupillen von der Farbe der Mitternacht erinnerten an eine ägyptische Herkunft. Die Nase der Frau war klein und gerade, ihre Brauen waren dünn und schwarz und wuchsen über der Nase fast zusammen. Ihr Haar war wolkig und tiefschwarz, wie ein Nebel voller Schatten. Ein goldenes Band lag um ihre niedrige, breite Stirn. Darin eingearbeitet war eine schwarz silbrige Feder vom *Caraquenque,* dem heiligen Vogel, dessen Gefieder in früheren Zeiten allein den Prinzessinnen der Inkas als Schmuck vorbehalten war.
Über den Ellenbogen trug sie goldene Armreife bis fast zu den schlanken Schultern hinauf. Ihre kleinen, hoch gebogenen Füße steckten in Halbstiefeln aus Hirschleder. Die Frau wirkte geschmeidig und schlank wie die Weidenmaid, die Kwannon erwartet, während sie durch die Welt der Wälder wandelt und über diese das Feuer neuen Grüns ergießt.
Nein, diese Frau war keine Indianerin... auch keine Tochter der Inkas... und erst recht keine Spanierin... sie entstammte keiner Rasse, die er jemals kennengelernt hatte.
Schrammen waren auf ihren Wangen... die Spuren von Starretts gierigen Fingern. Sie berührte die Male mit langen, schlanken Händen. Und dann sprach sie, im Dialekt der Aymara.
»Ist er tot?«
»Nein«, antwortete Graydon.
In den Tiefen ihrer Augen flackerte eine kleine, heiße Flamme auf. Graydon hätte in diesem Augenblick geschworen, daß sie aus Erleichterung entstanden war.
»Das ist gut so. Ich hätte ihm nicht den Tod gewünscht...« Ihre Gedanken schienen abzuschweifen, »...zumindest nicht... auf diese Weise.«

Starrett stöhnte. Wieder fuhr sich die Frau über die Schrammen.
»Er ist sehr stark«, murmelte sie.
Graydon glaubte, so etwas wie Bewunderung in ihrer Stimme zu hören, und fragte sich, ob sich hinter all ihrer Schönheit nicht doch nur eine primitive Frau verbarg, der bei einem Mann nur schiere Kraft imponierte.
»Wer bist du?« wollte er wissen.
Sie sah ihn einen sehr langen Moment nur an.
»Ich bin ... Suarra«, antwortete sie schließlich.
»Und woher kommst du? Und was machst du hier?« fragte er. Aber darauf gewährte sie ihm keine Antwort.
»Ist er dein Feind?«
»Nein«, sagte Graydon, »wir sind Reisegefährten.«
»Aber warum ...« sie zeigte auf die ausgestreckte Gestalt am Boden, »... warum hast du ihn dann niedergeschlagen? Warum hast du ihn daran gehindert, seinen Spaß mit mir zu haben?«
Graydon errötete. Diese Frage, mit all ihren unterschwelligen Implikationen, hatte gesessen.
»Wofür hältst du mich denn?« antwortete er erregt. »Kein Mann mit einem Funken Ehre im Leib würde so etwas durchgehen lassen!«
Sie sah ihn erstaunt an, und ihre Miene wurde weicher. Dann trat sie einen Schritt näher zu ihm. Ein drittesmal strich sie sich über die Schrammen. »Fragst du dich nicht«, sagte sie, »wundert es dich nicht, warum ich darauf verzichtet habe, meine Leute zu rufen, um ihm die gerechte Strafe zukommen zu lassen?«
»Doch, das frage ich mich wirklich«, gab er offen und freimütig zu. »Das wundert mich tatsächlich. Warum hast du sie nicht gerufen, oder sind sie vielleicht zu weit fort?«
»Was würdest du denn tun, wenn sie tatsächlich kämen?«
»Ich würde nicht zulassen, daß sie ihn bekommen, nicht lebendig«, antwortete er. »Und mein eigenes Leben würde ich auch teuer verkaufen.«
»Vielleicht«, sagte sie langsam, »ist das der Grund, warum ich sie nicht gerufen habe.«

Plötzlich lächelte sie ihn an. Er trat rasch auf sie zu, aber sie streckte warnend eine Hand aus.
»Ich bin Suarra«, erklärte sie, »und ich bin der Tod!«
Graydon fröstelte. Deutlicher als vorhin wurde ihm nun die Fremdartigkeit ihrer Schönheit bewußt. Steckte doch etwas Wahrheit in den Geschichten und Legenden von den Gegenden in den Kordilleren, in denen es spuken sollte? Graydon hatte immer geglaubt, daß sich etwas Reales hinter den Ängsten der Indianer verbergen mußte und daß die Arrieros nicht nur aus einer Laune heraus geflohen waren. War diese Suarra vielleicht ein Geist, oder ein Dämon? Einen Augenblick lang waren Legende und Realität eins. Dann gewann bei ihm die Vernunft wieder die Oberhand. Dieses Mädchen und ein Dämon! Er mußte lachen.
»Lach nicht«, warnte sie. »Der Tod, den ich meine, ist nicht von der Art, wie ihr ihn kennt, die ihr jenseits des hohen Randes lebt, der unser Land verbirgt. Dein Körper könnte sogar weiterleben, und dennoch hätte der Tod dich getroffen, oder sagen wir, etwas Schlimmeres als der Tod. Denn dein Körper hätte sich auf gräßche Weise verändert. Und das, was deinem Körper innewohnt, das, was durch deine Lippen spricht, hätte sich erst recht verändert... auf eine noch unvorstellbar grausamere Weise... Diesen Tod möchte ich dir nicht bringen.«
So merkwürdig klangen ihre Worte, daß Graydon nur die Hälfte davon mitbekam. Und ganz sicher wurde ihm damals ihre Bedeutung nicht bewußt, denn zu sehr wärmte die Schönheit dieser Frau seine Gedanken.
»Wie ihr an den Boten vorbeikommen konntet, weiß ich nicht. Ja, wie ihr ungesehen an ihnen vorüberziehen konntet, ist mir unbegreiflich. Und erst recht ist mir ein Rätsel, wie ihr so tief ins Verbotene Land eindringen konntet. Nun sag mir, warum ihr hierhergekommen seid?«
»Wir stammen von weither«, antwortete er, »und sind auf der Suche nach einem großen Schatz von Gold und Edelsteinen. Dem Schatz von Atahualpa, dem Inka. Bestimmte Zeichen haben uns hierher geführt. Aber dann verloren wir die Spur und mußten

feststellen, daß wir uns verirrt haben. So sind wir dann immer weiter durch dieses Land gewandert.«

»Von einem Atahualpa oder von Inkas habe ich nie etwas gehört«, erklärte Suarra. »Wer auch immer sie gewesen sein mögen, sie hätten diesen Ort nie erreichen können. Und ihr Schatz, so gewaltig er nach euren Maßstäben auch gewesen sein mag, hätte uns nichts bedeutet. Uns, den Yu-Atlanchi, die wir mehr Schätze besitzen, als sich Kiesel in einem Fluß finden. Er wäre für uns nicht mehr als ein Sandkorn gewesen, wie ein Körnchen unter...« Sie hielt inne, so als sei sie vom Strom ihrer eigenen Gedanken überrascht, und fuhr dann fort: »Was ich wirklich nicht verstehen kann, ist, wie die Boten euch übersehen konnten... die Mutter wird eine Antwort darauf kennen... Ich muß rasch zu Mutter...«

»Was für eine Mutter?« entfuhr es Graydon.

»Die Schlangenmutter!« Sie schien ihm nun wieder ihre volle Aufmerksamkeit zu schenken und zeigte ihm einen Reif, den sie am rechten Handgelenk trug. Graydon trat näher heran und entdeckte an dem Reif eine Schlange mit dem Kopf, den Brüsten und den Armen einer Frau. Zusammengerollt lag sie in einer großen Schüssel, die von den Füßen von vier großen Tieren hochgehalten zu werden schien. Graydon erkannte diese Tiere nicht gleich, denn viel zu sehr wurde er von der zusammengerollten Gestalt in Bann gezogen. Er kam dem Schmuckstück näher und noch näher. Und dann entdeckte er, daß der Kopf auf dem Schlangenleib nicht wirklich der einer Frau war. Nein, vielmehr der eines Reptils.

Ein Schlangenkopf, den der Künstler aber so täuschend echt mit weiblichen Zügen versehen hatte, so sehr feminisiert hatte, daß man unwillkürlich an eine Frau dachte und den Schlangenleib darüber vergaß.

Die Augen waren aus einem intensiv glitzernden roten Stein gemacht. Graydon spürte, daß Leben in diesen Augen war. Weit, weit fort starrte ihn etwas Lebendiges durch den Stein an. Und er war überzeugt, daß es sich bei ihnen um die Erweiterung der Sicht von irgend jemand – oder irgend *etwas* – handelte.

Das Mädchen zeigte auf eines der vier Tiere unter der Schüssel.

»Die Xinli«, erklärte sie.

Graydons Verwunderung wuchs an. Er erkannte die Tiere. Und mit dieser Erkenntnis wußte er, daß er auf etwas Unmögliches blickte.

Die vier abgebildeten Tragetiere stellten Dinosaurier dar! Jene monströsen Riesenechsen, die vor vielen Millionen Jahren die Erde beherrscht hatten; und wären sie nicht untergegangen, hätte sich der Mensch nie zu dem entwickeln können, was er heute war. Wer konnte in dieser Andenwildnis von den Dinosauriern wissen? Wie war es möglich, daß ein Künstler diese Wesen mit solcher Detailgenauigkeit auf dem Armreif dargestellt hatte? Im Grunde hatten die Naturwissenschaften doch erst gestern erfahren, was es mit den gewaltigen Knochen auf sich hatte, die in den Felsen wie in diamantharten Gußformen entdeckt worden waren. Emsig, wenn auch mit den modernsten Methoden, zögernd und unermüdlich zusammengesetzt, wie ein neugieriges Kind ein ihm unbekanntes Puzzle. Und am Ende glaubten sie dann die Rekonstruktionen jener lange verschwundenen Chimären aus der alptraumhaften Jugend der Erde vor sich zu haben.

Und hier, fern von jeglicher Wissenschaft, hatte jemand die gleichen Riesenechsen für den Armschmuck einer Frau so täuschend echt nachgebildet. Nur eine Folgerung war möglich: Derjenige, der dieses Kunstwerk geschaffen hatte, mußte es vom lebenden Modell kopiert haben. Oder aber ihm mußten Kopien der Dinosaurier vorgelegen haben, uralte Stücke aus jenen Tagen, als die Menschen noch oft genug solche Ungeheuer erblickt hatten.

Und sowohl die eine wie auch die andere Möglichkeit waren zu phantastisch für Graydon.

Was mußte das für ein Volk sein, zu dem diese Frau gehörte? Sie hatte doch einen Namen gesagt – Yu-Atlanchi.

»Suarra«, fragte er, »wo liegt Yu-Atlanchi? In diesem Land hier?«

»Hier?« lachte sie. »Nein! Yu-Atlanchi ist das Alte Land. Das Verbotene Land, wo dereinst die sechs Fürsten und der Fürst der Fürsten regierten. Und wo nun nur noch die Schlangenmutter herrscht... und noch jemand. Das hier und Yu-Atlanchi!« Wieder

lachte sie. »Hin und wieder komme ich hierher zur Jagd, und bei mir sind die ...« Sie zögerte und sah ihn sonderbar an. »So kam es, daß der, der dort liegt, mich gefangennahm. Ich war heute auf der Jagd. Manchmal gefällt es mir, allein zu jagen, und so entfernte ich mich von meinen Begleitern. Ich lief durch diese Bäume hier und stieß dabei auf euer *Tetuane*, euer Lager. Und dabei stand er mir plötzlich von Angesicht zu Angesicht gegenüber. Ich war völlig überrascht, zu überrascht, um mich hiermit zur Wehr zu setzen.« Sie zeigte auf eine kleine Erderhebung ganz in der Nähe. »Bevor ich meine Überraschung überwunden hatte, hatte er mich schon gepackt. Und dann bist du gekommen.«
Graydon sah auf die Erderhebung. Drei schlanke, leuchtende Speere lagen dort. Die Schäfte waren aus Gold, und zwei der pfeilförmigen Spitzen bestanden aus feinstem Opal. Die dritte war aus einem einzelnen Smaragd geschnitten, ein durchscheinendes und makelloses Stück von fünfzehn Zentimetern Länge. Zu beiden Seiten war es zur schärfsten Schneide geschliffen.
Als er dieses Stück mit dem unermeßlich wertvollen Edelstein auf einem Goldschaft sah, befiel Graydon ein großer Schock. Soames und Dancret hatte er ganz vergessen. Dabei konnten sie jeden Augenblick zurückkehren und das Mädchen entdecken. Nicht nur die Frau, sondern vor allem ihr Gold und ihre kostbaren Speere!
»Suarra«, sagte er, »du mußt gehen, mußt rasch fort von hier. Dieser Mann hier und ich sind nicht allein gekommen. Zwei weitere sind mit uns auf dieser Reise unterwegs, und sie sind vielleicht schon ganz nahe. Nimm deine Speere und geh rasch fort. Sonst bin ich vielleicht nicht mehr in der Lage, dich zu beschützen.«
»Glaubst du denn, mir drohe Gefahr ...«
»Ich sage dir doch, du sollst gehen«, unterbrach er sie. »Wer auch immer du sein und woher auch immer du kommen magst, geh bitte und halte dich fern von diesem Ort! Wenn in deiner Begleitung Männer sind, die für dich kämpfen wollen, nun, dann sollen sie kommen und uns angreifen, falls du das wünschst. Aber jetzt mußt du deine Speere nehmen und uns verlassen!«

Sie ging zu dem kleinen Hügel und hob ihre Waffen auf. Einen, den mit der Smaragdspitze, hielt sie ihm entgegen.
»Nimm ihn«, erklärte sie, »als Andenken an Suarra.«
»Nein«, wehrte er ab, »geh! Bitte!«
Wenn die anderen diese kostbare Waffe sehen würden, würden sie alle Lust auf eine baldige Rückkehr verlieren und die weitere Suche nach dem Pfad zum Schatz des Atahualpa sofort einstellen. Zu groß würde ihre Gier nach weiteren solchen Kostbarkeiten sein. Natürlich hatte Starrett die Stücke gesehen, aber vielleicht konnte Graydon die beiden anderen davon überzeugen, daß es sich dabei um den Rauschtraum eines Betrunkenen handelte.
Die Frau betrachtete Graydon, und kurz tauchte ein ganz besonderes Interesse in ihrem Blick auf. Sie streifte sich die Armreife ab, hängte sie über den Speer und hielt ihm das Ganze entgegen.
»Willst du dies alles nehmen... und dafür deine Kameraden zurücklassen?« fragte sie. »Ich gebe dir Gold und Edelsteine, ein kleines Vermögen. Das ist es doch, wonach du gesucht hast. Nimm es. Nimm meine Gabe und geh. Und laß diesen Mann hier liegen. Willige ein und ich zeige dir den Weg aus dem Verbotenen Land.«
Graydon zögerte. Der Smaragd allein garantierte schon ein sorgenfreies Leben. Und was schuldete er eigentlich diesen drei Abenteurern? Schließlich hatte sich Starrett selbst in diese Lage gebracht. Aber auf der anderen Seite waren sie seine Kameraden. Aus freien Stücken war er mit ihnen zu dieser Expedition aufgebrochen. Vor seinem geistigen Auge sah er, wie er sich mit dem funkelnden Reichtum davonschlich, sich in Sicherheit brachte und die drei ohne Warnung und unvorbereitet zurückließ. Aber wovor sollte er sie denn warnen?
Diese kurze Vision gefiel ihm nicht.
»Nein«, sagte Graydon, »dies sind Männer von meiner Rasse, und sie sind meine Kameraden. Was immer auch uns zustoßen mag, ich bleibe bei ihnen und helfe ihnen.«
»Aber auf der anderen Seite hast du gegen deine Kameraden gekämpft, um mich zu schützen, hast dich wirklich gegen sie gestellt«, erklärte sie. »Warum bindest du dich dann noch an sie,

wenn du unbehelligt in Sicherheit gelangen und auch noch einen Schatz mitnehmen kannst? Und wenn du schon lieber bei deinen Leuten bleiben willst, läßt du mich trotzdem ziehen, anstatt mich gefangenzunehmen oder gar zu töten, damit ich nicht meine Leute auf euch hetzen könnte.«

Graydon lachte.

»Ich konnte es eben nicht zulassen, daß einer von meinen Kameraden dir zu nahe tritt«, sagte er. »Und ich wage es nicht, dich gefangenzunehmen, denn ich weiß nicht, ob ich dich vor den anderen beschützen kann. Und davonlaufen will ich auch nicht. Also reden wir nicht mehr darüber. Und nun, bitte, geh.«

Suarra stieß die Speere in den Boden, streifte sich die Armreife wieder über und streckte die weißen Hände nach ihm aus.

»Nun, bei der Weisheit der Mutter, will ich alles tun«, flüsterte sie, »dich zu retten und vor Schaden zu bewahren.«

Ein Horn ertönte von weit fort und anscheinend in großer Höhe. Einige andere Hörner, die sich viel näher befanden, antworteten ihm. Sanfte und fragende Töne in einem verwirrend fremdartigen Rhythmus.

»Sie kommen«, sagte die Frau. »Meine Begleiter. Entzündet heute Nacht ein Feuer und schlaft ohne Furcht. Aber verlaßt den Schutz der Bäume nicht.«

»Suarra«, begann er.

»Still jetzt«, warnte sie. »Schweig, bis ich fort bin.«

Die sanften Hörner schienen nähergekommen zu sein. Die Frau lief los und verschwand zwischen den Bäumen. Als sie den Höhenzug über dem Lager erreicht hatte, hörte er einen lauten Ruf von ihr. Dem folgte ein Tumult von Hornstößen, eine boshafte und bedrohliche Melodie. Dann war alles still.

Graydon stand da und lauschte. Die Sonne fuhr über die hohen Schneekappen auf majestätischen Gipfeln, ergoß sich über sie und verwandelte sie in Kapuzen aus geschmolzenem Gold. Die amethystfarbenen Schatten an den Seiten wurden dicker, wankten und schwankten und marschierten dann hurtig weiter.

Ganz still lauschte Graydon und wagte kaum zu atmen.

Weit fort bliesen wieder die Hörner, waren aber nur noch ein schwacher Widerhall des Tumults, der dem Ruf der Frau gefolgt war. Und diesmal klang die Melodie matt und weich und fast schon lieblich.

Die Sonne versank hinter den Gipfeln. Die Ränder der gefrorenen Kappen glitzerten, als seien verschwenderisch Edelsteine darüber gestreut, bis sie sich in einen Saum aus rotglühenden Rubinen verwandelten. Die goldenen Felder wurden dumpfer, wechselten über zur Farbe von Bernstein und erröteten schließlich wie eine glühende Rose. Danach waren sie wieder von einem Perlweiß, das schließlich mit einem Silberhauch überzogen wurde. Und unten über das Algarroba-Wäldchen senkte sich die rasche Dämmerung der Anden.

Erst jetzt überkam Graydon die Erkenntnis – und ließ ihn zittern und sich von unglaublichen Gefahren umgeben fühlen –, daß in den letzten Minuten bis auf den Klang der Hörner und den Ruf des Mädchens nicht das leiseste Geräusch zu vernehmen gewesen war. Weder Mensch noch Tier, weder ein Windhauch noch Blätterrascheln, weder Stimmen noch laufende Füße.

Nichts bis auf den sanften Chor der Hörner.

II

Die unsichtbaren Beobachter

Starrett war von der Betäubung durch den Kinnhaken in den Rausch von übermäßigem Alkoholgenuß übergewechselt. Graydon zog ihn zum Zelt, schob ihm einen Rucksack unter den Kopf und legte ihm eine Decke über. Dann machte er sich daran, ein Feuer für die Nacht zu entzünden. Füße trampelten durch das Unterholz. Dann standen Soames und Dancret auf der Lichtung.

»Habt ihr irgendwas gefunden?« fragte Graydon.

»Zeichen? Zum Satan, nein!« knurrte der Neuengländer. »Sag mal, Graydon, hast du auch diese Geräusche gehört? Klangen wie Hörner oder so. Verdammt merkwürdige Hörner, wenn du mich fragst. Die müssen hier irgendwo in der Nähe gewesen sein.«

Graydon nickte. Er mußte den beiden berichten, was geschehen war, damit sie sich auf einen eventuellen Angriff vorbereiten konnten. Aber wieviel durfte er ihnen gegenüber preisgeben?

Sollte er ihnen wirklich von Suarras übergroßer Schönheit, von ihrem goldenen Schmuck und von ihren edelsteinbewehrten Speeren erzählen? Oder davon, daß sie noch nie etwas von Atahualpa und seinem Schatz gehört hatte?

Wenn er davon auch nur das geringste erwähnte, würde er mit ihnen kein vernünftiges Wort mehr reden können. Die Habgier würde sie um den Verstand bringen. Aber irgend etwas von Suarra mußte er ihnen erzählen, damit sie einsahen, daß sie sich auf einen Angriff vorbereiten mußten, der seiner Meinung nach in der Morgendämmerung erfolgen dürfte. Außerdem würde Starrett auch einiges von dem Mädchen zu berichten haben.

Graydon hörte einen überraschten Ausruf von Dancret, der an Soames vorbei zum Zelt gegangen war. Er erhob sich und baute sich vor dem drahtigen kleinen Franzosen auf.

»Was ist gesche'en mit Starrett, eh?« rief Dancret. »Zuerst isch dacht', er sei wieder betrunken. Mais dann isch sah, daß er ist zerkratz wie von einer Wildkatz', und am Kinn 'at er ein' Beul' so groß wie ein' Orange. Was 'ast du getan mit Starrett?«

Aber Graydon wußte längst, was er den beiden erzählen wollte.

»Dancret, Soames«, begann er, »wir sitzen in der Tinte. Vor knapp einer Stunde kehrte ich von der Jagd zurück und fand Starrett hier, wie er mit einer Frau rang. Und das ist hier in der Wildnis so ziemlich das Dümmste, was man tun kann. Ihr beide wißt, wie schwer man sich damit in die Nesseln setzen kann. Also blieb mir nichts anderes übrig, als Starrett kurzfristig ins Reich der Träume zu schicken, damit ich die Frau befreien konnte. Ihr Volk wird wahrscheinlich gegen Morgen hier sein, um sich an uns zu rächen. Davonschleichen können wir uns kaum, denn wir wissen ja nichts über die Gegend. Und dieser Ort hier eignet sich so gut wie jeder andere zur Verteidigung. Am besten verbringen wir die verbleibenden Stunden damit, die Lichtung so herzurichten, daß sie kein allzu leichtes Spiel mit uns haben.«

»Ein' Frau, eh?« sagte Dancret. »Wie 'at sie ausgese'en? Und wo kam sie 'er? Und wie ist sie davongekommen?«

Graydon beschloß, nur die letzte Frage zu beantworten.

»Ich habe sie ziehen lassen«, erklärte er.

»Du hast sie ziehen lassen!« rief Soames. »Was zum Henker ist denn in dich gefahren? Warum hast du sie hier nicht festgebunden? Mann, Graydon, wir hätten sie als Geisel behalten können, damit wir etwas in der Hand haben, wenn dieser verdammte Haufen von Indios anrückt!«

»Sie war keine Indianerin, Soames«, sagte Graydon und zögerte.

»Meinst du, sie war weiß, eine Spanierin?« entfuhr es Dancret ungläubig.

»Nein, nein, auch keine Spanierin. Sie war weiß, so weiß wie wir auch. Aber ich habe nicht die geringste Vorstellung, zu welcher Rasse sie gehörte.«

Die beiden starrten erst Graydon und dann einander an.

»Irgendwas an der Geschichte stinkt«, knurrte Soames schließlich.

»Was ich jetzt vor allem wissen möchte, ist, warum du sie hast laufen lassen, ganz gleich wo zum Henker sie herkam?«

»Weil ich mir dachte, wir hätten eine größere Chance, wenn ich sie freiließe, als wenn ich sie hierbehalten hätte.« Graydon wurde unwillig. »Ich sag euch doch, daß wir hier in eine Sache hineingeraten sind, von deren Ausgang wir keine Ahnung haben. Und uns bleibt nur eine Möglichkeit, dem Schlamassel zu entgehen. Die bliebe uns nicht, wenn ich die Frau hier angebunden hätte.«

Dancret bückte sich rasch und hob etwas vom Boden auf. Dieses Etwas glitzerte im Feuerschein.

»Ja, irgend etwas stinkt an der Geschicht', Soames!« rief der Franzose. »Sie' dir das an!«

Er reichte dem Amerikaner das Stück. Ein goldener Armreif. Als Soames ihn drehte, funkelten grüne Smaragde. Wahrscheinlich hatte Suarra das Stück beim Kampf gegen Starrett verloren.

»Was 'at die Mademoiselle dir gegeben, damit du sie freiläßt, eh?« zischte Dancret. »Was 'at sie dir gesagt?«

Soames' Rechte fuhr an seine Pistole.

»Sie hat mir nichts gegeben, und ich habe nichts von ihr verlangt«, erklärte Graydon.

»Isch 'alt dich für ein verdammte Lügner«, zischte Dancret. »Wir wollen lieber Starrett wecken«, wandte er sich an Soames. »Wir ihn ganz schnell wollen aufwecken. Er kann uns bestimmt etwas mehr über die *affaire* berischten, *oui*. Ein Mademoiselle, die solche Klunker trägt... und Graydon will sie einfach so 'at ge'en lassen! Läßt sie zie'en, wenn ihm klar sein muß, daß dort, wo sie 'erkommt, noch viel mehr von dem Zeugs sein muß! Meinst du nicht auch, Soames, daß dies ein se'r *phantastique* Geschichte ist? Wollen doch mal se'en, was Starrett dazu zu sagen hat.«

Graydon sah den beiden nach, wie sie im Zelt verschwanden. Bald schon kam Soames wieder heraus, ging zu einer Quelle, die zwischen den Bäumen entsprang, und kehrte mit Wasser zurück.

Sollten sie Starrett doch wecken, und sollte er ihnen erzählen, was er wollte. In dieser Nacht würden sie ihm noch nichts tun, denn sie glaubten ja, daß er noch viel mehr wüßte, was für sie interessant sein könnte. Graydon war fürs erste unbesorgt. Aber am Morgen...

Was würde der nächste Morgen ihnen allen bringen?

Graydon war davon überzeugt, daß sie jetzt schon unter Bewachung standen, mehr noch eine Art Gefangene waren. Suarras Warnung, das Lager unter keinen Umständen zu verlassen, war sehr deutlich gewesen. Seit den Hörnern, dem raschen Verschwinden der Frau und der Stille, die seitdem herrschte, gab es keinen Zweifel mehr daran, daß sie in die Fänge einer ebenso gewaltigen wie mysteriösen Macht geraten waren.

Diese Stille. In diesem Moment wurde Graydon bewußt, wie ungeheuer tief die Stille der Nacht war, und damit um so befremdlicher und beunruhigender. Weder ein Insekt noch ein Vogel ließ sich vernehmen, und nirgendwo knackte ein Zweig oder war sonst ein Geräusch der nächtlichen Wildnis zu hören.

Das Lager war von völliger Stille umgeben.

Graydon spazierte zwischen den Algarrobas. Knapp zwei Dutzend Bäume standen hier und erhoben sich wie eine kleine Insel aus der Savanne. Jeder einzelne Stamm war sehr hoch, und sie alle standen in sonderbarer Regelmäßigkeit da. So als seien sie nicht durch Zufall dort gewachsen, sondern von einem sorgfältigen Gärtner dort angepflanzt worden.

Graydon erreichte den äußersten Baum und stützte sich mit einer Hand an den Stamm. Er fühlte sich an wie Myriaden winziger Insekten, die sich in weiche, braune Rinde verwandelt hatten. Graydon sah hinaus auf die Nachtebene. Der sanfte Höhenzug voraus war in Mondlicht gebadet. Die gelben Blüten der Chilca-Gewächse, die bis zum Rand des kleinen Wäldchens standen, leuchteten blaß im silbrigen Schein. Das schwache Aroma der Quenuar umgab ihn wie ein Pelz. Nirgends war eine Bewegung oder sonst ein Anzeichen für Leben auszumachen.

Und dennoch...

Überall schienen Wächter zu stehen. Er spürte ihren Blick im Nakken, am Rücken, am ganzen Körper. Irgendein unsichtbares Heer hatte das Lager umzingelt. Graydon studierte jeden Busch und jeden Schatten, indes er entdeckte nichts. Nur das Gefühl blieb, daß sich hier eine unsichtbare Streitmacht verbarg. Nervosität und Irritation kamen wellenförmig in ihm hoch. Er wollte sie, wer auch immer sie sein mochten, dazu zwingen, sich zu zeigen. Entschlossen trat er hinaus ins Mondlicht.

Im gleichen Moment intensivierte sich die Stille. Sie schien sich fester anzuspannen, gewaltiger und eindringlicher zu werden. Sie wurde aktiv und erwartungsvoll, so als sei sie bereit, Graydon augenblicklich anzuspringen, sollte er auch nur einen Schritt weiter gehen.

Kälte senkte sich über ihn, und er fröstelte. Rasch zog er sich in den Schatten der Bäume zurück und blieb dort stehen, während sein Herz wie wahnsinnig hämmerte. Die Stille verlor an Schärfe und Angespanntheit, blieb aber weiterhin wachsam.

Wovor hatte er sich eigentlich gefürchtet? Was wohnte dieser Stille inne, das ihn wie mit einem alptraumhaften Finger zurückgestoßen hatte? Tastend und Schritt für Schritt zog Graydon sich zurück und wagte es nicht, den Blick von der Stille zu wenden. Dann stand er wieder im Feuerschein. Alle Angst fiel von ihm ab.

Nachdem die Panik von ihm gewichen war, fühlte er sich unvermittelt übermütig. Er warf ein Holzscheit in die Flammen und lachte laut, als die Funken hochfuhren. Soames, der gerade aus dem Zelt kam, um mehr Wasser zu holen, blieb ruckartig stehen, als er das Gelächter hörte, und sah Graydon übelwollend an.

»Lach du nur«, raunte er. »Lach, solange du noch kannst. Vielleicht bleibt dir ja schon bald das Lachen im Halse stecken, wenn Starrett wieder klar ist und uns seine Fassung der Geschichte erzählt.«

»Ich habe ihm ein handfestes Schlaflied vorgesungen, das steht wohl fest«, spottete Graydon.

»Es gibt Lieder, die dir einen noch tieferen Schlaf bescheren. Vergiß das nicht!« ertönte Dancret kalt und bedrohlich aus dem Zelt.

Graydon kehrte den Männern den Rücken zu und starrte trotzig in die Stille, vor der er eben noch geflohen war. Endlich hockte er sich hin, und bald wurden ihm die Lider schwer.

Ruckartig fuhr er auf. Auf halbem Weg zwischen ihm und dem Zelt stürmte Starrett heran und brüllte wie ein Wahnsinniger. Graydon kam zwar noch auf die Füße, aber ehe er sich verteidigen konnte, war der Riese schon über ihm. Im nächsten Moment lag Graydon am Boden, war vom bloßen Gewicht des anderen umgerissen worden. Starrett preßte Graydons Arme mit den Knien auf den Boden und drückte ihm mit den Händen den Hals zu.

»Du hast sie gehen lassen, einfach gehen lassen!« schrie er. »Hast mich niedergeschlagen und sie dann ziehen lassen! Jetzt paß auf, wie ich mich dafür bei dir bedanke, verdammter Hurensohn!«

Graydon versuchte, die Klammer um seinen Hals zu lösen. Seine Lungen drohten zu platzen, ein betäubendes Dröhnen wütete in seinen Ohren, und vor seinen Augen führten rote Flecke einen irrsinnigen Tanz auf. Starrett würgte ihn. Nur noch matt bekam er mit, wie zwei Schatten durch das Feuerlicht sprangen und an den pressenden Händen zerrten.

Dann löste sich die Klammer. Graydon richtete sich mühsam auf. Ein paar Schritte entfernt stand Starrett wie ein Baum. Dancret hatte die Arme um die Knie des Riesen geschlungen und hing an ihm wie ein Terrier. Und dann stand da noch Soames, der Starrett den Lauf seines Revolvers in den Magen drückte.

»Warum hindert ihr mich daran, ihn umzubringen?« wütete der Riese. »Hab ich euch nicht erzählt, daß das Mädchen genug grüne Klunker am Leib trug, um uns alle bis ans Ende unserer Tage reich zu machen? Und da, wo sie herkam, gibt es sicher noch viel mehr davon! Aber er hat sie gehen lassen! Einfach gehen lassen, dieser verdammte...«

Er stieß eine endlose Kette von Flüchen aus.

»Nun halt mal die Luft an, Starrett.« Soames Stimme klang ruhig, aber eindringlich. »Wenn du nicht sofort still bist, sorge ich dafür, daß du das Sprechen vergißt. Wir lassen diesen fetten Brocken nicht von der Angel, zumindest gilt das für Dancret und mich. Wir lassen uns von diesem verräterischen Stinktier auch nicht übers Ohr hauen. Und wir lassen uns von dir keinen Strich durch die Rechnung machen, bloß weil du ihn jetzt gleich kaltmachen willst.

Wir sind da auf das ganz große Ding gestoßen. Und wenn wir einmal die Nase dran haben, lassen wir auch nicht mehr locker, verstanden? Jetzt setzen wir uns alle ganz friedlich ums Lagerfeuer, und Mister Graydon erzählt uns ausführlich, was alles geschehen ist, nachdem er bei dir das Licht gelöscht hat. Vor allem soll er uns berichten, welchen Handel er mit der Dame abgeschlossen hat, und vielleicht hat er ja noch weitere Geschichten auf Lager. Falls er das nicht freiwillig tut, erhält Mister Graydon von uns eine Spezialbehandlung, die seine Einsicht deutlich fördern wird. Das ist alles, und genau so und nicht anders verfahren wir von nun an. Danc, laß endlich die Beine von diesem Riesen los. Hör zu, Starrett, wenn du in deinem Unverstand weiteren Ärger machen willst, knall ich dich auf der Stelle ab, das schwöre ich dir. Ab sofort bin ich der Boß von dieser Truppe, ich und Danc. Hast du mich verstanden, Starrett?«

Graydon, in dessen Kopf die Klarheit zurückkehrte, ließ vorsichtig eine Hand zu seinem Pistolenhalfter gleiten. Seine Waffe war fort. Soames grinste ihn höhnisch an.

»Wir haben uns schon bedient, Graydon«, sagte er. »Bei dir übrigens auch, Starrett. Das ist fair, nicht wahr? So, jetzt wollen wir uns alle nett ums Feuer setzen.«

Er hockte sich hin, hielt aber seine Waffe immer noch auf Starrett gerichtet. Der Riese murrte, ließ sich aber einen Moment später auch am Feuer nieder. Dancret nahm neben ihm Platz.

»Komm hierher, Graydon«, rief Soames, »komm hierher an meine grüne Seite und laß endlich die Katze aus dem Sack. Was verschweigst du uns? Hast du dich mit der Dame verabredet, sobald du uns drei los geworden bist? Wenn dem so ist, sagst du uns, wo ihr euer Stelldichein habt, und wir begleiten dich dann gern.«

»Wo hast du die goldenen Speere versteckt?« knurrte Starrett. »Ganz klar, daß du sie nicht mit den Dingern hast laufen lassen.«

»Halt endlich die Klappe, Starrett«, befahl Soames. »Ich führe hier das Verhör durch. Aber du hast mich auf eine Idee gebracht. Wie war das, Graydon? Hat sie dir die Speere und ihren Schmuck gegeben, damit du sie frei läßt?«

»Ich habe euch doch schon alles gesagt«, antwortete Graydon. »Ich habe nichts von ihr verlangt, und sie hat mir auch nichts gegeben. Starretts versoffene Torheit hat uns alle in höchste Gefahr gebracht. Ich habe die Frau ziehen lassen, weil das in dem Moment das einzig Richtige war, um vielleicht doch noch unser Leben zu schonen. Ich denke, das begreift ihr auch, wenn ihr nur mal kurz und in Ruhe darüber nachdenkt. Oder weiß einer von euch etwa eine bessere Lösung?«

»So?« sagte der Neuengländer gedehnt. »So edel war das also? Dann hör mal gut zu, Graydon: Wenn die Frau eine Indianerin gewesen wäre, hätte ich dir vielleicht recht gegeben. Aber nicht, wenn das eine Dame von der Art war, wie Starrett sie beschrieben hat. Nein, mein Lieber, an deiner Geschichte ist etwas oberfaul. Du weißt verdammt gut, daß du normalerweise die Frau so lange hier festgehalten hättest, bis Danc und ich zurückgekehrt wären. Dann hätten wir zusammen überlegen können, was zu tun sei. Vielleicht sie hierbehalten, bis ihre Leute ein hübsches Lösegeld gezahlt hätten, um sie unversehrt zurückzubekommen. Oder ihr so viele Unannehmlichkeiten bereiten, bis sie uns lieber erzählen würde, wo all ihr Gold und Geschmeide herkommen. Das ist doch wohl logisch, Graydon, und genau so hättest du auch gehandelt, wenn du nicht ein dreckiger und verlogener Hund wärst!«

Graydon wurde wütend.

»Also gut, Soames«, sagte er, »dann will ich mich einmal klarer ausdrücken. Es ist wahr, ich habe sie um unserer eigenen Sicherheit willen freigelassen. Aber daneben bewegte mich ein anderer Gedanke: Ich hätte eher ein Kind einer Meute von Hyänen ausgeliefert, als das Mädchen in eure Gewalt zu geben. Somit habe ich sie nicht nur zu unserer, sondern auch zu ihrer Sicherheit gehen lassen. Paßt dir diese Erklärung eher?«

»Oh lala!« höhnte der Franzose. »Jetzt mir wird so manches klar. Da 'aben wir eine *mademoiselle* von Wohlstand und Anmut. Sie ist zu rein und zu gut, um in unserer Mitte zu weilen. Das sagt ihr diese feine Monsieur und bittet sie inständig, die Flucht zu ergreifen. *Mein 'eld,* 'aucht die Schöne, *nimm alles, was ich 'ab, und verlaß diese schlechten Menschen.* Aber er antwortet ihr mit Nein, denn er denkt die ganze Zeit, daß er noch viel mehr 'rausholen kann, wenn er nur seine Karten richtig ausspielt. Und wenn er uns fein abgeschüttelt 'at, braucht er auch mit niemandem me'r zu teilen. Deshalb sagt er ihr: *Nein, so lange dies böse Männer sind 'ier, du bist in Gefahr. Sie 'aucht: O, geliebter 'eld, dann will ich eilen und mein Leute 'olen, damit sie dich aus dieser Gesellschaft befreien können. Und wir wollen dich reichlich belohnen! Oui, mon amie,* so ist es gewesen, nicht wa'r?«

Graydon lief rot an. Die boshafte kleine Travestie des Franzosen war in einigen Punkten der Wahrheit unangenehm nahe gekommen. Immerhin könnte Suarras unverlangtes Versprechen, ihn vor Gefahren zu bewahren, auch so verstanden werden, wie Dancret es gerade vermutet hatte. Und wenn er den Kameraden jetzt erklärte, daß er sie gewarnt hatte; daß er an der Seite der Männer kämpfen wolle, ganz gleich, was das Schicksal für sie bereit hielt? Nein, sie würden ihm nicht glauben, würden das womöglich noch für ein Geständnis halten.

Soames hatte ihn die ganze Zeit über beobachtet.

»Großer Gott, Danc«, sagte er, »ich glaube, du hast ins Schwarze getroffen. Er verfärbt sich ja. Also hat er uns an die Dame verkauft.«

Er hob den Revolver und richtete ihn auf Graydon. Doch dann senkte er die Waffe wieder.

»Nein«, sagte er ruhig. »Dieser Kuchen ist zu groß, um ihn sich entgehen zu lassen, bloß weil man zu schnell am Abzug war. Wenn deine Vermutung zutrifft – und davon gehe ich jetzt eigentlich aus –, wird sich die Lady als ausgesprochen dankbar erweisen. Nun gut, sie ist uns durch die Lappen gegangen, aber immerhin haben wir ihn. So wie ich mir die Sache denke, möchte sie unseren lieben Graydon gern lebendig und möglichst unversehrt haben. Also verhandeln wir mit ihr darüber, was sie bereit ist, für ihn zu zahlen. Bindet ihn.«

Ohne Widerstand zu leisten, ließ Graydon sich von Dancret und

Starrett an den Handgelenken fesseln. Sie trugen ihn zu einem der Bäume und lehnten ihn dort mit dem Rücken an den Stamm. Dann warfen sie ein Seil um seinen Leib und banden ihn so an den Baum. Endlich banden sie auch seine Füße.

»Wenn sie und ihre Truppe morgen hier aufkreuzen«, sagte Soames, »sollen sie dich gleich sehen und sich Gedanken darüber machen, wieviel du ihnen wert bist. Angreifen werden sie uns wohl kaum. Viel eher findet eine kleine Konferenz statt. Und falls die zu keinem Ergebnis führt, nun, Graydon, dann findet die erste Kugel, die diesen Revolver verläßt, in deinem Bauch ihr Ziel. Damit dürftest du noch ein Weilchen am Leben bleiben, um mitzubekommen, was wir für ein feines Spiel mit dieser Dame treiben.«

Graydon schwieg. Ihm war klar, daß er nichts sagen konnte, was die drei umstimmen könnte. Er versuchte, es sich etwas bequemer zu machen, und schloß die Augen. Hin und wieder öffnete er sie wieder und sah auf die Männer. Sie hockten am Feuer, steckten die Köpfe zusammen und flüsterten aufeinander ein. Ihre Mienen waren angespannt, und in ihren Augen brannte wie ein Fieber die Gier nach Reichtümern.

Nach einer Weile sackte Graydons Kopf auf die Brust. Er war eingeschlafen.

III

Das weiße Lama

Als Graydon erwachte, graute bereits der Morgen.
Irgendwer hatte ihm eine Decke übergelegt, aber dennoch war er steifgefroren. Er versuchte so gut wie möglich, die Beine zu strecken und anzuziehen und den Kreislauf in Bewegung zu bringen. Dann hörte er Geräusche aus dem Zelt. Er fragte sich, wer von ihnen wohl so barmherzig gewesen war, ihm die Decke zu geben. Viel mehr interessierte ihn aber, warum einer von den dreien einen solchen Drang zur Freundlichkeit verspürt hatte.
Starrett trat aus dem Zelt, ging wortlos an Graydon vorüber und begab sich zu der Quelle. Als er zurückkehrte, machte er sich daran, das Feuer wieder zum Leben zu erwecken. Verstohlen sah er sich dabei einige Male nach dem Gefangenen um. Weder Ärger noch Rachegefühle waren in seinem Blick. Dann ging er vorsichtig zum Zelt, lauschte hinein und schlich schließlich zu Graydon.
»Tut mir leid«, murmelte er, »aber mit Soames und Dancret komme ich einfach nicht klar. War schon schwierig genug, sie dazu zu überreden, dir eine von den Decken zu überlassen. Hier, nimm einen Schluck.«
Er drückte Graydon eine Flasche an die Lippen. Der tiefe Schluck wärmte ihn.
»Pst«, warnte Starrett ihn, »ich trage dir nichts nach. War ja viel zu betrunken letzte Nacht. Ich will dir helfen, wenn du...« Er brach abrupt ab und sammelte Feuerholz ein. Soames trat aus dem Zelt.
»Ich gebe dir eine letzte Chance, Graydon«, begann er ohne Vorrede. »Mach mit uns gemeinsame Sache bei deinem Handel mit der Lady, und dann bist du wieder in Freuden bei uns aufgenom-

men. Wir arbeiten zusammen und teilen alles so, wie wir es im Vertrag festgelegt haben. Irgendwie warst du wohl gestern nicht gut auf uns zu sprechen, aber daraus will ich dir jetzt keinen Vorwurf machen. Nun sei doch mal vernünftig: Es steht drei gegen einen, und allein kannst du die Klunker doch nicht nach Hause schleppen.«
»Was versprichst du dir davon, Soames, die ganze Angelegenheit noch einmal durchzugehen?« brummte Graydon müde. »Ich habe euch bereits alles gesagt. Wenn ihr vernünftig sein wollt, laßt ihr mich frei und gebt mir meine Waffen zurück. Ich kämpfe an eurer Seite, wenn es Ärger gibt. Und Ärger kommt, Mann, sogar sehr großer.«
»So?« meinte der Yankee giftig. »Willst uns wohl Angst einjagen, was? Okay, es gibt da einen hübschen Trick: Man treibt einem Mann einen Span unter jeden Fingernagel und drückt immer wieder daran herum. Nach einer gewissen Weile hat nach solcher Behandlung noch jeder die Sprache wiedergefunden. Und wenn das nichts nutzen sollte, empfiehlt sich das gute alte Feuerwerk. Wir schieben deine Füße in die Flammen, immer ein Stückchen weiter. O ja, da fängt jeder an zu singen, wenn aus seinen Zehen ein knuspriger Toast wird...«
Plötzlich beugte er sich hinab und roch an Graydons Lippen.
»So ist das also!« Er fuhr zu Starrett herum, blickte ihn finster an und richtete aus der Hüfte die Pistole auf ihn. »Hast ihm Schnaps gegeben, was? Hast mit ihm ein Schwätzchen gehalten, nicht wahr? Und das, obwohl wir gestern Nacht beschlossen haben, daß ich hier das Reden übernehme, und zwar nur ich. Okay, Starrett, das langt. Dancret! Danc! Komm her, schnell!«
Der Franzose stürmte aus dem Zelt.
»Fessel ihn!« Soames nickte in Richtung Starrett. »Wir haben da noch so einen verdammten Verräter in der Crew. Hat unserem Charmeur Schnaps gegeben und durch ein paar nette Worte aufzumuntern versucht, und das war sicher nicht nur der Wetterbericht. Los, binde ihn.«
»Aber, Soames«, zögerte der Franzose, »wenn wir 'aben zu kämp-

fen, es ist nicht gut, nur mit 'älfte der Truppe anzutreten. Vielleicht Starrett 'at gar nichts Böses getan.«

»Wenn es zum Kampf kommt, sind zwei Mann genauso gut wie drei«, entgegnete Soames. »Ich will mir diesen Brocken nicht durch die Lappen gehen lassen, Danc. Davon abgesehen glaube ich nicht, daß es überhaupt zum Kampf kommt. Wenn die Lady mit ihrem Gefolge erscheint, kommt es wohl eher zu einem Palaver mit anschließendem Austausch von Geschenken. Starrett hat uns hintergangen, also muß er gefesselt werden. Los, also, Danc.«

»*Eh bien*, aber es gefällt mir nischt...« Dancret zögerte immer noch. Soames machte eine ungeduldige Bewegung mit seinem Revolver. Der kleine Franzose begab sich ins Zelt, kehrte kurz darauf mit einem Seil zurück und trat damit auf Starrett zu.

»Die Hände hoch«, befahl Soames. Starrett riß sie hoch, packte damit aber Dancret, hob ihn hoch wie eine Puppe und hielt ihn wie einen Schild zwischen sich und den hageren Amerikaner.

»Schieß doch, wenn du willst!« rief er. Mit dem sich windenden Franzosen begegnete er jeder Bewegung von Soames' Pistolenarm. Dann fuhr Starretts Rechte an den Gürtel Dancrets und zog dessen Waffe aus dem Halfter. Er richtete sie über die Schulter seines Schildes auf den Neuengländer.

»Laß die Knarre fallen, Yankee«, grinste Starrett. »Oder schieß, wenn es dir Spaß macht. Aber bevor deine Kugel halb durch Dancret ist, habe ich dich schon durchlöchert, das schwöre ich dir.«

Einen Augenblick lang herrschte ein unangenehmes Schweigen. Dann ertönte das Klingeln von winzigen goldenen Glocken.

Das Läuten hieb wie ein Beil durch die mordlustige Stimmung, die sich über das Lager gesenkt hatte. Verbreitete Licht dort, wo eben noch finstere Gedanken vorgeherrscht hatten. Löste wie der Sonnenschein eine Wolke die Mißstimmung auf. Soames ließ seine Waffe sinken. Starrett lockerte seinen eigenen Griff um den Franzosen.

Durch die Bäume war kaum hundert Schritt entfernt Suarra zu sehen.

Ein grüner Umhang bedeckte die Frau vom Hals bis fast zu den schlanken Füßen. In ihrem Haar funkelte eine Smaragdkette. Goldene Bänder besetzt mit grünen Edelsteinen hingen von ihren Hand- und Fußgelenken. Hinter ihr trabte ganz ruhig ein schneeweißes Lama. Ein breiter goldener Gürtel war ihm um den Hals gebunden, und an dem waren Bänder mit kleinen goldenen Glöckchen befestigt. Zu beiden Seiten trug das Tier einen Tragkorb, der anscheinend aus glänzenden gelben Binsen geflochten war.

Die Frau und das Tier waren ohne Waffen. Nicht ein Krieger eskortierte sie. Weder nach Angriff noch nach Rache schien ihr der Sinn zu stehen. Nur neben dem Lama ging ein einzelner Begleiter. Er war in einem voluminösen Mantel in Rot und Gelb eingehüllt, dessen Kapuze sein Gesicht verdeckte. Er trug einen langen, zinnoberroten Stab. Sein Gang war tänzelnd und flatternd, er ging gebeugt und machte ständig kleine Schritte vor und zurück. Die Bewegungen ließen manchmal vermuten, daß unter dem Mantel kein Mensch, sondern ein großer Vogel steckte. Die kleine Gruppe kam näher, und Graydon sah, daß die Hand, die den langen Stab umklammerte, dünn und weiß war und die durchscheinende Blässe von etwas Uraltem trug.

Graydon zerrte an seinen Fesseln, und sein Herz war krank vor Sorge. Warum war Suarra zurückgekehrt? Ohne Begleitschutz? Ohne eigene Waffen? Nur mit diesem antiken Greis? Und warum hatte sie sich auch noch mit Gold und Edelsteinen behängen müssen? Er hatte sie doch eindringlich gewarnt. Sie konnte doch nicht so ignorant sein und die ihr drohenden Gefahren einfach übersehen. Fast kam es ihm so vor, als sei sie aus einem gewissen masochistischen Trieb zurückgekommen, um lustvoll das zu erleben, vor dem sie am meisten Angst hatte.

Mon Dieu!« keuchte Dancret. »Was für Smaragde!«

»Großer Gott!« schnaufte Starrett. »Was für eine Frau!« Seine Nasenlöcher bliesen sich weit auf, und ein rotes Flackern trat in seine Augen.

Soames sagte nichts. Allmählich verdrängten Verblüffung und Mißtrauen das Erstaunen, mit dem er zuerst die näherkommende Gruppe betrachtet hatte. Er verlor auch kein Wort, als die Frau und ihre Begleitung kurz vor ihm zum Stehen kamen. Nur das Mißtrauen in seinen Augen wuchs, und er suchte mit seinen Blicken den Weg ab, den sie gekommen waren; studierte jeden Baum und jeden Strauch. Aber nirgendwo war eine Bewegung auszumachen oder ein Geräusch zu hören.

»Suarra!« rief Graydon verzweifelt. »Warum bist du zurückgekommen?«

Sie trat zu ihm und zog einen Dolch aus ihrem Umhang. Rasch und geschickt durchtrennte sie die Fesseln am Stamm. Dann schob sie die Klinge unter die Seile, die seine Handgelenke und Füße banden. Er war frei. Mühsam kam er auf die Füße.

»War es nicht gut für dich, daß ich gekommen bin?« fragte sie liebenswürdig.

Bevor er eine Antwort geben konnte, marschierte Soames schon heran. Graydon erkannte, daß der Amerikaner zu einer neuen Entscheidung gekommen war und seinen Plan den neuen Gegebenheiten angepaßt hatte. Er machte eine knappe, ungelenke und verhöhnende Verbeugung vor der Frau und erklärte dann Graydon:

»Meinetwegen, dann bist du halt frei. Aber nur so lange, wie du tust, was ich von dir verlange. Die Dame ist zurück, und das ist im Moment das wichtigste. Sie scheint ja eine Menge für dich übrig zu haben, Graydon. Ich schätze, das gibt uns die Möglichkeit, von ihr die Antwort auf unsere Fragen zu erhalten. Tja, Mister, dir scheint sie auch nicht ganz gleichgültig zu sein. Auch das ist nützlich für uns. Ich denke mir, du möchtest nicht gern wieder an den Baum gebunden werden und zusehen müssen, wie der Lady gewisse Dinge zustoßen, was?« Er warf Graydon einen boshaften Blick zu. »Wenn du also willst, daß alles friedlich verläuft, brauchst du nur eines zu tun: Wechsle kein Wort mit ihr, solange ich nicht in der Nähe bin. Vergiß nicht, ich kenne die Aymara mindestens ebenso gut wie du. Und ich möchte gern mitbekommen, was um mich herum so alles vor sich geht. Das verstehst du doch, nicht wahr? Und so schwierig ist das ja auch gar nicht, was ich von dir verlange.«

Er wandte sich an Suarra.
»Euer Besuch erfüllt uns mit großer Freude, Madame«, sprach er sie in der Sprache der Aymara-Indios an. »Und wenn wir gut miteinander auskommen, wird er auch nicht von kurzer Dauer sein. Und ich denke, wir werden gut miteinander auskommen.« Eine versteckte Drohung lag in dem letzten Satz, aber falls Suarra diese bemerkte, so ließ sie sich das nicht anmerken. »Ihr seid uns genauso unbekannt wie wir Euch.«
»Dem ist so«, antwortete sie ruhig. »Ich fürchte nur, Euer Wunsch, mehr von mir zu erfahren, ist größer als umgekehrt bei mir. Denn wie Euch sicher bekannt sein dürfte, war meine erste Begegnung mit einem von Euch nicht sonderlich angenehm.« Sie warf einen kurzen Seitenblick auf Starrett.
»Eure weiteren Erfahrungen mit uns werden von angenehmerer Natur sein«, erklärte Soames, »oder auch nicht, aber das hängt ganz von Euch ab.«
Die Drohung in seinen Worten war diesmal nicht mehr zu überhören gewesen. Und diesmal tat Suarra auch nicht mehr so, als habe sie das nicht mehr mitbekommen.
»Wagt es nicht, mich zu bedrohen!« warnte sie. »Ich, Suarra, bin Drohungen nicht gewohnt. Und ich gebe Euch den guten Rat, sie in Zukunft für Euch zu behalten.«
»Aha, ist dem so?« Soames machte einen Schritt auf sie zu. Sein Gesicht hatte sich zu einer grimmigen, häßlichen Miene verzogen. Ein trockenes Kichern ertönte von der Gestalt unter dem Kapuzenmantel. Suarra zuckte zusammen. Ihr Zorn verging, und sie war wieder so freundlich wie vorhin.
»Meine Worte waren wohl etwas voreilig«, erklärte sie Soames. »Dennoch ist es nie von Vorteil, jemanden zu bedrohen, dessen Stärke man noch nicht kennt. Und vergeßt nicht, von mir wißt Ihr so gut wie gar nichts. Aber ich weiß sehr gut, was Ihr von mir erfahren wollt. Ihr möchtet herausbekommen, wo ich dies hier und das und jenes herhabe.« Sie zeigte auf ihren Kopfschmuck und auf die Kettchen an Fuß- und Handgelenken. »Ihr möchtet wissen, von welchem Ort diese Stücke stammen, ob dort noch mehr zu

holen ist und wenn ja, wie Ihr so viel an Euch bringen könnt, wie Ihr gerade noch zu tragen vermögt. Nun, eben dieses sollt Ihr erfahren, denn das ist auch der Grund meines Kommens.«

Nach dieser überraschend offenen Ankündigung kehrten alles Mißtrauen und alle Zweifel in Soames' Gedanken zurück. Wieder verengten sich seine Augen. Mißtrauisch blickte er auf den Weg, den Suarra gekommen war.

»Soames!« Dancret packte ihn am Arm, und seine Hand und seine Stimme zitterten. »Sieh nur, die Körbe auf dem Lama. Das ist kein Korbgeflecht, sondern Gold. Pures Gold, so dünn und weich, daß man es wie Stroh knoten kann! *Mon Dieu*, Soames, wir 'aben den ganz großen Treffer gelandet!«

Ein Glitzern trat in die Augen des Amerikaners.

»Lauf mal ein Stück voraus, Danc, und sieh dich um, von wo die Lady gekommen ist«, antwortete er. »Mir kommt die ganze Sache etwas faul vor. Ist alles zu verdammt schön, um wahr zu sein. Nimm dein Gewehr und sieh dich mal gründlich um, während ich hier herauszufinden versuche, was eigentlich Sache ist.«

»Es gibt nichts zu befürchten«, erklärte Suarra, so als habe sie jedes Wort verstanden. »Euch droht von mir keine Gefahr. Und wenn irgendwo das Böse auf Euch wartet, dann seid Ihr es selbst, die es über Euch bringt, aber nicht wir. Ich bin gekommen, um Euch den Weg zu den Schätzen zu zeigen. Nicht mehr und nicht weniger. Kommt mit mir und erblickt Edelsteine von solcher Größe...« Sie zeigte auf die Samragde in ihrem Haar. »Sie blühen dort wie Blumen in einem Garten. Und Eure Augen sollen Gold sehen, das sprudelt und strömt wie...« Sie zögerte; dann fuhr sie fort, als würde sie ein altes Gebet sprechen: »Gold, das fließt wie Wasser. Ihr mögt in diesem Strom schwimmen, Ihr mögt davon trinken, und Ihr mögt soviel forttragen, wie es Euch beliebt. Und wenn es Euch zu großen Kummer bereitet, viel zu viel Gold zurücklassen zu müssen, nun, dann mögt Ihr für immer an jenem Ort bleiben. Mehr noch, Ihr könnt sogar ein Teil davon werden. Menschen aus Gold.«

Sie drehte Soames den Rücken zu und ging zum Lama.

Die Männer starrten ihr nach und sahen sich mit großen Augen an. Die Mienen von Dancret, Starrett und Soames waren voller Gier und Mißtrauen. Graydon hingegen zeigte nur Verwirrung.
»Eine lange Reise steht uns bevor.« Suarra hatte eine Hand auf den Kopf des Tieres gelegt und sah die Männer gelassen an. »Ihr seid meine Gäste, in einer bestimmten Weise. Daher habe ich etwas zu eurer aller Stärkung mitgebracht, bevor wir aufbrechen.«
Sie fing an, die Tragkörbe aufzubinden. Graydon wunderte sich über Suarras Begleiter. Für einen Bediensteten benahm er sich recht merkwürdig, denn er machte keinerlei Anstalten, der Frau zu helfen. Aber vielleicht war er ja auch gar kein Diener. Er stand nur still und reglos da und hielt sein Gesicht bedeckt.
Graydon trat einen Schritt vor, um Suarra zu helfen. Sie lächelte ihn dafür an, halb dankbar und halb schüchtern. In den Tiefen ihrer Augen glühte etwas, das wärmer war als bloße Freundschaft. Graydons Hände fuhren hoch, um die ihren zu berühren.
Aber schon war Soames zwischen die beiden getreten.
»Vergiß nicht, was ich dir gesagt habe«, knurrte er.
»Hilf mir bitte«, sagte Suarra. Graydon hob den Korb und stellte ihn neben sie auf den Boden. Sie öffnete eine Spange, bog die weichen Goldbinsen zurück und zog ein leuchtendes Paket heraus. Suarra schüttelte es nur kurz, und schon fiel ein silbernes Tuch heraus, das leicht im Morgenwind flatterte. Es breitete sich wie ein Gazetuch auf dem Boden aus, das von silbernen Spinnen gewebt worden war.
Dann entnahm Suarra dem Korb vier goldene Becher, zwei tiefe und bootsförmige Schüsseln aus Gold und zwei hohe Krüge, deren Griffe wie sich windende Schlangen geformt waren, deren Schuppen anscheinend aus geschmolzenen Rubinen bestanden. Diesen Stücken folgten kleinere Päckchen aus Golddraht. Suarra stellte die Schüsseln und die Becher auf das Silbertuch. Dann öffnete sie die kleinen Päckchen. Diese enthielten unbekannte, feine Früchte, Brote und sonderbar gefärbte Kuchen. All dies verteilte Suarra auf die Schüsseln. Nun stellte sie Teller aus Edelmetall hin und ließ sich endlich am Kopfende der Decke nieder. Sie nahm einen der

Krüge, öffnete den Deckel und goß klaren, bernsteinfarbenen Wein in die Becher.
Suarra hob den Kopf und winkte den Männern mit einer anmutigen Handbewegung zu.
»Nehmt Platz«, sagte sie. »Eßt und trinkt.«
Sie nickte Graydon zu und deutete auf den Platz neben ihr. Schweigend und den Blick unabwendbar auf die glitzernden Schätze gerichtet hockten sich Starrett, Dancret und Soames vor die anderen Teller. Soames hob seinen Teller hoch, wog ihn in der Hand ab und riß die Augen auf.
»Gold!« keuchte er.
Starrett lachte wie ein Wahnsinniger und setzte den gefüllten Goldkelch an die Lippen.
»'alt!« Dancret packte ihn am Handgelenk. »›Eßt und trinkt‹, hat sie gesagt, nicht wa'r? Eßt, trinkt und 'abt Spaß... denn 'eute ist euer letzter Tag! 'ast du daran nicht gedacht?«
Soames hielt mitten in der Bewegung inne. Sein Gesicht war vor Mißtrauen ganz finster.
»Meinst du, das Zeugs ist vergiftet?« ächzte er.
»Vielleicht, vielleicht auch nicht.« Der kleine Franzose zuckte die Achseln. »Wie dem auch sei, wir sagen besser ›Nach Ihnen‹ zu ihr.«
Die Frau sah erst die Männer und dann Graydon fragend an.
»Sie haben Angst. Sie fürchten, nun sie denken, du hast...« Er brach ab.
»Daß ich Schlaf oder Tod hineingetan habe? Und du, was denkst du?« fragte sie.
Zur Antwort hob Graydon seinen Becher und trank.
»Aber es ist nur natürlich«, erklärte sie Soames. »Ja, es ist nur natürlich für Euch, solches zu fürchten. Denn ist es nicht so, daß Ihr genau das getan hättet, wenn Ihr wir und wir Ihr wären? Aber Ihr habt Euch in uns getäuscht. Ich sage es Euch noch einmal: Alles, was Ihr zu befürchten habt, kommt aus Euch selbst.«
Sie goß sich Wein in ihren Becher und trank. Dann brach sie ein Stück Brot ab und aß es. Sie nahm einen kleinen Kuchen von der

Schüssel vor Dancret und biß eine Ecke davon ab. Zuletzt bohrte sie ihre weißen Zähne in eine der Früchte.
»Seid Ihr nun zufrieden?« fragte sie in die Runde. »Ihr könnt mir glauben, wenn ich die Absicht hegte, Euch zu töten, so hätte ich dafür schon Mittel und Wege, die nicht so niveaulos wären wie ein Giftmord.«
Einen Augenblick lang starrte Soames sie wütend an. Er sprang hoch, ging rasch zu der Gestalt in der Kutte und riß ihr die Kapuze vom Gesicht. Ein Kopf wie uraltes Elfenbein trat zum Vorschein. Unzählige feine und feinste Falten zeichneten sich darauf ab. Das Gesicht wurde von unfaßbarem Alter geprägt, nur die Augen unterschieden sich in ihrer Lebendigkeit und Jugend deutlich davon. Die Augen starrten Soames unergründlich an. Ein dutzend Herzschläge lang setzte sich der hagere Neuengländer diesem Blick aus. Dann ließ er die Kapuze los und kehrte an das silberne Tischtuch zurück. Graydon entdeckte, daß alle Farbe aus Soames' Gesicht gewichen war. Er ließ sich auf seinen alten Platz plumpsen und nahm einen tiefen Schluck vom Wein. Die Hand, die den Becher hielt, zitterte stark.
Er trank und füllte aus dem Kelch nach. Nicht lange danach war alle Furcht, wovor auch immer, im Wein ertränkt. Soames, Dancret und Starrett hatten die beiden Kelche aus dem Tragekorb des Lamas geleert, als der Neuengländer sich mühsam erhob.
»Ihr habt ganz recht, Schwester«, sagte er leicht lallend. »Behandelt uns nur weiter so, dann werden aus uns noch die dicksten Kumpels.«
»Was sagt er?« fragte Suarra Graydon.
»Er würdigt deine... deine Bewirtung«, antwortete er trocken.
»Fein«, erklärte Suarra und erhob sich. »Dann wollen wir auch bald aufbrechen.«
»Wir kommen mit, Schwester, keine Bange«, grinste Soames. »Danc, du hältst schön die Augen offen, während wir packen.« Dann klopfte er Starrett auf die Schultern. »Komm, Bill, alles ist okay. Komm du auch, Graydon, alles ist vergeben und vergessen.«

Starrett hatte sichtlich Mühe, auf die Füße zu kommen. Er hakte sich bei Soames ein, und zusammen stolperten sie zum Zelt. Dancret, auf den der Wein keinen Einfluß zu haben schien, ließ sich auf einem Felsen nahe dem Feuer nieder und hielt mit dem Gewehr in der Hand alles im Blick.

Graydon zögerte. Der Neuengländer schien ihn vergessen zu haben, zumindest für den Augenblick. Graydon wollte seine Zeit nutzen und sich der mysteriösen Frau nähern, deren Schönheit und Anmut ihn wie bei keiner Frau zuvor angerührt hatten. Er kam ihr so nahe, daß der Duft ihres lockigen Haars ihm die Sinne zu verwirren begann. Und näher noch, bis die Berührung ihrer Schulter an seiner wie ein Feuerstoß durch ihn fuhr.

»Suarra...« begann er. Sie drehte sich zu ihm um und hieß ihn mit einem schlanken Finger an den Lippen zu schweigen.

»Nicht jetzt«, flüsterte sie. »Nicht jetzt, sag mir in diesem Moment nicht, was dein Herz bewegt. Noch nicht, und vielleicht auch niemals. Ich habe dir versprochen, dich zu schützen, soweit mir das möglich ist. Und aus diesem Versprechen entsprang ein weiteres...« Ihr Blick fiel bedeutungsvoll auf den stummen Mann mit der Kapuze. »Also sprich mich nicht noch einmal an«, fuhr sie rasch fort. »Und wenn du doch zu mir reden mußt, dann sprich nur von alltäglichen Dingen.«

Sie machte sich daran, das kostbare Geschirr wieder einzupacken. Graydon half ihr dabei und dachte bitter, das diese Hilfe wohl einen so alltäglichen Charakter hatte, daß Suarra kaum etwas dagegen haben konnte. Sie ließ ihn auch gewähren, bedachte ihn dabei aber nicht einmal mit einem Blick.

Als das letzte Stück im Korb verstaut war, begab sich Graydon zum Zelt, um dort seine Wolldecke zusammenzurollen und sein Burro zu bepacken. Dabei belauschte er eine Unterhaltung zwischen Starrett und Soames.

»Aber sie ist keine Indiofrau, Soames«, sagte der Riese gerade. »Sie ist noch weißer als du oder ich. Was sind das nur für Wesen? Und wie diese Frau aussieht... Großer Gott!«

»Wir finden schon noch heraus, wo diese Herrschaften herkommen, keine Sorge«, antwortete Soames. »Zur Hölle mit der Lady, nimm sie dir, wenn du nicht anders kannst. Ich hingegen würde durch ein Dutzend Höllen gehen, um an den Ort zu gelangen, an dem sich solche Reichtümer befinden. Mann, mit dem, was wir auf die Burros und das Lama packen können... Bei unserer Rückkehr könnten wir die ganze Welt kaufen!«

»Klar, wenn nicht irgendwo noch ein Haken an der Sache ist«, erklärte Starrett voller Mißtrauen.

»Wir halten doch alle Trümpfe in der Hand.« Der Weinrausch in Soames ließ rasch nach. »Wen haben wir denn schon gegen uns? Eine junge Frau und einen alten Trottel. Paß auf, ich erzähle dir mal, wie ich mir das Ganze denke. Ich weiß nicht, wer die beiden sind oder woher sie kommen. Aber du kannst drauf wetten, daß es von ihrer Art nicht allzu viele gibt. Denn andernfalls wären sie hier mit einer halben Armee erschienen. Nein, sie wollen uns verdammt rasch loswerden. Und um das zu bewerkstelligen, geben sie uns alles, was uns den Abschied erleichtern könnte. Wir sollen weg von hier, und zwar so rasch und so vollständig, wie es eben einzurichten ist. Klar doch, Mann, das ist es, was sie von uns wollen. Denn sie wissen zu gut, daß wir drei sie alle auslöschen könnten!«

»Wir drei?« entfuhr es Starrett. »Du meinst doch wohl vier. Graydon ist auch noch da.«

»Graydon zählt nicht, der ist nur eine verdammte Laus in unserem Pelz. Der feine Herr glaubte, uns alle hinters Licht führen zu können, nicht wahr? Graydon bekommt dafür seine Quittung, sobald die Zeit dafür reif ist. Im Augenblick ist er uns noch recht nützlich, zumindest bei unseren Verhandlungen mit der Lady. Sie hat einen Narren an ihm gefressen. Aber wenn der Zeitpunkt des großen Aufteilens gekommen ist, erhalten nur drei etwas. Und vielleicht sind es auch nur zwei, wenn du noch einmal so etwas anstellen solltest wie heute morgen.«

»Nun hör aber auf damit, Soames«, entgegnete Starrett wütend. »Ich habe dir doch schon gesagt, daß der verdammte Schnaps daran schuld gewesen ist. Soweit wird es mit mir nicht mehr kommen; nicht nachdem ich das gesehen habe, was in den Tragekörben

steckt. Ich bin auf deiner Seite, bis zum Schluß. Mit Graydon kannst du machen, was du willst. Ich will nur eins, die Frau. Ich wäre sogar bereit, mit dir einen Handel zu schließen um die Frau, dir für sie einen Brocken von meinem Anteil zu überlassen.«
»Himmel und Hölle nochmal«, entfuhr es Soames. »Wir sind nun schon einen hübschen Haufen von Jahren zusammen, Bill. Und was uns erwartet, ist so viel, daß wir alle drei in Hülle und Fülle bekommen. Du kannst die Schlampe umsonst haben.«
Kleine rote Flecken tanzten vor Graydons Augen. Er hatte die Hand schon ausgestreckt, um die Zeltklappe aufzureißen, als er gerade noch die Kontrolle über sich zurückgewinnen konnte.
So konnte er Suarra nicht helfen. Er hatte ja nicht einmal eine Waffe. Irgendwie mußte er an seine Pistole gelangen. Außerdem stand die Gefahr ja nicht unmittelbar bevor. Bis sie den Ort der Schätze erreicht hatten, zu dem Suarra sie führen wollte, würden sie der Frau nichts tun.
Er schlich sich ein dutzend Schritte zurück, wartete ein paar Sekunden und machte sich dann geräuschvoll auf den Weg zum Zelt. Er riß die Zeltklappe zurück und trat ein.
»Hat ja ziemlich lange gedauert«, brummte Soames. »Hast du vielleicht doch ein Schwätzchen gehalten, obwohl ich es dir verboten habe?«
»Nicht ein Wort«, log Graydon fröhlich und machte sich über sein Gepäck her. »Übrigens, Soames, meinst du nicht, es wäre an der Zeit, mit diesem Schwachsinn aufzuhören und mir meine Waffen zurückzugeben?«
Soames gab keine Antwort.
»Dann eben nicht«, sagte Graydon. »Ich dachte nur, wär' ja vielleicht nicht schlecht, daß ich auch was zum Schießen in der Hand halte, wenn wir in die Falle getappt sind. Aber wenn es dir lieber ist, daß ich nur zuschaue, während ihr herumballert, dann soll mir das recht sein.«
»So einfach geht es nun auch nicht«, sagte Soames. »So billig nicht, Graydon. Wenn wir in die Falle getappt sind, wollen wir nicht, daß uns einer in den Rücken schießt. Aus *diesem* Grund

erhältst du deine Waffen nicht zurück. Und wenn es keine Falle gibt, nun, dann wollen wir dich nicht in Versuchung führen. Ist dir jetzt einiges klarer?«

Graydon zuckte nur mit den Achseln. Keiner sprach mehr ein Wort, während sie zu Ende packten, das Zelt abbauten und die Burros beluden.

Suarra erwartete sie an der Seite ihres Lamas. Soames trat auf sie zu, zog den Revolver aus seinem Halfter und streckte die Hand aus.

»Wißt Ihr, was das ist?« Er schwenkte die Waffe.

»Natürlich«, antwortete sie. »Das ist die Todeswaffe Eurer Rasse.«

»Richtig«, erklärte Soames. »Und sie bringt den Tod schneller als jeder Speer oder Pfeil.« Er sprach so laut, daß auch der stumme Begleiter Suarras seine Worte hören mußte. »Also ich und diese beiden Gentlemen dort tragen solche Waffen und auch solche, die noch tödlicher sind. Nur dem vierten in unserer Runde haben wir die Waffen abgenommen. Eure Worte mögen die reinste Wahrheit sein. Ich hoffe es jedenfalls, für Euch, für diesen Mann in unserer Mitte und für jenen Diener von Euch dort. Habt Ihr mich verstanden?« Soames grinste wie ein hungriger Wolf.

»Ich habe Euch verstanden.« Suarras Augen und Gesicht strahlten Ruhe aus. »Ihr habt von uns nichts zu befürchten.«

»Wir nicht«, stimmte Soames zu, »aber Ihr von uns.«

Er betrachtete sie noch einen Moment lang mit finsterer Miene, dann schob er die Pistole ins Halfter zurück.

»Ihr geht zuerst«, befahl er. »Dann folgt der Stumme. Und schließlich er.« Er zeigte auf Graydon. »Wir drei bilden die Nachhut und haben die Todeswaffen locker sitzen.«

In dieser Reihenfolge marschierten sie durch die gigantischen Algarrobas und traten hinaus in die sonderbar parkähnliche Ebene dahinter.

IV

Das fliehende Wesen

Sie befanden sich schon seit gut einer Stunde auf der Savanne, als Suarra nach links abbog und in einen Wald marschierte, der die Hänge eines großen Berges bedeckte. Bald waren sie ringsherum von Bäumen umgeben, die immer dichter standen. Graydon konnte keinen Weg mehr ausmachen, aber Suarra lief weiter, ohne auch nur einen Augenblick lang innezuhalten. Eine weitere Stunde ging so vorüber. Der Weg stieg an, und die Schatten wurden dunkler. Dunkler und dunkler, bis die Frau nur noch als glitzernder Schatten zu erkennen war.

Hin und wieder hatte Graydon einen vorsichtigen Blick zurück auf die drei Männer hinter ihm geworfen. Die wachsende Dunkelheit machte sie zunehmend nervöser. Sie marschierten dicht hintereinander her und hielten Augen und Ohren offen, um einen eventuellen Hinterhalt sofort zu bemerken. Als die grüne Finsternis noch dunkler wurde, ordnete Soames an, Graydon solle zwischen Starrett und Dancret gehen. Graydon zögerte zunächst, als er Mordlust in den Augen des Neuengländers entdeckte. Aber dann begriff er, wie sinnlos Widerstand gegen den Abenteurer war, und kam dem Befehl nach. Soames selbst schloß auf, bis er sich dicht hinter dem Mann mit der Kapuze befand. Dancret zog Graydon zu sich heran und grinste.

»Soames 'at seinen Plan geändert«, zischte er. »Wenn es gibt Ärger, er will erschießen den alten Trottel. Die Mademoiselle er läßt am Leben, um zu ver'andeln mit ihren Leuten. Und dich er läßt am Leben, um mit der Frau zu ver'andeln. Wie gefällt dir das, mein Freund?«

Graydon sagte nichts. Als der kleine Franzose ihn zu sich herangezogen hatte, hatte er den Revolver in seiner Seitentasche gespürt.

Wenn es zu einem Angriff kommen sollte, konnte er Dancret anspringen, ihm die Waffe entwenden und sich so zur Wehr setzen. Er würde Soames genauso gnadenlos niederschießen, wie der auf ihn feuern würde.

Noch finsterer wurde es im Wald, bis Graydon die vor ihm Gehenden nur noch als verschwommene Schleier ausmachen konnte. Dann wurde es mit einem Schlag heller. Sie hatten sich durch eine Schlucht bewegt, durch einen tiefen Hohlweg, dessen unsichtbare Wände sehr nahe gewesen sein mußten und sich nun weiteten.

Nach einigen weiteren Minuten ragte vor ihnen eine gewaltige Öffnung auf. Eine Kluft, deren Seiten fast tausend Meter hoch hinaufragten. Dahinter lag ein Meer aus Sonnenlicht. Suarra blieb an der ungeheuren Felsspalte stehen, hieß die anderen stehenzubleiben, warf einen Blick hindurch und gab dann das Zeichen zum Weitermarsch.

Blinzelnd trat Graydon durch das Steintor. Er sah eine grasbedeckte Ebene, auf der sich einzelne mächtige Felsbrocken erhoben, die wie Menhire von Druiden aus dem Boden zu wachsen schienen. Nirgends stand ein Baum. Die Ebene hatte die Form einer Schüssel. Ein enormes Oval von solch symmetrischer Ausformung, als ob ein gigantischer Töpfer dort einen Daumenabdruck hinterlassen hätte. Am anderen Ende, etwa fünf oder sechs Kilometer entfernt, setzte der dichte Wald wieder ein. Er umschloß den Fuß eines großen Berges, der sich steil über anderthalb Kilometer in die Höhe erstreckte. Die schlanken Hänge waren kreisrund angeordnet, so rund wie der heilige Kegel des Fudschijama, doch viel gewaltiger im Umfang.

Die kleine Gruppe befand sich auf einem breiten Steinsims, der sich am Rand der Talschüssel entlangzog und etwa dreißig Meter über dem Boden befand. Die Wände des Tales waren auf verblüffende Weise glatt und rund wie die einer Porzellanschüssel. Und dazu paßte auch, daß der Sims einem Betrachter wie der Zierrand eines solchen Stücks vorkam. Graydon sagte sich, daß man aufgrund der Wölbung der Talwand nicht wieder auf den Sims hinaufsteigen konnte, sollte man abstürzen oder abgleiten. Der Sims war etwa vier Meter breit und wirkte eher wie von Menschenhand bearbeitet als auf natürliche Weise entstanden. Jenseits vom Rand des Vorsprungs erstreckte sich die schüsselförmige Ebene mit ihren seltsamen Monolithen und den kreisrunden Hängen des geheimnisvollen Berges; und auf der anderen Seite wurde der Sims von bewaldeten und ineinander verschobenen Klippen begrenzt.

Sie marschierten den breiten Randpfad entlang. Als der Mittag kam, nahmen sie in einer kleinen Schlucht, die sich unvermittelt neben der sonderbaren Straße eröffnete, ein hastiges Mahl aus den Satteltaschen ein. Sie verloren keine Zeit damit, ihre Burros abzuladen. Ein kleiner Bach rann eine Schluchtwand hinab, und an dem füllten sie ihre Wasserflaschen auf, bevor sie die Tiere trinken ließen. Suarra hielt sich die ganze Zeit über ein wenig von ihnen fern.

Irgendwann am Nachmittag erreichten sie das nördliche Ende der Schüssel. Den ganzen Tag über hatte der kreisrunde Berg mit seinen steilen Hängen ihren Blick immer wieder in Bann gezogen. Vor einiger Zeit war ein Wind aufgekommen, der aus dem weiten Wald heranwehte und in der Ebene die Köpfe der hohen Gräser bog.

Einmal hörte Graydon im Wind einen schwachen, weit entfernten Laut; ein schnelles Rauschen, so als sei ein Trupp Verfolger unterwegs. Suarra blieb plötzlich stehen und drehte den Kopf in die Richtung, aus der der Laut gekommen war. Dann ertönte er ein weiteres Mal, jetzt jedoch viel näher und lauter. Alle Farbe wich aus dem Gesicht der Frau, aber als sie sprach, klang ihre Stimme ganz ruhig.

»Gefahr«, sagte sie. »Tödliche Gefahr für euch. Sie mag vorübergehen, oder auch nicht. Bis wir wissen, was uns blüht, müßt ihr euch verstecken. Schafft eure Tiere ins Unterholz und bindet sie dort an.« Sie zeigte auf einen Berghang, der dicht genug bewachsen war, um sich dort zu verbergen. »Ihr selbst stellt euch hinter Bäume, so daß ihr nicht gesehen werden könnt. Bindet euren Tieren Lappen um die Mäuler, damit sie keinen Laut von sich geben.«

»Also doch!« entfuhr es Soames ärgerlich. »Da ist er ja endlich, der Hinterhalt. Ich habe Euch gewarnt, Schwester. In Ordnung, wir verbergen uns zwischen den Bäumen, aber Ihr kommt hübsch mit und bleibt in meiner Nähe, damit ich ein Auge auf Euch halten kann.«

»Ich komme mit euch«, antwortete sie düster.

Soames bedachte sie mit einem wütenden Blick und drehte sich dann abrupt um.

»Danc«, rief er, »du und Starrett schafft die Burros fort. Und du, Graydon, bleibst bei den Tieren und gibst acht, daß sie kein Geräusch machen können. Wir sind ganz in der Nähe. Mit unseren Gewehren. Und das Mädchen ist bei uns, vergiß das nicht.«

Wieder übertönte das Rauschen den Wind.

»Beeilt euch«, warnte die Frau.

Als sie sich im Schutz der Bäume und des Unterholzes befanden, fiel Graydon plötzlich auf, daß er gar nicht gesehen hatte, wie Suarras Begleiter sich in Sicherheit gebracht hatte. Vorsichtig schob Graydon ein paar Zweige beiseite und spähte hindurch. Aber niemand hielt sich mehr auf dem breiten Pfad auf.

Eine Böe fuhr unerwartet durch die Wipfel. Und mit ihr kam das Rauschen wieder: laut, nah und grell. Und darin schwang etwas mit, das Graydon einen unerklärlichen Schauer über den Rücken jagte.

Ein leuchtend rotes Wesen sauste aus einem kleinen Wäldchen heraus, das knapp einen Kilometer entfernt in der Ebene stand. Das Wesen raste durch das Gras, bis es einen besonders großen Monolithen erreichte. Den bestieg es und beobachtete offensichtlich von oben die Baumgruppe, aus dem es eben geflogen war. Graydon hatte den Eindruck, es handele sich bei diesem Wesen um ein Rieseninsekt, aber gleichzeitig ging von ihm auf monströse und unfaßbare Weise etwas Menschliches aus.

Das rote Wesen glitt wieder an dem Monolithen hinab und setzte seinen Lauf durch das hohe Gras fort; und wie es Graydon vorkam, rannte es genau auf ihn zu. Dann stürzte aus dem Wald ein Rudel Wesen, die Graydon auf den ersten Blick für Jagdhunde hielt. Doch schon nach wenigen Augenblicken wurde ihm bewußt,

daß es sich bei ihnen um alles mögliche handelte, nur nicht um Hunde. Sie bewegten sich hüpfend wie Känguruhs fort, und im Sonnenlicht glitzerten sie grün und blau, so als trügen sie Rüstungen aus Smaragden und Saphiren. Und kein Hund auf der Welt besaß eine Zunge wie diese Tiere. Diese Tiere waren es auch, die das Rauschen von sich gaben, das nun mehr einem Zischen ähnelte.
Das rote Wesen bog scharf nach rechts ab, dann nach links und verkroch sich endlich am Fuß eines Monolithen, wo es reglos liegenblieb.
Aus dem kleinen Wäldchen kam eine neue, aber ebenso befremdliche Gestalt. Auch von ihr ging wie von den Jagdtieren ein Glitzern aus, aber hier wirkte es so, als sei die Gestalt von oben bis unten mit einer schwarz glänzenden Masse überzogen. Ihr Leib erinnerte an den eines kräftigen Zugpferdes, und ihr Hals war lang und wie der einer Echse geformt. Und am Ende des Nackens saß rittlings ein Mann.
Graydon hob vorsichtig seinen Feldstecher an die Augen und stellte ihn auf die Jagdgruppe ein. Eines der hüpfenden Tiere stand stocksteif da. Es bot Graydon seine Flanke und schien eine Witterung aufnehmen zu wollen.
Graydon keuchte. Dieses Wesen war ein Saurier!
Verkleinert zwar auf die Größe einer Dogge, aber dennoch unzweifelhaft ein Saurier. Graydon erkannte den plumpen Schwanz mit der karoförmigen Spitze, der zusammen mit den kräftigen, säulengleichen Beinen einen stabilen Dreifuß bildete, auf dem das Wesen hockte. Sein Körper war kerzengerade aufgerichtet. Die kurzen Vorderbeine waren ebenso muskelbepackt wie die Hinterläufe. Der Saurierhund hielt die Vorderbeine schräg, so als wollte er im nächsten Moment etwas packen. Sie endeten in jeweils vier langen und meißelförmigen Klauen, von denen einer wie ein Daumen in Opposition stand.
Was Graydon zunächst für einen Panzer aus Smaragden und Saphiren gehalten hatte, entpuppte sich nun als Schuppen. Sie überlappten einander wie bei der Rinde eines Armadillo. In den

hochglänzenden Oberflächen und Rändern der Schuppen spiegelte sich die Sonne und rief so den Eindruck von funkelnden Edelsteinen hervor.
Der Saurierhund drehte langsam den Kopf auf dem kurzen, bulligen Hals. Er schien Graydon direkt anzustarren. Grausame rote Augen unter einer gebogenen, knochigen Braue in einer breiten Stirn. Seine Schnauze erinnerte an die eines Krokodils, war aber kürzer und stumpfer, und die Kiefer waren mit spitzen, gelben Fängen bestückt.
Jetzt ritt der Mann neben den Saurierhund. Das Tier, auf dem er saß, war ebenfalls ein Saurier, hatte aber schwarze Schuppen und einen längeren Schwanz. Und sein Hals war dicker als die Bauchpartie einer Riesenpython.
Der Reiter gehörte offensichtlich Suarras Rasse an. Seine Haut wies die gleiche elfenbeinfarbige Blässe auf, und seine Züge besaßen ebenfalls eine geradezu klassische Regelmäßigkeit. Aber seine Miene setzte sich aus Arroganz und unerbittlicher Grausamkeit zusammen. Er trug einen eng anliegenden grünen Anzug, der wie eine zweite Haut auf ihm saß. Sein Haar hatte die Farbe von glänzendem Gold. Der Mann saß auf einem leichten Sattel, der am langen Hals seines Reittiers befestigt war. Schwere Zügel endeten im Maul des vergleichsweise winzigen Dinosaurierschädels.
Graydon rutschte der Feldstecher aus den zitternden Händen. Was war das für ein Mann, der auf einem Saurier ritt und ebensolche Tiere als Jagdhunde einsetzte?
Graydon sah nun zu dem Monolithen, hinter dem sich das rote Wesen versteckt hatte. Aber es war nicht mehr da. Dann bemerkte Graydon im Augenwinkel etwas Rotes im hohen Gras. Es war nur wenige hundert Meter von ihm entfernt und kam dem Rand immer näher...
Ein Getöse entstand, als würden tausend Geysire gleichzeitig ausbrechen. Die Jagdsaurier hatten die Witterung aufgenommen und sprangen nun wie ein grün und blau glitzernder Sturmwind durch das Gras.
Das rote Wesen hüpfte hoch durch die langen Gräser. Es bewegte

sich auf vier langen, stelzenartigen Beinen. Sein Kopf erhob sich etwa vier Meter über dem Boden. Hoch auf diesen Stelzen lag der Rumpf: nahezu oval und kaum größer als der eines Knaben. Aus den Seiten wuchsen zwei sehnige Arme, die auf das Doppelte ihrer normalen Länge gedehnt wirkten. Der Rumpf, die Arme und die Beine waren von feinen roten Haaren bedeckt. Das Gesicht war den Verfolgern zugewandt, so daß Graydon es nicht erkennen konnte.

Die Saurierhunde kamen dem Wesen näher. Es warf sich wie ein Blitz auf den Rand zu.

Graydon hörte unter sich ein verzweifeltes Kratzen und Scharren. Graue Hände tauchten plötzlich auf dem Rand auf und suchten mit fußlangen Fingern Halt, die wie knochige Nadeln aussahen. Sie fanden Vertiefungen im Stein und zogen mit aller Kraft. Hinter ihnen erschienen spindeldürre, rotbehaarte Arme.

Und dann kam das Gesicht, von ebenso grauer Färbung wie die Hände. In ihm waren zwei große, runde und goldene Augen.

Das Gesicht eines Menschen, und auf verwirrende Weise doch anders.

Ein Gesicht, wie er es noch nie bei einem lebenden Wesen gesehen hatte. Dennoch konnte an seiner Menschenähnlichkeit kein Zweifel bestehen. Wie ein Schleier lag die Menschenähnlichkeit über dem unfaßbaren Gesicht.

Graydon kam es so vor, als würde ein roter Stab aus der Luft auftauchen und das aberwitzige Gesicht berühren. Der Stab sah genau aus wie der von Suarras Begleiter. Ob ihn da seine Sinne getäuscht hatten oder nicht, die dürren Finger ließen von ihrem Halt ab, und das graue Gesicht verschwand hinter dem Rand.

Nun ertönte von der Schüsselwand ein langgezogener Angstschrei, dem ein triumphierendes Zischen folgte. In Graydons Sichtfeld sprang der schwarze Dinosaurier. Der goldhaarige Reiter brüllte erregt. Dann wendete er das Tier und stürmte davon. Die Jagdmeute folgte ihm auf dem Fuß. Sie überquerten wie eine Donnerwolke, der smaragdene und saphirene Blitze folgten, die Ebene, gelangten in den Wald und waren bald darauf verschwunden.

Suarra trat aus dem Schatten der Bäume, und die drei Abenteurer folgten ihr zitternd und mit weißen Gesichtern. Die Frau blieb stehen und sah den verschwundenen Sauriern nach. Sie hatte die Zähne zusammengebissen, und ihre Augen waren voller Zorn.
»Suarra!« keuchte Graydon. »Dieses Wesen, dieses Wesen, das davongerannt ist, was war das? Großer Gott, es hatte fast ein Gesicht wie ein Mensch!«
»Es war kein Mensch«, schüttelte Suarra den Kopf. »Es war ein... ein Weber. Vielleicht wollte er fliehen. Vielleicht aber hat Lantlu ihm eine Möglichkeit gezeigt, die ihn zur Flucht verleiten sollte. Denn Lantlu findet großen Gefallen daran, mit den Xinli auf Jagd zu gehen.« Der Haß ließ ihre Stimme schwanken. »Und ein Weber ist als Beute immer noch gut genug, wenn nichts anderes zur Verfügung steht.«
»Ein Weber? Aber sein Gesicht war menschlich!« entfuhr es Soames.
»Nein«, antwortete Suarra, »das war kein Mensch. Zumindest kein Mensch wie ihr. Vor langer, langer Zeit waren seine Vorfahren Menschen, sicher, aber nun ist er nichts weiter als ein Weber.« Sie wandte sich Graydon zu.
»Yu-Atlanchi hat es mit ihren Künsten verstanden, ihn und seine Art entstehen zu lassen. Erinnere dich an den Weber, Graydon, wenn du am Ende unserer Reise angelangt bist.«
Sie trat hinaus auf den breiten Pfad. Dort stand der Mann mit der Kapuze und wartete so ruhig, als sei überhaupt nichts vorgefallen. Suarra rief das weiße Lama und übernahm wieder die Spitze der kleinen Karawane. Soames berührte Graydon am Arm und riß ihn damit aus seinen Grübeleien, in die Suarras rätselhafte Warnung ihn gestürzt hatte.
»Nimm deinen Platz ein, Graydon«, murmelte der Amerikaner. »Wir folgen euch. Später habe ich mit dir zu reden. Vielleicht bekommst du dann deine Waffen zurück... falls du vernünftig bist.«
»Beeilt euch«, rief Suarra. »Die Sonne sinkt, und wir haben noch ein gutes Stück vor uns. Bevor es morgen Mittag wird, sollt ihr

euren Juwelengarten sehen, und auch das fließende Gold, mit dem ihr anstellen könnt, was Ihr wollt. Vielleicht macht das Gold aber auch mit euch, was es will.«

Sie sah auf die Männer, und kurz huschte so etwas wie Hohn aus ihrem Blick. Soames verkrampfte sich.

»Dann marschiert mal los, Schwester«, sagte er giftig. »Ihr braucht nicht mehr zu tun, als uns diesen Garten Eden zu zeigen. Damit wäre Eure Arbeit erledigt. Den Rest besorgen wir schon alleine.«

Suarra zuckte nur die Achseln. Dann zogen sie wieder den Randweg entlang.

Die Ebene war still und verlassen. Aus den entfernten Wäldern ertönte nicht das leiseste Geräusch. Graydon zermarterte sein Gehirn, um eine logische Erklärung für das zu finden, was er eben erlebt hatte. Ein Weber. So hatte Suarra das rote Wesen genannt; und hinzugefügt, daß einst dessen Vorfahren ganz normale Menschen gewesen seien. Ihm fiel ein, daß Suarra bei ihrer ersten Begegnung von der ungeheuren Macht des rätselhaften Yu-Atlanchi erzählt hatte. Hatte sie damit etwa sagen wollen, ihr Volk beherrsche die Geheimnisse der Evolution so vollkommen, daß es ihm möglich sei, diesen Prozeß umzukehren, sogar so etwas wie eine Devolution herbeizuführen?

Warum eigentlich nicht? Im langen Aufstieg des Menschen aus dem Urschleim an den Küsten der ersten warmen Meere hatte er unzählige Formen angenommen. Und als er sich weiterentwickelte, zum Wirbeltier wurde, das kalte Blut gegen warmes auswechselte und bald auch Intelligenz entwickelte, war er immer noch mit den Fischen verwandt, die er heute im Wasser fing, mit den Felltieren, deren Pelz die Menschenfrauen so gern trugen, oder mit den Affen, die er sich zu Studienzwecken oder zum bloßen Amüsement aus dem Dschungel holte. Selbst die Spinnen, die in seinen Gärten ihre Netze sponnen, oder der Skorpion, der sich vor seinem Fußtritt in Sicherheit brachte, waren unzweifelhaft seine entfernten Blutsverwandten.

Als der heilige Franz von Assisi von Schwester Fliege, Bruder Wolf

und Schwester Schlange gesprochen hatte, hatte er damit nichts anderes als wissenschaftliche Wahrheit ausgedrückt.
Alle Lebensformen auf der Erde hatten einen gemeinsamen Ursprung. So sehr die Entwicklung im einzelnen auch auseinanderlaufen mochte und so mannigfaltig die Artenvielfalt heute auch war, Mensch und Tier, Fisch und Schlange, Echse und Vogel, Ameise, Biene und Spinne waren alle aus den einst einheitlichen Schleimgebilden entstanden, die vor abermillionen Jahren vor den Ufern der Urmeere umhergetrieben waren. Protaebion hatte Gregor von Edinburgh diesen Schleim genannt. Das erste Leben, aus dem alles andere entstanden war.
Waren all die Keime für die Formen, die der Mensch in seinem langsamen Aufstieg zur heutigen Gestalt gehabt hatte, immer noch in ihm? Schliefen vielleicht nur in ihm?
Der große französische Wissenschaftler Roux hatte Froscheier manipuliert und damit sowohl riesige wie zwergenhafte Frösche geschaffen, solche mit zwei Köpfen, solche mit acht Beinen und solche mit drei Schädeln und unzähligen Beinen wie bei einem Tausendfüßler. Und aus diesen Eiern waren auch Wesen entstanden, die überhaupt keine Ähnlichkeit mehr mit Fröschen aufwiesen.
Der Russe Wornikow und der Deutsche Schwartz hatten mit höheren Lebensformen experimentiert und Chimären geschaffen. Alptraumhafte Wesen, die sie erschlagen mußten, und zwar auf der Stelle.
Wenn Roux und den anderen schon solche Manipulationen gelungen waren – und Graydon wußte von diesen Forschungen –, warum sollte es dann nicht größeren Wissenschaftlern möglich sein, die schlafenden Keime im Menschen zu wecken und solche Wesen wie den roten Weber zu schaffen? Einen Spinnenmann und wer wußte, was noch!
Die Natur selbst hatte sie auf diese Fährte geführt. Von Zeit zu Zeit brachte die Natur selbst Abnormitäten hervor: Menschliche Monstren, die äußerlich, wenn schon nicht innerlich, tierische Stigmata aufwiesen, manchmal sogar auch die von Fischen oder

gar von Krustazeen. Babies wurden mit Kiemen am Hals geboren; Kinder kamen mit Schwänzen auf die Welt. Säuglinge waren von Kopf bis Fuß behaart. Der menschliche Embryo durchlief im Mutterleib alle Stadien der Evolution, angefangen vom Urschleim bis zum Säugetier, und das in weniger als einem Jahr.
Also war es doch durchaus möglich, daß in Yu-Atlanchi die lebten, für die der Schmelztiegel der Menschwerdung keine Geheimnisse mehr enthielt; daß hier die lebten, die in jedes beliebige Entwicklungsstadium vordringen und dort das erschaffen konnten, was ihnen gerade vorschwebte.
Ein Webstuhl ist eine leblose Maschine, an dem menschliche Finger mehr träge als behende arbeiten. Die Spinne hingegen ist sowohl Maschine als auch Handwerker. Sie spinnt und webt geschickter und schneller, als das jegliche leblose Maschine mit menschlicher Bedienung je vermag. Welche von Menschenhand gebaute Maschine hat je vermocht, die Zierlichkeit und Schönheit eines Spinnenetzes auch nur entfernt zu erreichen?
Plötzlich breitete sich vor Graydons geistigem Auge eine ganze Menagerie schauderhafter Gestalten aus: Spinnenmänner und -frauen, die sich über ein gewaltiges Netz bewegen und mit nadelartigen Fingern wunderbare Stoffe weben; Maulwurfmenschen, die unermüdlich graben und unterirdische Labyrinthe erschaffen, Kloaken und Abwässerkanäle für die, die eigens zu diesem Zweck solche Wesen erschaffen hatten; Amphibienmenschen, die im Wasser wirken. Phantasmagorien der Menschlichkeit, auf monströse Weise der Natur nachempfunden, noch während sie als formbares Material im Mutterleib ruhten.
Graydon bemerkte, daß er zitterte. Mit aller Kraft verdrängte er diese Alptraumvorstellungen aus seinem Bewußtsein.

V

Die Elfenhörner

Die Sonne war dem westlichen Horizont schon reichlich nahe gekommen, als sie das Ende der ovalen Ebene erreichten. Der Berg streckte hier einen Vorläufer aus, der fast bis an die Klippen zur Rechten reichte. Die kleine Gruppe zwängte sich einer nach dem anderen durch die schmale Kluft dazwischen. Durch das Halbdunkel in der Schlucht marschierten sie über glatten Felsboden einen aufwärts führenden, aber nicht mühseligen Weg hinauf. Die Sonne war schon hinter die Gipfel im Westen versunken, und die Dämmerung setzte bereits ein, als sie die Kluft endlich hinter sich gebracht hatten.

Sie standen am Rande eines kleinen Moors. Zur Linken erstreckte sich der Bogen des kreisrunden Berges. Bei näherem Hinsehen erwies sich, daß es sich bei diesem Ort weniger um ein Moor, als vielmehr um ein Stück Ödland handelte. Der Boden war mit klarem, weißem Sand bedeckt. Er war mit kleinen Hügeln übersät, flachen Erhebungen, die so aussahen, als würde hier unentwegt der Wind fegen. Nur oben auf den kleinen Hügeln wuchs spärlich Gras. Die Erhebungen standen in Abständen von dreißig Metern da und zeigten eine verblüffende Regelmäßigkeit in der Anordnung, so als handele es sich hier um einen Hünengräber-Friedhof. Das ganze Gelände umfaßte etwa zweieinhalb Hektar und wurde von dichtem Wald eingefriedet. Entfernt war das Plätschern eines Baches zu vernehmen. Suarra führte sie über den Sand und blieb erst vor einem Hügel im Zentrum des Geländes stehen.

»Hier schlagt ihr euer Lager auf«, erklärte sie. »Ganz in der Nähe findet ihr auch Wasser. Ihr dürft ein Feuer machen und könnt ohne Furcht schlafen. Im Morgengrauen müssen wir schon wieder aufbrechen.«

Damit verließ sie die Abenteurer und begab sich zusammen mit dem Mann in dem rotgelben Kapuzenumhang zu einem anderen Hügel. Das weiße Lama trottete ihr nach. Graydon hatte erwartet, Soames würde sie aufhalten, aber er tat nichts dergleichen. Statt dessen gab er Dancret und Starrett mit den Augen ein Zeichen. Graydon kam es so vor, als seien die drei eher froh, daß Suarra nicht bei ihnen lagerte und für Distanz zwischen ihnen und ihr gesorgt hatte.

Auch ihre Haltung ihm gegenüber hatte sich gewandelt. Mit einemmal sahen sie ihn wieder als ihren Kameraden an.

»Führst du die Burros ans Wasser?« fragte Soames. »Wir kümmern uns inzwischen um das Feuer und das Essen.«

Graydon nickte und brachte die Tiere zum Bach. Als er sie etwas später zurückführte, warf er kurz einen Blick auf den Hügel, zu dem Suarra gegangen war. Daneben stand nun ein kleines, viereckiges Zelt, das in der Dämmerung wie Seide glänzte. Unweit davon war das Lama angebunden und fraß ruhig Gras und Körner. Die Körbe aus geflochtenem Goldfaden trug es immer noch an den Seiten. Suarra und der sonderbare Mann hielten sich vermutlich im Zelt auf, denn sie waren nirgendwo zu sehen.

Am Hügel der Abenteurer brannte bereits ein Feuer. Auch das Abendbrot schien bald fertig zu sein. Als Graydon kam, zeigte Starrett mit einem Daumen auf Suarras. »Hat sie aus dem Tragkorb geholt«, sagte der Riese. »Zuerst sah es nur so aus wie ein zusammengefalteter Regenschirm. Dann hat sie ihn auch genauso aufgeklappt, und heraus kam ein Zelt. Wer hätte es für möglich gehalten, so etwas in dieser Wildnis vorzufinden?«

»Ich schätze«, sagte Dancret leise, »in diesen Körben befinden sisch noch eine Menge Dinge, die wir nie für möglich ge'alten 'ätten.«

»Da kannst du drauf wetten«, brummte Soames. »Und das, was wir bis jetzt schon zu Gesicht bekommen haben, würde uns bis ans Ende unserer Tage reich machen, nicht wahr, Graydon?«

»Sie hat euch noch viel mehr versprochen«, antwortete Graydon

erregt, weil ihn der maliziöse Unterton in Soames' Worten beunruhigte.
»Klar, klar doch«, sagte Soames. »Wird wohl so sein, nur... Ach was, jetzt wollen wir erst einmal futtern.«
Die Vier hockten sich um die brennenden Äste, wie sie es so viele Nächte getan hatten, bevor Graydon Starrett niedergeschlagen hatte. Zu Graydons Erstaunen ignorierten seine Kameraden die furchtbare Jagd am Tag in der Ebene. Sie wichen Graydon aus und wechselten rasch das Thema, als er es, um sie zu testen, zweimal ansprach. Ihre ganze Unterhaltung drehte sich nur um die zu erwartenden Reichtümer, die ihnen nun so nahe waren; und natürlich darum, was jeder mit seinem Vermögen anfangen wollte, sobald sie wieder in die zivilisierte Welt zurückgekehrt waren. Stück für Stück erzählten sie sich auch von den Schätzen in den Tragekörben des Lamas und debattierten über den Wert der Edelsteine, die Suarra am Körper trug. Es kam ihm so vor, als wollten sie ihn um jeden Preis mit ihrer Habgier anstecken.
»Himmel und Hölle! Allein mit ihren Smaragden würden wir alle vier nie mehr Sorgen haben!« wiederholte Starrett in mehreren Abarten immer wieder.
Graydon hörte ihnen mit wachsendem Unbehagen zu. Irgend etwas war unter dieser vorgespielten Oberfläche der Ignoranz gegenüber der Jagdszenen auf das rote Wesen, deren Zeugen sie noch am Nachmittag geworden waren. Und auch die ständigen Reden über die zu erwartenden Reichtümer, ebenso wie die fortlaufenden Wiederholungen des Müßiggangs und des Luxus', der ihnen allen bevorstand, kamen Graydon gekünstelt vor.
Plötzlich war ihm klar, daß sie große Furcht hatten, daß sie den Schrecken des bevorstehenden Unbekannten mit ihrer Gier zu übertünchen versuchten. Graydon nahm sich vor, jetzt erst recht vor ihnen auf der Hut zu sein. Irgend etwas spukte den drei Kameraden im Gehirn herum, zu dem ihr ganzes Gerede nur das Vorspiel war.
Endlich sah Soames auf seine Uhr.
»Kurz vor acht«, erklärte er abrupt. »Die Dämmerung kommt ge-

gen fünf. Wird Zeit, endlich zur Sache zu kommen. Graydon, rutsch ein Stück näher heran.«
Die vier Männer hockten im Schatten des Hügels dicht beieinander. Von dort aus war Suarras Zelt nicht zu sehen; genauso wenig wie sie von den Bewohnern des kleinen, seidenen Pavillons, der nun im Mondlicht wie eine große silberne Motte wirkte, auszumachen waren.
»Graydon«, begann der Neuengländer, »wir haben uns da etwas überlegt. Unser ursprünglicher Plan wurde etwas geändert. Wir wollen fünfe gerade sein lassen und vergessen, was vorgefallen ist. Hier sind wir, vier weiße Männer inmitten einer Schar von unbekannten Wesen. Weiße Männer sollten in der Fremde zusammenhalten. Denkst du nicht auch so?«
Graydon nickte abwartend.
»Dann ist es ja gut«, fuhr Soames fort. »Also, die Sachlage. Ich will gar nicht abstreiten, daß uns das Erlebnis von heute nachmittag mächtig in die Glieder gefahren ist. Mit unserer jetzigen Ausrüstung können wir gegen diese Herde von zischenden Teufeln nichts ausrichten. Aber, und damit komme ich zum Kernpunkt, wir können wieder zurück und besser bewaffnet noch einmal hierherkommen. Hast du das verstanden?«
Graydon nickte, aber alle seine Sinne waren wach für das, von dem er glaubte, daß es jetzt unweigerlich kommen mußte.
»In den Körben vom Lama und an dem Mädchen sind genug Klunker«, erklärte Soames, »um uns alle für den Rest unseres Lebens glücklich zu machen. Allerdings könnte man damit auch die schlagkräftigste kleine Expedition finanzieren, die sich je auf Schatzsuche begeben hat. Und genau danach steht uns der Sinn, Graydon. Wir holen uns die Tragkörbe und nehmen uns alles, was sich in ihnen findet. Dann packen wir auch die Klunker von dem Mädchen ein. Und so reich beschenkt machen wir uns auf den Rückweg. In der Zivilisation suchen wir uns ein paar hartgesottene Jungs. Wir vier bekommen die Hälfte von allen zu erwartenden Reichtümern, und die Jungs können die andere Hälfte unter sich aufteilen. Wir kaufen uns auch ein paar Flugzeuge, und mit

denen dürften wir ziemlich rasch herausfinden, wo das Mädchen herstammt. Ich wette, diese zischenden Ungeheuer halten konzentriertem Maschinengewehrfeuer und vielleicht auch noch ein paar Bömbchen aus den Flugzeugen nicht allzu lange stand. Tja, und wenn der Pulverdampf sich verzogen hat, packen wir in aller Ruhe die Schätze ein und lassen es uns bis ans Ende unserer Tage wohlsein. Na, Graydon, was hältst du davon?«

Graydon versuchte, Zeit zu gewinnen.

»Wie wollt ihr denn jetzt an die Klunker gelangen?« fragte er. »Und selbst wenn ihr sie kriegt, wie wollt ihr sie von hier fortschaffen?«

»Ganz mit der Ruhe«, sagte Soames. »Wir haben alles durchdacht. In dem Zelt dort hinten befinden sich nur Suarra und der alte Trottel. Sie haben keine Wachen aufgestellt, weil sie von uns keine Gefahr befürchten; zumindest jetzt noch nicht. Also wenn du mitmachen willst, schleichen wir uns zu ihrem Hügel. Starrett und Danc nehmen sich den Opa vor. Nur geschossen wird nicht. Sie schieben dem Alten einfach ein Messer zwischen die Rippen. Du und ich, wir kümmern uns um die Lady. Wir trachten ihr nicht nach dem Leben. Wir fesseln sie nur ein bißchen und knebeln sie. Dann verladen wir alles auf die Burros und machen uns auf den Weg.«

»Auf den Weg wohin?« wollte Graydon wissen. Er rückte Dancret vorsichtig etwas näher, um ihm den Revolver aus der Tasche zu reißen.

»Auf den Weg hier 'raus, verdammt nochmal!« knurrte Soames. »Starrett und ich haben im Westen einen Gipfel gesehen, den wir von der Reise wiedererkannt haben. Sobald wir den erreicht haben, weiß ich, wie es weitergeht. Wenn wir die ganze Nacht und den Tag über marschieren, könnten wir morgen um diese Zeit den Berg erreicht haben. So dicht sind die Wälder hier auch nicht, und außerdem ist Vollmond.«

Graydon bewegte vorsichtig seine Hand, bis die Fingerspitzen Dancrets Tasche berührten. Die Pistole war immer noch da. Bevor er zu dieser Verzweiflungstat schreiten würde, wollte er noch

einen letzten Appell an die Kameraden richten, und zwar an ihre Furcht.
»Eins hast du wohl übersehen, Soames«, begann er. »Wir würden sicher verfolgt. Und was sollten wir schon gegen diese Saurier ausrichten, wenn diese auf unserer Spur wären? Überleg doch mal, sie hätten uns in nullkommanichts umzingelt. Und wie wolltest du dann mit ihnen fertigwerden?«
Und dann wurde ihm die Schwachstelle seiner Argumentation klar.
»Darüber mache ich mir überhaupt keine Sorgen«, grinste Soames. »Das ist doch gerade unser Vorteil: Niemand sucht nach der Lady. Niemand weiß, wo sie sich aufhält, und sie will auch nicht, daß jemand von ihren Leuten es erfährt. Heute nachmittag hat sie verdammt gut darauf geachtet, nicht von der Jagdgruppe entdeckt zu werden. Nein, Graydon, ich denke, sie hat sich von ihren Leuten davongeschlichen, um dir den Weg nach draußen zu zeigen. Ehrlich, Mann, ich ziehe den Hut vor dir. Du gehst ja ordentlich ran. Suarra hast du schon fest an der Angel. Der einzige, der uns Schwierigkeiten machen könnte, ist der Alte mit der Kapuze. Und der hat, ehe er sich versieht, schon ein Messer zwischen den Rippen. Damit bliebe nur noch die Frau. Und die wird verdammt froh sein, uns den Weg hinauszeigen zu können, damit wir uns nicht etwa verirren. Aber Starrett und ich kennen diesen Gipfel, das schwöre ich dir. Wir nehmen Suarra mit, damit sie nicht auf dumme Gedanken kommt, und wenn wir wieder bekanntere Gefilde erreicht haben, setzen wir die Lady auf freien Fuß. Dann kann sie unbehelligt nach Hause laufen, nicht wahr, Jungs?«
Starrett und Dancret nickten eifrig.
Graydon tat so, als würde er nachdenken. Er wußte nur zu gut, was Soames in Wahrheit vorhatte. Er wollte ihn für einen kaltblütigen Mord benutzen, den die drei schon geplant hatten, und sobald sie dieses furchtbare Land hinter sich gelassen hatten, würden sie wohl auch ihn beseitigen wollen. Auch würden sie Suarra niemals gestatten, unbehelligt in ihre Heimat zurückzukehren, um dort womöglich zu berichten, was vorgefallen war. Nein, sie wür-

den Suarra erschlagen, nachdem sie sie erst einmal Starrett für eine Weile überlassen hatten.
»Nun komm schon, Graydon«, sagte Soames ungeduldig. »Der Plan ist gut und für uns ohne größere Mühen durchführbar. Machst du nun bei uns mit? Wenn nicht, dann...«
Plötzlich funkelte ein Messer in Soames' Hand. Starrett und Dancret rückten gleichzeitig näher. Diese Bewegung verschaffte Graydon den Vorteil, auf den er gewartet hatte. Er stieß die Hand in die Tasche des Franzosen, riß die Pistole heraus und versetzte gleichzeitig Starrett einen Tritt in den Unterleib. Der Riese brach stöhnend zusammen. Aber bevor Graydon die Waffe auf Soames richten und ihn so in Schach halten konnte, hatten sich Dancrets Hände um seine Fußgelenke geklammert. Der Franzose riß ihn zu Boden.
»Suarra!« schrie Graydon im Fallen. Vielleicht würde der Ruf sie wecken und warnen. Ein zweiter Schrei wurde erstickt, ehe er ihn noch ausstoßen konnte. Soames hatte ihm seine knochigen Hände um den Hals gelegt.
Graydon streckte die Arme aus, um den würgenden Griff zu lösen. Soames' Hände gaben etwas nach, gerade genug für ihn, noch einmal tief Luft zu holen. Sofort ließ er von den Handgelenken des Neuengländers ab und stieß die Finger einer Hand mit aller Kraft in Soames' Mundwinkel. Ein unartikulierter Fluch kam ihm über die Lippen, und er ließ Graydons Hals los. Graydon wollte sofort aufspringen, aber da legte sich schon ein Arm um seinen Hals. Soames preßte seine Kehle im angewinkelten Arm.
»Stich ihn ab«, keuchte er zu Dancret.
Graydon stieß sich mit aller Macht nach hinten und brachte so den Neuengländer unter sich. Dancrets Klinge verfehlte Soames um wenige Zentimeter. Der hagere Mann nahm Graydons Beine in die Schere und versuchte, ihn in die Reichweite des Franzosen zu schieben. Graydon biß Soames in den Arm, der immer noch an seiner Kehle war. Der Neuengländer brüllte auf vor Schmerz und Wut. Er bewegte sich ruckartig unter Graydon, um sich von den Zähnen in seinem Fleisch zu befreien. Dancret sprang mal hierhin

und mal dorthin und suchte nach der besten Möglichkeit zum Zustechen.
Dann ertönte ein Schrei von Starrett.
»Das Lama! Es rennt fort! Das Lama!«
Unfreiwillig löste Graydon seinen Biß. Soames kam unter ihm frei und sprang auf. Graydon tat es ihm augenblicklich nach und hielt einen Arm vor sich, um Dancrets Stich abwehren zu können.
»Soames, sie' nur!« Der Franzose beachtete Graydon gar nicht mehr, sondern zeigte aufgeregt in die Dunkelheit. »Es ist frei! *Mon Dieu*, da läuft es 'in, mit all dem Gold, mit all den Edelsteinen!«
Der Mondschein war heller geworden, und in seinem Licht hatte sich der weiße Sand in einen silbrigen See verwandelt, aus dem sich die Hügel wie kleine Inseln erhoben. Das Lama eilte mit den goldenen Körben an den Seiten über diese Fläche. Knapp hundert Meter weit war das Tier schon gekommen. Sein Ziel war offensichtlich die Kluft, durch die sie am frühen Abend gekommen waren.
»Aufgepaßt!« schrie Soames und schien alles andere vergessen zu haben. »Hinterher, Starrett! Dorthin, Danc! Ich versuche, ihm den Weg abzuschneiden!«
Die drei rannten hinaus auf den silbrig leuchtenden Sand. Das Lama verfiel plötzlich in Trab, trottete auf einen der Hügel zu und kletterte gemächlich bis auf die Spitze hinauf.
»Hierher, Männer! Jetzt haben wir es!« brüllte Soames. Die Männer stürmten zu der Erhebung, auf deren Gipfel das weiße Lama stand und sich in aller Seelenruhe umsah. Von drei Seiten näherten sich die Abenteurer der Anhöhe.
Auf halbem Weg nach oben, sie hatten gerade das spärliche Gras erreicht, ertönte ein sanfter Ton. Er stammte aus einem der Hörner, wie Graydon sie so fröhlich tönend am Tag seiner ersten Begegnung mit Suarra gehört hatte. Andere Hörner antworteten ihm, manche ganz in der Nähe, andere weiter fort, aber insgesamt so viele, daß sie aus allen Richtungen zu kommen schienen. Wieder ertönte der einzelne Ton. Dann schloß sich der Antwortchor um den Hügel mit dem Lama, schwebte wie eine Wolke darüber und fiel dann wie ein musikalischer Regen darauf hinab.

Graydon sah, wie Starrett stolperte, so als habe er einen Schlag erhalten, obwohl nirgendwo ein Gegner zu erkennen war. Dann schlug er mit seinen muskulösen Armen um sich, so als müßte er sich einer unsichtbaren Meute erwehren. Einen Moment lang stand er mit herumwirbelnden Armen da, bevor er sich zu Boden fallen ließ und auf den Sandboden hinunterrollte. Die Elfenhörner schienen sich von ihm zu entfernen und sich nun auf Soames zu konzentrieren. Er stand auch nicht mehr auf den Beinen, sondern kroch hartnäckig auf allen vieren nach oben. Einen Arm hielt er ständig schützend vor sein Gesicht.

Wovor wollte er sich da schützen?

Alles, was Graydon erkennen konnte, waren der Hügel und oben das Lama, beide im Mondlicht gebadet, Starrett am Grund der Anhöhe und Soames, der fast den Gipfel erreicht hatte. Dancret mußte auf der anderen Seite sein, denn er konnte ihn nicht ausmachen.

Immer mehr Hörner ließen sich vernehmen, und ihre Töne waren deutlich lauter geworden; fast wie eine Feenjagd. Woher diese Töne stammten, war Graydon ein Rätsel. Bis auf seine Kameraden und das Tier war niemand zu sehen; nicht einmal ein fremder Schatten war irgendwo aufgetaucht. Aber er hörte ein Schwirren in der Luft wie von hunderten Flügelpaaren.

Soames erreichte den Rand des flachen Hügelgipfels. Das Lama senkte den Kopf in seine Richtung und schien ihn zu studieren. Als der Neuengländer über den Rand kroch und eine Hand nach dem Zügel des Tieres ausstreckte, drehte es sich ruckartig um, sprang zum anderen Ende des Gipfels und lief zum Sand hinunter.

Das Konzert der Hörner war zu einem bedrohlichen Getöse angewachsen. Graydon sah zu, wie Soames immer öfter zusammenzuckte, wie wahnsinnig um sich schlug und das Gesicht verbarg, um die Augen vor einem ganzen Hagel von Schlägen, Stößen und Hieben zu schützen. Aber was immer es auch sein mochte, was ihm da so zusetzte, es konnte ihn nicht von seinem Vorhaben abhalten. Er rannte über den Gipfel und eilte hinter dem Lama her.

Als er den Sandboden erreichte, regte sich Starrett wieder und torkelte wie ein Betrunkener los.
Der Klang der Hörner erstarb abrupt wie Kerzen, die durch einen plötzlichen Windstoß ausgeblasen worden waren. Dancret kam um den Hügel gerannt. Die drei Männer standen schließlich in einer Gruppe zusammen und debattierten und gestikulierten. Ihre Kleider waren zerfetzt. Als Soames sich einmal drehte, stand er voll im Mondlicht: Sein Gesicht war blutüberströmt.
Das Lama trabte über den Sand, aber so gemächlich, als wollte es die Männer zur weiteren Verfolgung locken. Sonderbarerweise zeichnete es sich in einem Moment klar und deutlich im Mondschein ab, und im nächsten Augenblick wurde es verschwommen und durchsichtig wie ein Schleier. Wenn seine Konturen sich wieder verfestigten, wurden auch die Mondstrahlen dicker, wirbelten umeinander und schienen das Tier zu weben, bis es wieder ganz dastand. Das Lama verging und wuchs dann erneut auf dem Webstuhl der Strahlen, als sei es aus einem überirdischen Gewebe gemacht.
Starretts Hand fuhr an seinen Gürtel. Doch bevor er seine Pistole auf das weiße Lama richten konnte, hatte Soames ihn schon am Handgelenk gepackt und redete zornig und hartnäckig auf ihn ein. Graydon brauchte nicht lange zu raten, was er sagte: Soames warnte ihn davor, einen Pistolenschuß abzugeben, denn niemand könnte wissen, wen der dadurch entstehende Knall alarmieren würde.
Die drei trennten sich. Dancret lief nach links und Starrett nach rechts, um das Lama in die Zange zu nehmen, während Soames sich ihm vorsichtig, um es nicht zu erschrecken, von vorn näherte. Aber kaum war er ein paar Schritte weit gekommen, da trabte das Tier auch schon los und steuerte einen der Hügel an.
Kurz glaubte Graydon, oben auf diesem Hügel Suarras Begleiter zu sehen, der den langen Stab ausgestreckt hielt und damit auf das Lama zeigte. Aber als Graydon genauer hinsah, kam er zu dem Schluß, daß seine Augen ihm wohl einen Streich gespielt hatten, denn niemand war auf der Anhöhe zu entdecken. Das Lama lief

den Hügel mit großen Sprüngen hinauf. Kurz darauf erreichten auch die drei Abenteurer von verschiedenen Seiten die Erhebung und rannten die Hänge hoch.
Augenblicklich setzten die Elfenhörner wieder ein, und jetzt klangen sie sehr aggressiv. Die drei Männer zögerten und blieben stehen. Dann stolperte Starrett wieder nach unten, riß die Pistole aus dem Halfter und schoß. Das weiße Lama brach zusammen.
»Dieser Idiot!« stöhnte Graydon. »Dieser verdammte Idiot!«
Die kurze Stille nach dem Schuß wurde von einem wahren Donnersturm der Elfenhörner unterbrochen. Und dieses Gewitter fuhr dann auf die Abenteurer hinunter. Dancret kreischte, rannte zum Lager zurück und schlug dabei wie wild mit den Armen durch die Luft. Auf halbem Weg stürzte er und blieb reglos liegen. Auch die Arme von Starrett und Soames fuhren wie außer Kontrolle geratene Windmühlenflügel durch die Luft. Immerzu duckten sie sich und wichen unsichtbaren Angriffen aus, während das Orchester der Elfenhörner einen wütenden Tumult blies. Und in den Tönen schwang der Tod mit.
Starrett fiel auf die Knie, faßte sich wieder und kroch weiter. Nicht weit von Dancret riß er die Arme hoch, fiel auf's Gesicht und lag danach genauso still da wie der Franzose. Und nun blieb auch Soames nicht mehr auf den Beinen, aber er wehrte sich bis zum Schluß. Dann lagen alle drei wie tot im Sand.
Graydon mußte erst den Schock überwinden, bevor er sich wieder regen konnte. Er rannte los, aber schon nach wenigen Schritten spürte er eine Berührung an seiner Schulter. Ein Prickeln, dem Betäubtheit folgte, strömte durch seinen Körper. Nur mit Mühe konnte er den Kopf drehen. Hinter ihm war der Mann mit der Kapuze. Mit seinem roten Stab hatte er die Lähmung über Graydon gebracht; genauso wie er am Tag den Spinnenmann paralysiert und damit den Reißzähnen der Dinosaurier ausgeliefert hatte.
Der rote Stab zeigte nacheinander auf die drei Männer am Boden. Wie auf einen unhörbaren Befehl hin erhob sich sofort das Getöse der Hörner von den Abenteurern, stieg hoch in die Luft und verstummte. Auf dem Hügel rappelte sich das weiße Lama wieder auf.

Ein roter Streifen war an einem seiner Läufe zu erkennen; dort wo Starretts Kugel es getroffen hatte. Das Tier humpelte die Anhöhe hinunter.
Als es an Soames vorbeikam, beschnüffelte es den Mann. Der Neuengländer hob den Kopf. Er versuchte aufzustehen, fiel aber wieder zurück. Das Lama stupste ihn mit der Nase an. Soames kam auf Händen und Knien hoch. Sein Blick war fest auf die goldenen Körbe gerichtet, und er fing an, hinter dem Lama her zu krabbeln.
Das weiße Lama lief langsam und ein wenig ungelenk. Es erreichte Starrett und berührte ihn so wie Soames. Auch der Riese hob den Kopf, fiel wieder zurück und krabbelte endlich wie sein Kamerad hinter dem Tier her.
Das Lama war schon bei Dancret angelangt. Er regte sich ebenfalls und folgte dem Tier bald auf Händen und Knien.
So bewegte sich dieser Zug über die Mondlicht durchflutete Fläche auf das Lager zu. Voran das Lama, aus dessen Wunde noch immer Blut rann, dahinter die drei krabbelnden Männer, deren Augen nicht von den Tragkörben ließen und deren Münder offenstanden wie bei Fischen, die an Land gespült worden waren.
Das Lama erreichte das Lagerfeuer und trottete weiter. Die Männer schienen ihr Lager nicht wiederzuerkennen und folgten unverdrossen dem Leittier. Dann senkte Suarras Begleiter seinen Stab.
Die drei Abenteurer hielten inne. Sie brachen zusammen, so als sei von einem Moment auf den anderen alles Leben aus ihnen gewichen.
Die merkwürdige Lähmung schwand von Graydon so abrupt, wie sie gekommen war. Seine Muskeln entkrampften sich, und er konnte sich wieder bewegen, wie er wollte. Suarra rannte an ihm vorbei zum Lama, liebkoste es und stillte den Blutfluß.
Graydon hingegen begab sich zu seinen Kameraden und beugte sich über sie. Ihr Atem ging normal, ja sie schienen zu schnarchen. Ihre Augen waren halb geschlossen und die Augäpfel nach oben gekehrt, so daß nur das Weiße zu sehen war. Die Hemden waren ihnen bis zu den Rippen aufgerissen. Auf ihren Gesichtern, Brustkörben und Rücken zeigten sich dutzende von Stichen. Sie wirkten wie von

scharfen, spitzen Degen. Einige Wunden waren noch sehr frisch, während auf den meisten das Blut schon getrocknet war. Verwirrt studierte Graydon die Wunden. Sie waren mehr als bloße Kratzer, kamen ihm aber nicht so vor, als seien sie für den jetzigen Zustand der drei verantwortlich. Ganz sicher hatten sie nicht soviel Blut verloren, um das Bewußtsein zu verlieren. Nirgendwo war eine Arterie oder eine andere wichtige Blutbahn getroffen worden.
Graydon griff sich einen Eimer und füllte ihn am Bach mit Wasser. Als er zurückkehrte, sah er, daß Suarra das Lama zu ihrem Zelt geführt hatte. Graydon begab sich dorthin, band die Tragkörbe ab und untersuchte die Wunde. Starretts Kugel war glatt durch die obere linke Flanke gefahren, hatte den Knochen aber nicht berührt. Graydon zog dem Tier das Geschirr ab, wusch die Wunde aus und verband sie mit Stoffstreifen, die Suarra ihm reichte. Er führte diese Arbeit in völligem Schweigen durch, und auch sie sprach kein einziges Wort.
Graydon holte neues Wasser vom Bach und kehrte in sein Lager zurück. Er bemerkte, daß der Mann mit der Kapuze gegangen war, aber es schien ihm so, als spürte er dessen Blicke in seinem Rükken. Graydon breitete Decken aus und legte die drei Kameraden darauf. Die Betäubung schien endgültig von ihnen gewichen zu sein. Sie wirkten jetzt wie normal Schlafende. Graydon wusch ihnen das Blut von Gesicht und Oberkörper und tupfte Jod auf die tiefsten Wunden, die ihm nun so wie von spitzen Schnäbeln gepiekt vorkamen. Soames, Dancret und Starrett regten sich während seiner Behandlung nicht.
Graydon deckte sie zu, verließ das Lager und legte sich auf den weißen Sand. Düstere Vorahnungen beherrschten seine Gedanken, und er hatte das Gefühl, ein großes Unglück stünde bevor. Er stützte sich auf den Ellenbogen auf und kämpfte gegen die Depression an, die allen Mut und alle Tatkraft in ihm ersticken wollte. Dann hörte er leise Schritte. Suarra ließ sich neben ihm nieder. Er ergriff eine ihrer Hände und drückte sie. Sie lehnte sich zu ihm hin. Ihre Schulter berührte ihn, und ihr lockiges Haar strich sanft über seine Wange.

»Dies ist die letzte Nacht, Graydon«, flüsterte sie, und es schien ihr alles andere als wohl bei dieser Vorstellung zu sein. »Die letzte Nacht! Und da dem so ist, will ich ein wenig mit dir reden.«

Graydon gab ihr keine Antwort, sondern sah sie nur an und lächelte. Sie interpretierte sein Lächeln richtig.

»Leider ist es so«, sagte sie. »Ich habe dir ein Versprechen gemacht. Ich sagte dir, ich würde dich so weit beschützen, wie mir das möglich wäre. Also bin ich zur Großen Mutter gegangen und habe sie um Beistand für dich gebeten. Zuerst hat sie gelacht. Aber als sie erkannte, wie ernst es mir mit diesem Anliegen war, wurde sie freundlich und milde gestimmt. Und schließlich versprach sie mir, von Frau zu Frau – denn trotz aller Fremdartigkeit *ist* die Große Mutter eine Frau –, wenn das in dir sei, das auf sie reagieren würde, wollte sie dir helfen, sobald du vor dem Gesicht stehst und ...«

»Das Gesicht?« unterbrach er sie.

»Das Gesicht im Abgrund!« sagte sie und zitterte. »Ich kann dir leider nicht mehr darüber sagen. Du ... du mußt davor stehen. Du ... du und die anderen. Und, ach Graydon, laß es nicht zu, daß das Gesicht dich überwindet ... Du ... du darfst nicht ...«

Sie entzog ihre Hand der seinen und ballte sie. Er drängte näher an sie heran. Einen Augenblick lang ruhte sie an seiner Brust.

»Die Mutter hat es versprochen«, erklärte sie, »und das gibt mir Hoffnung. Aber sie hat eine Bedingung gestellt, Graydon. Wenn es dir mit ihrer Hilfe gelingt, dem Gesicht zu widerstehen, mußt du auf geradem und sofortigem Weg das Verbotene Land verlassen. Und du darfst jenseits seiner Grenzen zu niemandem ein Wort über dieses Land fallenlassen, ganz gleich wie nah dir die betreffende Person steht. Ich habe dies an deiner Stelle zugesagt, Graydon. Und deshalb ...« Die Stimme versagte ihr. »Und deshalb ist dies die letzte Nacht.«

In seinem Herzen war hartnäckige Ablehnung dieses Umstands. Und er sprach kein Wort, und nach einigen Minuten des Schweigens sagte sie traurig:

»Ist draußen eine Frau, die dich liebt, oder eine, für die dein Herz schlägt, Graydon?«

»Nein, keine, Suarra«, antwortete er.
»Ich glaube dir«, sagte sie, »und ich würde gern mit dir in dein Land gehen, wenn ich nur eine Möglichkeit dazu hätte. Aber leider ist mir das verwehrt. Die Große Mutter liebt mich, und sie vertraut mir. Auch ich liebe sie, liebe sie sehr. Ich könnte sie nicht verlassen, nicht einmal um ...« Plötzlich rückte sie abrupt von ihm fort und preßte die Fäuste gegen ihre Brust.
»Ich bin des Lebens in Yu-Atlanchi müde! O ja, müde seiner uralten Wissenschaft und seiner unsterblichen Bewohner! Zu gern würde ich hinaus in die neue Welt, wo Kinder geboren werden, wo es viele Kinder gibt, wo Kinder lachen. Wo das Leben rasch strömt und pulsiert, wo Leidenschaft blüht. Und das, obwohl das Leben am Ende unweigerlich das Tor zum Tod passieren muß. In Yu-Atlanchi ist das Tor zum Tod verschlossen, aber auch das Tor zum Leben. Daher gibt es hier nur wenige Kinder, und ihr Lachen ist fast nie zu hören.«
Graydon ergriff ihre verkrampften Hände, streichelte sie und beruhigte Suarra.
»Ich bewege mich durch Dunkelheit«, sagte er. »Nur deine Worte sind da, um mir etwas Licht zu spenden. Aber leider sehr wenig. Sage mir bitte, wer ist dein Volk?«
»Die uralten Menschen«, erklärte sie. »Zumindest unvorstellbar alte Menschen. Vor undenklichen Zeiten kamen sie aus dem Süden hierher. Und schon im Süden hatten sie seit Äonen gelebt. Eines Tages dröhnte und bebte die Erde. Dann kam die große Kälte, die Dunkelheit und die Eisstürme. Viele aus meinem Volk starben damals. Die Überlebenden zogen mit ihren Schiffen nach Norden. Und bei ihnen waren die letzten des Schlangenvolkes, von denen sie fast alle ihre Weisheit und Erkenntnisse hatten. Und die Große Mutter ist heute die letzte des Schlangenvolkes.
In dieser Gegend hielten sie an. Damals war die Meeresküste nicht weit, und die hohen Berge waren noch nicht geboren. Mein Volk stieß nur auf Rudel von Xinli, die dieses Land bevölkerten. Die Tiere waren größer, viel größer als heute. Sie brachten die meisten Xinli um und züchteten die, die sie verschonten, für ihre Zwecke.

Hier lebte mein Volk dann so wie im Süden, wo seine Städte unter Bergen von Eis begraben lagen.
Nach langer Zeit bebte auch hier die Erde, und die Berge begannen, sich aus dem Boden zu schieben. Die Wissenschaft meiner Ahnen war nicht groß genug, um die Berge zurückzudrängen, aber sie konnte ihr Wachstum um die Stadt meines Volkes kontrollieren. Langsam, aber stetig stiegen die Berge über einen langen Zeitraum zum Himmel hinauf. Schließlich umschlossen sie Yu-Atlanchi wie ein gigantischer Wall. Wie ein unüberwindbarer Wall. Darüber waren meine Ahnen froh. Denn damals hatten die Fürsten und die Mutter bereits das Tor zum Tod geschlossen. Mein Volk hatte kein Interesse mehr daran, die Außenwelt zu besuchen. Und seitdem leben wir hier, seit vielen, vielen Jahren.«
Sie schwieg und hing ihren Gedanken nach. Graydon sah sie an und bemühte sich, sein Unverständnis zu verbergen. Ein Volk, das den Tod besiegt hatte! Ein Volk so alt, daß seine Städte heute vom antarktischen Eis bedeckt waren! Dann überlegte er. Letzteres erschien ihm noch eher möglich. Die Menschheit wußte heute, daß der Südpol einst ein blühendes Land gewesen war. Fossilienfunde von Palmen und anderer Fauna, die nur unter tropischem Klima gedeihen konnte, waren der beste Beweis dafür. Und man wußte auch, daß die Pole der Erde nicht immer in den Regionen zu finden gewesen waren, in denen sie heute lagen. Ob dieser Umschwung durch ein plötzliches Kippen der Erdachse zustande gekommen war, oder ob sich dieser Prozeß langsam vollzogen hatte, darüber hatten sich die Wissenschaftler noch nicht einigen können. Aber wie immer es auch gewesen sein mochte, diese Verschiebung hatte vor gut einer Million Jahre stattgefunden. Wenn Suarras Geschichte also der Wahrheit entsprach, wenn sie nicht einfach eine alte Sage wiedergegeben hatte, dann war dieses Volk unvorstellbar alt.
Und dennoch... Es könnte sein... So viele alte Geheimnisse waren noch ungeklärt... Legenden von untergegangenen Ländern und Zivilisationen, in denen doch ein Körnchen Wahrheit stecken mußte... das Land Mu, Atlantis, die unbekannte Rasse, die von der Gobi aus, als dort noch keine Wüste war, sondern sich ein

grünes Paradies ausbreitete, ganz Asien beherrscht hatte… Doch, es könnte sein. Aber den Tod besiegen? Nein, niemals! Das konnte er einfach nicht glauben.

Aus seinen Worten kam Verwirrung, die von seinen Zweifeln genährt wurde.

»Wenn dein Volk solche unfaßbaren Kenntnisse besitzt, warum ist es ihm dann nie in den Sinn gekommen, sich zum Herrn über die ganze Welt aufzuschwingen?«

»Warum hätten meine Leute das tun sollen?« fragte sie zurück. Wenn es sie danach gelüstet hätte, was hätten sie dann anderes tun können, als die ganze Welt in ein Yu-Atlanchi zu verwandeln, genauso wie sie diesen Ort in ein getreues Abbild des älteren Yu-Atlanchi im Süden verwandelt haben? Auch war mein Volk nicht sehr groß. Ich habe doch eben schon erwähnt, daß mit dem Tor zum Tod auch das zum Leben verschlossen wurde. Natürlich hat es immer einige gegeben, die sich dafür entschieden, die beiden Tore aufzustoßen. Mein Vater und meine Mutter gehörten dazu, Graydon. Aber sie sind wenige, sehr wenige. Nein, es gab nie einen Grund, jenseits des Walls vorzustoßen. Alles, was mein Volk brauchte, was es wollte, was es begehrte, war hier zu finden.

Und dann gab es noch einen zweiten Grund. Wir hatten uns den Traum dienstbar gemacht. Durch Träume erschaffen sich seitdem viele ihre eigenen Welten und treiben dort das, wonach ihnen der Sinn steht. Leben ein Leben nach dem anderen oder geben sich endlosen Lustbarkeiten hin. In Träumen erschaffen sie immer neue Welten. Und jede dieser Welten ist für sie so real wie diese hier für uns. So vergehen für viele die Jahre und Jahrhunderte im Traum. Warum sollten diese Menschen erwachen und hinausgehen in diese eine Welt, wo sie sich doch Myriaden Erden ganz nach ihrem Willen erschaffen können?«

»Suarra«, unterbrach Graydon sie abrupt, »sage mir, warum du mich beschützen willst?«

»Weil«, murmelte sie, »weil du in mir ein Gefühl erweckst, das ich nie zuvor hatte. Weil du mich glücklich und fröhlich machst, und gleichzeitig sehr, sehr traurig! Ich möchte in deiner Nähe sein. Wenn du gegangen bist, wird diese kleine Welt hier furchtbar dunkel sein ...«

»Suarra!« entfuhr es ihm. Er zog sie ganz nahe an sich heran, und diesmal wehrte sie sich nicht mehr dagegen. Seine Lippen suchten die ihren und preßten sich auf sie.

»Ich komme zurück«, versprach er leise. »Ich komme zurück, Suarra.«

»Bitte komm zurück!« Ihre weichen Arme umschlossen einander in seinem Nacken. »Bitte komm zu mir zurück, Graydon.«

Dann stieß sie ihn von sich fort und sprang auf die Füße.

»Nein! Nein!« schluchzte sie. »Nein, Graydon, ich bin dein Verderben. Nein, kehre nicht zurück, es wäre dein Tod!«

»So wahr Gott lebt«, schwor er, »ich kehre zu dir zurück!«

Sie taumelte, beugte sich vor und küßte ihn, bevor sie aus seinen Armen floh und zu ihrem Seidenzelt rannte. Einen Augenblick lang blieb sie davor stehen, streckte sehnsüchtige Hände nach ihm aus und war kurz darauf im Zelt verschwunden. Ganz leise schien ihre Stimme zu ertönen, unhörbar und nur von seinem Herzen zu verstehen.

»Komm zurück. Komm zurück zu mir!«

VI

Das Gesicht im Abgrund

Der weiße Sand der Ebene glänzte blaß im ersten Licht des Morgens. Ein kühler Wind blies von den Bergen herab. Graydon ging zu den drei Kameraden und schlug die Decken zurück. Ihr Atem ging normal. Sie schliefen fest, und die merkwürdigen Wunden hatten sich geschlossen. Dennoch wirkten sie auch jetzt auf ihn wie Tote. Bleich und fahl wie der Sand im Dämmerschein war ihre Haut. Er fröstelte, aber nicht von der Morgenbrise.

Graydon zog Soames den Revolver aus dem Gürtel, überprüfte, ob er geladen war, und schob ihn sich in die Tasche. Dann sammelte er alle anderen Schußwaffen ein und leerte sie. Welche Gefahren ihnen auch bevorstehen mochten, er war davon überzeugt, daß Schußwaffen wenig dagegen ausrichten konnten. Und es drängte ihn nicht danach, sich noch einmal von der Gnade dieses fremdartigen Volks abhängig machen zu müssen.

Graydon ging zum Feuer, kochte Kaffee, stellte ein Frühstück zusammen und begab sich damit zu den Schlafenden. Während er vor ihnen stand und sie beobachtete, stöhnte Soames und setzte sich auf. Er starrte Graydon mit leeren Augen an und kam dann mühsam auf die Beine. Sein Blick fuhr rastlos herum, bis er die goldenen Tragkörbe neben Suarras Zelt entdeckte. So etwas wie Triumph trat in die leeren Augen.

»Hier, Soames, trink Kaffee, damit du wach wirst.« Graydon packte ihn freundschaftlich am Arm.

Aber Soames knurrte nur, und seine Hand fuhr an das Pistolenhalfter. Graydon trat einen Schritt zurück, und seine Finger schlossen sich um den Revolver in seiner Tasche. Doch Soames machte keine Anstalten mehr, ihn anzugreifen. Er starrte nur unentwegt auf die goldenen Tragkörbe, die in der aufgehenden Sonne

glitzerten. Dann trat er Starrett, und der Riese richtete sich stöhnend auf. Endlich erwachte auch der kleine Franzose.
Soames zeigte auf die Körbe, marschierte steifbeinig auf das Seidenzelt zu und hielt dabei seine leere Pistole in der Hand. Starrett und Dancret folgten ihm auf den Fersen. Graydon wollte ihnen nach, als er eine leichte Berührung an seiner Schulter spürte. Suarra stand hinter ihm.
»Laß sie nur, Graydon«, erklärte sie. »Sie können niemandem ein Leid antun; nun nicht mehr. Und niemand kann ihnen mehr helfen.«
Die beiden sahen schweigend zu, wie Soames die Eingangsklappe des Zeltes aufriß und eintrat. Einen Moment später war er schon wieder draußen, und die drei Männer machten sich daran, die goldenen Pflöcke herauszuziehen. Soames rollte die Zeltplanen zusammen, um sie zusammen mit den Pflöcken in einem der Tragekörbe zu verstauen. Sie kehrten zum Lager zurück. Starrett und Dancret schleppten die schweren Körbe hinter sich her.
Als sie an Graydon vorbeikamen, entdeckte er etwas Unfaßbares, das ihn mit Angst erfüllte. Etwas von ihrer Menschlichkeit war den Männern genommen worden, und an deren Stelle war etwas Fremdes getreten. Sie bewegten sich wie Roboter und achteten weder auf ihn noch auf Suarra. Ihre Augen waren leer, außer wenn ihr Blick auf die goldenen Körbe und deren Inhalt fiel. Sie erreichten die Burros und beluden sie mit der Last.
»Es wird Zeit, Graydon«, drängte Suarra. »Der Fürst der Narrheit wird ungeduldig.«
Graydon starrte sie verblüfft an und brach dann in Gelächter aus, weil er glaubte, sie hätte einen Scherz gemacht. Aber Suarra warf einen Blick auf den Mann in dem Kapuzenumhang.
»Warum lachst du?« fragte sie. »Er steht dort und wartet auf uns. Fürst Tyddo, der Fürst der Narrheit, von allen Fürsten der einzige, der Yu-Atlanchi nicht preisgegeben hat. Die Große Mutter ließ mich diese Reise nur in seiner Begleitung antreten.«
Er sah sie genau an. Sie konnte nur einen Scherz mit ihm im Sinn haben. Aber ihre Augen sahen ihn ruhig und ernst an.

»Ich verbeuge mich vor der Weisheit der Großen Mutter«, erklärte er grimmig. »Sie hätte keinen besseren Begleiter für dich erwählen können. Für uns alle nicht.«

Suarra errötete und ergriff seine Hand.

»Du bist zornig, Graydon. Warum?«

Aber er gab ihr keine Antwort. Suarra seufzte und entfernte sich langsam von ihm.

Graydon begab sich zu den Kameraden. Die drei Männer standen schweigend und regungslos am Feuer. Wieder fröstelte ihn: Sie wirkten wie Zombies, die auf einen geheimen Befehl warteten. Er hatte Mitleid mit ihnen.

Graydon füllte eine Tasse mit Kaffee und schob sie Soames in die Hand. Das gleiche tat er für Dancret und Starrett. Zögernd und ungelenk hoben sie die Blechtassen an ihre Lippen und ließen die heiße Flüssigkeit in ihre Münder rinnen. Dann reichte er ihnen Brote, die sie hastig verschlangen.

Die ganze Zeit über hafteten ihre Blicke an den goldenen Tragkörben mit den kostbaren Ladungen. Schließlich konnte Graydon es nicht länger ertragen.

»Aufbruch!« rief er Suarra zu. »Um Gotteswillen, laß uns endlich aufbrechen!«

Er sammelte die Gewehre seiner Kameraden ein und gab sie ihnen in die Hände. Sie nahmen sie so automatenhaft entgegen wie vorher den Kaffee und die Brote.

Suarras rätselhafter Begleiter übernahm die Führung. Ihm folgten die Burros und dann die Abenteurer.

»Komm schon, Soames«, sagte Graydon. »Auf, Starrett. Und auch du, Dancret.«

Gehorsam, ohne den Blick von den Burros und ihrer Ladung zu wenden, liefen sie nebeneinander los. Der Hagere zur Linken, der Riese in der Mitte und der Kleine zur Rechten. Wie Marionetten bewegten sie die Beine. Graydon bildete den Schluß.

Sie überquerten den weißen Sand und gelangten auf einen Pfad, der sich zwischen dicht aneinanderstehenden, riesigen Bäumen hindurchwand. Nach einer guten Stunde hörte der Wald abrupt

auf, und sie standen auf einer breiten Plattform von nacktem Fels. Vor ihnen erhoben sich etwa tausend Meter hoch die Wände eines gespaltenen Berges. Dazwischen schlängelte sich ein begehbarer Riß im Stein, der nach oben hin breiter wurde. Die Plattform war der Zugang zu dieser Spalte.
Der Kapuzenträger, den Suarra den Fürsten der Narrheit genannt hatte, betrat den Spaltenweg. Suarra folgte, dann die drei automatenhaften Männer und endlich Graydon.
Doch anders, als es von der Plattform ausgesehen hatte, führte der Weg nicht in die Spalte hinauf, sondern nach unten. Keine Bäume und auch sonst keinerlei Vegetation wuchsen hier, bis auf graue, alte und trockene Flechten, die den Weg bedeckten und unter ihren Füßen raschelten. Aber diese Flechten verliehen auch so etwas wie Halt und machten den Abstieg leichter. Auch die Wände zu beiden Seiten waren damit bewachsen. Nur noch schwach drang Licht von oben auf den Weg. Die grauen Flechten schienen es aufzusammeln und zu verstreuen, so daß ein Effekt entstand, der dem Mittsommernachtslicht am Nordpol nicht unähnlich war. Es war hier nicht direkt hell, aber alle Konturen ließen sich ausmachen. Hinunter führte der Weg und immer weiter hinunter. Eine halbe Stunde lang, dann eine ganze. Der Pfad führte stetig geradeaus und änderte nie seine Breite. Auch die Lichtstärke blieb konstant.
Dann bog der Weg ab. Ein Fels versperrte den Pfad wie eine Barriere. Hinter dem Knick wurde es deutlich dunkler. Graydon hatte das unangenehme Gefühl, daß die Felsen sich über seinem Kopf zusammenschoben und daß die kleine Gruppe sich nun durch einen Tunnel bewegte. Die Anzahl der grauen Flechten nahm sprunghaft ab. Und je weniger es wurden, desto matter wurde auch das Licht.
Schließlich war überhaupt kein Flechtenbewuchs mehr vorhanden. Sie bewegten sich nun durch ein Halbdunkel, in dem kaum noch etwas zu erkennen war, bis auf die Schatten der jeweils Vorangehenden. Graydon war sich jetzt sicher, daß die Felsen sich über ihren Köpfen zu einem Dach vereint hatten und sie begra-

ben wollten. Er kämpfte gegen ein würgendes Gefühl der Bedrükkung an, das aus dieser Vermutung erwuchs.
Und dennoch war es immer noch nicht wirklich dunkel. Wie sonderbar, dachte Graydon, daß in diesen finsteren Tunnel Licht gelangen sollte. Und noch merkwürdiger kam ihm die Helligkeit selbst vor. Sie schien aus der Luft zu entspringen, denn weder an den Wänden noch an der Decke war eine Lichtquelle zu entdecken. Vielmehr schien die Helligkeit von einem Ort am Ende des Tunnels zu kommen und ihnen entgegenzukriechen. So als würden leuchtende Atome durch die Luft treiben, die beim Flug ihre Strahlen in alle Richtungen verteilten.
Dichter wurde der Strom der Atome, von denen nur die Strahlen, nicht aber der Körper selbst für das menschliche Auge wahrzunehmen waren. Im Tunnel wurde es von Meter zu Meter heller.
Noch einmal, und ebenso unvermittelt wie zuvor, bog der Weg ab. Sie waren in eine Höhle gelangt, die wie das Auditorium einer gigantischen Bühne wirkte. Graydon fragte sich, warum ihm gerade dieser Vergleich eingefallen war. Vielleicht lag es an der glatten Felswand am hundert Meter entfernten gegenüberliegenden Ende. Wie ein Vorhang war sie einige Zentimeter über dem Boden hochgezogen. Aus dieser Spalte strömten die selbstleuchtenden Atome, die den Tunnel erleuchtet hatten. Hier jedoch strömten sie noch relativ schnell; wie ein unübersehbarer Schwarm von Glühwürmchen.
Graydon suchte gerade nach einem zweiten Ausgang, als der steinerne Vorhang sich bewegte. Völlig geräuschlos glitt er etwa einen Meter zur Seite. Graydon drehte sich um und sah neben sich den Hageren, den Riesen und den Kleinen, die mit leeren Augen unbewegt dastanden.
Graydon glaubte, den roten Stab des Fürsten der Narrheit über ihren Köpfen zu sehen... Aber wie sollte das möglich sein? Der Kapuzenträger stand mit seinem Stab in der Hand ein ganzes Stück von ihnen entfernt.
Dann hörte er einen Fluch von Soames, ein wütendes Brummen von Starrett und das piepsige Falsett von Dancret. Graydon sah

noch einmal auf sie. Verschwunden, restlos vergangen war das Automatenhafte an ihnen, das ihn so verblüfft hatte. Und fort war auch ihre Passivität. Sie waren wieder lebendig und voller Tatendrang; waren wieder ganz die alten.

»Was zum Himmel ist das für ein Ort, Graydon? Wie zum Henker sind wir hierher gelangt?« Soames Finger schlossen sich wie eine eiserne Klammer um Graydons Handgelenk. Die Antwort erhielt er jedoch von Suarra:

»Dies ist die Schatzkammer, die ich euch versprochen habe.«

»So?« Soames brachte sie mit diesem aggressiven Laut zum Schweigen. »Ich rede mit dir, Graydon. Wie bin ich hierher gelangt? Weißt du was darüber, Danc? Oder du, Starrett?«

Ihre verdutzten Gesichter waren ihm Antwort genug. Er richtete sein Gewehr auf Graydon.

»Also dann mal raus mit der Sprache!«

Wieder übernahm Suarra die Antwort, und ihre Stimme war ganz ruhig.

»Was spielt es für eine Rolle, wie ihr diesen Ort erreicht habt? Viel wichtiger ist doch, daß ihr in der Schatzkammer angelangt seid, ihr alle vier. Dort, wo das Licht hervorströmt, liegt der Ort, an dem die Edelsteine wie Früchte von den Wänden wachsen und das Gold wie Wasser fließt. Alles wartet nur darauf, von euch davongetragen zu werden. Nun, warum bedient ihr euch nicht?«

Soames senkte den Gewehrlauf. Mißtrauisch betrachtete er Suarra.

»Und was finden wir dort sonst noch, Schwester?«

»Nichts, nur ein riesiges, in den Stein geschnitztes Gesicht.«

Träge vergingen die Sekunden, während Soames abwägte.

»Nur ein Steingesicht?« sagte er schließlich. »Nun denn, dann sehen wir uns das doch mal alle gemeinsam an. Ruft Euren getreuen Begleiter, Lady!«

»Nein«, erklärte sie ruhig, »von nun an begleiten wir euch nicht mehr. Ihr müßt allein weiter. Ich habe es euch schon gesagt, und ich sage es euch nun ein letztesmal: Ihr habt nichts zu befürchten bis auf das, was in euch selbst verborgen sein mag.« Plötzlich stampfte sie wütend mit dem Fuß auf. »Ihr Narren! Wenn wir wirklich den Wunsch gehabt hätten, euch zu töten, hätten wir euch doch gleich den Xinli vorwerfen können, oder? Habt ihr etwa schon die letzte Nacht vergessen, als ihr das Lama gejagt habt? Ich habe mein Versprechen euch gegenüber gehalten. Also Schluß der Debatte. Hütet euch von jetzt an vor mir. Hütet euch vor allem davor, mich zu erzürnen!«

Graydon bemerkte, wie alle Farbe aus Soames' Gesicht wich, als Suarra von dem weißen Lama sprach. Er warf kurz einen Blick auf Dancret und Starrett und entdeckte, daß auch sie erschrocken waren. Der Neuengländer stand eine Minute da und überlegte. Als er seine Sprache wiedergefunden hatte, redete er ruhig.

»Gut. Wenn wir schon bis an diesen Ort gelangt sind, können wir ihn uns ja auch einmal ansehen. Danc, nimm dein Gewehr und postier dich an den Eingang der Höhle. Halt den alten Trottel in Schach und sieh dich gut um. Starrett und ich kümmern uns um die Schwester. Und du, mein lieber Graydon, läufst zu der Schiebewand und riskierst einen Blick, damit du uns berichten kannst, was du dahinter gesehen hast. Kannst deine Pistole mitnehmen. Wenn wir dich schießen hören, wissen wir, daß sich dort noch mehr befindet, als bloß Gold, Edelsteine und, ach ja, ein Steingesicht. Auf gehts, Graydon, nach dir bitte.«

Er versetzte ihm einen Stoß und stellte sich dann zusammen mit Starrett neben Suarra. Graydon fiel auf, daß sie es sorgfältig vermieden, der Frau zu nahe zu kommen. Dancret hatte sich bereits am Höhleneingang postiert. Suarra warf Graydon einen Blick zu. In ihren Augen waren Sorge, Kummer... und Liebe.

»Vergiß nicht«, sagte er ihr, »ich komme zurück zu dir.«

Soames wußte natürlich nichts von der verborgenen Bedeutung dieses Satzes und bezog ihn daher auf sich.

»Wenn du es doch vergessen solltest«, gab der Neuengländer barsch zurück, »wird es verdammt nicht angenehm für die Schwester, das schwöre ich dir.«

Graydon antwortete ihm nicht. Er marschierte zur Wand und hielt dabei den Revolver in der Hand. Er zwängte sich durch die freie

Stelle und fand sich inmitten des leuchtenden Stromes wieder. Er stand in einem kleinen Gang von etwa drei Metern Länge. Als er ihn durchschritten hatte, blieb er wie angewurzelt stehen. Die Pistole rutschte ihm aus der Hand und fiel scheppernd auf den Felsboden.

Er sah in eine gewaltige Höhle, die mit den strahlenden Atomen angefüllt war. Die Höhle erinnerte an eine halbierte Melone, deren eine Hälfte abhanden gekommen war. Die Helligkeit strömte von den gewölbten Wänden, und diese Wände waren pechschwarz und poliert wie Spiegel. Die Strahlen, die sich von ihnen lösten, schienen aus dem tiefsten Innern zu kommen. Sie schossen mit enormer Geschwindigkeit daraus hervor; wirkten wie Strahlen, die aus einem unergründlich tiefen, schwarzen See hinausgeschleudert wurden, unter dem eine weißglühende Sonne brannte. Aus diesen Wänden wuchsen auch büschelweise Perlen, hingen an ihnen wie die Edelsteinreben in den verwunschenen Weingärten im Paradies von El-Shiraz, wie die Blumen im Garten des Dschinn-Königs.

Große Kristalle, geschliffen und roh, rund und eckig, wirkten wie lebendig unter dem brillanten Schein, der sich mit dem Feuer vermischte, das Edelsteine so reizvoll macht. *Rubine*, die in allen Rottönen glänzten: vom hellen Purpur, der wie Sonnenlicht aussieht, das durch die Fingerspitzen von jungen Frauen scheint, bis zum tiefen Dunkelrot, wie man es nur bei verwundeten Herzen findet. *Saphire*, die in allen Blautönen schimmerten: in solchen, wie man sie nur unter den Flügeln der Paradiesvögel findet, bis zu solch tiefen, wie das Auge des Betrachters sie unter den cremeweißen Schaumkronen der Wogen im Golfstrom entdeckt. Riesige *Smaragde*, die mal wie die Grüntöne im Gefieder eines Pfaus glänzten und dann wieder im tropischen Grün einer Urwaldlichtung. *Diamanten*, die wie irisierende Feuer glitzerten oder ganze Schauer von Strahlen in allen Farben des Regenbogens aussandten. *Opale* voller Feuerschein. Amethystfarbene *Edelsteine* voller Glut. Unbekannte *Juwelen*, deren befremdliche Schönheit das Herz des Betrachters gefangennahm.

Aber es war nicht diese verschwenderische Pracht an rohem Geschmeide, die Graydon dazu gebracht hatte, den Revolver fallen zu lassen und stocksteif dazustehen.
Nein, es war das Gesicht.
Von dort, wo er stand, führte eine Treppe mit zyklopischen Stufen hinunter ins Herz der Höhle. Zur Linken waren die Halbkugel und ihre mit Edelsteinen besetzten Wände. Und zur Rechten war... nichts. Ein Abgrund, dessen jenseitiges Ende er nicht sehen konnte, der jedoch steil und endlos von der letzten Stufe ab in eine bodenlose Tiefe fiel.
Das Gesicht blickte ihn von der gegenüberliegenden Höhlenseite an. Ohne Leib ruhte das Kinn direkt auf dem Boden. So riesig war das Gesicht, daß seine kristallblauen Augen auf gleicher Höhe mit denen von Graydon waren. Es war direkt aus dem schwarzen Fels geschnitzt, aber in ihm fand sich nicht das kleinste Blitzen der Leuchtstrahlen.
Ein Männergesicht, und gleichzeitig das Gesicht eines gefallenen Engels. Luziferisch, gebieterisch, gnadenlos und schön. Von seiner breiten Stirn strömte Macht aus. Macht, die gottähnliche Milde hätte über die Menschen bringen können, wenn das Wesen sich nicht dafür entschieden hätte, sich Satan anzuschließen.
Wer immer auch dieser meisterhafte Bildhauer gewesen sein mochte, er hatte das ultimate Symbol eines Mannes geschaffen, der seit undenklichen Zeiten rücksichtslos Lust an der Macht verspürt. In diesem Gesicht konzentrierte sich alle Gier, nahm fast in ihm Gestalt und Substanz an. Und in sich selbst spürte Graydon, wie seine eigene Gier erwachte, wie sein Machthunger stärker wurde, wie eine Woge hochschwappte, in sein Bewußtsein lappte und alle Barrieren zu überschwemmen trachtete, die ihm bisher im Wege gestanden hatten.
Etwas tief in ihm kämpfte gegen diese Flut des Bösen an. Gab alles, um ihn davor zurückzuhalten, den Verlockungen des Gesichts nachzugeben. Mobilisierte die letzten Kräfte des Guten, um Graydons Augen von dem kalten blauen Blick im Stein abzuwenden.
Und nun erkannte Graydon, daß all die sausenden Strahlen, all die

leuchtenden Atome sich wie in einem Brennpunkt im Gesicht vereinigten und über der Stirn eine goldene Aureole erschufen. Aus diesem Kranz tropften goldene Kugeln wie Schweißperlen. Langsam rannen sie dem Gesicht über die Wangen. Aus den Augenwinkeln krochen weitere goldene Tropfen, so als würde das Gesicht weinen. Und auch aus den beiden Mundwinkeln drangen die goldenen Kugeln und rollten wie Speichel hinunter. Goldener Schweiß, goldene Tränen und goldener Speichel vereinigten sich unter dem Kinn mit einem goldenen Fluß, der hinter dem Antlitz entsprang. Zusammen strömten sie über den Rand und stürzten in die unermeßliche Tiefe des Abgrunds. »Sie mir in die Augen! Sieh mir in die Augen!«

Graydon kam es so vor, als habe das Gesicht zu ihm gesprochen; mehr noch, als habe es einen Befehl gegeben, dem man den Gehorsam nicht verweigern konnte. Und er gehorchte. Die Woge überschwemmte alles in ihm, durchbrach die letzten Ketten ihrer Gefangenschaft.

Die Welt, die Herrschaft über die ganze Welt versprachen ihm die kristallblauen Augen. Von ihnen sprangen eine brennende Ekstase, eine jubilierende Skrupellosigkeit und die Triumphschreie der Freiheit von jeglichem Gesetz und Gebot in Graydons Herz.

Er spannte alle Muskeln an, um die gewaltigen Stufen hinunter zu springen, um direkt zu dieser schwarzen Maske aus dunklem Fels zu gelangen, die Gold schwitzte, tränte und speichelte. Um von diesem Gesicht das zu erhalten, was es ihm versprach. Um ihm dafür alles zu geben, was es von ihm verlangte.

Eine Hand packte Graydon an der Schulter, und eine Stimme erklang in seinen Ohren. Die Stimme von Soames.

»Läßt dir aber verdammt lange Zeit, was?«

Dann ein hoher, hysterischer Ruf.

»Starrett, Danc! Kommt rasch her! Großer Gott, das ist unfaßbar...«

Graydon wurde zu Boden gestoßen. Rennende Füße liefen über ihn, traten ihn und preßten ihm die Luft aus den Lungen. Keuchend kam er wieder hoch und bemühte sich aufzustehen.

Abrupt endeten die Rufe der Männer. Graydon wußte den Grund dafür. Die drei sahen in die Augen des steinernen Gesichts. Es versprach ihnen das, was es eben ihm verhießen hatte.
Graydon nahm alle Kraft zusammen. Endlich stand er wieder auf den Füßen. Schwankend und zerschlagen starrte er in die Höhle. Dort rannten sie wie um ihr Leben die Stufen hinunter, hatten die halbe Treppe schon hinter sich gebracht, voran der hagere Soames, dann der riesenhafte Starrett und am Schluß der kleine Dancret.
Bei allen Mächten des Himmels, das durften sie nicht! Die Welt, die Herrschaft über die ganze Welt... das war ihm doch versprochen worden... Ihm hatte es das Gesicht zuerst verheißen...
Er stürmte den dreien nach.
Etwas wie die Schwinge eines gigantischen Vogels stieß ihn vor die Brust. Warf ihn zurück, ließ ihn wieder auf Händen und Füßen landen. Ächzend kam er wieder hoch, suchte nach Halt, stolperte weiter die Stufen hinunter... Die Augen des Steingesichts... diese Augen... Sie würden ihm Macht und Reichtum schenken... Sie würden ihm alles geben...
In der strahlenden Luft zwischen ihm und dem Antlitz erhob sich halb zusammengerollt die Phantomgestalt des Wesens – halb Frau und halb Schlange –, dessen Abbild Suarra auf ihrem Armreif getragen hatte. Das Wesen, das sie Schlangenmutter genannt hatte!
Zur gleichen Zeit real und unwirklich trieb sie dort über dem Boden. Die strahlenden Atome wirbelten um sie herum und durch sie hindurch. Er sah sie und sah gleichzeitig durch sie hindurch das steinerne Gesicht. Aber ihre purpurroten Augen starrten ihn eindringlich an.
Die Schlangenmutter... die Suarra von Frau zu Frau versprochen hatte, ihm zu helfen... wenn er das in sich hätte, das ihm ihre Hilfe erst nützlich machen würde.
Suarra!
Mit dieser Erinnerung vergingen sein Zorn, seine Gier und auch das Gift, das von den Augen des Steingesichts in ihn geströmt war. An deren Stelle traten Scham, Zerknirschung und grenzenlose

Dankbarkeit. Ängstlich sah er noch einmal in die Augen des Gesichts. Sie waren nicht mehr als blasse blaue Kristalle. Und das Gesicht selbst war nicht mehr als geschnittener Stein. Der Bann über ihn war gebrochen.
Graydon sah hinunter. Soames, Starrett und Dancret hatten die letzten Stufen erreicht. Aber sie rannten immer noch, rannten direkt auf das Gesicht zu. Im sonderbar strahlenden und blitzenden Licht hoben sie sich wie bewegte Scherenschnitte ab. Im Strom der Atome verloren sie ihre Dreidimensionalität, waren nur noch Umrisse, wie Silhouetten aus schwarzer Pappe. Eine hagere Silhouette, eine hünenhafte Silhouette und eine kleine Silhouette. Und nun erreichten sie die titanische Kinnspitze. Graydon sah zu, wie sie dort kurz innehielten. Dann stießen und prügelten sie einander. Jeder versuchte nach Kräften, die beiden anderen zu verdrängen. Plötzlich, so als hätten sie einen unwiderstehlichen Befehl erhalten, fingen sie gleichzeitig an, das Gesicht zu besteigen. Bis hinauf zu den kalten blauen Augen und zu dem, was sie verhießen.
Nun befanden sie sich direkt im Brennpunkt der rasenden Atome, im Zentrum des leuchtenden Wirbels. Einen Augenblick lang waren sie klar und deutlich zu erkennen, wenn auch nur als Umrisse, die sich etwas dunkler vom schwarzen Gesicht abhoben.
Dann verfärbten sie sich grau, und die Ränder ihrer Umrisse lösten sich auf. Sie zuckten, wankten, wirbelten. Sie kletterten nicht mehr.
Sie vergingen!
Dort, wo eben noch seine drei Kameraden gestanden hatten, schwebten nun drei Wölkchen. Und auch diese lösten sich auf.
An ihre Stelle traten drei große goldene Tropfen.
Träge begannen die drei Tropfen, das Gesicht hinunterzurollen. Sie verschmolzen, wurden zu einem einzigen Tropfen. Der floß hinab, bis er in den goldenen Strom fiel und sich dort mit anderen vereinte. Wurde zum Rand des Abgrunds getragen...
Kippte dort hinüber.
Hoch über dem Strom ertönte ein Hornstoß. Unsichtbare Schwin-

gen schwirrten. Und jetzt, in diesem sonderbaren Licht, konnte Graydon sie endlich erkennen. Schlangenhafte Körper mit silbernen Schuppen, und aus den Schultern wuchsen Flügel. Sie tauchten, trieben und wirbelten über dem Gesicht; flogen mit schneeweißen Schwingen wie die von den Geistervögeln im Paradies.

Große und kleine, manche von den Ausmaßen einer ausgewachsenen Python, andere so klein wie eine Natter, schwirrten sie durch die funkelnde Luft, trompeteten triumphierend und riefen einander mit Stimmen wie Elfenhörner fröhliche Worte zu und fochten übermütig mit dünnen, geraden Messern, die an Rapiere erinnerten.

Geflügelte Schlangen mit paradieshaftem Federkleid und scharfen, spitzen Schwertern. Geflügelte Schlangen, die inbrünstig ihre Siegeslieder sangen, während der Goldstrom, von dem Soames, Starrett und Dancret jetzt ein Teil waren, langsam, quälend langsam hinunter in den Abgrund tropfte.

Graydon sank auf eine Stufe hinab und fühlte sich in jeder einzelnen Faser seines Körpers elend. Er kroch hinter den steinernen Vorhang zurück, hinaus aus der nun unerträglichen Helligkeit, fort vom Anblick des steinernen Gesichts und hinweg vom Triumphgesang der fliegenden Schlangen.

Dann sah er Suarra. Sie rannte auf ihn zu.

Und es wurde ihm schwarz vor den Augen, und er versank in Dunkelheit.

VII

Die bewachte Grenze

Als Graydon die Augen wieder aufschlug, fand er sich im angenehm grünen Schatten eines Waldes wieder. Er lag auf seiner Decke, und nicht weit von ihm stand der Burro und graste friedlich.

Etwas bewegte sich im Schatten. Jemand kam auf ihn zu. Ein Indianer, aber einer, wie ihn Graydon noch nie gesehen hatte. Seine Züge waren klar und fein, und seine Haut war mehr olivfarben als braun. Er trug einen Brustharnisch und einen gesteppten Kilt aus blauer Seide. Eine dünne Goldkette hing an seiner Stirn, und über der Schulter trug er einen langen Bogen und einen gefüllten Köcher. In der einen Hand hielt er einen Speer aus einem schwarzen Metall, und mit der anderen reichte er Graydon ein in Seide gewickeltes Paket.

Graydon öffnete es und fand darin Suarras Armreif mit der Abbildung der Schlangenmutter, und eine Caraquenque-Feder, deren Stiel kunstfertig mit Gold eingelegt war.

»Wo ist sie, die mir diese Dinge schickt?« fragte er. Der Indio lächelte, schüttelte den Kopf und legte zwei Finger an die Lippen. Graydon verstand: diesem Boten war Schweigepflicht auferlegt worden. Er legte die Feder ins Etui zurück und steckte diese in seine Brusttasche. Den Armreif schob er sich mit einiger Mühe über das Handgelenk.

Der Indio zeigte zum Himmel und dann zu den Bäumen zu seiner Linken. Graydon verstand das so, daß die Zeit drängte und sie aufbrechen mußten. Er nickte dem Boten zu und nahm den Zügel des Burros in die Hand.

Lange Zeit marschierten sie durch den Wald, obwohl dort nirgends auch nur ein Pfad zu entdecken war. Dann verließen sie den Wald

und gelangten in ein enges Tal zwischen hohen Hügeln. Durch sie wurde der Blick auf den kreisrunden Berg versperrt; aber Graydon hätte nicht gewußt, in welcher Richtung er nach ihm Ausschau halten sollte. Die Sonne stand schon deutlich im Westen. Als sie den Horizont erreicht hatte, befanden sich Graydon und der Bote auf einem Felsstreifen, über den ein Bach floß. Der Indio gab mit Zeichen zu verstehen, daß sie hier die Nacht verbringen würden.
Graydon band den Burro an einer Stelle an, wo er bequem grasen konnte, machte ein Feuer und stellte aus seinen geschwundenen Vorräten ein bescheidenes Nachtmahl zusammen. Dabei fiel ihm auf, daß der Indio verschwunden war. Nach einiger Zeit tauchte er wieder auf und brachte einige Forellen mit, die Graydon am Feuer briet.
Die Nacht kam und mit ihr die Andenkälte. Graydon rollte sich fest in seine Decke ein, schloß die Augen und ging in Gedanken noch einmal, soweit er sich erinnern konnte, alle Einzelheiten des Marsches durch. Er hatte sich jeden Wendepunkt und jedes landschaftliche Merkmal eingeprägt, nachdem sie aus dem Wald getreten waren. Doch bald schon verschmolzen diese Erinnerungen mit juwelenbesetzten Höhlen, titanischen Steingesichtern, tanzenden alten Männern ... und dann tauchte Suarra zwischen diesen Phantomen auf und verbannte sie. Leider verschwand Suarra kurz darauf auch.
Weit nach Mittag, nachdem sie einen weiteren Wald durchschritten hatten, blieb der Indio am Rand eines Plateaus stehen, das sich, so weit das Auge reichte, nach Osten und Westen erstreckte. Der Bote bog einige Zweige beiseite und zeigte nach unten. Graydon folgte mit dem Blick dem Finger und entdeckte etwa dreißig Meter unter sich einen schmalen Pfad. Irgendeine Tierfährte, die wohl noch nie von einem menschlichen Fuß betreten worden war. Graydon sah den Indio an. Der nickte und zeigte erst auf Graydon und den Burro und dann auf den Pfad und nach Osten. Endlich zeigte er auf sich und auf den Weg, den sie gekommen waren.
»Verstehe«, sagte Graydon, »dies ist die Grenze von Yu-Atlanchi. Und hier werde ich deportiert.«

Zum erstenmal brach der Bote sein Schweigen. Er hatte sicher nicht verstanden, was Graydon gesagt hatte, aber der Name Yu-Atlanchi hatte ihn aufhorchen lassen.
»Yu-Atlanchi«, wiederholte er langsam. Dann drehte er den Kopf so weit es ging von links nach rechts. »Yu-Atlanchi! Tod! Tod!«
Er stand abwartend da, bis Graydon und der Burro an ihm vorbeigezogen waren. Als die beiden den Grund erreicht hatten, winkte der Indio ihnen noch einmal zu und verschwand dann im Wald.
Graydon marschierte etwa zwei Kilometer weit, wie ihm aufgetragen worden war, in östlicher Richtung. Dort setzte er sich ins Gras und wartete eine Stunde. Dann lief er auf dem gleichen Weg zurück und zerrte den Burro auf dem Pfad hinter sich her. Nur ein Gedanke beherrschte sein Gehirn, nur ein Wunsch war in seinem Herzen: Suarra wiedersehen. Ganz gleich, welche Gefahren auf ihn lauern mochten, er wollte zu Suarra zurück. Als er den Rand des Plateaus erreicht hatte, blieb er vorsichtig stehen und lauschte. Nichts war zu hören. So ermutigt ging er weiter, hinter sich den Burro am Zügel.
Urplötzlich ertönte dicht über seinem Kopf ein Horn und klang böse und bedrohlich. Große Schwingen rauschten durch die Luft.
Instinktiv riß Graydon einen Arm hoch; den, an dem er Suarras Armreif trug. Die roten Edelsteinen funkelten in der Sonne. Wieder ertönte das Horn, diesmal protestierend. Dicht neben ihm schwirrte etwas, so als bemühe sich ein unsichtbares, angeschlagenes Flugwesen wie wahnsinnig, in die Höhe zu kommen.
Irgend etwas versetzte dem Armreif einen Schlag. Etwas wie eine Rapierspitze stieß Graydon dicht am Halsansatz in die Schulter. Er spürte, wie das Blut aus der Wunde strömte. Etwas traf ihn an der Brust, und er kippte über den Rand des Plateaus und rollte und kugelte bis hinunter auf die Ebene.
Als er wieder bei Sinnen war, fand er sich am Fuß eines Hangs wieder. Das Burro stand neben ihm. Er mußte einige Zeit bewußtlos dort gelegen haben. Seine Schulter und sein Arm waren wie betäubt, und der feuchte Fleck im Boden bewies, daß er eine Menge Blut verloren hatte. An der Schläfe hatte er eine Schnitt-

wunde, wo er beim Sturz mit dem Kopf gegen einen Stein gestoßen war.
Stöhnend erhob sich Graydon. Die Schulterwunde konnte er nicht gut sehen, aber soweit er ausmachen konnte, handelte es sich dabei um einen geraden Stich. Was auch immer diese Wunde verursacht haben mochte, es war durch die Muskeln an Schulter und Hals gefahren. Der Stich hatte die Schlagader nur knapp verfehlt, dachte Graydon, während er vorsichtig die Wunde versorgte.
Wer mochte ihm diese Verletzung zugefügt haben? Eigentlich war das gar nicht so schwer zu erraten. Es mußte eine der gefiederten Schlangen gewesen sein, die er über dem Antlitz in der Höhle gesehen hatte. Einer der Boten, wie Suarra sie genannt hatte, die vor einiger Zeit aus unerklärlichen Gründen die vier Abenteurer unbehelligt über die Grenze zum Verbotenen Land gelassen hatten.
Die Schlange hätte ihn genauso gut töten können... Sicher sah so auch ihr Auftrag aus... Was aber mochte sie vom tödlichen Stich abgehalten haben?... Graydon dachte angestrengt darüber nach... Gott, wie ihm der Schädel brummte... Was hatte die Schlange abgehalten?... Aber natürlich, der Armreif!... Das Glitzern der roten Edelsteine!
Aber das bedeutete doch, daß die Boten einen Träger des Armreifs nicht attackieren würden. Daß es sich dabei um so etwas wie einen Paß ins Verbotene Land handelte. Hatte Suarra ihm deshalb das Stück bringen lassen? Damit er zu ihr zurückkehren könnte?
Nun, im Moment gab es dringendere Fragen zu klären. Die Wunden mußten ausheilen. Er mußte Hilfe finden... irgendwo Unterkunft finden... bevor er zu Suarra zurückkehren konnte.
Graydon schwankte und stolperte über die Ebene. Das brave Burro folgte ihm. Geduldig stand es in der Nacht neben ihm, während er sich am erloschenen Feuer hin und her wälzte und unaufhörlich stöhnte. Das Fieber kroch langsam, aber stetig durch jede Blutbahn. Geduldig folgte das Lasttier Graydon auch am nächsten Tag, während er nur noch torkelte, hinfiel und wieder aufstand, zusammenbrach und sich wieder aufrappelte und dabei unter dem Zugriff des Fiebers schluchzte, gestikulierte, irr lachte und fluchte.

Und ebenso gleichmütig folgte das Burro den Indios, die sich auf der Jagd befanden und dabei auf Graydon stießen, als der schon dem Tod näher war als dem Leben. Diese Jäger – sie waren Aymara und keine Quicha – trugen ihn zu einem isolierten kleinen Dorf namens Chupan, dem nächsten Ort in dieser Wildnis, wo Graydon Menschen seiner Rasse antreffen würde, die sich um ihn kümmern konnten. Aber bevor sie diesen Ort erreichten, behandelten ihn die Indios mit ihren eigenen unorthodoxen, aber effektiven Methoden.

Zwei Monate vergingen, bis Graydons Wunden verheilt waren, er seine Kraft wiedergefunden hatte und Chupan verlassen konnte. Wieviel Anteil an seiner Genesung die Pflege des alten Padres hatte und wieviel die Medizinen, die die Aymara ihm verabreicht hatten, wußte Graydon nicht zu sagen. Und er wußte auch nicht, wieviel er in seinen Fieberträumen vom Verbotenen Land preisgegeben haben mochte; er sagte sich nur, daß er diese Enthüllungen wenn schon, dann in Englisch ausgestoßen hatte, und das konnte niemand in Chupan verstehen, ganz zu schweigen von den Aymara. Allerdings beunruhigte ihn, daß der alte Padre sehr besorgt war, als Graydon wieder aufbrach. Er hatte den jungen Abenteurer in langen Gesprächen vor den Tücken und Schlichen der Dämonen gewarnt und ihm den guten Rat gegeben, um diese am besten einen weiten Bogen zu machen.
Während seiner Genesung hatte Graydon viel Muße gehabt, das zu verarbeiten, was ihm von seinem Abenteuer noch in Erinnerung war. Er dachte angestrengt nach, analysierte und versuchte, hinter die Geheimnisse zu kommen. Hatten seine drei Kameraden sich wirklich in Gold verwandelt? Eine wissenschaftliche Erklärung kam ihm endlich in den Sinn, eine phantastische zwar, aber letztlich auch eine plausible: Die Höhle des Antlitzes war vielleicht ein Laboratorium der Natur, ein Schmelztiegel, in dem unter dem Einfluß unbekannter Strahlen Transmutationen von einem Element zu einem anderen vorgenommen wurden. In dem Stein, aus dem auch das Gesicht geschnitten war, mochte sich eine Substanz

befinden, die unter dem Einfluß dieser Strahlen in Gold verwandelt wurde. Die Erfüllung eines uralten Traums, der Vorstellung der alten Alchimisten, aus bestimmten Stoffen Gold zu machen, hier schien diese Umwandlung auf natürliche Weise vonstatten zu gehen. Hatte nicht schon der Engländer Rutherford erfolgreich ein Element in reines Kupfer verwandelt, indem er ersterem ein oder zwei Elektronen nahm? War nicht auch das Endprodukt von Uran, der vibrierenden Mutter des Radiums, stumpfes, inaktives Blei?
Die Konzentration der Strahlen auf dem Gesicht war beachtlich. Unter dem konstanten Bombardement der strahlenden Partikel waren die drei Abenteurer möglicherweise rasch desintegriert worden. Die drei Goldtropfen hingegen, die danach dort aufgetaucht waren, waren möglicherweise Ausfluß dieses besonderen Gesteins unter dem Gesicht. Die drei Kameraden hatten sich einfach aufgelöst, und er hatte danach die Tropfen gesehen. Sicher nur eine Illusion, daß er dort einen Zusammenhang vermutet hatte.
as Gesicht schwitzte, tränte und speichelte nicht wirklich Gold, denn dieses entstand ja aus dem Strahlenbeschuß. Der Künstler, der dieses Meisterwerk geschaffen hatte, hatte es lediglich verstanden, jenen ›lebendigen‹ Eindruck hervorzurufen. Natürlich, nur so und nicht anders konnte es sein.
Und die Anziehungskraft des Gesichts? Seine Macht? Nichts als ein simpler psychologischer Umstand, sobald man erst einmal hinter das Geheimnis gekommen war. Derselbe geniale Bildhauer hatte so akkurat an dem Gesicht gearbeitet, daß es ihm gelungen war, aufs genaueste die menschliche Gier nach Macht zu reproduzieren. So gut, daß jeder, der das Gesicht betrachtete, darauf reagierte. Nicht nur der unterbewußte, sondern auch der bewußte Teil des menschlichen Gehirns sprach auf das an, was dieses Gesicht in so überwältigender Genauigkeit wiedergab. Im Verhältnis zur Stärke des Wunsches nach Macht bei jedem einzelnen stand auch die Reaktion auf die scheinbare Herausforderung durch das Gesicht; oder volkstümlicher ausgedrückt: Gleich und gleich gesellt sich gern. Das Starke zieht den Schwachen immer an. Ein simpler psychologischer Umstand, so mußte es sein!

Und die geflügelten Schlangen, die Boten? Auch hier war es nicht unmöglich, eine naturwissenschaftliche Erklärung zu finden. Ambrose Bierce hatte schon in seiner Erzählung »The Damned Thing« die Möglichkeit solcher Wesen dargestellt. H. G. Wells hatte sich in seinem Roman »The Invisible Man« einer ähnlichen Idee bedient. Und Guy de Maupassant hatte, kurz bevor er dem Wahnsinn verfallen war, in seiner unheimlichen Erzählung »Der Horla« auf der gleichen Vorstellung abgehoben. Die Wissenschaft wußte, daß so etwas wie unsichtbare Lebewesen nicht ausgeschlossen war, und rund um die Welt arbeiteten Forscher fieberhaft daran, dieses Geheimnis zu enträtseln, um es im nächsten Krieg einzusetzen.
Doch, doch, die unsichtbaren Boten ließen sich nicht schwer erklären. Man brauchte sich nur einen Gegenstand vorzustellen, der Licht weder reflektiert noch absorbiert. In einem solchen Fall strömen die Lichtstrahlen über dieses Etwas wie ein rauschender Bach über einen Stein unter seiner Oberfläche. Dieser Stein ist damit nicht sichtbar; genauso wenig wie das Etwas, über das die Lichtstrahlen strömen. Die Lichtstrahlen biegen sich um diesen Gegenstand und zeigen dem Auge eines Betrachters lediglich das, was sich hinter diesem Etwas befindet, während dieses dazwischenstehende Objekt unsichtbar bleibt; denn weder reflektiert es noch absorbiert es Licht.
Ein Reisender in der Wüste. Plötzlich sieht er vor sich einen Wasserlauf und grüne Palmen. Aber sie sind gar nicht dort, sondern hinter dem Berg, an dessen Fuß sie nun zu sein scheinen. Die Lichtstrahlen, die auf die Oase getroffen sind, haben sich nach oben abgebogen, sind über den Gipfel geströmt, auf der anderen Seite wieder hinuntergelaufen und wurden in dichterer heißer Luft reflektiert. Eine Luftspiegelung. Dieser Vergleich hinkte zwar etwas, aber das Grundprinzip war das gleiche.
O ja, sagte sich Graydon, die geflügelten Boten hatten nichts Mysteriöses an sich. Und was ihre Schlangengestalt anging, nun war nicht der Vogel in Wahrheit eine gefiederte Echse, ein gefiedertes Reptil? Die Federn eines Vogels sind nur Weiterentwicklungen von Schuppen. Zumindest sagen das die Naturwissenschaften.

Also ist der gewöhnliche Vogel eine gefiederte Schlange. Der erste, der Urvogel, der Archäopterix, besaß immer noch die Klauen, die Zähne und den Schwanz seiner Reptilienvorfahren.
Aber diese Wesen verstanden und gehorchten menschlichen Befehlen. Nun, warum nicht? Einen Hund kann man zu fast allem dressieren. Daran war also nichts Verwunderliches. Ein Hund ist intelligent. Warum sollten nicht auch die gefiederten Schlangen mindestens so intelligent sein wie ein Hund? Und das erklärte natürlich auch, warum das unsichtbare Geschöpf Suarras Armband wiedererkannt und daher in seiner Attacke nachgelassen hatte.
Und die Schlangenmutter? Nun, die wollte er erst einmal persönlich sehen, bevor er sich den Kopf darüber zerbrach, ob es ein Wesen halb Frau und halb Schlange geben konnte. Und bis dahin wollte er diese Sache auf sich beruhen lassen.
Nachdem er so alles zu seiner Zufriedenheit erklärt und analysiert hatte, stellte Graydon seine Grübeleien ein und gesundete als Konsequenz daraus deutlich rascher.
Als er vollständig genesen war, wollte er einen Teil seiner Schuld bei denen wieder gut machen, die ihm das Leben gerettet hatten. Er schickte Boten nach Cerro de Pasco um Geld und andere Güter. Der Padre sollte seine Altardecke bekommen, die er sich schon so lange wünschte, und was Graydon den Indios zukommen ließ, brachte sie dazu, ihren Schutzheiligen oder sonstigen Gottheiten laut und oft dafür zu danken, daß sie auf diesen Weißen gestoßen waren.
Auch Graydon selbst hatte Glück. Zwar hatte er bei seinen Abenteuern sein Gewehr verloren, aber seine Boten hatten für ihn in Cerro ein viel besseres und hochmodernes Gewehr erstanden.
Und nun, ausgerüstet mit ausreichend Munition, vier Revolvern und auch ansonsten reichlicher Ausrüstung, befand sich Graydon auf dem Weg zu dem verborgenen Pfad ins Verbotene Land. Und mit sich führte er das folgsame Burro, mit dem er schon seine vergangenen Abenteuer erlebt hatte.
Nachdem er Chupan hinter sich gelassen hatte, marschierte er auf geradem Weg auf die Kordilleren zu. Schon seit Tagen hatte er

keine Spur mehr von Indios entdeckt. Aber irgend etwas in ihm flüsterte ihm ein, besondere Obacht zu geben.
Obacht? Er lachte bei dem Gedanken. Das war wohl kaum der richtige Ausdruck für diese Unternehmung... für einen Mann, der sich vorsätzlich auf das Gebiet jener Macht begab, die Suarra Yu-Atlanchi genannt hatte! Obacht! Graydon mußte laut lachen. Aber, so sagte er sich grimmig vergnügt, man konnte natürlich in einem gewissen Sinn auch von Obacht geben sprechen, wenn man sich auf dem Weg in die Hölle befand. Und Suarras Land, von dessen Phänomenen er ja bereits einige kennengelernt hatte, schien dem Ort der Verdammten recht ähnlich zu sein, wenn nicht noch schlimmer. Während er noch bei dieser nicht uninteressanten Vorstellung verweilte, überprüfte er seine Ausstattung für die bevorstehende Invasion:
Ein erstklassiges Gewehr nebst ausreichender Munition. Vier selbstladende Revolver, davon zwei im Gepäck, einen am Gürtel und den letzten in einem Halfter unter dem Arm. Nicht schlecht, aber Yu-Atlanchi würde über Waffen verfügen, besaß sie mit größter Wahrscheinlichkeit, gegen die seine Ausrüstung so effektiv war wie Pfeil und Bogen gegen einen Panzer. Und was konnte er mit seinen Revolvern und auch mit dem Gewehr schon gegen die Schuppenpanzer der Dinosaurier ausrichten?
Was stand ihm sonst noch zur Verfügung? Ein roter Lichtstrahl von seinem Handgelenk antwortete ihm. Suarras Armreif. Der war mindestens hundert Gewehre wert, wenn es sich bei ihm tatsächlich um einen Paß ins Verbotene Land handelte.
Als am vierzehnten Tag seiner Reise die Abenddämmerung hereinbrach, befand Graydon sich in einem kleinen Teil zwischen spärlich bewaldeten, dicht beieinander liegenden Höhenzügen. Ein freundlicher Bach gurgelte und plätscherte nicht weit. An dessen Ufer schlug er sein Lager auf, befreite das Burro von seinen Lasten und ließ es zum Grasen frei. Er machte sich ein Feuer, kochte Tee und bereitete die Abendmahlzeit vor. Dabei suchte er mit seinem Blick den südlichen Höhenzug ab. Bis jetzt hatte er großes Glück gehabt, fast nur durch Täler zu kommen, wo er nur

gelegentlich klettern mußte, und auch dann war der Weg nicht strapaziös gewesen. Nun aber stand ihm ein Berg im Weg. Vielleicht sechs- bis siebenhundert Meter hoch, also kein unüberwindliches Hindernis. Die Bäume marschierten in langen Kolonnen bis an seinen Gipfel, manchmal einzeln, manchmal in feldmarschmäßiger Ordnung. Insgesamt erweckten sie den Eindruck, nach einem bestimmten Plan hier angepflanzt worden zu sein.
Graydon saß eine ganze Weile da und dachte nach. Bald legte er sich hin, rollte sich in seine Decke ein und streckte den rechten Arm aus. Im Licht des sterbenden Feuers glühten die roten Edelsteine am Armreif auf und verblaßten wieder, glühten auf und verblaßten wieder. Manchmal schienen sie zu gewaltiger Größe zu wachsen, und manchmal waren sie wie durchscheinende Bälle... und endlich senkte sich der Schlaf über Graydon.
Er schlief, und er wußte, daß er schlief. Aber auch noch im Schlaf sah er die leuchtenden roten Edelsteine. Er träumte, aber er konnte seinen Traum steuern. Rasch eilte er über eine mondbeschienene Wüste. Vor ihm erhob sich eine dunkle Barriere. Beim Näherkommen zog sie sich zusammen und war plötzlich ganz verschwunden. Dahinter erblickte er ein gewaltiges, kreisrundes Tal, das von schneebedeckten Gipfeln eingeschlossen wurde. Darin war ein großer See, den ein mächtiger Fluß mit silbrigem Wasser aus einer Felswand stürzend speiste. Bilder von kolossalen Steinfiguren, gebadet im milchigen Strom des Mondlichts und jeweils vom schwarzen Maul einer großen Höhle bewacht, tauchten in rascher Folge vor seinem Auge auf.
Eine Stadt rauschte heran, schien ihm begegnen zu wollen. Eine Stadt mit rubinroten Dächern, opalfarbenen Türmen und insgesamt so phantastisch, als wäre sie von Dschinnen aus Traumstoff erbaut worden.
In einer riesigen Halle mit Säulen an den Wänden kam Graydon zur Ruhe. Vom hohen Dach schossen Strahlen von trüb azurblauem Licht zum Boden. Sehr hoch stiegen die Säulen und verbreiteten sich an ihrer Spitze wie Blüten mit Opal-, Türkis- und Smaragdblättern voller goldener Tupfer.

Und dann sah er sie: die Schlangenmutter!
Sie lag zusammengerollt in einem Nest von Kissen direkt am Rand eines weiten Alkovens hoch oben in dieser säulenbestandenen Halle. Zwischen ihr und Graydon sanken die azurblauen Strahlen hinab und bedeckten wie ein Vorhang das Nest. Der neblige Strahlenschauer enthüllte die Schlangenmutter halb und verbarg sie halb vor seinen Blicken.
Ihr Gesicht war alterslos. Graydon konnte nicht entscheiden, ob sie jung oder alt war. Anscheinend lebte sie frei von Zeit und frei von der Falten bildenden Säure des Alterns. Sie mochte gestern erst das Licht der Welt erblickt haben oder schon vor einer Million Jahren.
Ihre Augen standen weit auseinander und waren rund und leuchtend. Sie waren wie lebendige Edelsteine, angefüllt mit roten Feuern. Ihre Stirn war breit und niedrig, ihre Nase lang und zierlich, und die Nasenlöcher wirkten etwas verbreitert. Ihr Kinn war klein und spitz, und der kleine Mund hatte die Form eines Herzens. Ihre Lippen leuchteten purpurrot.
Über ihre schmalen, kindhaften Schultern strömte Haar von der Form und Farbe gesponnenen Silbers. Pfeilförmig endete es auf ihrer Stirn und verlieh so ihrem Gesicht etwas Herzförmiges, ähnlich den Lippen.
Sie hatte kleine, hochstehende Brüste.
Gesicht, Hals, Schultern und Brüste hatten eine perlweiße Haut, leicht rosafarben getönt.
Knapp unter den Brüsten begann der Schlangenleib.
Er verbarg sich zum größten Teil in den seidenen Kissen. Die Schlangenglieder waren dick und zahlreich. Glied um Glied mit herzförmigen Schuppen besetzt. Jede Schuppe war so exquisit ausgeformt, als habe eine Elfe sie gemacht.
Das kleine Kinn hielt sie in kindlichen Händen, und auch ihre schlanken Arme erinnerten an die eines kleinen Mädchens. Die mit Grübchen versehenen Ellenbogen ruhten auf dem obersten Ringglied.
Auf ihrem Gesicht, das sowohl das einer Frau wie auch das einer

Schlange war – und auf höchst merkwürdige Weise weder das eine noch das andere – wohnten gleichzeitig und gleichberechtigt ehrfurchtgebietende Weisheit und unfaßbarer Überdruß.
Die Schlangenmutter: Die Erinnerung an sie oder an ihre Schwestern mochten die Quelle für solche Legenden wie die von der Prinzessin von Naga sein, deren Weisheit die Städte der untergegangenen Khmer in den Dschungeln Kambodschas erblühen ließ. Und sie mochten die Quelle für die unausrottbaren Geschichten über Schlangenfrauen im Sagengut von nahezu jedem Volk sein.
Vielleicht waren sie sogar das Körnchen Wahrheit in der Legende von Lilith, der ersten Frau Adams, die von Eva vertrieben wurde.
So also erblickte Graydon die Schlangenmutter. Zumindest glaubte er, sie so zu sehen. Wieder und wieder löste die Frage, ob sie so war, wie sie ihm erschien, oder ob das nur der Ausdruck dessen war, wie sie sich ihm präsentieren wollte, einen Sturm der Unsicherheit in ihm aus.
Die Schönheit des kleinen, herzförmigen Gesichts raubte ihm den Atem, und der silberglänzende Schein ihres Haares und die kindliche Zierlichkeit ihrer Gestalt machten ihn zusätzlich benommen. Er achtete gar nicht auf ihre Ringglieder ... auf ihre Monströsität. Es war so, als griffe die Schlangenmutter direkt in sein Herz und berührte dort eine verborgene Saite, die seit seiner Geburt noch nie zum Klingen gebracht worden war.
Und in diesem Traum – wenn es sich überhaupt um so etwas wie einen Traum handelte – war ihm klar, daß sie sich seiner Empfindungen bewußt und darüber erfreut war. Ihr Blick wurde sanfter und studierte ihn freundlich. Ihr rosafarbener Perlmuttleib entrollte sich und stieg senkrecht hoch, bis der Kopf in doppelter Manneshöhe über dem Boden des Alkovens thronte. Sie nickte ihm zu, hob die kleinen Hände an die Stirn und bedeckte sie. Dann senkte sie sie in einer sonderbaren rituellen Geste und hielt sie dabei wie eine Schale, die sie ausgießen wollte.
Hinter ihr erhob sich ein Thron, der aus einem einzigen, kolossa-

len Saphir geschnitten zu sein schien. Er hatte eine ovale Form, war gut drei Meter hoch und ausgehöhlt wie ein Schrein. Er ruhte auf der blütenförmigen Spitze einer Säule aus milchigem Kristall; war vielleicht darin eingefaßt. Der Thron war leer, obwohl es Graydon so schien, als umhülle ihn ein schwacher Strahlennebel. An seinem Fuß standen sechs kleinere Throne. Einer rot und wie aus einem Rubin geschnitten. Einer schwarz wie aus Gagat. Die anderen vier standen zwischen den beiden und waren aus glänzendem Gold.

Die purpurnen Lippen der Schlangenmutter öffneten sich, und eine schmale, spitze Zunge fuhr heraus und berührte die Lippen. Ob sie nun direkt zu ihm sprach oder nicht, Graydon konnte sie verstehen:

»Ich halte meine Hände über diesen Mann, denn Suarra liebt ihn. Er erfreut mein Herz. Bis auf Suarra langweilen mich die, die in Yu-Atlanchi wohnen. Die Sehnsucht des Kindes eilt zu ihm. So soll es denn sein. Ich werde Lantlus und seiner Gefolgschaft überdrüssig. Vor allem nähert sich Lantlu mehr, als mir lieb sein kann, dem Schatten von Nimir, den man auch den Dunklen Fürsten nennt. Außerdem hat er auch ein Auge auf Suarra geworfen. Doch er soll sie nicht bekommen.«

»Beim uralten Pakt«, meldete sich der Fürst der Narrheit zu Wort, »bei der Unantastbarkeit dieses Pakts, Adana, dürft Ihr nicht Eure Weisheit gegen eine der alten Rasse wenden. Eure Vorfahren haben das feierlich geschworen. Dieser Schwur wurde vor undenklich langer Zeit abgelegt, bevor das Eis uns nach Norden trieb, aus dem Heimatland verbannte. Und seitdem ist dieser Schwur niemals gebrochen worden. Selbst Ihr, Adana, dürft dies nicht tun.«

»Ssss!« Die Zunge der Schlangenmutter schnellte wütend vor. »Wenn Ihr es sagt! Aber der alte Pakt hatte auch noch eine andere Seite. Hat nicht die alte Rasse gleichfalls geschworen, sich niemals gegen einen von uns, gegen einen vom Schlangenvolk, zu verschwören? Dennoch lassen sich Lantlu und seine Anhänger mit dem Schatten ein. Sie planen, Nimir von den Fesseln zu be-

freien, in die wir ihn vor undenklich langer Zeit gezwungen haben. Sobald er seine Freiheit wiedererlangt hat, wird er danach trachten, uns zu vernichten... Was sollte ihn davon abhalten... Nicht auszuschließen, daß er über uns triumphiert!
Hört genau meine Worte, Tyddo. Ich sagte, es sei nicht auszuschließen, aber es muß nicht so kommen! Lantlu verschwört sich mit Nimir, der unser größter Feind ist. Daher verschwört er sich auch gegen mich, die letzte aus dem Schlangenvolk. Somit ist der alte Pakt gebrochen. Und zwar durch Lantlu, nicht durch mich!«
Ihr Schlangenleib schwankte hin und her.
»Sollen wir denn Yu-Atlanchi aufgeben? Sollen wir es verlassen, so wie es meine Vorfahren und auch die Fürsten, die deine Vorgänger waren, getan haben? Sollen wir dieses Land Nimir und seiner Meute überlassen?«
Der Fürst der Narrheit gab keine Antwort.
»O ja, wo nur wenig anderes als Narrheit geblieben ist, müßt Ihr natürlich bleiben.« Sie nickte ihm mit ihrem kindlichen Kopf zu. »Aber was sollte mich hier zurückhalten? Bei der Weisheit meines Volkes! Hier lebte eine Rasse von haarlosen, grauen Affen, die wir von den Bäumen holten. Wir nahmen sie an der Hand und lehrten sie, machten Menschen aus ihnen. Und was ist aus diesen Affen-Nachfahren geworden? Traumsüchtige, die um Phantome buhlen und sich zu Sklaven der Illusion machen. Und die anderen... sie treibt es ständig weiter der Dunkelheit zu. Sie lieben die Grausamkeit. Nach außen hin sind sie weiterhin Gefolgsleute des Schönen, aber unter ihrer Maske sind sie tückisch und verschlagen. Sie bereiten mir Übelkeit. Yu-Atlanchi fault, nein, ist schon verfault. Also mag es endgültig untergehen!«
»Doch da ist noch Suarra«, sagte Tyddo sanft. »Und es gibt einige wenige andere, die noch gut sind. Wollt Ihr sie alle im Stich lassen?«
Die Grimmigkeit wich vom Gesicht der Schlangenmutter.
»Ja, da ist noch Suarra«, flüsterte sie, »und es gibt einige wenige andere Gute. Aber sie sind so wenige. Bei meinen Vorfahren, so wenige.«

»Trifft sie denn allein die Schuld daran?« sagte der Fürst der Narrheit. »Dem ist doch nicht so, Adana. Es wäre besser für sie gewesen, wir hätten die Barriere niedergerissen, die sie bis heute geschützt hat. Es wäre besser für sie gewesen, wir hätten sie ihren Weg gegen die Wildnis und die Gefahren, die dort lauern, machen lassen. Und es wäre besser für sie gewesen, wir hätten das Tor zum Tod niemals geschlossen.«

»Haltet ein, Fürst!« erwiderte die Schlangenmutter traurig. »Es war nur meine weibliche Seele, die über meine Zunge sprach. Es gibt noch einen tieferen Grund, warum wir sie nicht verlassen dürfen. Dieser Schatten von Nimir sucht nach einem Körper. Was dieser Schatten ist, wie stark Nimir sein mag, wieviel er von seinen alten Künsten vergessen haben mag, oder wie viele neue Künste er in so langer Zeit erlernt haben mag, kann ich leider nicht ermessen. Ich weiß nur eines, daß dieser Schatten nach einem Körper sucht. Und sobald er ihn gefunden hat, ist Nimir vom Stein befreit. Wir müssen uns auf eine Schlacht vorbereiten, alter Fürst. Ist Nimir frei und obsiegt er, müssen wir gehen! Und unser Auszug verläuft nicht geordnet und so, wie wir es uns vorstellen und wünschen würden. Danach wird es nicht mehr lange dauern, bis Nimir seine Herrschaft über die ganze Welt ausgedehnt hat, wie er das schon vor langer, langer Zeit plante. Und soweit darf es nicht kommen!«

Der Fürst der Narrheit starrte auf den roten Thron und zappelte unruhig wie großer, gelbroter Vogel herum.

»Wißt Ihr«, sagte die Schlangenmutter ganz ruhig, »ich bin froh, daß ich nicht in die Zukunft sehen kann. Wenn uns eine Schlacht bevorsteht, möchte ich nicht schon vorher durch das Wissen um meine Niederlage geschwächt werden. Und ich möchte mich auch nicht der Langeweile ergeben, die mich befiele, wenn ich von meinem Sieg wüßte. Wenn jemand sich schon der Unbilde einer Endschlacht auszusetzen hat, sollte ihm die Gnade der Ungewißheit zuerkannt werden.«

Trotz aller Unfaßbarkeit und Ungeheuerlichkeit dessen, was er zu hören und zu sehen schien, mußte Graydon unfreiwillig über den letzten Ausspruch lachen, war er doch so unverwechselbar weiblich. Die Schlangenmutter warf ihm einen Blick zu, so als habe sie sein Kichern gehört. Ein halb boshaftes Zwinkern trat in ihre glühenden Augen.

»Was nun diesen Mann angeht, der nach Suarra sucht«, erklärte sie, »so soll er in unser Land kommen und mich finden! Es steckt viel Weisheit in dem, was Ihr über unseren Irrtum gesagt habt, den Menschen und anderen Bewohnern in Yu-Atlanchi das Leben zu einfach gemacht zu haben. Also wollen wir danach trachten, Tyddo, solche Fehler nicht zu wiederholen. Wenn nun dieser Mann es kraft seines Witzes und Mutes schaffen sollte, den Weg zu mir zu finden, sobald er also mit seinem Körper so vor mir steht, wie er das im Augenblick in Gedanken tut, will ich ihn mit Macht ausstatten. Sollten wir die große Schlacht für uns entscheiden, soll er zum Lohn Suarra erhalten. In der Zwischenzeit sende ich ihm zum Zeichen meine gefiederten Boten, damit sie ihn von nun an erkennen, und damit er weiß, daß er sie nicht mehr zu fürchten braucht.«

Die Halle wurde blasser und verging. Graydon glaubte, über ihm und überall um sich herum einen Sturm von Elfenhörnern zu vernehmen. Er glaubte, er habe die Augen geöffnet, die Decke zurückgeworfen und sich aufgerichtet...

Und daß überall um ihn herum, glitzernd wie silbrige Feuer, Schwadron um Schwadron der gefiederten Schlangen ihre Kreise zog. Unablässig auf und nieder steigend und in unzähligen Spiralformen; hunderte und aberhunderte von ihnen, in allen Größen; die Federn glitzerten, sie schwangen übermütig die Rapiere und sangen fröhliche ihre Hornlieder...

Und ebenso unvermittelt, wie sie aufgetaucht waren, waren sie auch schon wieder verschwunden.

Früh am Morgen nahm er ein hastiges Mahl ein, fing das Burro ein und belud es mit den Vorräten. Pfeifend setzte er seinen Marsch fort und lief auf den Berg zu. Der Aufstieg war nicht schwer, und nach einer guten Stunde hatte er den Gipfel erreicht.

Zu seinen Füßen fiel sanft ein Hang zu einer flachen Ebene hinab,

auf der wie darüber gestreut aufrechte Steine standen. Fünf Kilometer voraus erhoben sich aus dieser Ebene die steilen Böschungen eines riesigen Berges. Seine Hänge schienen sich zu einem kolossalen Kreis zu vereinigen. Und dahinter...
Die Grenzwälle von Yu-Atlanchi!

VIII

Die Echsenmenschen

Er hatte es gefunden. Hinter dem Wall, den er da vor sich sah, lag Yu-Atlanchi, war Suarra! Die Ebene mit den riesigen Menhiren war dieselbe, über die der Spinnenmann geflohen war. Der Pfad, über den Graydon zum Steingesicht gelangt war, konnte nicht allzu weit sein.

Er hörte über sich einen sanften Hornstoß. Dreimal erklang der Ton, und dann wieder dreimal. Vom Boden des Hanges, den er gerade hinunter marschierte, vom Zentrum der Ebene und vom großen Berg.

Graydon schritt fester aus.

Am frühen Nachmittag erreichte er den Berg. Der Fels darauf war Basaltstein, schwarz und diamanthart. Die Böschungen erhoben sich nahezu kerzengerade aus der Ebene. Sie waren nicht zu besteigen, zumindest nicht die, die direkt vor ihm lagen. Welchen Weg sollte er nun nehmen? Wie als Antwort auf seine Frage hörte er erneut einen sanften Hornstoß; diesmal von Südwest.

»Dorthin also«, sagte Graydon fröhlich und nahm den Marsch wieder auf.

Ihm fiel eine Grünfläche auf, ein grünes Banner, das über dreißig Meter oder mehr über dem Grund die Böschung hinabströmte. Als Graydon näher herantrat, entdeckte er, daß dort oben der Fels geborsten war. Am Fuß der Klippe hatte sich Geröll angesammelt, in dem sich auch größere Felsen fanden. Büsche und kleinere Bäume hatten darauf Halt gefunden und kletterten bis zum Loch in der Felswand hinauf.

Graydon betrachtete die Stelle und entdeckte dabei eine schmale Spalte in der Felswand, die bis zum Loch hinaufführte. Die Neugier trieb ihn dazu, diesen Weg zu versuchen. Das Burro sah ihm

nach, bis er nicht mehr weit von dem Loch entfernt war, und folgte ihm dann mit wütendem Eselsgeschrei.
Graydon ließ nicht nach und stieg höher, bis er den letzten Busch erreicht hatte. Der Spalt im Fels war hier über einen Meter breit. Das Loch entpuppte sich als Höhle, in der es sehr dunkel war. Graydon kniete sich hin und leuchtete mit seiner Taschenlampe hinein. Steine bedeckten den Boden der niedrigen Höhle, aber sie war trocken. Er sammelte Feuerholz.
Als er genug Reisig für ein Feuer zusammenhatte, trat er in das Innere der Höhle. Nach etwa hundert Schritten fiel das Licht seiner Taschenlampe auf eine Felswand. Er glaubte, die Höhle sei hier zu Ende, aber als er die Stelle erreichte, entdeckte er, daß sie hier eine scharfe Biegung machte. Zu seiner Linken tropfte Wasser aus dem Stein und sammelte sich in einem kleinen, natürlichen Becken, von dem aus es in einem kleinen Bach davonfloß. Graydon leuchtete mit der Taschenlampe nach oben. Das Dach der Höhle war nicht auszumachen.
Nun, morgen würde er das genauer erforschen. Er zog das Burro tiefer in die Höhle und befestigte es an einem Felsvorsprung. Nachdem er gegessen hatte, rollte er sich in seine Decke ein und schlief.
Er erwachte früh, und schon meldete sich der Wunsch in ihm, die Höhle zu erforschen. Ohne sich mit einem Frühstück aufzuhalten, machte er sich auf den Weg. Er erreichte die kleine Quelle, und nach dreihundert Schritten machte die Höhle wieder einen Knick; diesmal, um in der ursprünglichen Richtung fortzulaufen. Nicht weit voraus befand sich ein grauer, blaß leuchtender Schleier. Graydon schaltete die Taschenlampe ab, kroch darauf zu...
...und fand sich im Tageslicht wieder.
Er sah auf einen Riß in der Bergwand hinab. Eine dreißig Meter breite Rinne mit glatten, steil aufsteigenden Seitenwänden. Sie verlief schräg in östlicher Richtung, direkt auf die aufgehende Sonne zu. Der Boden des Risses senkte sich nicht übermäßig steil ab. Auf der einen Seite strömte der kleine Bach aus der Quelle.

Keine Vegetation hatte den Weg hierher gefunden, nicht einmal die an vielerlei Entbehrungen gewöhnten Flechten.
Graydon kehrte zum Burro zurück, gab ihm zu trinken und ließ es an den Büschen vor dem Eingang der Höhle grasen.
»Stärke dich, Sancho Pansa«, sagte er. »Gott allein weiß, wann wir das nächstemal etwas zu uns nehmen können.«
Er machte ein Feuer und bereitete sich ein Frühstück zu. Danach wartete er, bis das Burro satt war, legte ihm das Gepäck auf und führte den störrischen Esel endlich durch die dunkle Höhle bis zu der Rille. Wieder im Tageslicht schien es seine Bockigkeit vergessen zu haben und trabte gehorsam wie eh und je hinter seinem Herrn her.
Anderthalb Kilometer lang verlief der Riß im Fels, gerade so, als sei er von Menschenhand dort angelegt worden. Danach drehte und wendete er sich unaufhörlich, wurde mal breiter und mal enger, wurde rutschiger und steiler. Erst waren es nur kleine Steine, doch bald schon größere Brocken, die auf dem Weg verstreut lagen. Das Bächlein war durch weitere Rinnsale aus der Felswand verstärkt worden und hatte mittlerweile deutlich an Breite zugenommen. Die Farbe der Felsen hatte sich von tiefem Schwarz in ein rötliches Gelb verwandelt. Dürftige und blaße Vegetation wuchs spärlich an den Ufern des Bachs und zwischen den herumliegenden Steinen.
Hin und wieder entdeckte Graydon in der Felswand Löcher, die rund gehauen waren. Sie kamen ihm wie Öffnungen zu Höhlen oder Tunnels vor und starrten ihn wie riesige, pupillenlose Augen aus dem ockerfarbenen Stein an. Mit der Sinnesschärfung, die jeder erfährt, der lange in der Wildnis gelebt hat, spürte Graydon, daß hier Tod und Gefahr lauerten. Er warf immer wieder einen Blick zu den runden Löchern hinauf und hielt sein Gewehr fest umklammert. Ein merkwürdiger Geruch lag in der Luft, säuerlich und muffig, der ihm vage bekannt vorkam. Er erinnerte ihn an... an die Ausdünstungen von Alligatoren in heißen, sumpfigen Dschungellagunen.
Der Geruch wurde stärker. Auch die Anzahl der Löcher in der

Felswand vermehrte sich zusehends. Das Burro wurde nervös, blieb immer wieder stehen und schnüffelte.
Wieder machte die Schlucht eine abrupte Biegung. Von dort ertönte ein fürchterliches Zischen und Grunzen. Gleichzeitig erreichten ganze Wogen des unangenehmen Geruchs seine Nase und waren so stark, daß sie Graydon Übelkeit bereiteten. Das Burro blieb plötzlich stehen und weigerte sich, auch nur einen Zentimeter weiter zu gehen.
Graydon hörte Schreie von Menschen. Er lief los und kam um die Biegung. Vor ihm waren einige Indios wie der, der ihn zur Grenze des Verbotenen Landes geführt hatte. Aber diese hier trugen gelbe Kleider statt blaue. Sie wurden von Wesen umzingelt, die mit langen Zähnen und scharfen Klauen nach ihnen schlugen. Etwa zwanzig von diesen Kreaturen waren dort. Auf den ersten Blick wirkten sie wie größere Eidechsen. Erst nach einer Weile begriff Graydon, daß sie, wenn schon keine Menschen, so doch zumindest humanoid waren.
Die Wesen waren über einen Meter groß. Ihre ledrige Haut wies eine schmutzig gelbe Färbung auf. Sie standen auf stämmigen Beinen mit Füßen wie Pranken, die in scharfen Klauen ausliefen. Ihre Arme waren kurz und muskulös. Die Hände sahen genauso aus wie die Füße, hatten aber längere Klauen.
Ihre Gesichter jedoch ließen Graydon das Blut in den Adern gefrieren. Ein menschliches Element darin ließ sich nicht übersehen. Gleichzeitig aber waren es Echsengesichter. Beide, Mensch und Echse, waren hier auf erschreckend unfaßbare Weise miteinander verquickt. Ähnlich wie Mensch und Spinne bei dem roten Wesen, das Suarra den Weber genannt hatte.
Über der niedrigen, spitz endenden Stirn waren die Köpfe dieser Kreaturen mit roten Schuppen bedeckt, die zum Teil in mehreren Reihen wie Hahnenkämme aufrecht standen. Sie hatten rote, starre Augen, und ihre Nasen waren flach. Aber darunter ragte eine breite, fünfzehn Zentimeter lange Schnauze hervor, die mit scharfen gelben Zähnen wie bei einem Krokodil besetzt war. Die Wesen besaßen kein Kinn und nur rudimentäre Ohren.

Zu Graydons übergroßer Verblüffung hatten diese Kreaturen schmutzige Stoffstreifen umgebunden.
Drei Indios standen dort und deckten sich gegenseitig den Rücken. Sie schlugen mit schlegelartigen Keulen aus irgendeinem glänzenden Metall nach den Echsenmenschen. Sie schienen sich bislang wacker geschlagen zu haben, denn um sie herum lag ein halbes Dutzend dieser Wesen mit eingeschlagenem Schädel am Boden. Doch gerade schienen sich die Echsenmenschen zu einer neuen Taktik entschlossen zu haben. Ein Indio kam zu Fall, und ihm folgte rasch ein zweiter, der zu Boden gezogen wurde. Beide verschwanden unter ledrigen Echsenleibern.
Graydon riß sich aus seiner Erstarrung und brüllte dem dritten Indio eine Warnung zu.
Er nahm das Gewehr, zielte rasch und schoß. Der Echsenmann, auf den er gezielt hatte, schwankte unter dem Aufprall der Kugel und brach zusammen. Nach dem Knall, der wie ein Miniaturdonner von den Felswänden widerhallte, drehten sich alle Echsenmenschen zu Graydon um, rissen die Mäuler auf, standen sprungbereit da und starrten ihn wütend mit ihren roten Augen an.
Der Indio bückte sich, riß den Körper eines seiner Kameraden hoch und sprang mit ihm aus der Schußlinie. Da Graydon nun nicht mehr befürchten mußte, ihn zu treffen, schoß er sein ganzes Magazin auf die Kreaturen ab und lud danach rasch wieder nach. Während von den Echsenmännern einer nach dem anderen zu Boden fiel, wich die Erstarrung von den anderen. Sie schwärmten die Felswände hoch und krabbelten wie echte Eidechsen selbst über glatte Steinflächen. Zischend und kreischend verschwanden sie in den schwarzen Löchern.
Der Indio stand abseits und hielt den verwundeten Kameraden in den Armen. Erstaunen und Bewunderung war aus den feinen Zügen seines braunen Gesichts zu lesen. Graydon hing sich das Gewehr über die Schultern und streckte in der universellen Geste des Friedens beide Handflächen aus. Der Indio legte den Verwundeten sanft zu Boden, verbeugte sich tief und legte dabei die beiden Handrücken auf die Stirn.

Graydon ging auf ihn zu. Unterwegs sah er genauer auf die Kreaturen, die von seinen Kugeln niedergestreckt worden waren. Er entdeckte, daß nur die, denen die Geschosse durch den Schädel gefahren waren, noch dalagen. Aber deren Glieder zuckten spasmatisch, so als seien sie immer noch am Leben. Einen von ihnen hatte Graydon zusätzlich ins Herz getroffen; dennoch schlug sein Herz weiter. Graydon sah deutlich, wie sich der ledrige, gelbe Brustkorb rhythmisch hob und senkte. Nur die, deren Schädel von den Keulen eingeschlagen worden waren, lagen still.
Und auch jetzt schockierte Graydon die abnorme Menschenähnlichkeit dieser Wesen.
Ein Echsenmann lag auf dem Bauch. Der vor Schmutz starre Lendenschurz war heruntergerutscht. Vom Ende des Rückgrats ragte ein stumpfer, schuppiger Schwanz. Graydon bemerkte, daß der Indio plötzlich neben ihm stand. Er verbeugte sich wieder vor seinem Retter und fing dann an, der Reihe nach den Echsenmännern am Boden mit seiner Keule die Schädel zu zerschmettern.
»Dies nur, damit sie nicht von neuem leben können«, erklärte er in der Sprache der Aymara. »Die einzige Möglichkeit.«
Graydon trat zu dem verwundeten Indio. Er war bewußtlos und übel zugerichtet, aber keine der Wunden schien lebensgefährlich zu sein. Graydon holte seinen Sanitätskasten aus der Satteltasche und versorgte und verband die schlimmsten Verletzungen. Er sah auf, als er den gesunden Indio hinter sich bemerkte. Er sah dem Weißen bei der Arbeit zu, und aus der Bewunderung in seinem Blick war Ehrfurcht geworden.
»Wenn wir ihn an einen sicheren Ort bringen können, wo diese Kreaturen uns nicht mehr stören können, kann ich ihn weiter versorgen.« Graydon erhob sich.
»Nur ein kurzes Stück«, erklärte der Indio, »und wir sind in Sicherheit, großer Fürst.«
»Dann nichts wie los«, antwortete Graydon grinsend.
Er hob den Verwundeten an den Schultern hoch, und der Indio packte ihn an den Füßen. Das Burro trabte vorneweg, und sie liefen hinter ihm her durch die Schlucht.

Die runden Löcher in den Felswänden starrten ihnen nach. Nichts war von außen in ihnen zu erkennen, aber Graydon spürte die bösartigen Blicke in seinem Rücken genau. Die teuflischen Blicke der Echsenmenschen, die sich im Schatten ihrer Nester verbargen.

IX

Im Lager von Huon

Bald wurden die Höhlen der Echsenmenschen seltener, und nach einer Weile waren die Felswände ganz frei von schwarzen Löchern. Der Indio schenkte ihnen ohnehin seit einiger Zeit keine übertriebene Aufmerksamkeit mehr. Offensichtlich wiegte er sich in Sicherheit, so lange Graydon jeden neuen Angriff mit seiner Zauberwaffe abwehren konnte.
Der Verwundete stöhnte, öffnete die Augen und sagte etwas. Sein Kamerad nickte und setzte ihn ab. Der Verwundete stand aufrecht da und starrte Graydon mit der gleichen Ehrfurcht an, die der erste Indio auch schon gezeigt hatte. Und als er erst den Armreif mit der Abbildung der Schlangenmutter entdeckte, zitterte er am ganzen Leib. Der gesunde Indio redete so rasch auf seinen Kameraden ein, daß Graydon ihm nicht mehr folgen konnte. Als er fertig war, nahm der zweite Indio Graydons Hand und preßte sie erst auf sein Herz und dann an seine Stirn.
»Herr«, rief er, »mein Leben gehört Euch.«
»Wohin wart ihr unterwegs?« fragte Graydon.
Die beiden Indios sahen einander unsicher an.
»Herr, wir wollten nach Hause«, antwortete einer von ihnen schließlich ausflüchtend.
»So ähnlich habe ich mir das gedacht«, sagte Graydon. »Heißt dieses Zuhause vielleicht Yu-Atlanchi?«
Wieder zögerten die beiden, bevor sie eine Antwort gaben.
»Wir wollten nicht in die Stadt, Herr«, sagte der erste Indio endlich.
Graydon fragte sich nach den Gründen ihrer Ausflüchte, ihrer Weigerung, ihm eine offene und ausführliche Antwort zu geben. Und er fragte sich auch, wie tief ihre Dankbarkeit ihm gegenüber sein

mochte. Sie hatten ihm keine Fragen gestellt, hatten weder wissen wollen, woher er gekommen war, noch warum, noch wer er war oder was. Diese Zurückhaltung war vielleicht auf ihre Ehrfurcht vor ihm zurückzuführen oder aber auf einen anderen gewichtigen Grund; keinesfalls jedoch auf mangelnde Neugier, denn die schien in ihnen beiden zu brennen. Es war ihm klar, daß er ein solch hohes Ansehen kaum bei noch jemandem haben würde, sobald er erst einmal im Verborgenen Land war. Und auf Hilfe von der Schlangenmutter konnte er auch nicht hoffen, zumindest jetzt noch nicht. Er war überzeugt, daß seine Traumvision von der Säulenhalle keine Illusion gewesen war. Die Hornstöße der fliegenden Schlangen, die ihn geführt hatten, und der Umstand, daß sie ihn nicht mehr angegriffen hatten, schienen ihm dafür Beweis genug. Und die Schlangenmutter hatte gesagt, er müsse kraft seines eigenen Witzes und Mutes den Weg zu ihr finden, bevor sie ihm helfen wolle.

Allerdings würde er kaum zu ihr gelangen, wenn er wie ein übermütiger Tölpel einfach so in Yu-Atlanchi hineinspazierte. Besser wäre es, irgendwo Unterschlupf zu finden, von dort aus die Lage zu erkunden und dann einen Plan zu schmieden...

»Du«, wandte er sich an den Verwundeten und setzte alles auf eine Karte, »du hast doch gesagt, dein Leben gehöre mir, oder?«

Der Indio nahm wieder Graydons Hand und preßte sie an Brust und Stirn.

»Ich möchte Yu-Atlanchi betreten«, erklärte Graydon, »aber für einen gewissen Zeitraum möchte ich dort von niemandem gesehen werden. Könnt ihr mich dorthin führen und mich verbergen, so daß niemand außer euch etwas von meiner Anwesenheit bemerkt, bis der Zeitpunkt gekommen ist, an dem ich aus meinem Versteck trete?«

»Treibt Ihr Scherz mit uns, Herr?« fragte der erste Indio. »Warum sollte jemand, der das Symbol der Mutter trägt und diese Waffe zu führen weiß«, er zeigte auf das Gewehr, »unserer Hilfe bedürfen? Seid Ihr denn nicht... Ihr Bote? Haben nicht die, die Ihre Diener sind, Euch passieren lassen? Herr, was haben wir Euch getan, daß Ihr uns verspottet?«

»Ich mache keinen Spaß«, erklärte Graydon, sah sie scharf an und fügte hinzu: »Kennt Ihr den Fürsten Lantlu?«
Ihre Mienen wurden starr, und Mißtrauen trat auf ihre Mienen. Graydon begriff, daß diese beiden den Herrn der Dinosaurier haßten. Gut, dann wollte er noch mehr preisgeben.
»Ich suche die Mutter«, sagte er. »Und wenn ich schon nicht ihr Bote bin, so bin ich doch ihr Diener. Fürst Lantlu steht zwischen ihr und mir. Aus bestimmten Gründen muß ich ohne die Hilfe der Mutter mit dem Fürsten fertig werden. Daher benötige ich Zeit, mich darauf vorzubereiten, und Lantlu darf nichts von meiner Ankunft erfahren, bis ich einen Plan geschmiedet habe.«
Erleichterung zeigte sich auf ihren Gesichtern und so etwas wie Freude und Neugierde. Sie berieten sich flüsternd.
»Herr«, begann dann der erste Indio, »wollt Ihr bei der Mutter schwören«, er zeigte wieder auf den Armreif, »dies an Eure Lippen führen und bei Ihr schwören, daß jedes Eurer Worte wahr war? Und wollt Ihr weiterhin schwören, daß Ihr kein Freund oder Spion vom Fürsten Lantlu seid?«
Graydon hob den Armreif.
»Das will ich schwören«, erklärte er. »Möge die Mutter mich ganz und gar zerstören, an Körper und Geist, wenn das, was ich euch gesagt habe, nicht die Wahrheit war!«
Er küßte die kleine Figur auf dem Reif.
Wieder flüsterten die Indios einander zu.
»Kommt mit uns, Herr«, sagte der Verwundete, »wir wollen Euch zum Fürsten Huon führen. Bis wir ihn erreicht haben, stellt uns bitte keine weiteren Fragen. Ihr habt uns um ein Versteck vor dem Fürsten Lantlu gebeten. Zu solch einem Versteck wollen wir Euch führen; zum einzigen sicheren Ort vor ihm. Und dort sollt Ihr Euch aufhalten, wenn Fürst Huon nichts dagegen einzuwenden hat. Sollte er sich dagegen aussprechen, gehen wir mit Euch oder sterben mit Euch. Können wir mehr für Euch tun?«
»Großer Gott!« entfuhr es Graydon, und er war bis ins Innere seines Herzens bewegt. »Weder ihr noch irgendein anderer Mensch könnte mehr tun. Aber ich denke nicht, daß Fürst Huon,

wer immer das auch sein mag, euch dafür zürnen wird, mich zu ihm geführt zu haben.«

Nun untersuchte er noch einmal den Verwundeten und wechselte die Bandagen aus. Die Schnitte und Kratzer sahen zum Teil schlimm aus, aber nirgendwo waren eine Arterie oder ein Organ getroffen worden.

»Du hast viel Blut verloren«, erklärte Graydon. »Ich denke, wir sollten dich tragen.«

Aber dem wollte er nicht zustimmen.

»Der Weg ist nicht mehr lang«, sagte er. »Gift klebt an den Fängen und Klauen der Urd, der Echsenmenschen. Das brennende Wasser, das Ihr über meine Wunden geträufelt habt, hat das meiste Gift vernichtet, aber nicht alles. Ich spüre es immer noch in mir, und daher ist es besser, wenn ich laufe.«

»Das Gift der Urd bringt Schlaf«, erklärte der andere Indio. »Und ist dieser Schlaf stark genug, endet er im Tod. Das brennende Wasser von Euch, mächtiger Herr, hat diesen Schlaf besiegt und meinen Kameraden aus ihm gerissen. Nun fürchtet er, wenn er getragen wird, sinkt er vielleicht erneut in Schlaf, und er sagt, Euer Wasser brennt nicht mehr. Für unseren anderen Kameraden kam jede Hilfe zu spät. Ihn oder seine Überreste fortzutragen, hätte die Urd sicher dazu verleitet, einen neuen Angriff auf uns zu wagen. Ein früher Tod ist unser Schicksal, doch davon später mehr.«

Graydon hatte zunächst über diese Beschreibung des Jods geschmunzelt. Aber dann verging ihm das Lachen, als er die merkwürdige Begründung hörte, warum die beiden ihren am Boden liegenden Kameraden nicht hatten retten wollen. Außerdem erschien ihm die Erklärung des Verwundeten vernünftig. Wenn das Gift der Urd wirklich narkotisch wirkte, wäre es für den Mann tatsächlich besser, allein zu gehen, um die Reste des gefährlichen Saftes abzubauen. Er träufelte noch einmal Jod über die Wunden. An der Art, wie sich die Muskeln des Indios spannten, erkannte Graydon, daß das Mittel wirkte.

»Es ist gut«, sagte der Mann, »das Wasser brennt.«

»Es verbrennt das Gift«, sagte Graydon gut gelaunt. »Wenn ihr

eine andere Medizin habt, wäre es gut, sie zusätzlich zu benutzen.«
»Dort, wo wir hingehen, gibt es solche Medizin«, erklärte der erste Indio. »Doch wärt Ihr nicht gekommen, Herr, wären wir nun schon tief im Schlaf der Urd versunken, und dessen Ausgang wäre uns gewiß. Doch nun wollen wir rasch weiterziehen.«
Die drei marschierten durch die Schlucht. Sie waren kaum zwei Kilometer weit gekommen, als sich die beiden Felswände plötzlich vor ihnen vereinigten. Nur ein wenige Meter breiter Spalt trennte sie noch voneinander. Er hatte glatte Ränder, so als sei er von Menschenhand herausgehauen worden. Dahinter war nur Schwärze.
»Wartet hier«, sagte der erste Indio und trat durch den Spalt. Er zog einen Gegenstand aus seiner Tasche, der wie eine Kristallkugel wirkte und die Größe eines Tennisballs hatte. Eine Hälfte davon war mit einem Metall überzogen. Der Mann hob die Kugel hoch über seinen Kopf. Licht breitete sich davon aus und fuhr in die Schwärze. Dabei handelte es sich nicht um Lichtstrahlen, sondern um eine Lichtwolke, die sich rasch bewegte. Danach schob der Indio die Kugel wieder in die Tasche und winkte Graydon zu.
Sie traten durch den Spalt und gelangten in einen Tunnel. Es war hier nun nicht mehr dunkel. Alles war von matter Helligkeit angefüllt, so als habe sich die Lichtwolke aus der Kugel in einen phosphoreszierenden Nebel aufgelöst. Sie marschierten einige hundert Meter weit. Der Indio brauchte die Kugel nicht noch einmal einzusetzen; denn der Lichtschimmer hielt sich die ganze Zeit über.
Der Indio blieb stehen. Graydon sah, daß der Tunnel hier zu Ende war. Draußen herrschte Dunkelheit. Tief unten rauschte Wasser.
Der Indio hob wieder die Kugel und sorgte für Beleuchtung.
Graydon keuchte. Die Lichtwolke schwebte über einem Abgrund. Graydon erkannte hundert Meter zur Seite einen Felsvorsprung, als das Licht darauf fiel. Ein Teil der Felswand hob sich augenblicklich wie ein gigantischer Vorhang hoch. Heraus fuhr eine flache, etwa drei Meter breite Metallzunge. Sie schoß über den Abgrund und folgte dabei dem Flug der Lichtwolke, bis sie das andere Ende erreicht hatte.

Die Indios lachten Graydon ermunternd an. »Folgt uns, Herr«, sagte einer von ihnen. »Ihr habt nichts zu befürchten.«
Graydon trat auf die Brücke. Das Burro folgte ihm dichtauf. Nun hörte er das Tosen des Wassers tief unter ihm.
Er erreichte das Ende der sonderbaren Brücke. Die Indios tauchten neben ihm auf. Sie liefen etwa fünfzig Schritte weit. Graydon warf einen Blick zurück. Die Öffnung in der Felswand wirkte wie ein großes, leuchtendes Tor. Dann hörte er ein leises Seufzen, und das leuchtende Tor war verschwunden. Der Felsvorhang hatte sich wieder gesenkt.
Aber auch nun war Licht um sie herum. Weiches und flutendes Licht, so als wäre es fester Bestandteil der Luft. Die drei befanden sich in einer würfelförmigen Halle mit einem Durchmesser von ungefähr dreißig Metern. Wände und Dach bestanden aus glänzendem schwarzen Stein, in dem winzige, sich rasch bewegende Leuchtteilchen wie die flossen, die Graydon in der Höhle des Steinantlitzes bemerkt hatte. Auch hier verbreiteten sie ausreichende Helligkeit.
Die Halle war leer. Kein Geräusch kam aus dem Tunnel, den sie eben durchschritten hatten, nirgends ließ sich einer der Bewohner dieses unterirdischen Komplexes blicken, und nichts war von den Maschinen zu hören, die den Felsvorhang und die Metallbrücke in Gang gebracht hatten. Darüber hinaus schien es hier an keiner Stelle weiterzugehen, weder war eine Tür zu entdecken, noch irgendwelche Ritzen in den Wänden, die auf eine Öffnung schließen ließen. Doch dann kam es Graydon so vor, als hörte er das Murmeln einer größeren Menschengruppe, und zwar in dieser Halle. Plötzlich ertönte ein kurzes Kommando, so schnell ausgesprochen, daß Graydon es nicht verstehen konnte.
Der unverwundete Indio salutierte und trat ein paar Schritte vor. Er antwortete dem Befehlsgeber in der gleichen raschen Weise. Doch diesmal bekam Graydon mit, was gesagt wurde. Der Indio erzählte von dem Kampf gegen die Echsenmänner. Als er fertig war, trat kurzes Schweigen ein, bis von dem unsichtbaren Rufer ein neuer, rascher Befehl kam. Der Indio verbeugte sich.

»Herr, haltet den Armreif hoch«, sagte er.
Inzwischen war Graydon natürlich klar geworden, daß der Unsichtbare sich nicht in der Halle befand, sondern hinter der Felswand. Seine Stimme wurde von einem Röhrensystem übertragen, und ohne Zweifel mußten sich hier irgendwo auch Sichtschlitze befinden. Leider konnte Graydon weder von dem einen noch von den anderen das geringste Anzeichen entdecken. Die schwarzen Wände schienen undurchdringlich und glatt wie Glas zu sein. Er hob den Armreif und zeigte das goldene Abbild der Schlangenmutter. Die Edelsteinaugen funkelten. Rufe und erregtes Flüstern ertönten, dann wieder ein Befehl.
»Legt Eure Waffen ab, Herr«, sagte der Indio, »und tretet vor bis an die Wand.«
Als Graydon zögerte, fügte er hinzu:
»Fürchtet Euch nicht. Wir stehen an Eurer Seite.«
Die Stimme des Unsichtbaren meldete sich streng. Der Indio schüttelte den Kopf und blieb neben Graydon stehen. Ebenso tat es der Verwundete an der anderen Seite. Graydon wußte, daß den beiden befohlen worden war, ihn allein vortreten zu lassen. Er legte sein Gewehr auf den Boden und flüsterte den Indios zu, dem Befehlsgeber lieber zu gehorchen. Er trat vor und lockerte dabei unauffällig die Pistole in dem Halfter, das er unter dem Arm trug. Plötzlich ging das Licht aus.
Doch die Dunkelheit währte nur einen Augenblick. Als die Strahlung von den Wänden wieder einsetzte, war ein Drittel der Wand vor Graydon verschwunden. Dort breitete sich nun ein breiter und gut beleuchteter Korridor aus, an dessen Wänden Indios standen. Eine weitere Gruppe hatte sich zwischen Graydon und den beiden Führern mit dem Burro postiert. Alle trugen Speere, die eine Spitze aus einem glänzenden schwarzen Metall aufwiesen, und kleine, runde Schilde aus dem gleichen Material. Ihr glattes, schwarzes Haar wurde von goldenen Bändern gehalten. Bis auf kurze Röcke aus gesteppter gelber Seide waren sie nackt. All dies sah Graydon in einem kurzen Rundblick, bevor ihm der Mann auffiel, der direkt vor ihm stand.

Er war ein Riese und hatte das Gesicht und die Haut der Rasse von Suarra und Lantlu; aber er war nicht so schön wie sie, besser gesagt nicht mehr, denn ein furchtbarer Kampf mußte seine Züge vernarbt haben. Er überragte Graydon, der schon einen Meter achtzig maß, fast um Haupteslänge. Sein Haar war silberweiß, am Nacken gestutzt und von einem bernsteinfarbenen Band zusammengehalten. Von der rechten Schläfe bis zum Kinn liefen vier linienförmige Narben über sein Gesicht. Die Nase war mehrfach gebrochen und flach. Von seinen Schultern fiel ein Kettenhemd aus dem schwarzen Metall, das in seiner Machart an die Rüstungen der Kreuzritter erinnerte. Um den Bauch trug der Mann einen Gürtel, und Kettenhosen bedeckten seine Beine bis zu den Knien, darunter waren Wadenschützer, und die Füße steckten in Sandalen. Der rechte Arm war ihm am Ellenbogen abgetrennt worden. An der Stelle des Unterarms war nun ein fast meterlanger, tödlicher Metallstab, der mit einem goldenen Ring am Ellenbogen und Bändern an der Schulter befestigt war. Im Gürtel des Hünen steckte eine kurzstielige Doppelaxt, die in auffälliger Weise denen ähnelte, die man auf Abbildungen aus dem alten Kreta sehen konnte.
So furchteinflößend dieser Riese auch wirkte, Graydon faßte neuen Mut, als er ihm in die Augen sah. Lachfalten waren an den Rändern, und Humor und Toleranz traten aus seinen Augen, die von seinem momentanen Mißtrauen und Erstaunen nicht ganz überdeckt werden konnten. Auch wenn sein Haar weiß war, wirkte er dennoch nicht alt. Graydon schätzte ihn auf vierzig.
Er hatte eine kräftige, etwas rauchige Baß-Stimme und sprach im Aymara-Dialekt.
»Du willst also Huon sehen! Nun, das sollst du auch. Denke nicht, daß es uns an Dankbarkeit mangelt, weil ich dich so lange warten ließ und dich sogar hieß, die Waffen abzulegen. Aber der Dunkle ist gerissen, und Lantlu, mögen seine Xinli ihn zerfleischen, steht ihm da kaum nach. Und es wäre nicht das erste Mal, daß die beiden versuchen, einen Spion bei uns einzuschleusen, der sich als einer von uns tarnt oder sonstwie als Verbündeter ausgibt.

Ich heiße Regor, manche nennen mich auch den Schwarzen Regor. Meine Schwärze ist jedoch nicht die des Dunklen, obwohl auch ich gelegentlich gerissen bin. Doch vielleicht hast du noch nie etwas vom Dunklen gehört, was, Knabe?«
Er hielt inne und beobachtete ihn mit zusammengekniffenen Augen.
»Doch, ein wenig schon«, antwortete Graydon vorsichtig.
»So, so, ein wenig schon. Nun, und hat dieses wenige ausgereicht, daß du dir schon eine Meinung über den Herrn bilden konntest?«
»Ich halte nichts von ihm!« sagte Graydon und benutzte dabei das Aymara-Proverb für obskure Implikationen. »Ich möchte ihm jedenfalls nicht die Hand geben, weil ich danach meine Finger nachzählen müßte.«
»Hoho!« dröhnte der Hüne und fuchtelte dabei gefährlich mit der Metallstange herum. »Das war gut, das muß ich Huon erzählen.«
»Davon abgesehen ist er der Feind von ihr, nicht wahr?« sagte Graydon und zeigte auf den Armreif.
Regor stellte sein Gelächter ein und gab den Wächtern einen Befehl.
»Bleib an meiner Seite«, erklärte er Graydon. Bevor der Abenteurer losging, warf er einen Blick zurück. Einer der beiden Führer hob gerade behutsam das Gewehr auf, und beide nahmen das Burro in ihre Mitte. Während Graydon sich bemühte, mit dem Riesen Schritt zu halten, fragte er sich besorgt, ob das Gewehr gesichert gewesen war, als er es zu Boden gelegt hatte. Dann entschied er, daß er wohl darauf geachtet hatte.
Dann befiel ihn eine gewichtigere Sorge. Er hatte alle Hoffnung aus der Grundidee bezogen, daß Huon, wer auch immer das sein mochte, ein erbitterter Feind von Lantlu sei, der Graydons Hilfe gern entgegennehmen und ihm dafür auch einen Gefallen tun würde. Auch hatte Graydon vorgehabt, ihm die ganze Geschichte von seiner Begegnung mit Suarra und allem, was danach gefolgt war, zu erzählen. Nun kam ihm das etwas naiv vor. So offen und einfach erschien ihm die Lage nun doch nicht. Nüchtern betrachtet

wußte er so gut wie überhaupt nichts von diesen Menschen und ihren unfaßbaren Fähigkeiten, von ihren Spinnen- oder Echsenmenschen; und Gott allein mochte wissen, was für Monströsitäten sie noch erschaffen hatten.

Und hatte er eigentlich die geringste Ahnung von diesem völlig unbegreiflichen Wesen, von der Schlangenmutter?

Graydon spürte, wie diese Überlegungen Verzweiflung in ihm weckten. Er kämpfte mit aller Macht dagegen an. Ganz einfach, er mußte halt seinen Plan ändern, um sich den Gegebenheiten anzupassen. Und dafür blieben ihm noch einige Minuten Zeit. Am besten faßte er keinen festen Plan, bevor er Huon nicht kennengelernt hatte und ihn einschätzen konnte.

Ein scharfer Befehl riß Graydon in die Realität zurück. Der Korridor vor ihnen war von riesigen Toren aus dem schwarzen Metall versperrt. Sie wurden von einer Doppelreihe der Indios bewacht. Die erste Reihe war mit Speeren bewaffnet, und die zweite setzte sich aus Bogenschützen zusammen. Sie wurden von einem kleinwüchsigen, aber stämmigen Indio befehligt, der beim ersten Anblick von Graydon fast seine Doppelaxt hätte fallen lassen.

Regor flüsterte dem Offizier etwas zu. Dieser nickte und stampfte auf den Boden. Die großen Türen teilten sich. Eine bernsteinfarbene Sonne schien durch einen transparenten Vorhang, der wie ein Wasserfall aus Spinnweben wirkte, nach draußen.

»Ich melde Huon deine Ankunft«, erklärte Regor. »Warte bitte hier.« Er verschmolz mit den Spinnweben. Geräuschlos schlossen sich hinter ihm die Türen.

Schweigend wartete Graydon. Wortlos starrten die Wächter ihn an. Endlos zogen sich die Minuten hin. Dann eine Glocke. Die großen Türen öffneten sich wieder. Hinter den Spinnweben murmelten Stimmen. Der Offizier gab Graydons beiden Indios ein Zeichen. Sie trieben das Burro vor sich her und verschwanden hinter dem Vorhang. Nach einer Weile wieder die Glocke. Der Offizier gab Graydon ein Zeichen. Der Abenteurer durfte hinein.

Seine Augen fanden sich zunächst nur schlecht zurecht in dem Licht, das wie Sonnenstrahlen wirkte, die durch Bernstein schienen. Doch allmählich festigten sich die Konturen. Graydon hatte den Eindruck, als seien die Wände mit Teppichen behangen, die ständig ihre Farben änderten. Als er nach oben sah, bemerkte er, daß die Decke aus dem gleichen glänzenden Stein bestand, den auch der Korridor aufgewiesen hatte, nur war er hier bernsteinfarben und nicht schwarz. Das hellere Licht stammte von dichteren Wirbeln der strahlenden Korpuskeln.

Eine Frau lachte. Graydon suchte sie mit den Augen und sprang mit dem Namen Suarra auf den Lippen vor. Jemand packte ihn jedoch am Arm und hielt ihn zurück.

Und dann wurde ihm klar, daß diese lachende Frau nicht Suarra war.

Die Frau lag ausgestreckt auf einer Couch, hatte den Kopf gehoben und stützte sich auf einem langen weißen Arm auf. Ihr Gesicht war älter, aber sie hätte immer noch die Zwillingsschwester von Suarra sein können. Und sie hatte exakt die gleichen Haare. Doch damit endeten auch schon die Gemeinsamkeiten. In diesen lieblichen Zügen war ein höhnischer Zug, der nicht zu ihrer Schönheit passen wollte. Ein Hauch von Grausamkeit lag auf den wunderbar geschwungenen Lippen, und etwas nicht mehr menschlich zu nennendes Entrücktes schien aus den klaren, dunklen Augen. Von Suarras Zärtlichkeit war hier nichts mehr zu entdecken. Das Gesicht dieser Frau erinnerte ihn eher an den Ausdruck auf der Miene von Lantlu, als der mit seiner Sauriermeute den roten Weber gejagt hatte. Ein schlanker Fuß hing über dem Rand der Couch und balancierte müßig mit einer Zehe eine seidene Sandale.

»Unser ungebetener Gast scheint etwas ungestüm zu sein, Dorina«, ertönte eine Männerstimme in der Sprache der Aymara. »Sollte ein Tribut an Eure Schönheit dafür verantwortlich sein, so kann ich ihm nur zustimmen. Doch mir kam es so vor, als sei seine Reaktion auch von Wiedererkennen bestimmt gewesen.«

Der Sprecher erhob sich von einem Sessel neben der Couch. Seine Züge waren von der außerordentlichen Schönheit, die allen Mitgliedern dieser fremdartigen Rasse eigen zu sein schien. Seine Augen wiesen das tiefe Blau auf, das normalerweise Freundlichkeit verspricht, aber davon war in ihrem momentanen Blick nichts zu bemerken. Wie auch bei Regor wurde sein Haar von einem bernsteinfarbenen Band zusammengehalten. Unter der weißen, togaartigen Robe, die ihn bis zu den Füßen bedeckte, glaubte Graydon, den Körper eines Athleten zu entdecken.

»Ihr wißt, daß ich mich nicht dem Traum hingegeben habe, Huon«, schnurrte die Frau, »denn ich bin Realistin. Wo, wenn nicht in einem Traum, sollte ich ihm schon einmal begegnet sein? Doch auch wenn ich keine Träumerin bin, wenn ich vielleicht gewußt hätte...«

Sie klang schmachtend, aber aus ihrem Blick, mit dem sie Graydon bedachte, kam etwas Boshaftes und Höhnisches. Huon errötete, und alle Wärme wich aus seinen Augen. Er stieß hart ein Wort aus. Unvermittelt wurde Graydons Brust wie von einem Schraubstock umklammert. Er glaubte, seine Rippen brechen zu hören, und alle Luft wich aus seinen Lungen. Graydon wollte den Griff mit den Händen brechen und stieß dabei an einen dünnen, faserigen Arm, der weniger aus Fleisch als aus Leder zu bestehen schien. Graydon drehte den Kopf. Einen halben Meter über ihm war ein kinnloses, nur halb menschliches Gesicht. Lange rote Locken fielen über die fliehende Stirn. Die Augen in dem Gesicht waren rund und goldfarben, und angefüllt mit Traurigkeit. Aber auch Intelligenz war in diesen Augen.

Ein Spinnenmann!

Ein weiterer faseriger Arm, bedeckt mit rotem Flaum, umschloß Graydons Hals. Ein dritter umklammerte seine Knie und hob Graydon hoch.

Er hörte einen wütenden Ruf von Regor. Blindlings schlug er nach dem kinnlosen Gesicht, und dabei blitzten die kleinen roten Steine auf dem Armreif wie ein Feuerstrahl auf. Der Spinnenmann grunzte, und Huon stieß einen Schrei aus.

Graydon spürte, daß er fiel, immer tiefer hineinfiel in Schwärze... und dann hörte und fühlte er nichts mehr.

X

Die Rebellen von Yu-Atlanchi

Seine Sinne kämpften sich wieder an die Oberfläche. Eine stürmische Stimme schrie zornig.

»Er trägt das alte Symbol der Mutter. Er kommt unbeschadet an ihren Wächtern vorbei. Er überwindet die stinkenden Urd, die Knechte des Dunklen, verflucht sei sein Name. Jeder einzelne Punkt würde ausreichen, ihn zumindest anzuhören! Ich sage Euch noch einmal, Huon, hier ist ein Mann, der es verdient hätte, mit Höflichkeit und Ehren empfangen zu werden. Ein Mann, der etwas zu sagen hat, und uns etwas erzählen kann, das von höchstem Interesse nicht nur für Euch, sondern für die ganze Bruderschaft ist. Aber Ihr habt ihn ungehört Kon überlassen! Wie wird Adana reagieren, wenn sie davon hört? Bei jeder Schuppe ihres edelsteinhaften Leibes, wie haben wir voller Eifer darum gerungen, ihre Unterstützung zu erlangen, und konnten doch nie ihre Gleichgültigkeit durchstoßen! Dieser Mann hier hätte sie vielleicht für uns gewinnen können!« »Genug, Regor, das reicht!« Das war Huon. Niedergeschlagenheit klang aus seiner Stimme.

»Es reicht noch nicht!« wütete der Riese. »Hat der Dunkle Euch vielleicht darum gebeten? Beim Fürst der Fürsten, die Bruderschaft wird sich mit diesem Fall befassen müssen!«

»Ihr habt natürlich recht, Regor. Es ist Eure Pflicht, die Bruderschaft zusammenzurufen, sobald Ihr das für nötig erachtet. Ich habe falsch gehandelt und bin beschämt. Sobald der Fremde aus der Ohnmacht erwacht ist – und ich bin mir sicher, daß Kon ihm nichts Schlimmes angetan hat –, werde ich ihm Genugtuung geben. Und die Bruderschaft, nicht ich, soll entscheiden, was mit ihm geschehen soll.«

»Eure Worte scheinen wenig schmeichelhaft für mich zu sein«, ertönte Dorina, etwas zu höflich und etwas zu süßlich. »Wollt Ihr, Regor, damit vielleicht andeuten, ich sei eine Spionin des Dunklen, denn zweifellos war ich es, die Huons Demütigung in die Wege leitete.«

»Ich will gar nichts andeuten...« begann der Riese, wurde aber von Huon unterbrochen.

»Darauf will ich Euch antworten, Dorina. Und ich will gleich erklären, daß ein solcher Vorwurf nicht neu in meinen Ohren ist. Achtet sorgfältig darauf, aus diesem Zweifel eines Tages nicht Gewißheit werden zu lassen. Denn dann müßte ich Euch töten, Dorina. In ganz Yu-Atlanchi, darüber und darunter gibt es keine Macht, die Euch vor meinem Zorn erretten könnte!«

Er hatte ganz ruhig gesprochen, aber die kalte Unerbittlichkeit in seiner Stimme war unüberhörbar gewesen.

»Ihr wagt es, so mit mir zu sprechen, Huon...«

Graydon wußte, daß die Wahrheit öfter an ein verschlossen geglaubtes Ohr dringt als an eines, daß für offen gehalten wird. Deshalb hatte er sich still verhalten und gelauscht, während seine Kräfte allmählich wiederkehrten. Ein Streit zwischen Regor, Huon und Dorina konnte ihm nicht nützen, also stöhnte er und öffnete die Augen. Und damit brachte er das zum Schweigen, was der schönen Frau auf der Zunge gelegen hatte. Er sah hinauf in Huons Gesicht, in dem er nichts anderes als Sorge entdeckte. Dann zu Dorina, deren dunkle Augen blitzten und die die langen weißen Hände an die Brust preßte, um ihren Zorn nicht Überhand nehmen zu lassen.

Dann entdeckte er eine rote Gestalt, die die beiden überragte. Das war Kon, der Spinnenmann, und Graydon vergaß die Gefahr, in der er sich befand, und alles andere, während er ihn studierte.

Der Spinnenmensch wirkte wie ein Wesen aus einem von Breughels alptraumhaften Gemälden oder aus Dürers Phantasien über den Hexensabbat. Er schien sich wahrhaftig aus einem dieser Bilder gestohlen zu haben, und dennoch war nichts Dämonisches, nichts von dem Schwarzen Bösen an ihm. Tatsächlich besaß er sogar so etwas wie Grazie, als habe ihn ein Meister erschaffen,

dessen Sinn für das Schöne so stark gewesen war, daß er selbst bei einem solchen Monstrum zum Ausdruck kam.
Der Kopf des Spinnenmanns hing einen Meter über dem von Huon in der Luft. Der Leib war rund und oval und kaum größer als der eines Knabens. Vier lange, stelzenartige Beine trugen den Körper. Aus dem Zentrum des Leibes ragten zwei weitere Extremitäten, die anderthalbmal so lang waren wie die Beine und in Händen oder Klauen endeten. Diese besaßen Finger, die fast schon zierlich schlank waren, in Nadelspitzen ausliefen und etwa dreißig Zentimeter maßen.
Kon besaß keinen Hals. Wo der Kopf auf dem Rumpf saß, waren zwei vergleichsweise winzige Arme, die in kindhaften Händen endeten. Über diesen Händen war das Gesicht, kinnlos, ohne Ohren und von verfilzten, roten Locken eingerahmt. Der Mund war menschenähnlich, die Nase hingegen wie ein schmaler Schnabel. Bis auf Gesicht, Hände und Füße, die grau waren, war der ganze Körper mit rötlichem Flaum bedeckt.
Nur die Augen, große Scheiben ohne Lider und Brauen von phosphoreszierendem Gold, verfügten über die ganze Palette menschlicher Ausdrucksmöglichkeiten. Im Moment blickten sie traurig, verwundert und entschuldigend drein, so als habe sich Huons Stimmung auf die Kreatur übertragen. Und von solchem Charakter war Kon denn auch, der bedeutendste Spinnenmensch in Yu-Atlanchi, und das Schicksal hatte es für Graydon vorherbestimmt, ihn noch sehr viel besser kennenzulernen.
Graydon rappelte sich auf, und Regors Arm half ihm dabei. Der Abenteurer starrte Dorina an.
»Ich . . .« murmelte er, »ich hielt Euch für Suarra.«
Der Zorn auf Dorinas Gesicht verging. Statt dessen spannten sich ihre Züge an, so als sei sie erschrocken. Huon wurde neugierig. Regor grunzte nur.
»Suarra!« hauchte die Frau und löste die geballten Fäuste.
Wenn Suarras Name sie in Schrecken versetzte, und Graydon war verwundert darüber, so wurde Regor in keiner Weise solcherart davon betroffen.

»Ich sagte Euch doch schon, Huon, daß die Ankunft dieses Mannes kein alltägliches Ereignis sei«, rief er triumphierend. »Und soeben hat er einen neuen Beweis dafür vorgelegt. Suarra, die von der Mutter so sehr geliebt wird, und er ist mit ihr befreundet. Ha, was für Möglichkeiten tun sich da auf, welcher wunderbare neue Weg wird eröffnet!«

»Ihr erscheint mir etwas voreilig«, unterbrach ihn Huon, aber auch aus ihm klang so etwas wie Eifer und Erregung. Er wandte sich an Graydon.

»Es tut mir leid, daß das von vorhin geschehen mußte. Selbst wenn Ihr ein Gegner sein solltet, tut es mir leid. Unser Willkommen für Fremde fällt selten übertrieben herzlich aus, aber das, was Euch heute widerfahren ist, hätte nie geschehen dürfen. Ich kann nicht mehr dazu sagen.«

»Dazu besteht auch kein Anlaß«, antwortete Graydon noch ein wenig bitter. »Wenn schon nicht sehr herzlich, so war das Willkommen wenigstens warm genug. Und damit wollen wir den Vorfall vergessen.«

»Gut.« Erleichterung und Zustimmung standen in Huons Blick. Dann räusperte er sich.

»Wer immer *Ihr* sein mögt«, erklärte der Fürst, »*wir* sind Gejagte. Die, die uns zu vernichten trachten, sind stark und listig, und wir müssen in jedem Augenblick vor ihren Fallstricken auf der Hut sein. Falls Ihr von jenen zu uns geschickt wurdet, so schadet es nichts, Euch dies zu erzählen, denn Ihr dürftet das bereits wissen. Aber wenn Ihr die Schlangenmutter sucht ... und Suarra ... und mehr durch Zufall auf uns gestoßen seid, sollt Ihr erfahren, daß wir die Rebellen von Yu-Atlanchi sind. Doch wir sind keinesfalls die Gegner der Mutter oder von Suarra. Beweist uns Eure Aufrichtigkeit, und niemand hier wird Euch ein Leid antun. Ihr könnt dann ziehen, wohin Ihr wollt. Oder wenn Ihr uns, eingedenk des Wissens, daß wir Gesetzlose sind, um Hilfe bittet, wollen wir Euch unterstützen, soweit es unsere Mittel erlauben. Müssen wir jedoch Zweifel an Eurer Aufrichtigkeit hegen, müßt Ihr sterben, so wie alle Lockvögel sterben mußten, die ausgesandt wurden, uns in eine Falle zu führen. Und es soll kein angenehmer Tod werden. Wir haben kein Vergnügen am Leiden anderer, aber unser Kampf gebietet uns, andere davon abzuschrecken, uns ausspionieren zu wollen.«

»Das leuchtet mir ein«, sagte Graydon.

»Ihr gehört nicht unserer Rasse an«, erklärte Huon. »Vielleicht seid Ihr ein Gefangener des Dunklen, den man aussandte, uns zu täuschen, und ihm als Belohnung dafür Leben und Freiheit versprach. Und den Armreif hat man euch möglicherweise mitgegeben, um uns in Sicherheit zu wiegen. Auch wissen wir nicht mit Bestimmtheit, ob Ihr ungeschoren an den Wächtern vorbeigekommen seid; man hat Euch genauso gut durch die Höhlen der Urd ins Land bringen und dort absetzen können, wo Ihr auf die beiden Männer getroffen seid, die Euch hierher geführt haben. Daß Ihr einige der Urd getötet habt, beweist gar nichts. Sie sind so viele, und ihr Leben bedeutet Lantlu und dem Dunklen, die sie wie Sklaven halten, weniger als nichts. Ich schicke dies alles voraus«, erklärte er leicht entschuldigend, »damit Ihr wißt, welche Zweifel Ihr zu zerstreuen habt, um am Leben bleiben zu können.«

»Auch das leuchtet mir ein«, antwortete Graydon. Huon wandte sich an die Frau, die Graydon schon die ganze Zeit über mit einer konzentrierten und gleichzeitig fassungslosen Intensität studiert hatte; seit dem erstenmal, daß er den Namen Suarra ausgesprochen hatte.

»Wollt Ihr bleiben und uns bei unserem Urteil helfen?« fragte sie der Fürst.

»Wie könnte ich«, schnurrte Dorina und streckte sich auf der Couch, »wie könnte ich, Huon, jemals auch nur den leisesten Anflug verspürt haben, etwas anderes tun zu wollen?«

Huon rief dem Spinnenmann etwas zu. Ein roter Arm schnellte vor und stellte Graydon einen Hocker vor die Füße. Regor nahm ebenfalls Platz, und Huon machte es sich bequem. Unter den interessierten Blicken dieses sonderbaren Quartetts begann Graydon, seine Geschichte zu erzählen.

Er gab eine kurze Einführung in die Welt, aus der er kam, und berichtete auch von seinem Leben dort. Knapp beschrieb er dann die Reise der vierköpfigen Expedition ins Verbotene Land und von seiner ersten Begegnung mit Suarra. Regor brummte Beifall, als Graydon von seinem Zweikampf mit Starrett erzählte; und auch Huons Augen füllten sich bei dieser Schilderung mit Wärme. Suarras Erscheinen am nächsten Morgen wurde von den Zuhörern mit gefälligem Erstaunen registriert, und als Graydon vom Fürsten der Narrheit sprach, zeigten ihre Mienen, daß sie anfingen, ihm zu glauben. Dies steigerte sich noch, als er von Lantlu und seinem Saurierrudel erzählte. Doch dann stellte Graydon verblüfft fest, daß seine Zuschauer tief erschrocken waren, als er sie mit seiner Geschichte in die Höhle des großen Steinantlitzes führte.

Während er dieses Gesicht mit den Zügen des ultimaten Bösen und auch die anscheinende Umwandlung seiner drei Kameraden in Goldtropfen beschrieb, bedeckte Dorina mit zitternden Händen ihr Antlitz, wich alles Blut aus Huons Zügen und schüttelte Regor unentwegt vor sich hin murmelnd den Kopf. Nur Kon, der Spinnenmann, stand scheinbar unbewegt da und betrachtete ihn mit seinen traurigen und leuchtenden goldenen Augen.

Dies konnte nur bedeuten, daß seine Zuhörer das Steingesicht nie gesehen hatten; was offensichtlich hieß, daß es in Yu-Atlanchi Geheimnisse gab, von denen nicht einmal seine Bewohner wußten. Ein unerklärlicher Impuls drängte Graydon, auf der Hut zu sein. Also erzählte er den vieren nichts von seinem Traum von der Säulenhalle. Er fuhr statt dessen mit seinem Erwachen fort, wie der Indio ihn an die Grenze geführt hatte und wie er nach einer Stunde versucht hatte, erneut ins Verbotene Land zu gelangen.

Schließlich zeigte er ihnen die Verwundung, die er als Strafe für solches Tun hatte hinnehmen müssen.

»Was immer es auch gewesen sein mag, das mich nach Yu-Atlanchi zurückrief, ich kann es leider nicht benennen. Zumindest heute noch nicht. Irgend etwas rief mich, und diesem Ruf durfte ich den Gehorsam nicht verweigern...« Und gelogen war das ja eigentlich nicht, dachte er, als Suarras Gesicht vor seinem geistigen Auge erschien. Und ihr Ruf echote jetzt noch in seinem Herzen.

»Mehr habe ich nicht zu sagen«, schloß er. »Alles, was ich euch eben berichtete, entspricht der Wahrheit. Was den mysteriösen Ruf angeht, so spielt der nun keine Rolle mehr, denn ich bin hier. Nein, wartet, ich muß euch noch etwas zeigen.«

Er griff in seine Tasche und holte die Dose hervor, die Suarras Caraquenque-Feder enthielt.

»Suarras Feder!« keuchte Dorina. Huon nickte bedächtig.

Nun bestand kein Zweifel mehr, daß sie ihm Glauben schenkten. Es konnte jedoch nicht schaden, wenn er nun ihr Eigeninteresse weckte.

»Und von noch etwas muß ich euch berichten«, sagte er langsam. »Regor hat von einer Bestimmung gesprochen. Von dieser weiß ich sicher nicht mehr als ihr. Nun widerfuhr mir folgendes...«

Und er erzählte ihnen von den Elfenhörnern, die ihn über die Ebene mit den Monolithen geführt hatten, bis zu dem Sprung in der Felswand. Huon atmete scharf und vernehmlich ein und sprang auf. Hoffnung leuchtete auf seinen Zügen. Auch Regor sprang auf und wirbelte mit dem Eisenstangenarm durch die Luft. Der Fürst trat vor und legte Graydon eine Hand auf die Schulter.

»Ich glaube Euch«, erklärte er ergriffen. Er drehte sich zu Dorina. »Und Ihr?«

»Ja wirklich, er spricht die Wahrheit, Huon«, antwortete sie, aber kurz verengten sich ihre Augen, und eine Wolke zog über ihr Gesicht. Graydon glaubte, sie sei ihm nicht unbedingt wohlgesonnen.

»Ihr seid uns willkommen«, erklärte Huon. »Am Morgen sollt Ihr die Bruderschaft kennenlernen und vor ihr wiederholen, was Ihr uns soeben berichtet habt. Danach steht es Euch frei zu entscheiden, ob Ihr unsere Hilfe wollt oder allein weiterziehen möchtet. Alles, worum Ihr bittet, soll geschehen. Und, Graydon...«, er zögerte, und dann platzte es voller Hoffnung aus ihm heraus: »Bei der Mutter, ich wünschte, Ihr würdet Euch mit uns zusammentun! Regor, sorgt dafür, daß sein Tragtier wohl versorgt wird.

Nehmt dies zurück, Graydon.« Er bückte sich und reichte Graydon sein Gewehr. »Morgen sollt Ihr uns zeigen, was man mit diesem Gerät anstellen kann. Ich selbst will Euch zu Eurem Quartier führen. Wartet solange auf mich, Dorina.«
Er hakte sich bei Graydon ein und führte ihn zu der Wand, wo er den Spinnwebenvorhang teilte.
»Folgt mir«, sagte er höflich.
Als Graydon ihm nacheilte, warf er kurz einen Blick zurück. Dorina stand neben der Couch und starrte ihm so feindselig nach wie nie zuvor.
Graydon gelangte durch den Vorhang und folgte Huons breitem Rücken. Der Fürst führte ihn in einen langen Korridor. Auch hier funkelten wieder die sonderbaren, leuchtenden Atome zwischen den ebenholzschwarzen Wänden.

XI

Das Volk ohne Tod

»Auf, auf, Junge, bade dich und frühstücke. Die Bruderschaft versammelt sich bald, und ich bin gekommen, dich zu ihr zu führen.«

Graydon blinzelte verständnislos den Störenfried an. Regor stand am Fuß seines Lagers. Auf seinem Gesicht war ein breites Grinsen. Zusammen mit den Narben wirkte das wie die Fratze einer Wasserspeierfigur. Er hatte das Kettenhemd gegen einen eng sitzenden Anzug vertauscht, wie ihn die Männer in Yu-Atlanchi gern zu tragen schienen. Dennoch wurde er seinem Beinamen Schwarzer Regor immer noch gerecht, denn auch der Anzug war schwarz, genau so wie der Mantel, der von seinen gewaltigen Schultern hing.

Graydon sah sich in der Kammer um, in die Huon ihn geführt hatte. Decken, die aussahen, als seien sie aus silberner Seide gesponnen, die Wände behangen mit spinnwebartigen Vorhängen aus Silberfäden, auf denen fremdartige Muster in einem tieferen Silberton zu erkennen waren. Ein anderer, gleicher Vorhang war zurückgezogen und gab den Blick auf einen breiten Alkoven frei, in dem ein Wasserbecken funkelte. Graydon bemühte sich, die Fäden seiner Erinnerung zu einem Strang zu vereinen.

Huon hatte bei ihm gesessen und mit ihm geredet, während zwei schweigsame Indios Graydon gebadet, massiert und auch sonst mit allerlei Mitteln und Behandlungen dafür gesorgt hatten, die Müdigkeit aus seinem Körper zu zwingen und die Male von Kons Fingern zum Verschwinden zu bringen. Danach hatten sie zusammen gegessen und ihm unbekannte Speisen zu sich genommen, die zwei Indiofrauen mit großen, verwunderten Augen in Kristallschüsseln gereicht hatten. Huon selbst hatte den Wein eingeschenkt und viele Fragen über die Menschen gestellt, die außerhalb des Verbotenen Landes lebten. Der Fürst schien nicht sonderlich interessiert an den Künsten, den Wissenschaften oder den Regierungsformen der Welt, sondern mehr daran, wie die Menschen den Tod fanden, wie man sich um die Alten kümmerte, wie die Gebräuche der Fortpflanzung aussahen, ob es viele Kinder gebe und wie man sie aufzog. Am meisten wollte er jedoch vom Tod und seinen Arten hören; und es schien Graydon so, als übe dieses Thema eine überwältigende Faszination auf den Fürsten aus.

Schließlich hatte Huon eine ganze Weile schweigend dagesessen und nachgedacht, bis er seufzend meinte:

»So war es also in den alten Tagen. Was mag der bessere Weg sein?«

Er hatte sich abrupt erhoben und dann rasch das Zimmer verlassen. Das Licht wurde schwächer, und Graydon hatte sich auf sein Lager fallen lassen, wo er rasch in einen tiefen Schlaf gefallen war.

Warum hatte Huon so beharrlich immer wieder das Thema Tod angeschnitten? Etwas, das Graydon sich nicht erklären konnte, störte ihn sehr an diesem abartigen Interesse. Plötzlich fiel ihm ein, daß Suarra einmal erzählt hatte, ihr Volk habe das Tor zum Tod geschlossen. Damals hatte er das nur als Metapher verstanden, aber wenn es nun wortwörtlich zu verstehen war...

Er riß sich gewaltsam aus seinen traumbestimmten Grübeleien, schüttelte sich ungeduldig und erhob sich. Er marschierte zum Becken, machte sich ordentlich naß und trocknete sich danach mit seidenen Tüchern ab. Als er in seine Kammer zurückkehrte, fand er den Tisch voller Früchte vor, dazwischen anscheinend Brotkuchen und Milch. Er kleidete sich rasch an und setzte sich an den Tisch. Erst jetzt meldete sich Regor wieder zu Wort.

»Mein Junge«, begann er, »ich habe dir doch schon gesagt, daß ich nicht auf den Kopf gefallen bin. Nun sagt mir mein Verstand, daß auch du nicht zu den Dummen gehörst und gestern Abend schlau genug warst, so manches von deiner Geschichte für dich zu behalten. Vor allem den Ruf, den du von der Mutter erhalten hast.«

»Großer Gott!« entfuhr es Graydon, »so gewaltig schlau kommt mir deine Erkenntnis aber nicht vor. Ich habe doch erklärt, daß ich nicht sagen könnte, wie ...«

Er hielt inne, weil er befürchtete, die Gefühle des Riesen verletzt zu haben. Aber als er ihn ansah, grinste Regor.

»Das habe ich ja auch nicht gemeint«, sagte der Schwarze. »Du warst vorsichtig genug, nicht die Belohnung zu erwähnen, die dir die Mutter in Aussicht gestellt hat, wenn du ihrem Ruf Folge leisten und den Weg zu ihr finden würdest.«

Graydon sprang vor Verblüffung vom Tisch und verschluckte sich an einem Bissen Brotkuchen.

»Hoho!« dröhnte der Riese und klopfte Graydon auf den Rücken. »Ich bin wirklich nicht auf den Kopf gefallen, was?« Als er zuende gelacht hatte, sah er hinauf zur Decke und murmelte listig: »Dorina ist nicht in der Nähe, und ich bin nicht verpflichtet, Huon alles mitzuteilen, was mir zu Ohren kommt.«

Graydon drehte sich zu Regor um und sah ihm ins Gesicht. Der Riese blickte ihn neugierig an, und soviel echte Freundschaft war in seinen Augen, daß Graydons Zurückhaltung ins Wanken geriet. Von Huon ging etwas aus – wie auch von Lantlu –, das Graydon sich klein und allein fühlen ließ. Etwas Fremdartiges, etwas Nichtmenschliches. Ob es nun an ihrer Schönheit lag, die alle griechisch-römischen Ideale weit in den Schatten stellte, oder ob der Grund dafür tiefer lag, wußte Graydon nicht zu entscheiden. Doch er spürte, daß ihn diese Gefühle bei Regor nicht beschlichen. Regor schien etwas ganz anderes in dieser Welt zu sein. Und seine Freundlichkeit hatte er nun mehr als hinreichend demonstriert.

»Du kannst mir vertrauen, Junge«, beantwortete der Riese seine Überlegungen. »Deine Verschwiegenheit gestern abend war gerechtfertigt, doch es wäre töricht, nun auch vor mir den Verschlossenen zu spielen. Würde es dir vielleicht die Entscheidung erleichtern, wenn ich dir erzähle, daß ich Suarra kenne und sie wie eine Tochter liebe?«

Das gab für Graydon den Ausschlag.

»Eine kleine Abmachung, Regor«, erklärte er. »Frage gegen Frage. Beantworte mir meine, und ich beantworte dir deine.«

»Gut«, brummte der Riese. »Soll die Bruderschaft doch warten. Wenn es den Burschen zu langweilig wird, können sie ja am Daumen lutschen.«
Graydon kam sofort zu dem Thema, das ihn am meisten beschäftigte.
»Huon hat mir gestern nacht eine Menge Fragen gestellt. Und meistens ging es dabei um den Tod in meiner Welt, in welchen Arten er auftritt, wie er über die Menschen kommt und wie hoch unsere Lebenserwartung ist. Man könnte zu dem Eindruck gelangen, daß Huon nichts vom Tod weiß; außer von dem, der einen im Kampf ereilt. Warum nun interessierte sich der Fürst so sehr für den Tod?«
»Weil«, erklärte Regor ganz ruhig, »weil Huon unsterblich ist.«
»Unsterblich?« wiederholte Graydon fassungslos.
»Ja, unsterblich, außer natürlich, jemand würde ihn im Kampf töten oder sonstwie Gewalt gegen ihn anwenden. Oder aber er träfe eine besondere Wahl... eine Möglichkeit, die uns allen hier offensteht.«
»Die euch allen offensteht?« entfuhr es Graydon. »Heißt das etwa, auch du, Regor...«
»Auch ich«, antwortete Regor geduldig.
»Aber doch nicht etwa auch die Indios!« rief Graydon.
»Nein, die Indios nicht.«
»Dann müssen sie also sterben.« Graydon suchte verzweifelt nach einem Fehler in dieser für ihn so monströsen Vorstellung. »Dann sterben sie also genau so wie meine Leute auch. Warum haben sie dann nicht Huon alles über den Tod erzählen können? Warum hat er mich darüber mit Fragen bestürmt?«
»Darauf gibt es zwei Antworten«, erklärte Regor mit der Seriösität eines Dozierenden. »Zuerst einmal stehst du – und damit auch deine Rasse – uns viel näher als die Emer, oder wie du sie nennst, die Aymara. Daher glaubt Huon, eher von dir erfahren zu können, was geschehen mag, wenn beschlossen werden sollte, für Yu-Atlanchi das Tor zum Tod wieder zu öffnen. Das hängt übrigens auch wesentlich damit zusammen, warum wir zu Rebellen geworden

sind. Die zweite Antwort ist allerdings deutlicher und umfassender. Bis auf sehr, sehr wenige Ausnahmen leben die Emer nicht lange genug, um uns entdecken zu lassen, wie das Alter und der Tod über sie kommen mag. Sie gehen alle in der gleichen, unerfreulichen Weise in den Tod. Das heißt, sie kommen um, bevor sie die Gelegenheit haben, auf natürliche Weise zu sterben. Dieser Umstand war übrigens ein weiterer wichtiger Grund für uns, Rebellen zu werden.«

Ein alptraumhafter Schrecken befiel Graydon.

War Suarra auch – unsterblich? Und wenn dem so war, im Namen Gottes, wie viele Jahre mochte sie dann bereits zählen? Diese Vorstellung wurde ihm immer unbehaglicher. Das waren keine Menschen mehr, sondern Abnormale, Monstren, Versündiger an der Natur! Suarra, die wunderbare Suarra, durfte nicht zu diesen Kreaturen gehören! Er wagte es nicht, Regor direkt danach zu fragen, sondern versuchte es auf Umwegen.

»Ich vermute, Dorina gehört auch zu den Unsterblichen?« fragte er.

»Selbstverständlich.«

»Sie sieht Suarra sehr ähnlich«, wagte sich Graydon weiter vor. »Sie könnten fast Schwestern sein.«

»Nein, nein«, erklärte Regor, »Dorina ist, mal nachdenken, die Schwester von Suarras Großmutter, nein, von ihrer Urgroßmutter. Irgend etwas in der Art auf jeden Fall.«

Graydon starrte ihn mißtrauisch an. Trieb Regor vielleicht doch Scherz mit ihm?

»Also so etwas wie eine Tante«, bemerkte Graydon sarkastisch.

»Ja, das könnte man sagen«, bestätigte Regor.

»Verdammt!« rief Graydon in höchster Erregung und schlug wuchtig mit der Faust auf den Tisch. Regor sah ihn verblüfft an und kicherte dann.

»Na und?« sagte er. »Einer eurer Säuglinge würde dich, wenn er schon so etwas wie einen Verstand besäße, wahrscheinlich für ein ebenso uraltes Monstrum halten wie du mich. Aber im Gegensatz zu dir würde der Säugling das als etwas Natürliches ansehen. Das

Ganze ist relativ. Aber wenn unser relativ hohes Alter dich so beunruhigt«, erklärte er salbungsvoll und mit einem Anflug von Ironie, »solltest du doch froh sein, daß Dorina die Schwester von Suarras Urgroßmutter ist, und nicht etwa der umgekehrte Fall zutrifft.«

Graydon mußte gegen seinen Willen lachen. Der alte Riese schien in jeder Lage über gesunden Menschenverstand zu verfügen. Aber dennoch, war Suarra wirklich schon einige Jahrhunderte alt... Nicht das frische, blutjunge Geschöpf, für das er sie zuerst gehalten hatte? Aber es war ja sinnlos, darüber zu jammern. Entweder war sie uralt oder nicht. Gleich wie, sie war immer noch Suarra. Er schob den Gedanken fort.

»Eine letzte Frage noch, dann will ich dir gern alles beantworten. Gestern abend hat keiner von euch mir wirklich geglaubt. Das änderte sich erst, als ich vom Steingesicht erzählt habe. Und das, was ich erzählte, hat euch erschreckt. Warum?«

Mit Regor ging eine Wandlung vor. Sein Gesicht verdunkelte sich erst und wurde dann kalkweiß, bis die Narben wie purpurrote Grate hervorstanden.

»Selbst jetzt noch bekommst du es mit der Angst zu tun«, bemerkte Graydon überrascht. »Was versetzt euch denn so in Schrecken?«

»Ein Schatten«, antwortete Regor mit einiger Mühe. »Ein teuflischer Schatten, dem du Substanz verliehen hast, beunruhigt uns so. Eine uralte Legende, der du Wahrheit gegeben hast. Laß es damit genug sein, ich möchte nicht mehr darüber sagen.«

Ein Schatten... Die Schlangenmutter hatte von einem Schatten gesprochen... im Zusammenhang mit ihrem Erzfeind, dem Dunklen... der Schatten hatte auch einen Namen... Der Schatten von... ja, jetzt wußte er es wieder.

»Du sprichst in Rätseln«, sagte Graydon, »und du behandelst mich wie einen Knaben. Fürchtest du dich etwa vor dem Namen des Schatten? Nun, ich nicht, ich habe keine Angst vor dem Schatten des Nimir.«

Regors Kinnlade sackte herab. Dann schloß er hastig den Mund

wieder und trat bedrohlich auf Graydon zu. Sein Gesicht war hart, und in den Augen stand Mißtrauen.
»Ich denke, du weißt zuviel! Nur von der Furcht weißt du zuwenig!«
»Sei kein Narr!« schimpfte Graydon. »Wenn ich wüßte, warum du Angst hast, würde ich dann danach fragen? Ich kenne lediglich den Namen, mehr nicht; weiß höchstens noch, daß er der Feind der Mutter ist. Wie ich zu diesem Wissen gelangt bin, erzähle ich dir später, nachdem du meine Frage beantwortet hast. Und nun bitte keine Rätsel mehr.«
Eine ganze Minute lang starrte der Riese ihn intensiv an, dann zuckte er die Achseln und setzte sich wieder hin.
»Du hast mir einen gehörigen Schrecken eingejagt«, erklärte er und schien wieder der Alte zu sein. »In der ganzen Bruderschaft bin ich meines Wissens der einzige, der den Namen des Schattens kennt. Nimir ist nämlich in Vergessenheit geraten. Der Fürst des Bösen, unter diesem Namen ist er heute bekannt, aber nicht unter dem, den er früher trug...«
Er beugte sich zu Graydon vor, legte ihm eine Hand auf die Schulter und sagte mit zitternder Stimme:
»Bei der Macht, die über uns allen steht, ich möchte dir gern Glauben schenken, mein Junge. Wie furchtbar wäre es, wenn die große Hoffnung sich als falsch erweisen würde!«
Graydon drückte Regors Rechte.
»Bei der Macht, die über uns allen steht, du darfst mir Glauben schenken, Regor.«
Der Riese nickte, und seine Miene war wieder ruhig.
»Also gut«, begann er, »es ist eine uralte Legende. Vor langer, langer Zeit wurde Yu-Atlanchi von den Sieben Fürsten und der Schlangenmutter Adana regiert. Und diese Fürsten unterschieden sich sehr von den normalen Menschen. Sie waren Meister der Weisheit, Bewahrer unerklärlicher Geheimnisse und Beherrscher mysteriöser Kräfte. Den Tod wie auch das Leben hatten sie besiegt. Sie vermochten, durch reine Willenskraft den Tod zurückzuhalten und mit dem Leben das zu tun, was ihnen gerade be-

liebte. Eines Tages kamen sie mit der Mutter und ihrem Volk in dieses Land, und auch das geschah vor urlanger Zeit. Durch ihre Weisheit hatten sich diese Fürsten weiterentwickelt, waren keine Menschen mehr. Zumindest erschienen sie uns so, obwohl sie irgendwann einmal Menschen wie wir gewesen sein müssen.

Dann kam die Zeit, in der einer der Fürsten gegen die anderen intrigierte und den Plan verfolgte, den sechs übrigen ihre Macht zu entreißen. Er selbst wollte der oberste Herrscher werden. Und nicht nur über Yu-Atlanchi, sondern über die ganze Erde. Und alle Lebewesen auf ihr sollten seine Sklaven werden. Er wollte alle Macht in seinen Händen vereinen, wollte Gott auf Erden sein. Langsam, aber stetig, rüstete er sich mit furchtbaren Kräften aus, die den anderen unbekannt waren.

Als er glaubte, stark genug geworden zu sein, schlug er zu. Beinahe hätte er gesiegt. Und dieser Sieg scheiterte nur an der List und der Weisheit der Schlangenmutter...«

Er hielt kurz inne, bevor er fortfuhr.

»Dieser Fürst hieß Nimir.

Die anderen besiegten ihn, aber sie konnten ihn nicht vernichten. Doch mittels ihrer Kräfte konnten sie ihn in Fesseln legen. Gemäß der Legende bereiteten sie für ihn einen besonderen Ort vor, wo sie Nimir in den Fels selbst sperrten.

Aus diesem Stein schnitzten sie ein großes Gesicht, das Nimir sehr ähnelte. Das war nicht als Verhöhnung gemeint, nein, sie verfolgten ein eigenes Vorhaben damit... doch was das für ein Vorhaben war, weiß heute niemand mehr zu sagen. Und mittels ihrer Macht setzten sie an diesen Ort besondere Wächter, die den Fürsten so lange banden, wie das Land – oder Nimir selbst – fortbestehen würde. Von Edelsteinen, die aus den Wänden wachsen, oder von Goldflüssen, wie du es geschildert hast, weiß die Legende nichts zu berichten.

Nachdem dieses Werk vollbracht war, kehrten die verbliebenen sechs Fürsten und Adana nach Yu-Atlanchi zurück. Und seit dieser Zeit herrscht der alte Friede im Land.

Während viel Zeit verging, wurden nach und nach die Augen derjenigen müde, die den Fürst des Bösen noch erlebt hatten, und für sie öffnete sich das Tor zum Tod. Oder sie entschieden sich für das Tor zum Leben, brachten Kinder zur Welt und gingen danach durch das Dunkle Portal; denn das ist in Yu-Atlanchi der Preis für das Gebären von Kindern. Und so kam unweigerlich der Tag, an dem sich niemand mehr an die ganze Geschichte erinnern konnte; bis auf eine Handvoll Traummacher, und wer würde denen schon Glauben schenken?

Der titanische Krieg, bei dem es um das Schicksal der ganzen Welt ging, verblaßte zu einer bloßen Legende, zu einer Parabel.

Doch vor nicht allzu langer Zeit – zumindest nicht lange nach den Maßstäben in Yu-Atlanchi – kam das Gerücht auf, der böse Fürst sei wiedergekehrt. Eigentlich nur ein Schatten dieses Wesens, ein dunkler Schatten, der sich flüsternd, wispernd mitteilen konnte. Ein Schatten, der nach einem Körper suchte. Der denen alles versprach, die ihm Gehorsam erwiesen. Der beharrlich erklärte, er sei der Fürst des Bösen und daß die Urd seine Sklaven seien.

Als wir zum erstenmal diese Gerüchte vom Schatten hörten, haben wir nur gelacht. Ein Traummacher ist erwacht, sagten wir uns, der sich noch nicht wieder in die Realität eingelebt und ein paar Leichtgläubige gefunden hat. Aber als die Gefolgschaft des Schattens rasch anwuchs, lachten wir nicht mehr so laut. Denn Grausamkeit und Verschlagenheit kehrten in das Leben in Yu-Atlanchi ein. Wir begriffen bald, daß, egal ob es sich tatsächlich um den Fürsten des Bösen oder um jemand anderen handelte, Gift in die Wurzeln des uralten Baums Yu-Atlanchi strömte.

Von den sechs Fürsten blieb uns nur einer, doch der hatte sich schon seit langem von uns zurückgezogen. Auch war natürlich noch die Schlangenmutter da, und bei ihr suchten wir Rat, doch sie zeigte sich gleichgültig.

Dann gewann Lantlu rasch an Macht, und das Leben in der alten Stadt wurde für viele von uns unerträglich. Wir schlossen uns Huon an und fanden Schutz in diesen Höhlen hier. Im Laufe der Jahre wuchs der Schatten des Dunklen immer stärker über Yu-

Atlanchi. Dennoch erklärten wir weiterhin ›Dies ist nicht der alte Fürst des Bösen!‹
Und dann bist du hier aufgetaucht. Du erzählst uns, du hättest diesen geheimen Ort gesehen und in die Augen des Steinantlitzes geschaut!«
Regor erhob sich und marschierte durch die Kammer. Kleine Schweißtropfen waren auf seine Stirn getreten.
»Nun wissen wir durch dich, daß der Schatten nicht gelogen hat, daß er und der Fürst des Bösen tatsächlich eins sind. Daß es ihm irgendwie gelungen ist, teilweise seiner Gefangenschaft zu entkommen. Sobald er wieder körperlich unter uns ist, und darauf richtet sich im Moment all sein Streben, wird er die Kraft finden, sich endgültig von allen Fesseln zu befreien. Er wird wieder versuchen, die Erde zu beherrschen, und diesmal wird ihm das gelingen, was vor undenklichen Zeiten gerade noch verhindert werden konnte.«
Wieder marschierte Regor durch die Kammer. Dann blieb er stehen und sah Graydon ins Gesicht.
»Das fürchten wir, und es ist nicht der Tod, der uns Angst macht«, erklärte er. »Das Schicksal, das uns dann erwartet, wäre unbeschreiblich viel furchtbarer als der Tod. Wir fürchten uns vor dem Leben, wie der Fürst des Bösen und Lantlu es dann für uns vorsehen.«
Er bedeckte sein Gesicht mit den Händen. Nach einer Weile senkte er sie und schien sich wieder in der Gewalt zu haben.
»Nun, wir wollen den Kopf noch nicht hängen lassen«, knurrte er. »Noch haben uns Lantlu und der Schatten nicht! Und erst einmal sind wir am Zug! Also, was hat die Mutter dir versprochen?«
Graydon verspürte nun einen dumpfen Schrecken im Herzen, als er dem Riesen alles erzählte, was er in seinem Traum gesehen und gehört hatte. Regor hörte ihm aufmerksam zu, doch mit jedem Wort wuchs die Hoffnung in seinen Augen. Und als Graydon die Worte der Schlangenmutter über Lantlu wiederholte, sprang der Riese mit einem Freudenschrei in die Luft.
»Du mußt zu ihr, und das sollst du auch!« rief er. »Ich will nicht

behaupten, daß es einfach für dich wird. Aber es gibt da ein paar Möglichkeiten, doch, die eine oder andere Möglichkeit besteht. Und du mußt unsere Botschaft an die Mutter überbringen: Wir stehen bereit, so tapfer wie möglich an ihrer Seite zu kämpfen. Und vielleicht finden sich in Yu-Atlanchi mehr Menschen, als sie denkt, die es sich zu retten lohnt. Sage ihr also, daß zumindest wir, wie wir hier stehen, mit Freuden bereit sind, unser Leben für ihren Sieg hinzugeben.«

Von irgendwo ertönte sanft der Klang einer Glocke.

»Die Bruderschaft hat sich versammelt«, sagte Regor. »Wenn du vor sie hintrittst, verschweigst du besser das, was du mir gerade erzählt hast. Wiederhole vor ihnen die Geschichte von gestern abend. Dorina wird auch dort sein. Und ich habe dir auch nichts erzählt. Haben wir uns verstanden, mein Junge?«

»Verstanden«, antwortete Graydon.

»Und wenn du ein braver Junge bist«, sagte Regor, als er kurz vor dem Spinnwebvorhang stehenblieb, und stieß Graydon in die Rippen, »wenn du ein wirklich braver Junge bist, erzähle ich dir noch etwas.«

»Und was wäre das?« wollte Graydon sofort wissen.

»Dann sollst du erfahren, wie alt Suarra wirklich ist!« antwortete Regor und trat lachend durch den Vorhang.

XII

Die geheime alte Stadt

Graydon kam zu dem Schluß, daß er seine erste Einschätzung des Schwarzen Regor revidieren mußte. Er hatte innerlich gelacht, wenn der Riese mit seiner Schlauheit prahlte, denn er hielt ihn für ein eher schlichtes Gemüt. Doch nun hatte er erfahren müssen, wie falsch er damit gelegen hatte. Der listige Hinweis auf Suarras Alter hätte nicht deutlicher zeigen können, wie sehr Regor Graydon durchschaut hatte. Und das war ja noch längst nicht alles gewesen; schließlich hatte der Riese auch gespürt, daß Graydon einige wichtige Teile seiner Geschichte vor Huon verschwiegen hatte.

Davon abgesehen gefiel Graydon die Unabhängigkeit dieses Mannes, die sich in Worten, Taten und Gedanken ausdrückte. Er mochte Huons Gefolgsmann sein, aber er behielt sich stets sein eigenes Urteil vor. Sein Mißtrauen Dorina gegenüber war dafür allein schon Beweis genug. Und noch überzeugender war die Art gewesen, mit der er auch Huon mit seinem Mißtrauen gegen diese Frau infiziert hatte. Außerdem besaß er einen gesunden Sinn für Humor, während sich Graydon gleichzeitig sicher war, daß Huon dieser vollkommen abging.

Der Korridor, durch den sie nun liefen, war nicht lang. Er endete vor einer schweren Tür aus dem schwarzen Metall, wie es hier überall zu finden war, und wurde von Indios bewacht.

»Vergiß nichts von dem, was ich dir geraten habe«, raunte Regor ihm zu, während die Tür beiseite glitt. Der Riese teilte den Spinnwebvorhang, und Graydon folgte ihm.

Er stand an der Schwelle zu einer riesigen Halle. Licht strömte von der Decke und war so blendend wie das der Mittagssonne. Als seine Augen sich an die Helligkeit gewöhnt hatten, nahm er zwei im Halbkreis hintereinander angeordnete Sitzreihen wahr, die aus rosafarbenen Kristallen gemacht zu sein schienen. Darauf hatten gut hundert Gefolgsleute von Huon Platz genommen. Die Männer waren in Gelb gekleidet, die Frauen in bunten und lebhaften Farben. Ein rascher Blick belehrte Graydon, daß jeder einzelne von ihnen die unfaßbare Schönheit besaß, die wohl zum Erbgut dieser geheimnisvollen Rasse zu gehören schien. Während er sie studierte, durchwühlte ihn wieder ein furchtbares Gefühl des Alleinseins.

Ein niedriges Podium stand den Halbkreisen gegenüber, und darauf befand sich eine breite und gepolsterte Bank aus dem rosafarbenen Kristall, davor war ein Rednerpult angebracht. Dorina saß auf der Bank, und neben ihr stand Huon. Er eilte auf Graydon zu, grüßte ihn besonders herzlich, nahm ihn an die Hand und führte ihn zu dem Podium, wo Dorina seine Verbeugung mit einem gleichgültigen, leichten Anheben der schwarzen Wimpern und einem dahingemurmelten Wort erwiderte. Regor ließ sich neben sie auf die Bank fallen. Huon zeigte der Gefolgschaft Graydon und hob die Hand des Abenteurers, um den Armreif zu präsentieren. Bei diesem Anblick murmelten die Männer und Frauen in den Halbkreisen erregt und hoben salutierend die Hände.

»Dies ist die Bruderschaft«, begann Huon, »und zu Euren Ehren sind auch die Schwestern gekommen. Dies sind die Rebellen von Yu-Atlanchi. Sie hassen Lantlu und den Herrn der Dunkelheit ebensosehr, wie sie von diesen gehaßt werden. Die Brüder und Schwestern sind treue Kinder der Mutter und bereit, für sie ihr Leben hinzugeben, wenn sie es so wollte. Ich habe ihnen schon etwas von Eurer Geschichte erzählt und daß wir drei Euch Glauben schenken. Auch wenn sie mich ihren Führer nennen, bin ich doch nicht mehr als einer von ihnen. Es ist ihr Recht, sich ihr Urteil über Euch selbst zu bilden. Nun sprecht zu ihnen, sie werden Euch zuhören.«

Graydon sammelte sich und erzählte ihnen von seinen Erlebnissen. Je weiter die Geschichte voranschritt, desto ergriffener lauschten ihm die Zuhörer. Und bald dämmerte Graydon, daß die-

ser Vortrag in bezug auf seine Glaubwürdigkeit eigentlich nur eine Formalität war. Bevor er eingetreten war, hatte Huon es wohl verstanden, sie von seiner Ehrlichkeit zu überzeugen. Dieser Gedanke brachte ihm größere Selbstsicherheit, und als er die wachsende Sympathie seiner Zuhörer für ihn bemerkte, flossen ihm die Worte noch glatter und leichter über die Zunge.
Und als er sie endlich die Abenteuer in der Höhle des Steinantlitzes miterleben ließ, war bei ihnen auch der letzte Zweifel vergangen. Ganz aufmerksam beugten sie sich auf ihren Sitzen vor. Ihre Gesichter waren blaß, die Lippen weiß, und in ihren Augen stand der pure Schrecken. Sie kamen Graydon wie Seraphen vor, die plötzlich erfahren mußten, daß der Teufel mitsamt seinen Dämonenlegionen durch die Himmelspforte gebrochen sei. Aber auch wenn sie erschrocken waren, so zeigten sie keine Anzeichen von Panik oder Verzweiflung. Und auch ihr tapferer Geist schien dadurch nicht ins Schwanken gekommen zu sein, wurde dadurch vielleicht sogar noch gefestigt. Als Graydon am Ende seiner Geschichte angelangt war, seufzten die Rebellen tief. Und ein langes Schweigen setzte ein.
»Ihr habt ihn gehört«, rief Huon nach einer Weile. »Nun sollen sich die erheben, die noch Zweifel an ihm hegen, und ihn befragen.«
Gemurmel erhob sich, als die Zuhörer miteinander tuschelten und sich kleinere Grüppchen bildeten. Dann ertönte eine Stimme.
»Huon, wir glauben ihm. Und er muß rasch zur Mutter gelangen. Wir müssen nun beraten, wie wir ihn dabei am besten unterstützen können.«
»Graydon«, wandte sich Huon an den Abenteurer, »letzte Nacht habe ich Euch versprochen, würden wir Euch Glauben schenken, könntet Ihr gehen, wohin Ihr wollt und Euch dabei von Eurem eigenen Witz leiten lassen. Oder Ihr könntet Euch mit uns zusammentun und mit unserer Hilfe rechnen. Nun seid Ihr aufgerufen, Euch zu entscheiden.«
Als Graydon gerade reden sollte, unterbrach ihn Huon: »Wartet. Wir machen niemandem schöne Versprechen von der Art, die sich

bei nüchterner Überlegung als undurchführbar erweisen. Außerdem könnte es sein, daß Ihr mit unserer Hilfe schlechter fahren würdet als ohne. Bevor Ihr Euch endgültig entscheidet, seht Euch erst das Brett an, auf dem dieses Spiel gespielt wird.«

Er verließ das Podium und marschierte zum Ende der Halle. Dort schob er die dicken Vorhänge beiseite und gab so den Blick auf einen glänzenden schwarzen Stein frei. Er legte seine Hand darauf. Langsam tat sich dort eine runde Öffnung auf. Ein Hauch aromatischer Luft zog an Graydon vorbei.

Graydon sah das geheime Yu-Atlanchi.

Tief unter ihm funkelte das blaue Wasser eines langgezogenen Sees. Huons Lager befand sich an einem seiner Enden. Strände mit goldenem Sand und blühende Sumpfgebiete bildeten die Ufer. Dahinter standen dichte Wälder, die sich über viele Kilometer erstreckten, um endlich wie eine grüne Woge gegen glatte und graue Klippen zu schlagen, die fast tausend Meter hoch waren. Graydon verfolgte den Verlauf des Sees, der nach Südwesten hin immer breiter wurde. Ein feiner Nebel lag über dem Land, aber weit fort erkannte er eine Ansammlung von bunten Tupfern, so als habe dort jemand eine Edelsteintruhe ausgekippt. Gegenüber dieser Stelle ragten die Klippen immer weiter ins Land hinein, bis sie endlich den See erreichten und seinen Umfang begrenzten. In diesen Felswänden waren einige riesige schwarze Ovale, die wie Fenster in die Dunkelheit wirkten. Und neben jedem Oval erhob sich eine titanische Figur.

Plötzlich wurde Graydon klar, daß es sich bei den bunten Tupfern um die geheime Stadt handelte. Die ovalen Schatten waren die Höhlen, auf die er kurz geblickt hatte, als die Schlangenmutter ihn im Traum rief. Und bei den Figuren davor handelte es sich um Kolosse. Und dort zur Linken, wo sich über einem gähnenden Abgrund ein gewaltiger Felsbogen erhob, war ein scheinendes silbernes Band: Der Wasserfall aus seiner Vision.

Huon reichte ihm eine kristallene Maske. Graydon stülpte sie über. Die Farbtupfer sprangen ihm in die Augen, schwammen vor ihm und verwandelten sich rasch in eine Stadt mit hohen Türmen.

Sie schien von Dschinnen aus Blöcken und Scheiben von glühendem Rotgold und glitzerndem Silber gebaut worden zu sein. Und für die Dächer hatten sie Schindeln aus Türkisen und Saphiren, aus Rubinen und aus Diamanten genommen. Graydon sah den Schaum über den Wasserfall, der wie ein vom Wind bewegter Vorhang tanzte. Er erkannte auch, daß nicht zwei der Kolosse gleich waren. Einige hatten unzweifelhaft weibliche Körper, andere hingegen trugen wie die Götter des alten Ägypten Köpfe von Tieren und Vögeln. Er schätzte, daß die Skulpturen mindestens dreißig Meter hoch waren. Sein Blick konzentrierte sich auf einen der Kolosse: ein nackter Fraunleib mit gewaltigen und dennoch fein herausgearbeiteten Proportionen. Der Kopf hingegen war sie der eines grinsenden Frosches.
Hinter der Stadt erstreckte sich ein niedriger, lang gezogener Hügel. Darauf erhob sich ein Gebäude, dessen Ausmaße selbst das gewaltige antike Karnak in den Schatten stellten. Es war aus weißem Marmor gemacht und wachte wie eine weiß gekleidete Vestalin über der Edelsteinstadt. Die Vorderseite war mit riesigen Säulen besetzt, an denen jedoch keinerlei Ornamentierung zu erkennen war. Ein unfaßbarer Komplex, der durch seine Ausmaße mehr als beeindruckte und daher Schlichtheit in der Ausstattung aufweisen konnte.
Graydon erkannte keine Straßen in der Stadt; nur dichtbelaubte Alleen, auf denen jedoch wenig Leben herrschte. Im Westen, Süden und Osten wurde sein Blick von den bis in den Himmel reichenden Ausläufern des Gebirges begrenzt. Das Verbotene Land war wie eine große, runde Schüssel mit einem Durchmesser von schätzungsweise fünfzig Kilometern.
»Dort«, zeigte Huon auf das Säulengebäude, »liegt Euer Ziel. Dort wohnt die Mutter. Und dort ist auch Suarra.«
Die Öffnung schloß sich wieder. Huon zog die Spinnwebvorhänge wieder zu und führte Graydon zu dem Podest zurück.
»Ihr habt das Land gesehen«, erklärte er. »Was Euren Blicken jedoch verborgen blieb, sind die Hindernisse, die zwischen Euch und dem Tempel liegen, auch wenn der Weg dorthin so kurz und offen

wirkte. Die Stadt ist wohl bewacht, Graydon, und alle Soldaten sind Gefolgsleute von Lantlu. Ihr könntet nie zum Tempel gelangen, ohne nicht mindestens ein halbes dutzendmal von den Soldaten aufgegriffen zu werden. Gebt also alle Hoffnung auf, heimlich und ohne Hilfe zur Mutter gelangen zu können. Ihr würdet unausweichlich vor Lantlu geschleppt. Und nach dem alten Gesetz wäre Euer Leben dann verwirkt.

Wenn Ihr aber frech und offen in die Stadt hineinspazieren, dort Euren Armreif als Paß vorzeigen und in seinem Namen eine Audienz bei der Mutter verlangen würdet, nun dann könnte es sein, daß Ihr so anstrengungslos Euer Ziel erreicht. Möglicherweise wäre Lantlu von den Rätseln verblüfft, wie Ihr an den Boten vorbeigekommen seid, wie Ihr nach Yu-Atlanchi gelangt seid und woher Ihr den Armreif habt, und würde es nicht wagen, Euer Leben anzutasten oder Euch von der Mutter fernzuhalten.«

»Das wäre wirklich das beste für ihn«, brummte Regor. »Man kann Lantlu manches vorwerfen, aber nicht, daß er ein Dummkopf ist. Er mag dich freundlich empfangen, sich alles von dir erzählen und berichten lassen und dir dann erklären, die Mutter müsse erst auf deinen Besuch vorbereitet werden. Dann bekämst du ein Gift in den Wein gekippt, und wenn du auf diese Weise für eine Weile ausgeschaltet bist, berät er sich mit dem Dunklen Fürsten, was weiterhin mit dir anzustellen ist. Ich fürchte, auf diesem Weg erreichst du die Mutter nie.«

Die Bruderschaft murmelte zustimmend, und sogar Huon nickte.

»Dennoch sollte er versuchen, sein Glück zu erproben«, erklärte der Fürst. »Gut, wenn Ihr diesen Plan verwerft, bleibt immer noch unsere Hilfe. Ich muß gleich vorausschicken, daß auch wir keine Wunder vollbringen können. Von der alten Rasse leben nicht mehr allzu viele, insgesamt zählen wir vielleicht noch zweitausend. Und davon machen wir Rebellen ein knappes Hundert aus. Von denen, die in der Stadt leben, stehen etwa dreihundert auf unserer Seite; dort nützen sie uns mehr als hier im Lager. Von den übrigen machen die Träumer ungefähr ein halbes Tausend aus. Sie scheren sich um überhaupt nichts mehr, was im realen Leben um

sie herum vor sich geht. Alle anderen sind Gefolgsleute von Lantlu, sind eins mit ihm in seinen Gelüsten und Zielen. Und damit sind sie auch Gefolgsleute des Dunklen Fürsten.
Wir können es also nicht wagen, offen Lantlu gegenüberzutreten. Er kontrolliert weiterhin die Xinli, sowohl die Jagd- wie auch die Reittiere. Durch den Dunklen Fürsten beherrscht er auch die Urd, die Echsenmenschen. Gegen diese Streitmacht stehen uns lediglich Schwerter und Lanzen, Äxte und Pfeil und Bogen zur Verfügung. Früher hatten wir wesentlich bessere Waffen: Schallschosse, die wie Funken flogen und alle erschlugen, die in ihre Reichweite kamen; Schatten, die nach unserem Willen schwebten und alles in Eis verwandelten, über das sie sich senkten; Flammenzungen, die alles fraßen, auf das sie trafen; und andere Waffen, die ein schlimmeres Schicksal als den Tod brachten. Aber laut unserer Legende wurden alle diese Waffen nach einem Krieg eingesammelt und in einer Höhle versteckt, damit wir sie nie wieder gegeneinander einsetzen könnten. Vielleicht sind sie damals auch zerstört worden. Wie dem auch sei, wir verfügen nicht über solche Waffen.
Ich will Euch noch etwas sagen, Graydon, um Euch verständlich zu machen, warum wir Euch nicht einfach bei der Hand nehmen und mit Euch zum Tempel marschieren. Wenn wir nur eine dieser alten Waffen hätten ...«
»Wenn wir nur eine dieser Waffen hätten«, dröhnte Regor, »würden wir sofort mit dir losziehen. Die Mutter wird wohl wissen, wo sie lagern, falls sie immer noch existieren. Und das ist auch einer der Gründe, warum du vor die Mutter treten mußt: damit du sie davon überzeugen kannst, sie uns auszuhändigen. Bei allen Teufeln, wenn der Dunkle wirklich der Fürst des Bösen sein sollte, täte Adana gut daran, sich endlich um ihre eigene Sicherheit zu kümmern, und dabei können wir ihr helfen. Nicht ausgeschlossen, daß auch der Dunkle weiß. wo die Waffen verborgen sind!«
»Wir können folgendes tun, Graydon«, meldete sich wieder Huon zu Wort. »Wir können es arrangieren, Euch bei Freunden in der Stadt zu verstecken, falls es uns gelingen sollte, Euch unbemerkt

dorthin zu bringen. Danach müssen wir uns einen Plan ausdenken, mit dem Ihr in den Tempel gelangen könnt. Wenn Lantlu dann immer noch versuchen sollte, Euch in seine Gewalt zu bringen, würde das den offenen Krieg zwischen ihm und der Mutter bedeuten. Und das trauen wir ihm, offen gesagt, noch nicht zu; zumindest im Augenblick noch nicht. Ihr seht, die Gefahr für Euch besteht nur so lange, wie Ihr die Mutter noch nicht erreicht habt. Und ich bin fest davon überzeugt, daß Ihr mit unserer Hilfe eine bessere Chance habt als ohne!«

»Das denke ich auch«, antwortete Graydon. »Aber wie dem auch sei, irgend etwas flüstert mir zu, daß Euer und mein Schicksal miteinander verwoben sind. Wenn ich mein Ziel erreiche, besteht auch berechtigte Hoffnung für Euch und für alle, die Eures Sinnes sind. Gut denn, falls Ihr mich akzeptiert, will ich mich mit Euch zusammentun!«

Huon strahlte vor Freude, und er ergriff Graydons Hände. Regor stammelte Unverständliches und hieb dem Abenteurer auf die Schulter. Und von der Zuhörerschaft in den Halbkreisen kamen Rufe der Begeisterung und Erleichterung. Dann fuhr die Stimme von Dorina wie ein Pfeil, gleichwohl süßlich klingend dazwischen.

»Mir kommt es so vor, als hättet Ihr die einfachste aller Lösungen schlichtweg übersehen. Wie wir erfahren durften, war es doch nicht nur die Mutter, sondern auch Suarra, die unseren neuen Freund hierher geführt hat. Und Suarra ist, um es vorsichtig auszudrücken, an ihm interessiert. Davon abgesehen ist sie das Lieblingskind der Mutter. Also schicken wir Suarra die geheime Botschaft zu, daß Graydon zurückgekehrt ist. Sie soll dann bestimmen, wo die beiden sich treffen mögen. Und bei diesem Treffen kann sie ihm ja erzählen, wie er am besten zu Adana gelangt.«

Graydon bemerkte, wie böse und mißtrauisch Regor Dorina anstarrte. Huon dagegen schien von dem Vorschlag begeistert, und nach kurzer Debatte waren auch die Brüder und Schwestern dafür. So entschied man, sofort einen Boten zu Suarra zu senden und ihr so von Graydons Ankunft zu berichten. Auf Regors Vorschlag hin gab Graydon dem Boten noch einen Brief mit, in dem der Satz stand: »Bei deiner Caraquenque-Feder an meinem Herzen, dies entspricht der Wahrheit.« Regor schlug weiterhin vor, das Treffen an der ersten Koloß-Höhle stattfinden zu lassen, die nahe dem großen Wasserfall und fast am Seeufer lag.

»Es gibt niemanden«, drängte Regor, »der Suarra aufhalten könnte, oder vor dem sie sich für ihren Gang zu der Höhle verantworten müßte. Und schlimmstenfalls könnte sie immer noch behaupten, von der Mutter geschickt zu sein. Wer wollte es wagen, dann noch dazwischenzutreten? Außerdem hat Suarra die Höhlen auch früher schon besucht. Das Treffen sollte in der Nacht stattfinden, sagen wir zur fünften Stunde. Ich und ein halbes Dutzend Männer reichen als Begleitung für Graydon aus. Und ich kenne einen Weg, auf dem wir kaum entdeckt werden dürften.«

Damit war die Sache beschlossen. Die Botschaft an Suarra wurde vorbereitet, und der Bote, ein Indio, eilte davon. Graydon konnte sich nicht so recht vorstellen, wie die Botschaft Suarra erreichen sollte. Er stellte sich vor, daß sie von einem Indio zum anderen weitergereicht wurde, die allesamt Lantlu und seinen Schergen noch nicht als Feinde bekannt geworden waren. Darunter würden wohl auch Diener und Wächter des Tempels sein, die sich keinen anderen Herren verpflichtet fühlten als der Schlangenmutter und dem Fürst der Narrheit. Sie würden dafür sorgen, daß Suarra die Botschaft endlich erhielt.

Graydon verbrachte den ganzen Tag mit Huon und den Rebellen und stellte bald fest, daß es sich dabei um lustige, gescheite und angenehme Gesellen handelte. Und die Schwestern waren außerordentlich nett und charmant. Beim Essen behandelte ihn Dorina mit ausgesuchter Aufmerksamkeit, aber Huons Eifersucht ruhte wohl zu diesem Zeitpunkt. Wie der Fürst war auch Dorina übermäßig am Tod interessiert. Den Teil des Abends, den er an ihrer Seite verbrachte, empfand Graydon als weniger angenehm. Einmal schwieg sie einige Minuten lang und meinte dann:

»Wenn Huon seinen Kampf gewinnt und zum Herrscher von Yu-Atlanchi wird, hat er vor, für uns alle das Tor zum Tod zu öffnen. Doch warum sollte nicht jedem von uns die Wahl freistehen?«

Ohne ihm Zeit zu einer Antwort zu geben, starrte sie Graydon mit verengten Augen an und erklärte mit an Deutlichkeit nicht zu überbietender Entschiedenheit:
»Ich für meinen Teil habe nicht vor zu sterben! Das dürft Ihr gern der Mutter mitteilen, falls Ihr sie je erreichen solltet!«
Damit erhob sie sich abrupt und ließ Graydon stehen.
Später kam dann Regor zu ihm, setzte sich neben ihn und erzählte.
»Mein Junge, ich habe so gewisse Ahnungen. Ich hatte auch die Idee, ein Treffen mit Suarra vorzuschlagen, aber es schmeckt mir gar nicht, daß ausgerechnet Dorina diesen Vorschlag gemacht hat. Also wird Suarra uns nicht zur fünften, sondern schon zur dritten Stunde treffen. Außerdem sehen wir sie nicht an der ersten Höhle, sondern an der der Froschfrau.«
»Aber der Bote ist doch schon fort«, sagte Graydon. »Wie soll Suarra denn von den Änderungen erfahren?«
»Mach dir darüber mal keine Sorgen«, lachte der Riese. »In der mir eigenen listigen Art habe ich dem Boten noch eine weitere Botschaft mit auf den Weg gegeben. Selbst der Bote hat keine Vorstellung von dem, was er da eigentlich überbringt. Wenn Suarra uns eine Caraguenque-Feder zusendet, heißt das, daß sie meine geheime Mitteilung verstanden hat. Falls keine Feder kommt, nun, dann müssen wir eben zur ersten Höhle gehen.«
Er nickte düster vor sich hin.
»Ich muß es noch einmal sagen: Mir gefällt es ganz und gar nicht, daß dieser Vorschlag ausgerechnet von Dorina gekommen ist. Hm...«
Er brummte einen Nachtgruß und stapfte aus der Halle.

XIII

Die Höhle der Froschfrau

Am Morgen des dritten Tages erfuhr Graydon von Regor, daß Suarra die Botschaft erhalten und den heutigen Abend für das Treffen vorgeschlagen habe. Ihrer Antwort war eine Caraquenque-Feder beigefügt. Sie würde also zur vereinbarten Stunde an der Höhle der Froschfrau erscheinen.

»Nicht einmal Huon weiß, wo wir in Wahrheit mit Suarra zusammenkommen«, erklärte Regor. »Wenn er es wüßte, würde Dorina es mit Sicherheit durch Schmeicheleien und andere Tricks aus ihm herauskitzeln. Auch nach zwei Nächten Schlaf ist das ungute Gefühl über den Umstand, daß Dorina diesen Vorschlag gemacht hat, nicht geringer geworden. Sie muß noch etwas anderes im Sinn gehabt haben, als dir bloß einen möglichst einfachen und sicheren Weg zu Adana zu nennen. Und ganz sicher wollte sie nicht nur deine Sehnsucht nach der Frau stillen, deren Tante sie gewissermaßen ist.« Regor grinste bei den letzten Worten.

Graydon hatte über diese Sache auch schon eingehender nachgedacht. Nun berichtete er dem Riesen von seiner kurzen Unterhaltung mit Dorina.

»Vielleicht hat sie eine Falle vorbereitet, die mich Lantlu ausliefern soll. Sie mag befürchten, daß durch meine Audienz bei der Schlangenmutter alles besiegelt wird. Sobald Lantlu nämlich besiegt ist, tritt wohl Huon die Herrschaft an und wird das Tor zum Tod öffnen, was auch immer das sein mag, und davor hat Dorina schreckliche Angst. Werde ich aber aus dem Weg geräumt, läuft vermutlich alles so weiter wie bisher, und sie hätte damit Zeit gewonnen, Huon von seinem Plan abzubringen. Das sind die logischsten Gründe, die ich mir als Basis für dein Mißtrauen vorstellen kann, falls es wirklich berechtigt sein sollte.«

Regor hatte ihm aufmerksam zugehört.
»Es ist kein Geheimnis, daß Dorina in dieser Angelegenheit in Opposition zu Huon steht. Dieser Konflikt ist schon so alt wie ihr Zusammensein. Sein Wunsch nach Kindern ist ebenso stark wie der ihre nach Unsterblichkeit. Bevor Huon hierher kam, drängte er sie, ihn bei seinem Kampf um die Öffnung der beiden Tore zu unterstützen. Aber Dorina wollte damals schon nicht. Es gibt andere Frauen, die Huon liebend gern dabei unterstützen würden, aber der Fürst ist monogam und treu. Er würde Dorina auf der Stelle töten, wenn er einen Verrat von ihr entdecken müßte, aber er will auch mit keiner anderen Frau Kinder haben. Es gibt für ihn nur sie oder keine.«
Brummend schritt er durch das Zimmer.
»Du hast überzeugende Gründe für meine Befürchtungen genannt.« Er war plötzlich stehen geblieben. »Aber an dieser Geschichte gibt es noch eine weitere Seite, von der ich nicht glaube, daß Dorina sie übersehen hat. Wenn man dich in eine Falle lockt, fängt man damit auch Suarra. Sie geht ein hohes Risiko ein, wenn sie sich mit dir trifft. Am Ende könnte ihre Verdammung durch den Rat stehen, und der wird von Lantlu kontrolliert. Bestenfalls würde der sie für vogelfrei erklären, Nach dem Gesetz wäre der Rat vollkommen im Recht, wenn er Suarra bestraft. Aber ich weiß so gut wie gar nichts von Frauen. Und die Schlangenmutter ist Frau und Mutter, die nicht zulassen würde, daß ihrem Pflegekind ein Leid zugefügt wird. Damit wäre allerdings ein Prozeß in Gang gesetzt, der nicht mehr aufzuhalten ist und an dessen Ende unweigerlich die Vernichtung von Lantlu oder von Adana steht. Und genau das möchte Dorina ja nicht, wenn deine Überlegungen zutreffen sollten.«
»Großer Gott, Regor!« rief Graydon empört. »Warum hast du mich das nicht wissen lassen, bevor ich von Suarras Rückkehr berichtet habe? Damit ist sie doch schon so gut wie Lantlu ausgeliefert. Diese Höllenkatze muß ihm doch die Information nur zuspielen!«
»Nein«, antwortete der Riese, »damit ist nichts verloren. Vergiß

nicht, mein Junge, der Fürst Tyddo war in ihrer Begleitung. Sie hat also nur einem Befehl des Alten gehorcht.«

»Vielleicht kommt er ja heute abend auch mit«, sagte Graydon hoffnungsvoll.

»Nein«, schüttelte Regor den Kopf. »Nein, das glaube ich nicht. Hier handelt es sich ja um einen anderen Fall. Und wenn die Mutter nicht ihre Hand im Spiel gehabt hätte, wärst du zusammen mit deinen Kameraden als goldener Schweißtropfen in den Abgrund gerollt. Damals ist die Mutter für dich eingeschritten, und ich denke, sie würde das noch einmal tun. Aber nicht um deinetwillen, sondern für Suarra. Außerdem hast du ja erzählt, daß du aus eigener Kraft und Pfiffigkeit zu ihr gelangen sollst. Ich fürchte also, daß wir heute nacht auf keine Hilfe von außen hoffen dürfen und uns auf uns selbst verlassen müssen.«

Wieder brummte er vor sich hin.

»Des weiteren ist Adana eine Frau.« Er zeigte mit seinem Stangenarm wie mit einem Finger auf Graydon. »Und Frauen sind nun einmal unberechenbar. Sie mag von einem Moment auf den anderen zu dem Schluß kommen, daß du für Suarras Wohlergehen entbehrlich bist. Oder aber plötzlich ist sie der ganzen Sache überdrüssig, und dieser Stimmungswandel könnte im für dich ungünstigsten Augenblick kommen...«

»Verdammt nochmal!« rief Graydon und sprang auf. »Du verstehst es wirklich, Regor, einem Mut zu machen!«

»Aber, aber«, kicherte der Riese. »Wenn du lieber etwas weniger Hoffnungsloses hören möchtest, was hältst du dann davon: Die Mutter ist eine Frau, aber keine Menschenfrau. Daher vermag kein Mensch zu ahnen, was sie tun wird und was nicht!«

Nach diesen Worten ließ er Graydon mit der wenig erheiternden Vorstellung zurück, daß er vermutlich recht hatte.

Den Großteil des Tages verbrachte Graydon mit Huon und seinen Gefolgsleuten, und wie schon am Tag zuvor waren sie begierig zu erfahren, wie sich das Leben jenseits der Grenzen des Verbotenen Landes mittlerweile entwickelt hatte. Dorina ließ sich die ganze Zeit über nicht blicken. Sie interessierten sich für Graydons Pistolen und für sein Gewehr, waren aber skeptisch, ob sich damit etwas gegen die Dinosaurier ausrichten ließe. Wie Kinder begeisterten sie sich mehr für den Knall der abgefeuerten Kugeln als dafür, was die Projektile ausrichten konnten. Sie erklärten dem Abenteurer, daß die Xinli nur an einer einzigen Stelle verwundbar waren: am Hals unterhalb des Kiefers. Ein kräftiger Lanzenstich in diesen Punkt sei die einzige Art, sie zu töten. Etwa zweihundert Saurier waren für die Jagd vorhanden und gut zwanzig zum Reiten. Sie bekamen nur selten Nachwuchs, und ihre Anzahl wurde allmählich, aber stetig durch Kämpfe untereinander dezimiert. Die großen Saurier waren folgsam wie Pferde und konnten von jedermann geritten werden. Die Jagd-Xinli hingegen waren unberechenbare Teufel, über die nur Lantlu Kontrolle hatte. Es gab ein Amphitheater, in dem regelmäßig Rennen der Reitsaurier abgehalten wurden. Auch fanden dort Kämpfe zwischen ausgesuchten Jagd-Xinli und Gruppen von Urd statt. Außerdem hielt Lantlu Jagden auf die Echsenmenschen ab, um ihre Anzahl zu begrenzen. Und dann erfuhr Graydon auch, warum kaum einer der Indios auf natürliche Weise sein Leben verlor; und warum sie somit Huon keine Aufklärung über sein Lieblingsthema, die verschiedenen Masken des Todes, geben konnten. Sobald die Indios nämlich ein gewisses Alter erreicht hatten, wurden sie an die Jagdrudel verfüttert.

Offensichtlich liebte Lantlu es auch, Jagd auf menschliches Wild zu machen. Wer gegen das Gesetz verstieß, oder wer sich gegen ihn selbst wandte, wurde aufgegriffen – offen im ersteren und heimlich im letzteren Fall –, wurde außerhalb der Grenzen gebracht und dort nach einem Vorsprung gejagt. Auf diese Weise hatte Regor seine Narben erhalten und den einen Arm verloren. Als er sich einmal gegen die Grausamkeiten Lantlus ausgesprochen hatte, war er in eine Falle geraten und war verschleppt und gejagt worden. Es war ihm gelungen, die Mehrheit der Xinli abzuschütteln. Aber ein Jagdsaurier hatte ihn doch aufgespürt. Regor hatte ihn im Kampf besiegen können, war dabei aber furchtbar verwundet worden. Mit letzter Kraft hatte er sich zu Huons Lager

geschleppt und war dort wieder gesund gepflegt worden, auch wenn manche das für unmöglich gehalten hatten. Lantlu hatte ein Kopfgeld auf Regor ausgesetzt, und das war nur unwesentlich geringer als das für Huon.
Rasch gewann Graydon so Einblick in das Leben dieser Menschen. Sie waren nur noch ein bescheidener Rest einer Rasse, die weiter entwickelt gewesen war als jede andere, die ihr auf der Erde gefolgt war. Eine Rasse, die den Gipfel der wissenschaftlichen Erkenntnisse erreicht hatte und so weit vorangekommen war wie niemand nach ihr. Von dieser mächtigen Woge einer prähistorischen Zivilisation war nicht mehr als ein kleiner Tümpel zurückgeblieben, der überdies faulig zu werden drohte. Überversorgt, überbeschützt und immun gegen jeglichen Angriff – und damit der Notwendigkeit eigener Anstrengungen verlustig gegangen –, hatten sie sich fast nur noch mit der Pflege der Schönheit ihrer Körper befaßt. Jegliche Initiative, jedes Fortschrittsstreben und alle Impulse, das verlorene Wissen ihrer Ahnen zurückzuerlangen, waren abgestorben; oder lagen bestenfalls in einer Art Koma, das dem Tod schon sehr nahe war. Wenn man einmal von ihrer unfaßbaren Schönheit und ihrem beunruhigenden Alter absah, kamen sie Graydon nun wie ganz normale Menschen vor, die vielleicht etwas höflicher und gastfreundlicher waren als die Bewohner seiner Welt.
Offensichtlich hatte es unter ihnen eine nicht zu behebende Spaltung gegeben. Huon und seine Gefolgschaft waren eine Art Rückentwicklung. Aktavismen einer eher menschlichen Periode dieser Rasse. Lantlu und seine Gruppe hingegen hatten sich in eine andere Richtung entwickelt: hin zur Grausamkeit, zur Unberührtheit von Leid, zur Lust am Quälen. Sie trieben beständig auf den schwarzen Nadir des Bösen zu, und sie waren schon jetzt geeignete Werkzeuge für die Machenschaften des Fürsten der Finsternis. Diejenigen, die die Träumer genannt wurden, stellten einen totalen Rückzug von allem Menschlichen dar. Graydon konnte nun verstehen, warum Huon die geheimnisvollen Tore zu Tod und Leben wieder öffnen wollte; denn für ihn war das hohe Alter seiner

Rasse, war die Unsterblichkeit der Bewohner von Yu-Atlanchi der eigentliche Fluch, der über ihnen lag. Und Huon hatte wohl auch die Hoffnung, seiner Rasse mit der Öffnung der Tore etwas von ihrer Jugend und der früheren Kraft und Energie zurückgeben zu können.
Für den Augenblick akzeptierte Graydon die Unsterblichkeit als Faktum. Als er Kon betrachtete, hatte er keinen Zweifel mehr daran, daß eine Wissenschaft, die in der Lage war, eine solch monströse Verschmelzung wie die von Mensch und Spinne zu bewerkstelligen, auch fähig sein mußte, das Leben endlos zu verlängern. Auch die Echsenmenschen waren ein Beweis für die unerreichten Fähigkeiten dieses Volkes. Und dann war da auch noch die Schlangenmutter Adana mit ihrer unbegreiflichen und gleichzeitig unleugbaren Existenz, die ihm im Traum gesagt hatte: »Wenn und wo so etwas wie ich sein kann, ist alles denkbar und möglich!«
Der Tag neigte sich dem Ende zu, und die Dämmerung senkte sich über die von den Bergen umrandete Schüssel des Verbotenen Landes. Kurz vor dem Aufbruch kam Regor zu Graydon und brachte ihm ein schwarzes Kettenhemd, das er ihm zusammen mit Huon überzog. Es war sonderbar leicht und dehnbar. Die Beinschienen und die Halbstiefel wies Graydon zurück, weil er lieber seine eigenen hohen Stiefel tragen wollte. Er band sich auch seinen eigenen Gürtel um und schob seine Pistolen und einige Reservemagazine hinein. Obwohl er ihn durch das Kettenhemd nicht erreichen konnte, beließ er den Revolver in dem Halfter unter dem Arm. Warum er das tat, wußte er auch nicht so genau, er fühlte sich damit nur etwas sicherer. Er bemerkte, daß Regor und Huon offensichtlich nicht allzu viel Vertrauen in seine Waffen setzten, also band sich Graydon ihnen zum Gefallen auch eine Scheide mit einem Kurzschwert aus dem schwarzen Metall um und versorgte sich zusätzlich mit einer Schlachtaxt. Wenn es zu einem Kampf kommen sollte, erklärte der Riese, würde der auf kürzester Distanz Mann gegen Mann ausgetragen. Graydon sagte sich, daß sein Freund wußte, wovon er sprach, und die antiquierten Waffen wohl auch ihm nützlich sein mochten. Insgeheim nahm er sich

aber vor, sich im Ernstfall vor allem auf seine Revolver zu verlassen.

Das Gewehr erwies sich als Problem. Da die Wahrscheinlichkeit bestand, daß Suarra einen Plan gefaßt hatte, wie er zur Mutter gelangen konnte, und er somit kaum ins Lager von Huon zurückkehren würde, wollte er die Waffe nicht hier zurücklassen. Wenn es zum Kampf käme, und zwar zu einem solchen, wie Regor ihn vorausgesagt hatte, wäre das Gewehr nicht nur den Pistolen unterlegen, sondern würde sich auch als Hindernis für ihn erweisen. Er bat also einen Indio darum, für ihn das Gewehr zu tragen und nach Möglichkeit dicht hinter oder neben ihm zu marschieren. Schließlich setzte Huon ihm eine eng anliegende Metallkappe auf, die seine Ohren bedeckte und bis auf die Schultern hinabfiel.

Dann legte er Graydon die Hände auf die Schultern.

»Graydon«, erklärte er, »eine Stimme in mir sagt mir, daß mit Eurem Erscheinen das Gleichgewicht von Yu-Atlanchis Schicksal, das so lange starr war, in Bewegung gerät. Ihr seid ein neues Gewicht, das die Balance stört, und noch weiß niemand, ob Ihr das Blatt zum Guten oder zum Schlechten wendet. Wenn das Pendel sich wieder beruhigt hat, mag Lantlu seine Gegner überwunden haben, oder aber er wurde von ihnen überwunden. Doch es scheint mir so, als würde der Wandel sehr rasch über unser Land kommen. Gleich wie es kommt, eines steht fest: Die alte Ordnung von Yu-Atlanchi ist ihrem Ende nahe. Und die Stimme in mir sagt weiter, daß Ihr, Graydon, und ich, Huon, uns hier nie wieder begegnen werden... nur noch einmal sollen wir uns sehen, und auch dann nur für kurz... unter einem blutroten Himmel gehen wir auseinander... aus ihm fallen Schatten... todbringende, kalte Schatten... kalte, mordende Schatten, die wie die von Feuerblitzen sind... und danach... sollen wir uns nie wieder begegnen... Bis dahin, lebt wohl, Graydon!«

Er wandte sich abrupt um und marschierte aus dem Raum.

»Was mag er wohl...« murmelte Graydon und zitterte, denn es kam ihm so vor, als hätten sich kurz zwei Eisklumpen dort niedergelassen, wo Huon die Hände auf seine Schultern gelegt hatte.

»Mir kommt das auch sonderbar vor«, brummte Regor. »Aber wenigstens hat es ja den Anschein, als würdet ihr beide euch wiedersehen. Somit wird der Tod dich heute nacht noch nicht ereilen.«

Sie verließen den Raum und marschierten in eine Wachstube, wo sie von einem Dutzend Aymara-Krieger erwartet wurden. Es waren kräftige Männer, die mit Keulen und Speeren bewaffnet waren und an den Gürteln Kurzschwerter trugen. Einem von ihnen reichte Regor das Gewehr und erklärte ihm, was er zu tun habe. Der Indio starrte ein wenig unglücklich auf die Waffe, bis Graydon ihm lächelnd vorführte, wie man den Sicherheitsbügel bewegte, so daß sich der Abzug nicht mehr betätigen ließ und von dem Gewehr keine Gefahr mehr ausging. Erleichtert zog der Indio den Gurt über den Kopf und nahm seine Position ein. Das Gewehr baumelte an seiner Seite.

Regor führte den kleinen Trupp. Zunächst kamen sie durch einen breiten, gut beleuchteten Tunnel, von dem kleinere Korridore abliefen. Beim Marsch überlegte Graydon, daß die Wände der Berggrenzen vollständig von solchen Tunnels, Gängen und Stollen durchzogen sein mußten. Er fragte sich weiter, zu welchem Anteil sie natürlichen Ursprungs waren oder ob nicht die alten Yu-Atlancher sie gegraben, gehauen oder geschnitten hatten; und wenn letzteres zutraf, zu welchem Zweck? Graydon grübelte auch viel über die Leuchtpartikel, ohne jedoch hinter dieses Geheimnis zu kommen. Entweder hatte man den Stein mit einer Glasur überzogen, in der der Wissenschaft unbekannte radioaktive Substanzen enthalten waren, oder die alten Yu-Atlancher hatten einen Weg gefunden, die Atomstruktur des Steins so zu verändern, daß er eine gewisse Leuchtqualität erhielt. Das Licht war nicht warm, und sein Leuchten erinnerte an das von Glühwürmchen. Auch ließ es keine Schatten entstehen.

Nach gut anderthalb Kilometern weitete sich der Tunnel zu einer Gruft, die von einer soliden Steinwand begrenzt wurde.

»Hier fangen die Gefahren für uns an«, sagte Regor.

Er stellte sich an die Wand und lauschte. Dann zog er einen kegelförmigen Gegenstand aus dem Gürtel. Den drückte er auf ein eingeritztes Symbol, das sich in Schulterhöhe in der Felswand befand. Eine zwei Meter breite Sektion der Wand erhob sich langsam wie ein Vorhang. Als sie sich knapp einen halben Meter über dem Boden befand, ließen sich zwei Indios auf den Bauch fallen und spähten durch die Öffnung. Als der Vorhang noch ein Stück gestiegen war, krochen die Indios hindurch. Regor ließ die Hand sinken, und die Steinsektion stand still. Etwa fünf Minuten verstrichen, dann kehrten die beiden Indios zurück und nickten dem Riesen zu. Wieder preßte er den Kegel auf das Symbol. Der Steinvorhang stieg rasch, bis ein viereckiges Portal entstanden war. Die Emer glitten gebückt hindurch. Regor und Graydon folgten ihnen.

Nach ein paar Metern konnte Graydon wieder aufrecht stehen. Er sah in eine gigantische Höhle, in der ein so mattes, rötliches Licht herrschte, daß man kaum etwas erkennen konnte. Als er zu Regor blickte, steckte der gerade den Kegel in den Gürtel zurück. Die Felswand, durch die sie gekommen waren, stand wieder solide und durchgehend da. Nichts wies mehr auf das Portal hin.

Die Indios bildeten einen Kreis um Graydon und Regor. In dieser Formation setzte die Gruppe geräuschlos wie Geister ihren Marsch fort. Der Abenteurer wollte etwas sagen, aber Regor hielt ihm warnend den Mund zu. Sie traten in die rötliche Dunkelheit. Durch dieses trübe Licht und über einen Boden von gelbem Sand liefen sie, und es kam Graydon so vor, als bewegten sich seine Begleiter übertrieben schnell. Wie die Indios sich hier zurechtfanden, konnte er nicht ausmachen, dennoch zögerten sie keinen Augenblick und ließen auch nie in ihrer raschen Schrittfolge nach.

Plötzlich umringten die Indios ihn, berührten ihn, und in diesem Moment gerieten sie von dem Dämmerschein in absolute Dunkelheit. Aber auch jetzt ließ ihr rascher und sicherer Schritt nicht nach. Regor grunzte wie jemand, der zu lange die Luft angehalten hat, und flüsterte einen Befehl. Die Indios blieben stehen. Eine leuchtende Wolke blitzte auf und trieb vor ihnen her. Dahinter strömte blasses Licht, so als überziehe die Wolke die Luft-

partikel mit einer phosphorartigen Substanz. Die Gruppe marschierte einen abschüssigen Hang hinab. Vierhundert Meter, achthundert, und dann wurde der Lichtschein matter.
Fünfmal stieß eine Wolke vor ihnen hoch und leuchtete den Weg durch den endlosen Tunnel aus. Fast zehn Kilometer weit mußten sie laufen, bis sie sein Ende erreichten, und Graydon war von dem raschen Marsch schon etwas erschöpft. Wieder wurde das Licht trüber, aber ein Stück voraus war eine ovale Öffnung zu erkennen, hinter der anscheinend Mondlicht leuchtete. Sie verließen den Tunnel und gingen durch die Öffnung. Graydon blieb stehen, soviel Verwunderung und Ehrfurcht löste der Anblick in ihm aus.
Sie waren in eine neue gewaltige Höhle geraten, deren Dach und Ende Graydon nicht erkennen konnte. Sie war mit einem silbrigen Licht angefüllt, das wie das eines Vollmonds im Frühling wirkte. Unter diesem Schein lagen auf niedrigen, gepolsterten Bänken Reihe um Reihe Männer und Frauen. Jedes einzelne Gesicht besaß die fast schon überirdische Schönheit der Yu-Atlancher, und sie sahen alle so aus, als würden sie schlafen. So weit Graydons Sicht reichte, zogen sich die Bankreihen hin. Auf den ersten Blick hielt er die hier Liegenden für Schläfer, doch dann entdeckte er, daß ihre Brustkörbe nicht von Atmung gehoben und gesenkt wurden. Er betrachtete seidiges Haar, schwarz oder bronzerot, rote Lippen und wunderbar erblühte Brüste. Nun hielt Graydon sie für exquisit ausgearbeitete Statuen.
Doch als er die Haare und die Wangen des ersten berührte, erkannte er, daß es sich hier keinesfalls um Abbilder, sondern um Leiber handelte, in denen einst Leben gewohnt hatte. Durch irgendeine Alchemie dieses mysteriösen Landes waren sie zwar nicht in Stein, aber in unvergängliche Form verwandelt worden, die sowohl die Farbe der Haut wie auch die Struktur des Gewebes wie bei einem Lebenden erhielt.
»Die Toten von Yu-Atlanchi!« sagte Regor. »Die Alten, die vergingen, bevor das Tor zum Tod geschlossen wurde. Und hier liegen auch die, die seitdem aus eigenem Willen dieses Tor für sich

geöffnet haben, damit neues Leben unter uns kommen möge. Unsere Toten!«
Die Indios waren unruhig und drängten zum Weitermarsch. Rasch verließen sie darauf diesen Ort des Schweigens. Sogar Regor wirkte etwas erleichtert, als sie in einen neuen Felstunnel gelangten.
»Nur noch ein paar Schritte, mein Junge«, flüsterte er, »dann sind wir draußen. Und hier lauern nicht mehr so viele Gefahren auf uns. Wir sind unter fünf großen Höhlen hindurchgelaufen. Die Stätte der Toten war die sechste. Wir kommen an den Zugängen zu drei weiteren vorbei und stehen dann vor der Froschfrau. Bei jeder einzelnen Schuppe der Mutter, ich bin froh, wenn wir endlich wieder im Freien stehen!«
Kurz darauf traten sie vorsichtig aus dem Tunnel. Graydon spürte frische Luft auf seiner Haut, und als er nach oben blickte, sah er den Himmel, auf dem ein Halbmond von eilenden Wolken verhüllt wurde.
Sie gerieten auf einen schmalen Pfad. Hier teilten sich die Indios in zwei Gruppen, von denen die eine die Vor- und die andere die Nachhut bildete. Zur Linken wuchs üppige Vegetation und versperrte den Blick auf den See. Graydon entdeckte bei einem Blick zurück die kolossale Figur einer Frau aus reinem weißen Stein. Sie hatte die Arme zum Himmel gereckt; die Wächterin der Höhle, aus der sie gerade gekommen waren. Dann wurde die Vegetation so dicht, daß er kaum noch etwas von der Umgebung erkennen konnte.
Der Pfad war gut begehbar, und auch wenn die Wolken den Mond völlig bedeckten, wurde es nie völlig dunkel. Stetig lauter wuchs das Donnern des Wasserfalls an. Durch Lücken im Blattwerk konnte Graydon immer wieder einmal einen flüchtigen Blick auf die monströse Statue der Froschfrau werfen, die vor ihrer ovalen Höhle Wache hielt.
Der Pfad stieg an. Er lief hinter einem Hügel entlang und ging dann in eine steile Steintreppe über. Graydon stieg sie hinauf. Dann stand er nahe der Öffnung zur Höhle der Froschfrau im

Schatten. Sein Blick wanderte die kolossale Figur hinauf. Eine kräftige Frauengestalt, unbekleidet und aus einem grünen Stein gehauen, der im Mondlicht funkelte, so als ob seine Strahlen leuchtende Gischt seien. Das groteske Froschgesicht grinste über wunderbar ausgearbeiteten Schultern und Brüsten. Neben ihr gähnte kohlrabenschwarz die Höhlenöffnung.
Graydon stand am Rande einer gewaltigen Plattform aus glattem, ebenen Stein. Ihm gegenüber, getrennt durch den hier knapp tausend Meter breiten See lag die geheime Stadt.
Im Mondlicht verstärkte sich bei ihm der Eindruck, dieser Ort sei von Dschinnen erbaut. Die Stadt war größer, bei weitem größer, als er sie sich vorgestellt hatte. Ihre Paläste schoben phantastische Türme und Dome hoch. Ihre bunten Farben wie aus Edelstein-Lack wechselten einander ab und wirkten wie ein weicher Teppich, der Kilometer um Kilometer bedeckte. Ein titanisches Stück, dessen irisierendes Muster von Arabesken von Dunkelgrün, Schwarz und Weiß umrahmt wurden. Von Minarett zu Turm, von Dach zu Dach sprangen kleine Lichtbögen, zierliche Mondarkaden wie kleine Brücken. Hoch über dem Schwarz und Grün in der Luft tanzten, blitzten, vergingen und entstanden wieder neu Lichter und bildeten ein ewiges Netz. Glühwürmchen, die über den Dächern spielten, dachte Graydon. Rechts erhob sich der gewaltige Tempel und blickte vestalisch weiß und majestätisch auf die Stadt hinab.
Irgendwo dort mußte sich Suarra befinden! Vielleicht war es ihr doch nicht möglich gewesen, zur vereinbarten Zeit zu erscheinen. Halb hoffte er, sie würde nicht kommen, denn zu schrill klangen ihm noch Huons Warnungen in den Ohren, und er hatte Angst um Suarra. Aber die andere Hälfte seiner Gedanken wünschte sich nichts sehnlicher, als daß sie kommen würde. Und mochten es noch so viele Gefahren sein!
Dicht neben ihm raschelte etwas. Eine kleine Hand legte sich in die seine. Er sah in sanfte dunkle Augen. Eine lockige Haarsträhne berührte zart seine Wange und ließ ein Schaudern über seinen Rücken eilen.

»Suarra!« flüsterte er. Und wieder: »Suarra!«

»Graydon!« kam es von ihren süßen Lippen. »Du bist wirklich zurückgekehrt, geliebter Graydon!«

Ihre Arme umschlangen seinen Hals. Ihre Lippen waren den seinen ganz nahe und kamen langsam, aber stetig immer näher. Dann trafen sie sich und blieben aneinander haften. Und für lange, lange Zeit waren alle Gefahr und aller Schmerz, alles Leid und aller Tod in der Welt vergessen.

XIV

Der Schatten der Echsenmaske

Der Schatten der Froschfrau trat im hellen Mondlicht deutlich hervor. Ein unfaßbares Profil, das sich von einer Seite zur anderen der riesigen Plattform erstreckte. Dahinter lag bedrohlich die Schwärze der Höhlenöffnung. Zwischen der Statue und der Edelsteinstadt leuchtete der See wie ein Silberspiegel. Keine Welle störte seine Oberfläche. Unterhalb der Plattform standen die Indios auf Wache. Der Kopf der Froschfrau schien sich hinabzubeugen und dem Flüstern der beiden Liebenden zu lauschen.

»Graydon! Ach, Graydon!« schluchzte Suarra. »Du hättest nicht zurückkehren dürfen. Ach, es war schlecht von mir, dich zu rufen!«

»Unsinn!« knurrte Regor. »Ihr beiden liebt euch, oder etwa nicht? Also bitte, was hätte Graydon denn anderes tun sollen als zurückzukehren? Davon abgesehen hat er ein paar mächtige Freunde gewonnen: Huon und den Schwarzen Regor, und auch jemanden, der stärker ist als wir alle. Sonst wäre er, bei Riza dem Blitzverschlinger, doch gar nicht so weit gekommen! Ich meine die Mutter. Mein Kind«, sagte er dann leise, »hat sie dich vielleicht instruiert, wie du ihn vor sie führen kannst?«

»Ach, Regor«, seufzte sie, »leider ganz und gar nichts dergleichen. Und das ist es ja auch, das mir mein Herz so schwer macht. Als ich eure Botschaft erhielt, habe ich der Mutter sofort davon berichtet und sie um Hilfe gebeten. Und ich habe ihr gesagt, daß ich zu dem Treffen gehen würde, ganz gleich ob mit ihrer Hilfe oder ohne. Sie nickte nur und sagte: ›Natürlich, in dir schlägt ja das Herz einer Frau.‹ Nach einer Weile fuhr sie dann fort: ›Geh nur, Suarra, kein Schaden soll über dich kommen.‹ Ich aber entgegnete: ›Ich bitte um Schutz für ihn, Mutter.‹ Aber sie gab keine Antwort. Ich habe noch einmal gefragt: ›Mutter Adana, willst du ihn nicht durch mich zu dir gelangen lassen, so daß niemand es wagen kann, ihm Schaden zuzufügen?‹ Da schüttelte die Mutter den Kopf: ›Wenn er dich wirklich liebt, wird er aus eigener Kraft den Weg zu mir finden.‹«

Regor rieb sich das Kinn. »Hat niemand dich gesehen? Ist niemand dir gefolgt?«

»Nein«, antwortete Suarra, »ich bin mir ziemlich sicher, daß ich unbemerkt geblieben bin. Ich ging durch die Halle der Weber, dann über den Weg, der unter den Wasserfall führt und schließlich über den geheimen Pfad am Ufer.«

»Und du hast weder etwas gesehen noch gehört, als du an der ersten Höhle vorbeigekommen bist?«

»Nun, der Pfad verläuft ziemlich weit unterhalb der Höhle, so daß man von dort nichts sehen, aber auch nicht gesehen werden kann. Und ich habe auch nichts gehört, nichts bis auf das Donnern des Wasserfalls.«

»Wo ist Lantlu?« wollte Regor wissen, der noch immer nicht zufrieden war.

»Heute nacht werden die Xinli gefüttert«, erklärte sie und zitterte bei der Vorstellung.

»Dann brauchen wir ihn ja wohl nicht zu erwarten«, sagte Regor und wirkte endlich befriedigt.

»Das Problem scheint ja wohl zu sein«, sagte Graydon, »daß ich allein zur Mutter gelangen muß, wie sie es mir im Traum aufgetragen hat.«

»Graydon«, unterbrach ihn Suarra sanft, »es gibt noch einen anderen Weg für uns. Wenn du es möchtest, gehe ich mit dir in Huons Lager. Ich liebe und verehre die Mutter, aber wenn du es wünschst, kehre ich nicht zu ihr zurück, sondern schließe mich mit dir den Rebellen an. Das will ich gern für dich tun, Geliebter. Ich möchte nicht, daß du in irgendeine der furchtbaren Gefahren hier in Yu-Atlanchi gerätst, denn mir schwant, dein Weg zu Adana ist reichlich mit ihnen bestückt. Bei Huon können wir leben und glücklich sein, zumindest für einige Zeit.«

Graydon hörte, wie Regor bei diesen Worten keuchte, und er spürte förmlich, wie der Riese voller Angst auf seine Antwort wartete. Die Versuchung war groß für Graydon. Immerhin gab es von Huons Lager einen Weg nach draußen. Und an der Grenze würde wahrscheinlich die Mutter wieder ihre schützende Hand über das Paar halten, damit die gefiederten Wächter sie nicht behelligten. Und wenn er Suarra aus dem Verbotenen Land hinausgeführt hatte, was scherte ihn da noch das Schicksal von Yu-Atlanchi oder seiner Bewohner?

Doch rasch drängten sich ganz andere Gedanken in sein Bewußtsein. Die Mutter hatte ihn geschützt, zweimal schon. Sie hatte ihn vor dem Steinantlitz bewahrt! Sie hatte ihn von den Boten führen und beschützen lassen. Sie hatte seine Loyalität und seinen Mut herausgefordert. Und sie hatte ihm bewiesen, daß sie ihm bis zu einem gewissen Grad vertraute.

Und dann war da noch der Dunkle! Der Schatten von Nimir, der Fürst des Bösen, der die Mutter bedrohte ... dann waren da Huon und die Bruderschaft, die auf ihn bauten ... nicht zu vergessen der Schwarze Regor ... der alle seine Hoffnungen auf sein Treffen mit der Schlangenmutter gerichtet hatte, um dadurch eine mächtige Koalition zu schmieden, mit der das Land von allen Übeln befreit werden könnte.

Nein, er konnte nicht einfach davonlaufen. Auch nicht um Suarras willen.

Das sagte er ihr, und er erklärte ihr auch seine Gründe dafür.

Er spürte, wie groß Regors Erleichterung war. Und er hatte das sonderbare Gefühl, daß dieses erschreckend schöne, nicht mehr menschliche Geschöpf namens Adana auf irgendeine Weise seinen Gedanken gefolgt war und nun seine Entscheidung guthieß. Vielleicht aus dem Grund, weil sie dadurch endlich selbst zu dem Schluß gekommen war, der schon so lange in der Schwebe gehangen hatte.

Auch Suarra schien nicht von seinem Entschluß überrascht zu sein, und er fragte sich, ob sie ihn mit ihrem Vorschlag nur auf die Probe hatte stellen wollen?

»Gut«, sagte sie leise, »dann müssen wir einen anderen Plan schmieden. Und ich glaube, ich habe da schon eine Idee. Höre mir gut zu, Regor. In sieben Nächten ist der Mond voll und rund, und dann findet das Ladnophaxi statt, die Nacht der Träumer. Alle werden dann im Amphitheater versammelt sein, und nur wenige Soldaten bewachen dann die Stadt. Bring Graydon zu Huon zurück. In fünf Nächten schleicht ihr euch aus dem Lager, geht um das Ende des Sees herum und durchquert das Marschland. Graydon soll sich als Emer verkleiden. Er soll sich das Gesicht und die Haut färben und eine Perücke aufsetzen. Seine grauen Augen können wir leider nicht verändern, also müssen wir dieses Risiko eben eingehen.
Du kennst doch den Palast von Cadok. Er ist insgeheim ein Feind von Lantlu und unterstützt Huon, aber das weißt du sicher selbst. Dorthin schaffst du Graydon. Cadok wird ihn bis zur Nacht des Ladnophaxi bei sich verstecken. Ich sende ihm einen loyalen Führer, der ihn zum Tempel bringt, damit er endlich vor der Mutter stehen kann. Und er hat den Weg dorthin dann aus eigener Kraft geschafft, oder etwa nicht? Denn auch so benötigt er Witz und Mut. Schließlich hat er ja auch meinen Vorschlag von vorhin abgelehnt, was sehr für ihn spricht. Somit wären alle Bedingungen der Mutter erfüllt.«
»Ein guter Plan«, brummte Regor. »Bei der Mutter, der Plan ist so gut, daß er von Adana selbst stammen könnte! So wollen wir es anfangen. Doch nun mußt du gehen, Suarra. Du bist schon zu lange fort. Mit jedem Herzschlag habe ich mehr Furcht um dich, und du weißt, wie selten ich von Furcht geplagt werde!«
»Auch ich finde den Plan gut«, sagte Graydon. »Leider hat Regor recht, mein Herz, du mußt nun wirklich fort. Denn ich fürchte ebenfalls um dich.«
Ihre schlanken Arme waren wieder um seinen Hals. Dann fanden sich ihre Lippen, und er spürte, daß ihre Wangen von Tränen feucht waren.
»Geliebter!« hauchte sie. Und noch einmal: »Geliebter!«
Dann war sie verschwunden.

»Pffft!« seufzte Regor erleichtert. »Der Weg, der vor uns liegt, ist etwas klarer geworden. Einstweilen bleibt uns nichts anderes übrig, als ins Lager zurückzukehren und die fünfte Nacht abzuwarten. Und natürlich, dich ein bißchen anzumalen«, fügte er kichernd hinzu.
»Warte!« Graydon lauschte angestrengt in die Nacht. »Warte, Regor. Vielleicht hat man ihr eine Falle gestellt, lauert ihr irgendwo auf.«
Einige Minuten lang standen sie schweigend da. Aber sie hörten nichts Verdächtiges.
»Sie ist in Sicherheit«, brummte der Riese schließlich. »Vergiß nicht, was die Mutter ihr versprochen hat. Ihr, aber nicht uns, mein Junge. Unser Weg zurück ist ebenso gefährlich wie der Anmarsch. Komm, wir wollen los.«
Er pfiff leise die Indios zusammen. Sie huschten auf die Plattform. Graydon dachte nach und ließ seinen Blick über das phantastische Schattenprofil der Froschfrau wandern. Der Mond war höher gestiegen und warf einen deutlichen Schatten von dem kolossalen Kopf auf die glatte Felsplattform, die bis zum Höhleneingang reichte. Während er auf das Antlitz starrte, erwachte er aus seiner Nachdenklichkeit und gab sich ganz der Faszination über diesen grotesken Anblick hin.
Sein Blick wanderte weiter, und da entdeckte er neben dem Froschkopf einen weiteren Schatten... den einer großen Echse. Dieser Schatten bewegte sich. Graydon drehte sich um und suchte nach dem Ursprung dieser Erscheinung.
Aus der Felswand, ungefähr in Schulterhöhe der Froschfrau löste sich der Schädel eines Echsenmenschen. Ein riesiger Schädel, mindestens zweimal so groß wie alle, die Graydon zuvor gesehen hatte. Tückische rote Augen starrten zu ihm herab, und dann öffneten sich die Kiefer.
»Regor!« brüllte Graydon. »Regor! Sieh nur!« Er griff nach seinem Revolver.
Plötzlich stank es übelkeitserregend nach Moschus. Krallen und Klauen griffen nach seinen Füßen und rissen ihn zu Boden. Im

Fallen sah er, daß das Wesen, das den zweiten Schatten geworfen hatte, die Steinfigur hinabstieg. Und nun erkannte er, daß es ein Mensch war! Ein Mensch wie er, der eine Echsenmaske trug.

Graydon rang mit den Wesen, die ihn niedergeworfen hatten. Er hörte Regor brüllen. Graydons Finger rutschten immer wieder von der ledrigen Haut ab. Die Schnauze eines der Wesen war ihm so nahe, daß der stinkende Atem Brechreiz in ihm hervorrief. Und während er noch kämpfte, fragte er sich, warum der Urd ihn nicht biß. Seine Hand fand den Griff des Kurzschwerts. Er zog die Waffe und stieß sie aufs Geratewohl nach oben. Der Echsenmann kreischte und rollte zur Seite.

Als er wieder auf die Füße kam, entdeckte er, daß er im Ringen einige Meter weit in die Höhle geraten war. Auf der Plattform stand Regor, und sein Metallarm mähte und wütete durch die zischende Meute der Urd, die ihn umzingelte. Nicht weit davon wehrten sich zwei Indios verzweifelt gegen die Übermacht.

Am Rande der Plattform stand der Mann mit der Echsenmaske. Um ihn herum hatten sich zu seinem Schutz Indios mit grünen Röcken postiert. Der Fremde lachte, und dieses Geräusch, das da aus den Fängen eines Echsenmauls drang, ließ einem das Blut in den Adern gefrieren.

»Habe ich dich endlich, alter Fuchs!« gröhlte die Echsenmaske. »Endlich! Der Tod ist dir gewiß, Regor, aber nicht hier, alter Feind, nicht hier!«

»Graydon!« brüllte der Riese. »Hierher! Komm zu mir!«

»Bin schon unterwegs!« antwortete der Abenteurer und stürmte los.

Wie ein Hagel kamen ledrige Leiber über ihn. Klauenbewehrte Hände griffen nach ihm, Echsengesichter mit scharfen Fängen grinsten ihn an. Graydon mühte sich verzweifelt, auf den Beinen zu bleiben.

Nur noch ein Indio kämpfte. Es war der, der Graydons Gewehr trug. Während der Abenteurer rang, sah er, wie diesem Indio der Speer aus der Hand gerissen wurde. Er zog das Gewehr über den Kopf, drehte es um und schlug mit dem Kolben wie mit einer Keule

zu. Dabei schoß plötzlich ein Blitz aus dem Lauf, und ein Knall ertönte, der in der Höhle wie Donner dröhnte und sich etliche Male als Echo wiederholte.
Dann war Graydon am Boden und konnte nichts mehr sehen. Die Übermacht der Urd auf ihm drohte ihn zu erdrücken.
Bald war er von vielen Stricken gebunden. Seine Arme waren an die Seiten gepreßt, und er konnte die Beine nicht mehr bewegen. Die Echsenmenschen trugen ihn rasch in die Dunkelheit der Höhle. Graydon konnte nur noch einen letzten Blick auf den Höhleneingang werfen.
Niemand war mehr zu sehen. Regor, der Indio, der Mann mit der Echsenmaske und seine Eskorte und die Urd, alle waren verschwunden.

Die Echsenmänner trugen Graydon sehr vorsichtig. Etliche von ihnen mußten um ihn herum sein. Er hörte sie unentwegt zischen und schreien, und der säuerliche Sauriergeruch war unerträglich. Soweit er das jetzt beurteilen konnte, hatte er keine einzige Wunde davongetragen. Das war sicher zu einem Gutteil dem Kettenhemd zu verdanken, aber seine Hände und sein Gesicht waren ungeschützt gewesen, und die Kappe hatte er schon sehr früh im Kampf verloren. Er erinnerte sich, daß die Kreaturen keine Anstalten gemacht hatten, ihn mit ihren Fängen oder Klauen zu verletzen. Sie hatten ihn durch bloße Masse bezwungen. Er fragte sich, ob ihnen befohlen worden war, ihn zu fangen und ihm dabei kein Haar zu krümmen?
Befohlen? Aber das hieße ja dann, daß der, der diesen Befehl gegeben hatte, vom Treffen mit Suarra in dieser Nacht an der Höhle der Froschfrau gewußt haben mußte! Und das hieß auch, daß sie, trotz aller Vorsichtsmaßnahmen von Regor, verraten worden waren!
Dorina! Ihr Name schien in Flammenschrift aus dem Dunkeln zu springen.
Ein weiterer Gedanke kam ihm, der ihn aus dem inneren Gleichgewicht zu stoßen drohte. Wenn sein Kommen Huons Feinden bekannt gewesen war, dann war auch der Grund für dieses Treffen

kein Geheimnis mehr. Großer Gott, hatten sie auch Suarra gefangen?

Offensichtlich waren die Urd bemüht gewesen, ihn von Regor zu trennen. Schon beim ersten Angriff war er in die Höhle geraten. Bei der zweiten Attacke hatten sie sich geteilt. Die eine Hälfte hatte Graydon niedergerungen, die andere Regor von ihm fern gehalten.

Immer wieder kam ihm, während die Urd ihn weiter durch die Dunkelheit trugen, der Name Dorina in den Sinn. Dorina, die zusammen mit Huon nicht das Tor zum Leben öffnen wollte. Dorina, die nicht zulassen wollte, daß er die Mutter erreichte, bis sie Huon dazu gebracht hatte, das Tor zum Tod verschlossen zu lassen. Dorina, die ihre Unsterblichkeit nicht aufgeben wollte.

Er fragte sich, wie weit sie schon durch die Dunkelheit gekommen waren, durch die sich die Echsenmänner mit traumtänzerischer Sicherheit bewegten. Er konnte auch nicht abschätzen, wie rasch sie sich bewegten. Es kam ihm jedoch so vor, als hätten sie schon einige Kilometer zurückgelegt. Befanden sie sich immer noch in der Höhle der Froschfrau? Wen oder was bewachte dieser kolossale Wächter in diesem immensen lichtlosen Raum eigentlich?

Ohne Übergang verließen sie die Schwärze, so als seien sie durch einen dicken Vorhang getreten.

Rotes Licht stach in seine Augen. Es war viel heller als der trübe rötliche Nebel, durch den er sich so vorsichtig mit Regor bewegt hatte, nachdem sie das Lager verlassen hatten. Überall um ihn herum waren Urd. Es mußten weit über hundert sein. Acht dieser Kreaturen trugen ihn auf ihren Köpfen und stützten ihn mit ihren Armen ab. In diesem unwirklichen Licht hatte ihre ledrige Haut eine dumpf orange Färbung angenommen. Die Kämme mit den roten Schuppen auf ihren Reptilienschädeln hatten sich in diesem Schein in ein ungesundes Purpurrot verwandelt. Alle liefen sie, immer noch unentwegt zischend und schreiend, über gelben Sand.

Er lag auf dem Rücken, und schon der bloße Versuch, den Kopf zu bewegen, war schmerzvoll. Also starrte Graydon nach oben. Er konnte kein Dach erkennen, nur den rötlichen Lichtnebel. Das

Licht wurde zusehends heller. Plötzlich wurde auch das Zischen der Urd lauter. Von irgendwo voraus ertönte ein nur ihnen verständlicher Befehl. Sie beschleunigten ihre Schritte.
Der Nebel wurde zusehends lichter und verschwand. Graydons Träger hielten an und stellten ihn auf die Füße. Gekrümmte Klauen schoben sich unter seine Fesseln und rissen sie auf. Graydon streckte die verkrampften Glieder und sah sich um.
Etwa dreißig Meter vor ihm erhob sich eine gewaltige Plattform aus schwarzem Stein. Sie war halbkreisförmig und einer Muschel nachgebildet. Ihr Durchmesser betrug etwas mehr als fünfundzwanzig Meter. Die Oberfläche war lückenlos mit Symbolen bedeckt, die zu sonderbaren Mustern gruppiert waren.
Im Zentrum dieses Gebildes stand ein Thron aus Gagat, der ihm sonderbar bekannt vorkam. Mit einem eiskalten Prickeln am Rükken wurde Graydon plötzlich bewußt, daß es sich hierbei um eine genaue Nachbildung des Saphirthrons im Tempel handelte. Die muschelförmige Plattform und der Thron standen auf einem etwa ein Meter hohen Podium. Eine breite Rampe führte dort hinauf. Zwischen dem Thron und dem Rampenende lag eine Senke, die in den schwarzen Fels geschlagen war. Sie erinnerte Graydon an ein überdimensioniertes Taufbecken, vielleicht für die Säuglinge von Riesen. An den Enden der Muschelplattform standen niedrige Steinbänke.
Der schwarze Thron war leer, und auch auf der Plattform war niemand zu sehen. Aber konnte er seinen Augen wirklich trauen? Er sah genauer hin. Aber natürlich war die Anlage leer. Doch woher kam dann dieses Gefühl, daß ihn von jedem Zentimeter des Gebildes jemand beobachtete... ihn abmaß, ihn abschätzte und mit kalter, bösartiger Belustigung alles über ihn erfuhr. Etwas Böses... etwas unvorstellbar Böses... wie die Kraft, die damals auf ihn eingeströmt war... damals vom Gesicht im Stein...
Mit einiger Anstrengung gelang es ihm, sich von der Plattform abzuwenden und sich umzudrehen. Er sah sich einigen hundert Urd gegenüber. Sie standen in Reihen geordnet da und hielten etwa dreißig Meter Abstand zu ihm. Sie schwiegen, starrten ihn

jedoch unentwegt aus ihren roten Augen an. So dicht standen sie nebeneinander, daß ihre roten Kämme einen gewaltigen Teppich zu bilden schienen. Zum erstenmal sah Graydon auch Frauen und Kinder der Urd. Alle starrten sie ihn wie kleine Dämonen an. Spitze gelbe Fänge glitzerten zwischen den Schnauzen.
Graydon sah nach rechts und nach links. Die Höhle hatte einen Durchmesser von schätzungsweise achthundert Metern. In einiger Entfernung endete das klare Licht, in dem er stand, und machte dem roten Nebel Platz. Zur Rechten war nur gelber Sand zu sehen.
Aber zu seiner Linken lag ein Garten. Ein Garten des Bösen!
Ein Bach rann gewunden über den Höhlenboden. Er führte Wasser rot und dick wie Blut. An seinen Ufern standen große rote Lilien, die mit giftgrünen Tupfern besetzt waren. Orchideenblüten in dumpfem Purpur, aufgeblähte Rosen, widernatürliche Büsche von Bambussprossen, mit Grünspan durchsetzt; verkrüppelte Bäume, von deren Ästen herzförmige Früchte von an Eiter erinnerndem, schmutzigem Weiß; fleischige Pflanzen, aus deren mauvefarbener Mitte Dornen wie die Fangzähne von Nattern ragten. Langsam rannen glitzernde, dicke Tropfen eines todbringenden Nektars von ihnen herab.
Eine sanfte Brise umwehte Graydon. Sie trug mit sich die vermischten Düfte dieses unheimlichen Gartens; ein Aroma wie die Essenz reiner Tücke. Obszöne Bilder tauchten vor seinem geistigen Auge auf und weckten verderbte Verlangen in ihm. Die Brise umschwebte ihn einen Atemzug lang, schien ihn zu verhöhnen und floh dann in den Garten zurück.
Graydon zitterte. Er fürchtete diesen Garten, fürchtete ihn genausosehr wie den schwarzen Thron. Woher kam diese Furcht? Teuflisches, Unbekanntes und unfaßbar Dämonisches war in dem Garten. Etwas lebendes Teuflisches. Ja, das war es, die Vitalität des Teuflischen. Teuflisches Leben pulsierte und strömte in jeder Pflanze... Vitale Teuflischkeit... sie gelangte durch den Blutbach in die Wurzeln der Pflanzen... Wie stark mußte der werden, der von ihnen kostete...

Als dieser dunkle Gedanke in Graydons Bewußtsein kam, schien tief in ihm etwas zu brechen, kämpfte mit überlegener Kraft gegen die Vorstellungen des Bösen an und regierte bald seinen Kopf. Gleichzeitig kehrten seine Sicherheit und sein alter Mut zurück. Furchtlos stellte er sich dem schwarzen Thron.
Er fühlte, wie die unsichtbare Macht nach ihm stieß, nach einer Lücke in seiner Verteidigung suchte; dann zog sie sich anscheinend verblüfft zurück und stieß kurz darauf mit unerhörter Kraft erneut zu, so als wollte sie Graydon zu Boden schleudern. Doch auch jetzt fuhr sie unverrichteter Dinge zurück. Unvermittelt, so als hätten sie ein geheimes Signal erhalten, stürmten die Echsenmenschen vor und trieben Graydon auf die Rampe zu. Kurz davor zögerte er, aber einige Urd lösten sich aus den Reihen, umzingelten ihn und stießen ihn weiter. Bald hatten sie ihn zu der Steinbank am rechten Ende der Plattform geschoben. Als er sich von den ledrigen Armen befreien wollte, stellte er fest, daß sie ihn überall gepackt hatten. Irgend etwas schlang sich um seine Fußgelenke. Kurz hintereinander ertönte zweimal ein metallisches Schnappen, dann ließen die Urd von ihm ab.
Graydon erhob sich von der Bank und sah hinab auf seine Füße. Metallene Ringe lagen um seine Fußknöchel, und an denen hingen Ketten, die irgendwo unter der Bank verschwanden. Er fragte sich, wie lang diese Ketten sein mochten. Graydon trat einen Schritt vor, dann noch einen und schließlich einen dritten, aber nie hielten ihn die Ketten auf. Er bückte sich und zog an einer von ihnen, bis sie straff war. Graydon schätzte die Länge ab und kam zu dem Schluß, daß er damit genau bis auf die Sitzfläche des schwarzen Throns gelangen konnte. Ein unbequemer Verdacht kam in ihm auf, und er kehrte eilig zur Bank zurück.
Er hörte ein gedämpftes Zischen und das Trappeln vieler Füße. Die Echsenmenschen zogen sich zurück. Dicht gedrängt schoben sie sich zur Höhle hinaus, eine ledrige, braune Flut, deren Wellenkronen von vorschnellenden roten Zungen gebildet wurden. Nicht ein Urd bedachte Graydon noch mit einem Blick. Sie traten in den Nebel ein und waren nicht mehr zu sehen.

Stille. Schweigen. Graydon war ganz allein. Allein mit dem teuflischen Garten und dem schwarzen Thron.
Allmählich trübte sich der rote Schein, der auf die Plattform fiel, so als würde er von schwarzem Licht durchströmt.
Die Trübe verdichtete sich um den Thron herum, und auf ihm selbst entstand ein dunkler Schatten. Formlos und wabernd zunächst bildeten sich bald Konturen, fügten sich die Partikel zu einer Form zusammen: zu einer Gestalt!
Auf dem Thron saß der Schatten eines Mannes. Gesichtslos und ohne erkennbare Züge, neblige Hände, die sich auf die Lehnen des Throns stützten...
Der gesichtslose Kopf beugte sich vor. Keine Augen waren in ihm zu erkennen, und dennoch spürte Graydon, wie sich Blicke in ihn bohrten. Keine Lippen waren zu erkennen, und dennoch hörte Graydon ein Wispern.
Er hörte die Stimme des Dunklen! Das Wispern von Nimirs Schatten! Die Worte vom Fürsten des Bösen!

XV

»Leih mir deinen Körper, Graydon!«

Die Stimme des Schattens klang einschmeichelnd wie eine Flöte, die in der Dämmerung aus einem Wald ertönt. Sie schläferte Graydons Ängste ein, ließ seine Wachsamkeit erlahmen.
»Ich kenne dich, Graydon!« ertönte das Wispern. »Ich weiß auch, warum du nach Yu-Atlanchi gekommen bist. O wie sinnlos dein Unterfangen ist; denn ohne mich erreichst du nichts. Ich habe dich hierher geführt, Graydon, und ich habe befohlen, daß dir kein Leid zugefügt werden dürfe. Sonst hätte man dich schon vor der Höhle erschlagen. Fürchte mich nicht! Du fürchtest mich doch nicht, Graydon, oder?«
Der Abenteurer spürte, wie eine angenehme Lethargie durch seinen Körper kroch, während er die melodischen Worte vernahm.
»Nein«, antwortete er schon halb benommen. »Nein, Nimir, ich fürchte dich nicht.«
»Aha.« Der Schatten richtete sich auf dem Thron auf, und etwas von der einlullenden Süße schwand aus seiner Stimme und machte Bedrohlichkeit Platz. »Du weißt also, wer ich bin!«
Der Bann, unter dem Graydon stand, löste sich ein wenig, und die alte Wachsamkeit kehrte in sein Bewußtsein zurück. Dem Schatten entging das nicht, und all die Süße und verlockende Schmeichelei kehrten in sein Wispern zurück.
»Aber das ist doch großartig! Sehr gut, Graydon. Ohne Zweifel hat man dir unzählige Lügen über mich erzählt. Doch du hast die Menschen in Yu-Atlanchi ja selbst gesehen. Sie stürzen immer tiefer in Dekadenz. Sie faulen dahin. Sie könnten wieder so sein wie in den alten Zeiten, wenn sie nur meinem Rat folgen würden. O, sie wären ein großes Volk, heute ein großes Volk... die starken und stolzen Beherrscher der Welt. Und sie hätten nicht ihre alte

Weisheit vergessen. Mehr noch, sie hätte sich weiterentwickelt, und daraus wäre eine neue und bessere Welt geformt worden. Du hast diese Menschen gesehen, Graydon, und ich glaube, du hast dir ein Urteil über sie gebildet. Denkst du nun, sie hätten Grund, jenen dafür zu danken, mich in Fesseln gelegt und gleichzeitig das Volk damit zu einem solchen Ende verdammt zu haben? Ich hätte die Yu-Atlancher nicht im Stich gelassen wie die anderen Fürsten, hätte sie nicht einem Scharlatan und einer Schlangenfrau überlassen, die nicht einmal Menschen sind und daher nichts von den menschlichen Bedürfnissen verstehen. Ich hätte die Yu-Atlancher vorwärts geführt, hinauf zu größerer Stärke und unermeßlicher Weisheit. Ich hätte sie auf die Höhe hinaufgeführt, auf die sie gehören. Graydon, nur die Sterne wären ihre Grenzen gewesen... Aber ich hätte sie nicht einem solchen Morast übergeben, wo ihre Entwicklung zum Stillstand kommt und sie unweigerlich verrotten. Das weißt du, nicht wahr, Graydon?«
Der Abenteurer dachte nach. Es war schwierig, bei dieser angenehmen Müdigkeit zu einem klaren Gedanken zu finden. Auch eine unerklärliche Heiterkeit machte sich in ihm breit. Aber ja doch, natürlich, der Fürst hatte so recht. Seine Worte waren klar und von unbestechlicher Logik bestimmt gewesen. In gewisser Weise war er doch selbst schon zu solchen Schlüssen gekommen. Und ganz sicher war es verdammenswert von diesen Fürsten gewesen, was oder wer sich auch hinter ihnen verborgen haben mochte, einfach so zu verschwinden, als wenn sie keinerlei Verantwortung für ihr Volk hätten. Wer war denn der Scharlatan? Aber natürlich, der Fürst der Narrheit. Und die Schlangenfrau? Eine verdammt zutreffende Beschreibung von Adana. Nein, er fand keinerlei Schwachstelle in Nimirs Argumentation.
»Richtig, Nimir, du hast vollkommen recht!« sagte er und nickte träge.
Eine Wolke von Parfüm trieb aus dem Garten auf ihn zu. Gierig saugte er das Aroma in sich hinein. Wie hatte er nur glauben können, dieser Garten habe etwas mit dem Bösen zu tun? Ganz im Gegenteil. Graydon fühlte sich unbeschreiblich gut, und das Par-

füm bestärkte dieses Wohlbefinden sogar noch. Was war denn schon böse? Im Grunde genommen hingen Gut und Böse doch nur vom Standort des Betrachters ab. Kein übler Bursche, dieser Nimir. Ein vernünftiger, respektabler...

»Du bist sehr stark, Graydon«, erklang das Wispern noch einschmeichelnder. »So stark! Du bist stärker als jeder Mann in Yu-Atlanchi. Ein starker Körper und ein ebenso starker Geist. Du bist aus dem gleichen Holz geschnitzt wie die Männer der alten Rasse, die ich zum Himmel hinaufgeführt hätte, wäre ich nicht schändlich verraten worden. Nicht Stärke oder Mut bezwangen mich, sondern die Tücke einer Schlangenfrau, die sich nichts aus Männern macht. Vergiß nie, Graydon, daß die Schlangenfrau sich nichts aus Männern macht. Ich wollte dir kein Leid zufügen, als ich gerade mit dir rang, sondern lediglich deine Stärke erproben. Du warst stark genug, mir widerstreben zu können. Das hat mich gefreut, Graydon, denn so erfuhr ich, daß ich endlich den Mann gefunden habe, den ich schon so lange suche!«

Dann war er also derjenige, den Nimir benötigte? Warum auch nicht, er war ein toller Mann, ein verdammt toller Mann! Schließlich war er ohne fremde Hilfe bis hierher gelangt, oder etwa nicht? Nein, einen Augenblick... irgendwer hatte ihm geholfen. Aber wer? Egal, er war ein toller Mann. Auch wenn ihm jemand geholfen hatte... irgend jemand...

Das Wispern des Schattens durchstieß seine verknoteten Grübeleien.

»Ich brauche dich, Graydon! Es ist noch nicht zu spät, um diese Welt neu zu gestalten, sie so zu machen, wie sie sein sollte. Noch nicht zu spät, der Menschheit ihr Recht zurückzugeben, das Unrecht an ihr wiedergutzumachen, das durch Verrat an mir begangen wurde. Doch ich brauche einen Körper, um diesen Kampf zu führen, Graydon. Einen starken Körper für mich. Leih mir deinen Körper, Graydon! Es soll ja nur für einige Zeit sein. Und während dieser Zeitspanne sollst du ihn mit mir teilen. Du sollst sehen, wie ich sehe. Du sollst genießen, wie ich genieße. Du sollst die Macht mit mir teilen und mit mir den Wein meiner Siege trinken... Und wenn ich meine alte Stärke zurückerlangt habe, dann, Graydon, sollst du deinen Körper vollständig zurückbekommen... mehr noch, dann will ich dich unsterblich machen. Du sollst leben, solange die Sonne am Himmel aufgeht! Laß mich deinen Körper mit dir teilen, Graydon... starker Graydon!«

Das Wispern erstarb. Starker Wein strömte durch Graydons Adern. Eine heiße, betäubende und überwältigende Flut des Lebens. Er hörte das Donnern siegreicher Fanfaren! Er war Dschingis Khan, der mit seinen mongolischen Reitern ganze Königreiche in den Staub trat. Er war Attila, den seine siegtrunkenen Hunnen auf den Schild hoben. Er war der Makedonier Alexander, der das persische Weltreich vom Erdboden tilgte. Gierig trank Graydon vom Becher der Macht. Er war trunken von Weltherrschaft.

Trunken. Trunken? Wer wagte es, solche Worte vor Nicholas Graydon, dem Herrn der Welt, auszustoßen? Also gut, dann war er halt besonders guter Dinge. Vielleicht auch ein wenig trunken. Was für eine lustige Vorstellung: Wer wollte schon der Herr der Welt werden, wenn alles, was ihm das einbrachte, Trunkenheit war? Jeder konnte sich betrinken. Also konnte auch jeder Herr der Welt werden. Wie lustig... aber auch logisch... Er mußte dem Schatten von dieser lustigen Idee erzählen.

Plötzlich sah er sich selbst, wie er brüllend lachte. Er glotzte dumm nach links und nach rechts und hatte mit einemmal kein Bedürfnis mehr zu lachen. Er hatte die Hälfte der Strecke zum Thron zurückgelegt. Der Schatten hatte sich zu ihm heruntergebeugt, winkte ihm, nickte ihm zu, drängte ihn und wisperte...

Der Bann, der ihn gefangengenommen hatte, der Köder, der ihn wie einen Fisch angelockt hatte, all das fiel von ihm. Er verfluchte die Schattengestalt auf dem Thron und verfluchte noch mehr sich selbst. Rasender Zorn überkam ihn, als er zu der Steinbank zurückstolperte, sich darauf fallen ließ und das Gesicht unter zitternden Händen verbarg.

Wer hatte ihn gerettet? Nein, nicht sein Bewußtsein, nicht das, was er sein Selbst nannte. Eher etwas, das tief in seinem Unterbewußtsein saß. Etwas unbeeinflußbar Gesundes, das durch Ironisierung das Gift, das er so gierig trank, neutralisiert hatte. Und nun hatte Graydon Angst. Solche Angst, daß er sich aus reiner Verzweiflung zwang, den Kopf zu heben und dem Schatten ins Gesicht zu sehen.

Der Schatten starrte ihn an. Der gesichtslose Kopf war auf eine Hand aufgestützt. Graydon spürte die gleiche Verblüffung in Nimir wie vorhin, als er zum erstenmal versucht hatte, seine Verteidigung zu überwinden. Und er spürte auch infernalischen Zorn in seinem Gegenüber. Abrupt endeten beide Empfindungen, und an ihre Stelle traten Ruhe und tiefer Friede. Graydon wollte sich dagegen wappnen, begriff er doch, daß ihm hier eine neue Falle gestellt werden sollte. Aber die Ruhe ließ sich nicht zurückdrängen. Sie umschwappte ihn wie kleine Wellen, schien ihn zu streicheln und zu besänftigen.

»Graydon«, ertönte das Wispern wieder. »Du erfreust mich sehr, Graydon! Aber du tust unrecht daran, mich abzulehnen. Du bist stärker, als ich dachte, herrlicher Graydon, und das bereitet mir noch mehr Freude; denn der Körper, den ich mit einem anderen teilen will, muß sehr stark sein. Muß unerhört stark sein. Teile deinen Körper mit mir, Graydon!«

»Nein! Niemals, bei Gott nicht!« stöhnte Graydon und haßte sich dafür, nicht zu diesem Schattenwesen eilen zu wollen, um sich mit ihm zu vereinigen.

»Du irrst, Graydon! Ich will dir doch nichts Schlimmes tun. Wie könnte ich denn wollen, daß der wunderbare Körper, in dem ich mich wohl fühlen darf, geschwächt oder beschädigt würde? Was hält dich denn noch zurück? Erwartest du etwa Hilfe von Huon? Seine Tage sind gezählt. Dorina hat ihn Lantlu ausgeliefert, genau so, wie sie dich mir ausgeliefert hat. Noch vor dem Fest der Träumer wird Huons Lager dem Erdboden gleichgemacht sein. Und diesen jämmerlichen Fürsten und die Überlebenden seiner Bruderschaft verfüttert man an die Xinli, oder an mich...«

Das Wispern erstarb, so als habe der Schatten innegehalten, um zu beobachten, welche Wirkung seine Worte hervorriefen. Anscheinend wollte er auch testen, in welchem Grad Graydon bereits von

der Lethargie befallen war. Und der schien Nimir zu erfreuen: Der Abenteurer regte sich nicht, und sein Gesicht starrte weiter fasziniert und wie versteinert auf die Gestalt auf dem Thron.
»Leih mir deinen Körper, Graydon! Die Schlange kann dir nicht helfen, denn sie ist nur ein Weib, und nicht einmal ein Menschenweib. Leih mir deinen Körper, Graydon. Gleich ob du ihn mir gibst oder nicht, über kurz oder lang verfüge ich doch über einen Körper. Doch ich würde deinen Körper einem schwächeren vorziehen – ich will ihn doch nur borgen, Graydon, ihn mit dir teilen –, und es soll ja auch nicht für lange sein. Macht, Unsterblichkeit und Weisheit wie sie noch nie zuvor ein Mensch besessen hat! All das winkt dir zum Lohn! Leih mir deinen Körper, Graydon. Oder begehrst du vielleicht eine Frau? Aber was ist schon eine Frau im Vergleich zu denen, die du danach haben kannst! Sieh nur, Graydon, sieh sie dir nur an...«
Graydons benebelter Blick folgte der ausgestreckten Schattenhand. Er sah, wie die satanischen Blumen in dem Garten nickten und sich wiegten, so als würden sie tanzen. Er hörte ein Hexenlied, einen betörenden Choral mit Arpeggios von Lauten und Sistren – die Stimme des Gartens. Eine Brise stieg aus ihm auf und umarmte Graydon. Als er sein Aroma einatmete, durchströmte heißes Feuer sein Blut. Die wippenden Blumen und der blutrote Bach verschwanden. Das trübe Licht wie von rostenden schwarzen Atomen wurde hell und strahlend. Unmittelbar vor Graydons Füßen plätscherte lustig ein Rinnsal. An seinem anderen Ufer stand ein Hain aus Buchen und Birken. Und aus diesem strömten Frauen von unvergleichlicher Schönheit, weiße Nymphen, vollbusige Bacchantinnen, schlanke Dryaden. Verlangend streckten sie ihre Arme nach ihm aus, und ihre Blicke versprachen ihm überirdische Wonnen. Sie schwebten bis an den Rand des Bächleins, winkten ihm auffordernd zu und riefen mit süßen Stimmen nach ihm, die das Feuer in seinen Adern in die flammende Ekstase der Lust versammelten.
Großer Gott, was für Frauen. Die eine dort links mit dem bronzenen Haarkranz hätte die Hohepriesterin Tanith im alten Karthago

sein können. Und die andere rechts mit dem fließendem goldenen Haar war vielleicht Aphrodite selbst. Ach, jede einzelne von ihnen hätte die begehrenswerteste Houri in Mohammeds Paradies wie eine Küchenmagd aussehen lassen. Glühender wurde die Lava in seinen Adern ... er trat einen Schritt vor ...

Aber was war das? Das Mädchen dort, das etwas abseits von den anderen stand? Wer war sie? Sie hatte mitternachtsschwarzes Haar, das im Moment ihre Züge bedeckte. Und sie schluchzte. Warum weinte sie, wenn alle ihre Schwestern sangen und lachten und tanzten? Er erinnerte sich dunkel, einmal eine Frau mit solch wunderbarem Haar gekannt zu haben ... aber wer war das gewesen? Ganz gleich, wer sie war, niemand, der ihr ähnelte, durfte Tränen vergießen! Nicht weinen, Schöne ... wie war doch noch ihr Name gewesen?

Suarra!

Eine ungeheure Welle des Mitleids für dieses weinende Geschöpf durchwogte ihn und löschte alle Feuer in seinem Blut.

»Suarra!« rief er. »Suarra, du darfst nicht weinen!«

Kaum hatte er diese Worte ausgestoßen, durchfuhr ihn ein Schock. Die winkenden, tanzenden, lachenden und singenden Frauen verschwanden. Auch das Mädchen mit dem schwarzen Haar verging. Fort war auch der lustige Bach, und vergangen waren Buchen und Birken. Nur der teuflische Garten breitete sich verderbt vor ihm aus.

Nur wenige Schritte trennten ihn noch vom schwarzen Thron. Der Schatten stand und stützte sich mit beiden Händen auf den Lehnen ab. Er zitterte vor Erregung und wisperte:

»Leih mir deinen Körper, Graydon! All diese Frauen gehören dir, wenn du mir nur deinen Körper leihst! Gib ihn mir, Graydon. Graydon!«

»Gott der Allmächtige!« stöhnte Graydon. »Nein, du Teufel! Niemals!«

Der Schatten stand aufrecht. Er sandte eine Zorneswelle aus, die Graydon wie ein Keulenschlag traf. Er brach fast unter ihr zusammen und kroch rasch zu der Steinbank zurück. Als der Schatten

wieder seine Stimme erhob, war alle Schmeichelei aus ihr gewichen. Boshaft und schmerzhaft kalt waren seine Worte.
»Du Narr!« sprach Nimir. »Jetzt hör mir gut zu. Ich bekomme deinen Körper, Graydon! Strampel dich nur damit ab, mir zu widerstehen, ich bekomme ihn dennoch. Sobald du schläfst, werde ich, der keinen Schlaf kennt, in dich eindringen. Bekämpfe den Schlaf, die Erschöpfung wird nur deine Stärke erlahmen lassen. Ich werde in dich eindringen. Eine Weile bleibst du noch mit mir in deinem Körper, aber wie ein verdammter Sklave! Das, was du wieder und wieder zu sehen bekommst, wird dich so quälen, daß du mich anflehst, dich aus deinem Körper zu vertreiben und zu vernichten. Und weil dein Körper mich erfreut, werde ich gnädig sein und dir eine Hoffnung geben: Sobald ich deiner Gesellschaft überdrüssig bin, werde ich dich vernichten. Zum letzten Mal: Willst du dich mir unterwerfen? Leih mir deinen Körper, gib dich mir hin, teile den prächtigen Leib mit mir – nicht als Sklave, sondern als Herr über all das, was ich dir versprochen habe!«
»Nein«, sagte Graydon unerschütterlich.
Ein Wirbel entstand auf dem schwarzen Thron. Dann war er leer. Aber immer noch wirbelten die schwarzen Atome über der Plattform, und obwohl der Thron unbesetzt wirkte, wußte Graydon, daß dem nicht so war. Die Dunkle Macht war immer noch präsent und beobachtete ihn.
Wartete auf den geeigneten Moment zum Zuschlagen!

Graydon saß reglos wie ein steinernes Wesen auf der Bank. Wie viele Stunden mochten vergangen sein, seit der wispernde Schatten zum letztenmal zu ihm gesprochen hatte? Sein Körper war wie gelähmt, nur sein Geist war wach, hellwach sogar. Graydon hatte keinen Kontakt mehr zu seinem Körper. Sein Geist war wie ein unermüdlicher Wächter auf einem schlafenden Turm. Wie ein unlöschbares Licht in einer dunklen Burg. All seine Kraft hatte sich auf sein waches Bewußtsein konzentriert. Er spürte weder Hunger noch Durst. Er dachte nicht einmal mehr. Das, was ihn ausmachte, hielt durch. Hatte sich völlig in sich selbst

zurückgezogen. War unbesiegbar geworden in einer zeitlosen Welt.
Das war nicht von Anfang an so gewesen. Graydon war müde geworden, und er hatte den Schlaf bekämpft. Er hatte gedöst und hatte noch genug gespürt, um mitzubekommen, wie der Schatten ihm nahe gekommen war, ihn berührt und seine verbliebene Widerstandskraft erprobt hatte. Mit letzter Kraft hatte er Nimir zurückgestoßen. Dann hatte er sich darauf konzentriert, alles um ihn herum aus seinem Bewußtsein zu verdrängen und an dessen Stelle Bilder von gesunden Erinnerungen zu setzen. Wieder hatte ihn Schlaf beschlichen. Er war erwacht und hatte sich auf allen vieren wiedergefunden, wie er gerade zum schwarzen Thron kroch. Panikartig war er zur Bank zurück geflohen, hatte sich auf sie geworfen und sich mit beiden Händen wie ein Schiffbrüchiger auf einer Planke an ihre Seiten geklammert.
Ihm wurde klar, daß auch dem Schatten Grenzen gesetzt waren, daß dieser seinen Körper nicht erobern konnte, solange er sich nicht an seinem Thron befand oder er sich ihm aus eigenem Willen ergeben würde. Solange Graydon bei der Bank blieb, war er sicher. Nachdem er das begriffen hatte, wußte er, daß er es nicht mehr wagen durfte, die Augen zu schließen.
Er fragte sich, ob er die Schlangenmutter erreichen konnte, wenn er sein ganzes Bewußtsein auf sie richtete. Wenn er nur den Armreif zu fassen bekommen könnte und dann seinen Blick darauf konzentrierte... ja, dann mochte es möglich sein. Aber der Ärmel des Kettenhemdes saß zu eng darüber. Er bekam den Reif nicht frei. Und was, wenn sie sich wie damals im Traum bei ihm meldete? Wäre er dann nicht ungeschützt und böte dem Schatten die beste Möglichkeit, ihn zu übernehmen? Kalter Schweiß tropfte von seiner Stirn. Verzweifelt verbannte er die Schlangenmutter aus seinen Gedanken.
Er erinnerte sich an den Revolver unter seiner Achselhöhle. Wenn er den erreichen könnte, wäre das seine letzte Rettung. Auf jeden Fall könnte er damit den Schatten davon abhalten, in ihn einzudringen. Er würde Nimir nicht viel nutzen, wenn Graydon sich das

Gehirn hinausschießen würde. Aber in dem Kettenhemd fand sich keine Öffnung, durch die er das Halfter hätte erreichen können. Er fragte sich, ob er durch irgendeinen Trick die Echsenmenschen, sobald sie wieder hier auftauchten, dazu bewegen könnte, ihn zu entkleiden. Er würde Zeit genug haben, die Waffe an sich zu bringen, bevor sie sie ihm abnehmen konnten.

Danach hatte sich sein Bewußtsein allmählich in die unbezwingbare Geistesfestung zurückgezogen. Bald fürchtete er den Schlaf nicht mehr. Schlaf war nur noch etwas aus einer anderen Welt. Er fürchtete nichts mehr. Sollte dieser Wächter, der die Essenz seines eigenen Ichs war, jemals von seinem Posten weichen, würde er damit einen toten Körper zurücklassen. Und der besäße für Nimir keinerlei Wert mehr. Graydon war sich dessen bewußt, und er war es zufrieden so.

Das wirbelnde Licht um den schwarzen Thron verdichtete sich, genau so wie vor Stunden – oder Tagen? –, als der Schatten zum erstenmal vor ihm aufgetaucht war. Wieder zunächst konturlos nahm er bald Formen an und verdichtete sich zu einer Gestalt. Graydon sah mit der Gleichgültigkeit eines zufälligen Beobachters zu.

Nimir beachtete ihn nicht, wandte ihm nicht einmal den gesichtslosen Kopf zu. Ebenso reglos wie Graydon auf der Bank saß er auf dem Thron und blickte auf die trübe Lichtmauer, in der die Urd verschwunden waren. Dann hob der Schatten die Hand wie zu einem Befehl.

Dumpf ertönten Schritte von etlichen Echsenmenschen. Ein leiser Chor von Zischlauten, der rasch lauter wurde. Graydon wandte nicht den Kopf, um dorthin zu schauen. Er hätte es auch nicht gekonnt, selbst wenn er es gewollt hätte. Die Schritte kamen näher und blieben endlich stehen. Auch das Zischen verstummte. Nur der Körpergeruch der Urd waberte in sein Bewußtsein.

Dann stieg der Mann mit der Echsenmaske die Rampe hinauf.

Der scheußliche Schädel ruhte auf breiten Schultern, und der Körper war kräftig, beweglich und in einen eng anliegenden grü-

nen Anzug gekleidet. In der Hand trug der Mann eine Riemenpeitsche. Er schenkte Graydon keinerlei Aufmerksamkeit und marschierte bis zum Fuß des Throns, wo er sich tief vor dem Schatten verbeugte.
»Heil, Herr! Heil, Dunkler Meister!« Die Stimme, die aus dem Echsenkopf kam, war melodiös und etwas zu selbstsicher. Die Arroganz war eine der stärksten Eigenschaften dieses Mannes. »Ich habe Euch ein weiteres Gefäß für den Wein Eures Geistes mitgebracht.«
Es kam Graydon nun so vor, als würde der Schatten den Mann mit der Echsenmaske derart bösartig anstarren, daß der um sein Leben fürchten müßte. Aber der Mann schien nichts davon zu bemerken, und die Stimme des Schattens war voller Süße, als er zu ihm sprach.
»Ich danke dir, Lantlu.«
Lantlu! Graydons innere Ruhe drohte zu zerbrechen. Doch noch im selben Augenblick faßte er sich wieder, und keinen Moment zu früh, denn schon hatte der Schatten sich ihm zugewandt und wirkte wie ein Angler, dessen Leine zuckt, weil der Fisch gerade in den Köder gebissen hat.
»Ich bin dir wirklich sehr verbunden, Lantlu«, sagte Nimir, »aber ich denke, ich habe das perfekte Gefäß schon gefunden. Es wandelt sich gerade ein wenig auf dem Rad, da es sich einbildet, für andere Zwecke geschaffen zu sein.«
Lantlu starrte Graydon mit den roten Augen seiner Maske an und trat auf ihn zu.
»Ah ja«, sagte er, »dieser Narr von einem Hoffnungsträger, der von draußen gekommen ist und Yu-Atlanchi von Euch und mir befreien soll, Herr! Der sich mit dem Tölpel Huon zusammengetan hat, um unsere Macht zu brechen. Der sich durch die Nacht schleicht, um seine Liebste zu treffen. Seine Liebste, pah! Du Hund wagst es, deine Augen auf jemanden zu richten, auf den ich bereits mein Siegel gedrückt habe! Und mit deinen widerwärtigen Lippen die von Suarra zu besudeln! Du Nichts! Und Schande über Suarra. Dafür hätte sie es verdient, sich mit den Urd paaren zu

müssen. Nun, nachdem ich sie genommen habe, werde ich sie wohl meinen Echsenfreunden überlassen.«
Das brachte Graydons Geistesfassung erheblich ins Wanken. Er spürte wieder seinen Körper und spannte die Muskeln, um Lantlu an den Hals zu fahren. Fast hörbar schlossen sich jedoch kurz darauf die Tore seines Geistes wieder. Der abgehobene Geist nahm erneut seine Wächterhaltung ein, und er war gegen jeden Angriff gefeit. Auch diesmal tat er dies keinen Augenblick zu früh; denn selbst noch in der Geistesfestung spürte er die Finger des Schattens an sich. Und wie in Flammenschrift tauchte in seinem Bewußtsein die Mahnung auf, nicht wieder auf irgendeine Äußerung zu reagieren, ganz gleich, wie empörend oder erregend sie auch sein mochte. Andernfalls würde der Schatten nicht zögern, ihn augenblicklich zu übernehmen!
Lantlu hob seine Peitsche, holte damit aus und wollte sie Graydon ins Gesicht schlagen.
»Was?« entfuhr es ihm, »nicht einmal das kann dein Blut in Wallung bringen? Nun, vielleicht hilft dir etwas anderes auf die Sprünge!«
Er holte aus...
»Halt!« Das Wispern vom Thron klang wütend. Lantlus Arm wurde zurückgerissen, als wenn ein Titan sie gepackt hätte, und die Peitsche fiel zu Boden.
»Du darfst diesen Mann nicht berühren! Ich, der Schatten von Nimir, befehle das!« Die Stimme klang so, als habe die Bedrohung eine eigene Sprache gefunden. »Dies ist *mein* Körper, und du sollst es nicht wagen, ihn zu schlagen! Meinen Körper, den du entstellen wolltest! Manchmal strapazierst du wirklich meine Nerven, Lantlu. Hüte dich davor, mich noch einmal zu erzürnen!«
Lantlu bückte sich, und als er die Peitsche aufhob, zitterte seine Hand. Graydon wußte nicht, ob Furcht oder der Zorn über die Demütigung ihn so durcheinander brachte. Doch dann reckte er wieder das Kinn, und in seiner Stimme war die alte Arroganz.
»Jeder nach seinem Geschmack, Herr und Gebieter. Da Euch dieser Körper zusagt, nehme ich an, daß mein Urteil über Suarra doch

nicht so streng ausfallen sollte. Allerdings würde ich keinen solchen Körper erwählen, wo Ihr doch in der Blüte von Yu-Atlanchi nach dem stärksten und besten Ausschau halten könntet.«
»Zu einem Körper gehört mehr als bloß die Fassade, Lantlu«, entgegnete der Schatten höhnisch. »Genau so wie mehr zu einem Kopf gehört als bloß die Schädelknochen. Und das ist auch der Grund, warum er nun über dich Sieger geblieben ist, obwohl du frei warst und er in Ketten. Ich hätte eigentlich geglaubt, daß ich dir dies nicht alles zu erklären brauchte.«
Lantlu zitterte vor Zorn, und seine Hand schloß sich fest um den Peitschenknauf. Aber er behielt sich in der Gewalt.
»Nun«, sagte er, »er wird die Früchte seiner Torheit noch zu kosten bekommen. Das Gefäß, das ich Euch mitgebracht habe, Gebieter, ist der Mann, den die Verräter dazu auserkoren hatten, diesem Euren Auserwählten Schutz und Obdach zu gewähren.«
Lantlu stieß einen kurzen Pfiff aus. Zwei Echsenmänner schleppten einen Yu-Atlancher die Rampe hinauf, der so groß war wie Lantlu. Alle Schönheit in seinem Gesicht war von Furcht verzerrt. Das gelbe Haar klebte an seinem Kopf. Er starrte auf die Schattengestalt auf dem Thron, als glaubte er, sich in einem Alptraum zu befinden. Schaumflocken lösten sich von seinen Lippen.
»Kommt, Cadok, so kommt doch!« lachte Lantlu. »Ihr wißt wohl die Ehre nicht zu würdigen, die wir Euch antun wollen. In kaum einem Atemzug werdet Ihr nicht mehr Cadok sein. Dann wohnt der Dunkle Fürst Euch inne. Eine Apotheose wird Euch zuteil, Cadok. Ihr seid dann der erste und einzige Yu-Atlancher, der je zum Gott erhoben wurde! Lächelt doch, Freund, lächelt über solche Gunst!«
Graydon glaubte während dieser höhnischen Worte von Lantlu entdeckt zu haben, daß der unsichtbare Blick des Schattens düster und verärgert auf der Echsenmaske gehangen hatte. Aber als Nimir sprach, waren keine dunklen Gefühle in seiner Stimme.
»Ich bin mir sicher, daß dieses Gefäß zu schwach für mich ist.« Der Schatten beugte sich vor und studierte unberührt den bebenden Yu-Atlancher. »Ich bräuchte mich gar nicht erst in ihn zu ergie-

ßen, Lantlu, denn dort auf der Bank sitzt der Körper, den ich begehre. Dennoch will ich Cadok versuchen... Ich fürchte, ich bin es ein wenig müde geworden, nur Schatten zu sein... und wenn schon nichts anderes, so wird Cadoks Hülle mich erfrischen...«
Lantlu lachte kalt und grausam und gab den Echsenmännern ein Zeichen. Sie rissen Cadok die Kleider vom Leib, bis er splitternackt dastand. Der Schatten winkte ihm näher zu kommen. Lantlu versetzte ihm einen Stoß.
»Vorwärts zu deiner höchsten Ehrung, Cadok!«
Dann waren Cadoks Züge plötzlich frei von aller Angst und allem alptraumhaften Entsetzen. Sein Gesicht wurde klar und rein wie das eines Kindes. Aber dann rollten Kullertränen über seine Wangen. Die Augen starrten wie gebannt auf den winkenden Schatten, als Cadok auf den schwarzen Thron zu schritt und ihn bestieg.
Der Schatten hüllte ihn vollständig ein.
Einige Sekunden lang konnte Graydon nichts mehr erkennen bis auf einen leuchtenden Nebel, in dem sich Cadok wie von Sinnen wand. Der Nebel umschloß ihn fester, zwang sich in den kräftigen Körper hinein. Die große Brust des Yu-Atlanchers schwoll an, und seine Muskeln verkrampften sich in Agonie.
Bald schien der ganze Leib zu expandieren, als wollte er zusätzlichen Platz für den Teil des Nebels finden, der noch nicht Eingang in ihn gefunden hatte. Die Umrisse des nackten Körpers schienen sich aufzulösen, wurden wolkig und bildeten die Synthese aus Fleisch und Nebel, die sich deutlich von den wirbelnden Atomen abhob.
Cadoks Gesicht schmolz, verschwamm und verlief, um sich dann neu zu gruppieren.
Endlich zeigten sich auf dem verzerrten und gequälten Gesicht die Züge vom steinernen Antlitz!
Aber nun waren sie nicht mehr aus Stein.
Sondern lebendig.
Die funkelnden hellblauen Augen betrachteten neugierig die Höhle, so als sähen sie alles zum erstenmal. Die Urd hatten sich auf den Boden geworfen, lagen auf dem Bauch und verbargen ihre

Gesichter. Als Nimirs Blick auf Lantlu fiel, grinste er satanisch. Und als er Graydon entdeckte, sah er ihn triumphierend an.
Abrupt verschrumpelte Cadoks Körper und brach zusammen. Er zuckte spastisch und rollte schließlich vom Thron auf die Plattform. Dort blieb er verzerrt liegen. Er hatte noch die Hälfte seiner ursprünglichen Größe.
Auf dem Thron saß wieder der Schatten.
Aber nun wirkte Nimir weniger angespannt und deutlich gestärkt, so als habe das, was Cadoks verkümmertem Körper nun fehlte, Eingang in ihn gefunden und ihm Kraft gegeben. Der Schatten schien zu atmen. Das luziferische Gesicht war immer noch in ihm zu erkennen, und die hellblauen Augen glitzerten weiter.
Wieder lachte Lantlu kalt und pfiff. Die beiden Urd auf der Plattform eilten zu Cadoks Körper, trugen ihn in den Garten des Bösen und warfen ihn dort in den blutroten Bach.
Lantlu hob die Hand und salutierte nachlässig vor dem Thron. Dann wandte er sich auf dem Absatz um, bedachte Graydon nicht mit einem einzigen Blick und marschierte davon. Das Urd-Rudel folgte ihm.
»Nicht du bist der Narr, sondern er ist es«, wisperte der Schatten. »Im Augenblick leistet er mir brauchbare Dienste, aber sobald ich... Es wäre besser, du würdest mir deinen Körper leihen, Graydon, als daß ich ihn mir mit Gewalt nehmen müßte. Ich werde dich keinesfalls so behandeln wie Cadok. Leih mir deinen Körper, Graydon! Ich will dir keinerlei Schmerzen bereiten. Und ich will dich nicht vernichten, wie ich es angedroht habe. Wir wollen Seite an Seite in ihm wohnen. O was ich dir alles beibringen kann, Dinge, die du nie für möglich gehalten, die du dir nie erträumt hättest. Nach nicht allzu langer Zeit wirst du verwundert auf den Mann zurückschauen, der du jetzt bist, und wirst dich fragen, warum du dich eigentlich gegen mich gesträubt hast. Denn nie zuvor hast du Dinge erlebt, wie du sie zusammen mit mir erleben sollst. Graydon, kein Mann, der je auf Erden lebte, kann sich rühmen, jemals solche Erfahrungen gemacht zu haben, wie sie dir bevorstehen! Leih mir deinen Körper, Graydon!«

Aber Graydon gab ihm keine Antwort.
Der Schatten lachte wispernd, waberte und verschwand.
Graydon wartete, wartete wie ein Hase in seinem Bau, der mitbekommen hat, daß der Fuchs sich vom Eingang entfernt hat, aber sicher irgendwo anders auf ihn lauert. Nach einer Weile glaubte er, sicher sein zu können, daß Nimir verschwunden war. Nichts von ihm befand sich noch in dieser Höhle. Keine unsichtbare Macht wartete nur darauf, zuschlagen zu können. Graydon entkrampfte sich, stellte sich auf taube Füße und Beine und kämpfte gegen einen starken Brechreiz an.
Während er mehr oder weniger wacklig dastand, spürte er eine Berührung an seinen Füßen. Graydon sah nach unten und bemerkte einen langen und sehnigen Arm, der mit rotem Flaum bedeckt war. Lange, nadelartige Finger betasteten die Fußschelle, ließen sie endlich aufschnappen, krochen dann zum anderen Fuß weiter und öffneten auch hier die Fessel. Graydon stand die ganze Zeit nur da und glotzte blöde und fassungslos auf das, was sich da an seinen Füßen tat.
Ein Gesicht tauchte auf: kein Kinn, rote Elfenlocken, die über eine fliehende Stirn fielen, und goldene Augen, die ihn traurig ansahen.
Das Gesicht von Kon, dem Spinnenmann!

XVI

Die bemalten Wände

Kons Gesicht verzerrte sich zu etwas, das man mit einiger Mühe als aufmunterndes Lächeln interpretieren konnte. Graydon, der von seiner schweren Prüfung noch ganz betäubt war, ließ sich auf Hände und Knie fallen. Kon fuhr einen zweiten Arm aus und hob den Abenteurer so leicht hoch, als handele es sich bei ihm um eine Stoffpuppe. So grotesk dieses Wesen auf den ersten Blick auch wirken mochte, in diesem Moment war er für Graydon schöner und wunderbarer als all die Phantomfrauen zusammen, die ihn fast in Nimirs Netz gelockt hätten. Er legte die Arme um die haarigen Schultern und hielt sich dort fest. Der Spinnenmann klopfte ihm mit seinen kleinen Oberhänden auf den Rücken und stieß fremdartige, beruhigend gemeinte Klicklaute aus.

Aus dem Garten ertönte ein schrilles Summen wie von Tausenden wütender Bienen. Die Blumen und Bäume bogen sich, als würde ein stürmischer Wind durch die Anlage blasen. Kon warf aus großen Augen einen besorgten Blick dorthin, hielt Graydon noch fester und eilte mit ihm von der Plattform. Das Summen aus dem Garten wurde schriller und lauter, wurde drohend und befehlend.

Als sie um eine Ecke der Plattform bogen, entdeckte der Abenteurer, daß es sich bei der Plattform in Wahrheit um einen ausgehauenen Alkoven handelte, geformt aus der Vorderseite eines vorspringenden Felsbrockens, der wie ein Schiffsbug in die rote Höhle hineinreichte. Eine glatte Klippe aus schwarzem Fels ragte davon ab.

Am Fuß dieser Klippe warteten zwei weitere Spinnenmänner. Dank ihrer roten Behaarung waren sie in dem rötlichen Schimmer kaum auszumachen. Sie erhoben sich, als Kon auf sie zu eilte. Graydon hatte das sonderbare Gefühl, in eine Art von Spiegelkabinett geraten zu sein, als die beiden ihn mit ihren traurigen goldenen Augen ansahen; so als seien nicht nur ein, sondern drei Kons zu seiner Rettung gekommen. In ihren vier Mittelarmen hielten sie Metallstangen ähnlich der an Regors Arm, aber im Gegensatz dazu besaßen diese Griffe und liefen in einer keulenartigen Verdickung mit spitzen Dornen aus. Sie reichten Kon zwei von diesen Waffen. In das schrille Summen aus dem Garten hatte sich nun ein zischender Unterton gemischt, der noch weit weg schien, aber rasch näher kam. Das Kriegsgeschrei der Urd.

Graydon wand sich in Kons Armen und bedeutete ihm, ihn abzusetzen. Aber der Spinnenmann schüttelte nur den Kopf. Er klickte den beiden anderen etwas zu, griff die beiden Metallstangen, stellte sich auf vier von seinen stelzenartigen Beinen und bog von der Klippe ab. Er eilte auf die Wand aus trübem Licht zu, die etwa achthundert Meter entfernt lag. Die zwei Kameraden flankierten ihn zu beiden Seiten. Die Spinnenmänner liefen fast so schnell wie Rennpferde. Dann drangen sie in den rötlichen Nebel ein. Das Summen und Zischen schwächte sich zu einem dumpfen Brummen ab und war bald überhaupt nicht mehr zu hören.

Vor ihnen trat eine Barriere aus rotem Fels aus dem Nebel und ragte wohl bis zur nicht mehr auszumachenden Decke hinauf. An ihrem Fuß lagen große Felsbrocken zwischen Hunderten von kleineren Steinen. Glatte und ockerfarbene Stücke, die sonderbar gleich geformt waren. Die Spinnenmänner verlangsamten deutlich ihren Lauf und suchten die Barriere ab. Plötzlich hatte Graydon den Geruch der Echsenmenschen in der Nase und begriff augenblicklich, um was es sich bei den gleich geformten Steinen handelte.

»Kon!« rief er und zeigte voraus. »Die Urd!«

Nun kam Bewegung in die Steine. Die Echsenmenschen sprangen auf und stürmten auf die Spinnenmänner zu. Sie zischten, ihre roten Augen glühten, und von ihren Fängen tropfte der Geifer.

Bevor sie sich woanders hinwenden konnten, waren die Urd schon über ihnen. Kon blieb stehen und schwang die beiden Arme mit den Keulen. Seine Kameraden stellten sich auf die Hinterbeine und wehrten sich mit jeweils vier Armen. Sie fuhren wie Windmühlenflügel durch die ersten Reihen des Rudels und mähten sie nieder. Dann stellten sie sich in Dreiecksformation auf und deckten sich gegenseitig den Rücken. Kon setzte Graydon im Zentrum dieser Formation ab und klickte ihm warnend zu. Und schon fuhren wieder die Metallstangen durch die Luft und zerschmetterten wahllos die Echsenschädel der Urd. Die Angreifer hatten mit ihren Stummelarmen keine Chance, die todbringenden Spinnenbeine zu unterlaufen.

Kämpfend zogen sich die Spinnenmänner am Fuß der Felswand entlang zurück. Graydon hatte bald kaum noch Gelegenheit, den Fortgang der Schlacht zu beobachten, denn er hatte viel zuviel damit zu tun, nicht über die zuckenden Echsenmänner zu stolpern, die sich zuhauf am Boden wanden. Er hörte einen scharfen Ruf von Kon, spürte seine Arme und wurde hochgehoben. Die Spinnenmänner rannten los und wateten durch die Angriffswellen der kleinen Urd. Sie klickten triumphierend, weil die Echsenmänner sie nicht aufhalten konnten. Ihr wütendes Zischen und das Trampeln ihrer ledrigen Füße wurde rasch leiser.

Nach einer Weile verlangsamten die Spinnenmenschen ihren Schritt, während Kon die anscheinend endlose Felsböschung studierte. Endlich blieb er stehen, setzte Graydon ab und zeigte auf die Wand. Hoch oben befand sich im roten Fels ein ovaler schwarzer Stein. Der Spinnenmann eilte zu ihm hinauf und betastete ihn mit seinen dünnen Fingern. Dann klickte er zufrieden und winkte Graydon zu.

Kon streckte einen Arm aus, spreizte auf dem Fels die Finger und drückte mit dem Handballen auf den Stein. Dreimal machte er das. Dann bedeutete er Graydon, seine Hände auf die Stellen zu pressen, die seine Nadelfinger gedrückt hatten. Graydon begriff. Er zeigte dem Abenteurer, wo sich ein verborgener Mechanismus befand, den er selbst mit seinen zu spitzen Fingern nicht auslösen konnte. Graydon drückte, wie ihm gezeigt worden war.

Ein Stein bewegte sich langsam wie ein Vorhang nach oben und enthüllte einen dunklen Tunnel. Kon gab seinen Kameraden ein

Zeichen, und die beiden liefen vorsichtig in die schwarze Öffnung. Bald kehrten sie zurück und berieten sich mit Kon. Der Spinnenmann klopfte Graydon auf den Rücken, zeigte auf den Tunnel und folgte dem Abenteurer dort hinein. Kaum war er eingetreten, da tastete Kon so lange die Innenwand des Tunnels ab, bis er gefunden hatte, was er suchte. Und erneut zeigte er Graydon, wo er zu drücken habe. Der Vorhang senkte sich wieder und versetzte die vier in völlige Dunkelheit.
Dunkelheit schien den Spinnenmännern genausowenig Schwierigkeiten zu bereiten wie den Echsenmenschen, denn sie rannten unbehindert los. Panik befiel Graydon, daß sie vielleicht nicht begreifen konnten, wie hilflos er ohne Licht war, und ihn deshalb zurücklassen würden. Doch bevor er ihnen nachschreien konnte, waren Kons Arme schon da, hoben ihn hoch und trugen ihn davon.
Endlos liefen sie durch die Dunkelheit. Graydon bemerkte, wie rings um ihn herum sehr feiner Staub aufwirbelte; so fein, wie nur die Mühlsteine von Äonen ihn mahlen konnten. Er sagte sich, daß dieser Gang nie von den Urd oder von anderen benutzt wurde. Anscheinend hatten die Spinnenmänner das auch bemerkt, denn ihr Schritt wurde schneller und sie fühlten sich sicherer.
Die Dunkelheit nahm einen Grauton an. Nun konnte Graydon auch matt die Wände des Ganges ausmachen. Sie gelangten in eine immense Kammer, die direkt aus dem Fels gehauen war. So trübe das Licht hier auch sein mochte, es kam Graydon vor wie heller Sonnenschein. Das Licht drang aus Ritzen am jenseitigen Ende der Kammer herein. Auf dem Boden lag dick der feine Staub.
In der Mitte des Raumes befand sich ein großes, ovales Becken, in dem Wasser schimmerte. An seinen Rändern hockten etliche graue Gnome, die sich jedoch nicht regten. Die drei Spinnenmänner berieten sich intensiv und warfen immer wieder einen verwirrten Blick auf die Gestalten. Graydon hingegen ging zum Bassin und berührte einen der hockenden Gnome. Sie waren aus Stein. Dann betrachtete er die Statuen genauer. Es handelte sich bei ihnen um die Abbilder von haar- und schwanzlosen grauen Affen. Ihre langen Oberlippen hingen über den Mündern herab,

und bei jedem war das Kinn wohl ausgeformt. Die sehnigen, schmalen Hände an ihren langen Armen klammerten sich um die Steine, auf denen diese Wesen saßen. Ihre Stirnen waren zwar fliehend, aber unzweifelhaft humanoid. In den steinernen Augenhöhlen waren Edelsteine eingelassen, die an rauchige Topase erinnerten. Mit diesen starrten sie auf das Becken, und in ihrem Blick war die gleiche Verwirrung und Melancholie wie in den goldenen Augen von Kon und seinen Kameraden.

Graydon schritt die Formation ab und entdeckte, daß hier sowohl weibliche wie auch männliche Affen vorhanden waren. Alle trugen eine Krone. Vor einer blieb er stehen und beugte sich zu ihr hinab. Die Kronen waren Miniaturabbildungen der Schlangenmenschen beiderlei Geschlechts. Ihre Reptilienleiber wanden sich um die Köpfe der grauen Affen und erinnerten so an die Sonnenschlange auf der Ureus-Krone der Pharaonen.

Eine Treppe mit gelben Marmorstufen führte in das Becken hinab.

Nachdenklich ging Graydon zu einer der Ritzen in der Wand. Beim Näherkommen entdeckte er, daß hier ein ganzer Teil des Raums weggerutscht war; wahrscheinlich von derselben Macht bewerkstelligt – einem Erdbeben oder einer Bodensenkung –, die auch die Spalten und Ritzen in der Endwand hatte entstehen lassen. Graydon trat an einen Spalt heran. Er äugte hindurch und sah hinaus auf die Ebene mit den Monolithen jenseits der Grenze. Diese Kammer mußte sich am äußersten Rand des himmelhohen Walls befinden.

Die Sonne stand schon niedrig; oder ging sie gerade erst auf? Wenn letzteres zutraf, hatte er eine ganze Nacht bei dem Schatten zugebracht. Seltsam, eigentlich war ihm die Zeit dort viel länger vorgekommen. Er starrte noch eine Weile hinaus, bis er Gewißheit hatte. Nein, die Sonne sank. Sein furchtbares Erlebnis hatte eine Nacht und einen Tag angedauert.

Er drehte sich zu Kon und seinen Kameraden um. Ich gleichen Moment wurde ihm klar, daß er Hunger und Durst verspürte. Unter dem Lichteinfall aus den Ritzen und Spalten war die Wand,

durch die die vier gekommen waren, deutlich zu sehen. Als sein Blick auf sie fiel, vergaß er augenblicklich Hunger und Durst.
Sie war etwa dreihundert Meter lang und vom Boden bis an die Decke mit Gemälden bedeckt. Bilder von längst vergessenen Meistern, so detailreich wie die Michelangelos, voller geheimnisvoller Schönheit wie die von El Greco, so lebensecht wie die von Holbein und so bunt wie die von Botticelli. Phantastische Darstellungen, die eine Graydon unbekannte Welt wiedergaben. Aber nichts an ihnen zeigte Unwirkliches oder Erträumtes. Er rannte zu der Wand hin.
Hier war eine Stadt mit rosafarbenen Kristallkuppeln und Straßen, die von schuppigen, roten und grünen Bäumen gesäumt wurden. Über sie eilten graue Affenmenschen, die in Körben auf dem Kopf Schlangenmenschen trugen.
Dort war eine Nachtszene abgebildet. Die Sterne blickten auf Felder hinab, die mit blaßgrün strahlenden Ringen bedeckt waren, durch die sich die Schlangenmenschen in einem geheimnisvollen Ritual bewegten.
Etwas Merkwürdiges war an den Sternkonstellationen. Graydon sah genauer hin. Der Große Bär hatte eine ganz andere Form. Die vier Sterne, die heute in einem Viereck zusammenstanden, waren viel näher aneinander abgebildet. Und beim Skorpion waren die Scheren nicht als Bogen, sondern als gerade Sternenreihe dargestellt.
Wenn dieses Bild die Tatsachen wiedergab, zeigte es einen Nachthimmel, wie er vor vielen hunderttausend Jahren ausgesehen haben mußte. Wie viele Äonen waren vergangen, bis die fernen Sterne sich in die Positionen geschoben hatten, die sie heute einnahmen? Die Vorstellung machte Graydon halb benommen.
Auch an der Darstellung der Schlangenmenschen fiel ihm etwas Eigentümliches auf. Sie wirkten bei weitem nicht so menschlich wie die Schlangenmutter. Ihre Köpfe waren länger, flacher und in den Zügen reptilienhafter. Und die Körper über dem Schlangenleib waren eher mit denen von Dinosauriern verwandt. Unzweifelhaft waren diese Wesen eine Echsenabart. Graydon hielt das

nicht für absonderlich. In verschiedenen Umgebungen ist die Evolution von nahezu jeder Art zum Intelligenzwesen denkbar. Er begriff, daß erst der abrupte Übergang von Schlange zu Menschenfrau unverständlich war.
Und schon packten Graydon Zweifel. Hatte er Adana so gesehen, wie sie wirklich aussah, oder vermochte sie durch eine unbekannte Kraft des Willens beliebige Bilder in den Köpfen von denen entstehen zu lassen, die sie ansahen? Waren der mädchenhafte Oberkörper und das herzförmige, wunderschöne Gesicht nichts als eine Illusion? Graydon kehrte zu dem Bassin zurück und studierte die Kronen der Affen. Sie glichen den Schlangen auf dem Bild an der Wand. Er verglich sie mit der Abbildung auf seinem Armreif. Diese wiederum stammte von einem Künstler, der die Schlangenmutter genau so gesehen hatte wie Graydon auch.
Nachdenklich kehrte er zu der Gemäldewand zurück. Lange betrachtete er eine Darstellung eines endlosen Moorlandes, durch das monströse Wesen wateten. An manchen Stellen ragten nur Köpfe an langen Hälsen aus dem Sumpf und suchten die Umgegend ab. Darüber zogen Flugechsen mit ledrigen, fledermausartigen Schwingen ihre Bahn.
Das nächste Bild zog Graydon noch länger in Bann. Dasselbe Moorland schien hier abgebildet zu sein. Im Vordergrund hielt sich eine Gruppe von Schlangenmenschen auf. Sie lagen zusammengerollt um eine sehr große Kristallscheibe herum. Diese schien sich langsam zu drehen. Überall im Sumpf flogen flammende Schattengestalten und kämpften mit den Monstern. Sie hatten einen weißglühenden Kern, von dem zwei nebelhaft strahlende Schwingen abgingen. Diese Wesen schienen abrupt aus dem Nichts aufzutauchen, um dann auf die Monster niederzufahren und sie mit ihren strahlenden Schwingen zu umhüllen.
Und dort war eine andere Stadt... die Stadt am See. Aber keine Berge schlossen sie ein. Graydon machte sich klar, daß dies das Ur-Yu-Atlanchi sein mußte, aus der die Schlangenmenschen und die, die sie aufgezogen hatten, geflohen waren, weil das Eis so ungestüm herankroch, daß alle ihre geheimen Künste dagegen nichts

ausrichten konnten... Er sah eine Flotte von fremdartigen Schiffen. Eines von ihnen wehrte sich verzweifelt gegen den Angriff einiger Seeungeheuer, die so gewaltig waren, daß ihre Schädel höher als die Masten aus dem Wasser ragten.
Die Geschichte einer verlorenen Welt befand sich an dieser Wand. Die bildhafte Aufzeichnung einer verlorenen Ära der Erdgeschichte.
Graydon sah sich weiter um und entdeckte, daß einst alle vier Wände dieser Kammer bemalt gewesen sein mußten. An zwei Wänden war jedoch kaum noch etwas davon zu erkennen. Und an der Endwand waren heute nur noch Spalten und Ritzen. Eine Naturkatastrophe hatte dort alle Darstellungen restlos vernichtet. Nur die letzte Wand, die, durch die die vier gekommen waren, war noch relativ gut erhalten.
Warum war diese Kammer angelegt worden? Und warum kümmerte sich heute niemand mehr um sie?
Plötzlich fiel Graydon sein Durst wieder ein. Er kehrte zum Bassin zurück. Als er einen Warnlaut von Kon hörte, zeigte er auf das Wasser und dann auf seinen Hals. Um gar keinen Zweifel mehr aufkommen zu lassen, rieb er sich auch noch über den Bauch und machte mit dem Mund Schluckbewegungen. Der Spinnenmann nickte, eilte zu den gelben Stufen und trippelte sie hinunter. Er tauchte eine Hand ins Wasser, roch an dem Naß und trank vorsichtig davon. Er nickte anerkennend, beugte den Kopf hinab und nahm einen großen Zug. Graydon kniete sich am Rand hin und schöpfte mit den Händen Wasser. Es schmeckte kalt und gut.
Kon gab seinen beiden Kameraden ein Zeichen. Sie liefen zu den Ritzen, suchten dort und kehrten bald mit großen Stücken von einer braunen Pilzart zurück. Kon nahm ein solches Stück, tauchte es ins Wasser, biß eine Ecke ab und reichte Graydon den Rest. Der Abenteurer betrachtete den Brocken etwas zweifelnd, biß dann aber doch hinein. Diese Pilzart schien Wasser wie ein Schwamm aufzusaugen. Es schmeckte wie Brot mit einem angenehmen Hefearoma. Graydon ließ sich ein weiteres Stück rei-

chen und stippte es in Wasser. Die Weber gesellten sich zu ihm. Schweigend aßen sie von den Pilzstücken.
Plötzlich mußte Graydon lachen. Ohne Zweifel hatte noch nie ein Mann aus seiner Welt unter solchen Bedingungen und in einer solchen Umgebung zu Abend gegessen. Er hockte an einem Bassin mit drei purpurroten Monstren und tauchte Pilzstücke in ein Wasser, in dem sich graue Affen mit Topasaugen widerspiegelten. Und zu seiner Unterhaltung breitete sich um ihn herum die Historie einer längst vergangenen Epoche aus. Graydon lachte und lachte und war bald der Hysterie nahe.
Kon sah ihn fragend an. Graydon konnte mit dem Lachen nicht mehr aufhören, und er konnte sich auch nicht gegen den Schluckauf wehren, der ihn jetzt immer häufiger befiel. Kon nahm ihn in seine langen Arme und wiegte und schaukelte ihn wie ein Baby.
Als Graydon sich an ihn klammerte, fand der Lachanfall ein rasches Ende. Und er nahm mit sich alles Gift von den Einflüsterungen des Schattens und allen Haß und alle Versuchung aus dem Garten des Bösen. Der Nebel des Teuflischen, der sich über sein Bewußtsein gelegt hatte, wehte wie Schaum auf einem Wasser fort, über das ein kräftigender, reinigender Wind fährt.
Graydon war müde, so müde wie selten zuvor in seinem Leben. Nun konnte er ohne die Furcht einschlafen, daß der Schatten in ihn eindringen könnte. Kon würde es nicht zulassen, daß er in solche Gefahren geriet. Das Licht wurde zusehends schwächer... die Sonne mußte schon untergegangen sein... nur für ein paar Minuten die Augen schließen...
In den Armen des Spinnenmanns fiel Graydon in einen tiefen, traumlosen Schlaf.

XVII

Die Einnahme von Huons Lager

Dämmerlicht strömte in die Kammer der Bilder. Graydon setzte sich halb auf und sah sich verständnislos um. Er lag auf einem Lager aus Moos. Einer der Weber hockte bei ihm und betrachtete ihn mit traurigen Augen. Seine beiden Kameraden waren nirgends zu entdecken.

»Wo ist Kon?« fragte Graydon. Der Spinnenmann antwortete ihm mit einer raschen Folge von Klicklauten.

»Kon! He, Kon!« rief Graydon.

Der Weber an seiner Seite spürte Graydons Angst und begriff auch den Grund dafür. Er rutschte zu dem Abenteurer hinüber, klopfte ihm mit den kleinen Oberhänden auf die Schulter, nickte und klickte beruhigend. Graydon erkannte, daß er wohl gerade erklärt bekam, daß er sich nicht fürchten solle. Er lächelte den Weber an und klopfte auch ihm auf die Schulter. Das schien den Spinnenmann sehr zu erfreuen. Er lief ein kurzes Stück weit und kehrte mit einigen Pilzbrocken zurück. Die beiden begaben sich zum Bassin und nahmen dort ihr Frühstück ein. Der Weber gab zwischen den Bissen unentwegt freundliche Klicklaute von sich, und Graydon antwortete ihm mit einem völlig unzusammenhängenden Monolog in seiner Sprache. Er fühlte sich gut, hätte Bäume ausreißen können.

Etwas bewegte sich an einer der größeren Spalten. Dann war Kon in der Kammer, und ihm folgte der dritte Weber. Das Trio hatte sich offensichtlich viel zu erzählen. Kon wartete schließlich, bis Graydon das letzte Stückchen Pilz verschlungen hatte. Dann gab er ihm ein Zeichen und lief auf die Spalte zu, durch die er eben gekommen war. Die beiden anderen Weber krochen durch sie hinaus, und Kon folgte ihnen. Dann war auf einmal einer seiner lan-

gen Arme wieder in der Kammer. Er forderte Graydon auf, den dreien endlich zu folgen. Graydon kroch durch den Spalt. Tief unter ihm breitete sich die Ebene der Monolithen aus.
Dann legten sich Kons Arme um ihn und trugen ihn. Graydon bekam Schwindelgefühle, denn er schwebte über einer glatten Felswand, die fast tausend Meter tief fiel. Der Spinnenmann hing an dieser Wand und hielt sich an Rissen und kleinen Vorsprüngen fest, an die sich nur seine feinen Finger klammern konnten. Er schob sich Graydon unter einen Arm und krabbelte an der Wand entlang. Graydon wagte noch einen Blick nach unten und war augenblicklich überzeugt, daß es besser für ihn sei, von nun an nur noch auf den Fels unmittelbar vor ihm zu blicken. Einige hundert Meter weit wurde er an der Wand entlang getragen. Dann hatten sie einen neuen Spalt erreicht. Kon schob ihn hindurch und krabbelte ihm nach.
Sie befanden sich in einem breiten Gang, der vielleicht einmal in die Kammer der Bilder geführt hatte. Auch hier hatte die Naturkatastrophe für Zerstörungen gesorgt. Der Gang endete abrupt vor einem Steinhaufen, und an dieser Stelle waren seine Wände rissig und brüchig. Kon warf Graydon einen bekümmerten Blick zu und streckte die Arme aus. Aber Graydon schüttelte heftig den Kopf, denn er war es müde, immer nur wie ein Säugling herumgetragen zu werden. Sie liefen in die andere Richtung den Gang hinunter, kamen aber wegen Graydon nicht sehr rasch voran. Schließlich lief Kon zu dem zurückgebliebenen Abenteurer und nahm ihn einfach in seine Arme. Er klickte ihm etwas Beschwichtigendes und Versöhnliches zu, und dann eilten die drei Weber über den holprigen und von Trümmern übersäten Boden. Graydon resignierte. Andererseits war ein Ritt auf einem Spinnenmann mindestens so angenehm wie der auf einem Kamel oder einem Elefanten.
Es wurde dunkler im Gang, bis zur Finsternis. Endlich bog der Korridor ab und mündete in eine Höhle, in der trübes Zwielicht herrschte. Das Licht ähnelte dem, das in Huons Lager von den Wänden strömte, aber hier schien es aufgebraucht zu sein, wie bei einem Elektrogerät, dessen Batterien alt sind. Bei dieser Höhle

schien es sich wohl um einen Lagerraum zu handeln. Graydon entdeckte rätselhafte Mechanismen aus weißem Kristall und schwarzem Metall, zwischen denen große Kugeln aus Silber lagen. An einer Stelle sah er etwas, das er für einen Schiffsrumpf hielt, und an einer anderen Stelle glaubte er, die Kristallscheiben wiederzuerkennen, wie sie auf dem Gemälde abgebildet waren. Überall um ihn herum ragten sonderbare und rätselhafte Gebilde hoch. Die Weber schenkten ihnen keinerlei Beachtung und eilten durch die Höhle.

Sie gerieten in einen weiteren dunklen Gang. Nach einem guten Kilometer stieß Kon ein warnendes Klicken aus. Er setzte Graydon ab, und die vier lauschten. Graydon hörte Männerschritte, die sich langsam und vorsichtig bewegten und gar nicht weit weg waren. Eine Lichtwolke stieß plötzlich an eine Tunnelwand. Sie kam aus dem Quergang, der nur wenige Meter voraus lag. Die Weber packten ihre Metallstangen und schlichen sich an die Kreuzung heran. Bevor sie sie erreicht hatten, tauchte ein Männerkopf an der Wand auf: ein Kopf mit silbrig weißem Haar, um das ein blutverschmierter Verband gelegt war. Das Gesicht selbst wies Klauennarben an der Wange auf.

»Regor!« rief Graydon und rannte an den Spinnenmännern vorbei.

Der Riese sprang in den Tunnel, packte den Abenteurer, umarmte ihn und brüllte vor Freude. Die Weber gruppierten sich um das Paar und klickten wie Castagnetten. Fünf weitere Männer kamen um die Ecke, allesamt Mitglieder der Bruderschaft. Ihre Kleider waren zerfetzt, und sie waren bis an die Zähne mit Schwertern, Äxten, Keulen und Schilden bewaffnet. Alle trugen Wunden, die auf einen schweren Kampf schließen ließen. Den fünfen folgte ein Dutzend Emer mit Speeren, Kurzschwertern und kleinen runden Schildern. Ihre grünen Kilte waren zerrissen, und keiner von ihnen war ohne eine Wunde.

Ein Indio mit einem zerschundenen Gesicht grinste Graydon an und hielt das Gewehr hoch.

»Wie zum Donnerwetter hast du gewußt, wo du nach mir suchen

mußt?« wollte Graydon wissen, als Regor ihn endlich losgelassen hatte.
»Ich habe gar nicht nach dir gesucht, mein Junge«, antwortete der Riese. »Ich war eigentlich auf dem Weg zum Tempel, um Suarra von deiner Gefangennahme zu berichten, weil ich hoffte, sie würde sich so darüber aufregen, daß die Mutter schließlich nicht mehr anders könnte, als dir zu helfen. Auch erhoffte ich mir von Adana Hilfe für mich und meine letzten Getreuen. Wenn ich so darüber nachdenke, bin ich gar nicht mehr recht glücklich darüber, dich hier gefunden zu haben. Das war der Strohhalm, an den wir uns geklammert haben. Leider haben wir nun keinen Grund mehr, vor die Schlangenmutter zu treten.« Er grinste schelmisch.
»Schutz!« entfuhr es Graydon. »Ich verstehe dich nicht, Regor. Seid ihr denn nicht ins sichere Lager zurückgekehrt?«
»Das Lager wurde eingenommen!« brummte Regor. »Alles zerschlagen, alles hin. Huon ist der Gefangene von Lantlu. Die Rebellen, zumindest die, die überlebt haben, sind in alle Winde zerstreut und irren in kleinen Gruppen herum wie wir hier.«
»Großer Gott!« stöhnte der Abenteurer. »Was ist denn geschehen?«
»Dorina hat uns verraten«, erklärte der Riese, und die anderen um ihn herum stießen wüste Beschimpfungen aus. »Irgend etwas in mir hat mir schon seit langem geraten, sie umzubringen. Und diese innere Stimme wurde bei meinem Marsch zurück ins Lager besonders laut. Aber ich konnte ja nicht sicher sein, ob sie uns wirklich verraten hat. Letzte Nacht, als wir alle schliefen, öffnete sie Lantlu und einer Handvoll seiner Getreuen eine geheime Tür. Sie schlichen sich ins Lager und töteten rasch die Wachen am Tor. Dorina öffnete es dann, und herein strömten Lantlus Soldaten und ein Rudel Urd. Wir hatten überhaupt keine Chance gegen sie. Viele von uns wurden in ihren Betten erschlagen. Ich sah, wie sie Huon aus seinem Bett zerrten und ihn in Fesseln legten. Einigen von unseren Emern gelang die Flucht. Aber wie viele von den Brüdern und Schwestern entkommen konnten, weiß ich leider nicht. Ich fürchte, es waren nicht allzu viele. Wir hier hatten wohl Glück.

Lantlus Schergen haben meiner Narbensammlung ein paar neue Stücke hinzugefügt.« Er berührte den Kopfverband. »Dafür sind sie gebührend bezahlt worden.«
»Dorina!« flüsterte Graydon. »Dorina! Dann hat der Schatten nicht gelogen.«
Regor fuhr zusammen und starrte ihn an.
»Mein Junge... du hast den Schatten gesehen? Den Dunklen Gebieter?«
»Das kann man wohl sagen!« entfuhr es Graydon in seiner eigenen Sprache. Dann fuhr er in Aymara fort: »Ich war eine Nacht und einen Tag lang sein Gast. Er wollte meinen Körper.«
Der Riese fuhr einen Schritt zurück und musterte ihn kritisch. Er klickte Kon etwas zu, und der Spinnenmann gab ihm eine lange Antwort. Als der Weber fertig war, befahl Regor den Indios Wache zu halten und setzte sich auf einen heruntergefallenen Stein.
»Nun erzähl mir alles von Anfang an. Und diesmal behältst du nichts für dich.«
Graydon begann mit dem heimtückischen Angriff der Urd auf der Plattform vor der Höhle der Froschfrau. Regor und die fünf Yu-Atlancher lauschten ihm schweigend und ergriffen. Als er vom Schicksal Cadoks berichtete, stöhnte Regor wütend auf und schlug sich mit der geballten Faust an die Brust.
»So ein braver Mann! So ein braver Mann!« murmelte er und schüttelte grimmig den Kopf.
»Du guter Junge!« sagte er dann leise, als Graydon seinen Bericht beendet hatte, und dachte eine Weile nach.
»Die Höhle, wo du die Mechanismen gesehen hast«, erklärte er schließlich, »sie... sie enthält Relikte aus unserer Vergangenheit... Und wenn du dich nicht geirrt hast, war das tatsächlich eine Schiffshülle. Von einem der Schiffe, auf dem unsere Vorfahren ins Verborgene Land geraten sind... zusammen mit den Schlangenmenschen... Dort müssen noch andere Gegenstände aus jener Zeit aufbewahrt sein. So lange ist diese Höhle nun schon verschlossen... nie hat jemand sie betreten. Wir Yu-Atlancher glaubten, es handele sich dabei nur um eine Legende. Niemand

außer Adana und dem Fürsten der Narrheit wissen wohl, wo sie liegt. Nimir weiß es wahrscheinlich auch. Und wenn er es weiß, hat er Lantlu dieses Geheimnis sicher nicht verraten.
Die Höhle des Verlorenen Wissens!« Ehrfurcht war in Regors Stimme. »Sie existiert also tatsächlich. Bei der Mutter, was haben wir nicht alles vergessen! Wie sind wir doch zurückgefallen! Früher einmal, Graydon, so wird erzählt, befand sich direkt am See ein breiter Eingang zu dieser Höhle. Doch dieser Eingang wurde später mit Felsbrocken verschlossen. Die Alten haben den Fels geschmolzen, nachdem der Krieg mit Nimirs Einkerkerung beendet war. So gründlich sind sie vorgegangen, daß niemand heute mehr herausfinden kann, wo sich dieser Eingang früher befunden hat. Irgendwann habe ich gehört, daß es noch einen geheimen Weg zur Höhle geben soll, und zwar vom Tempel aus. Den haben die Mutter und die Fürsten von Zeit zu Zeit beschritten, wenn es sie gelüstete, wieder einmal einen Blick auf die alten Schätze zu werfen. Sobald wir in der Höhle sind, sollten wir auch diesen Weg finden. Und dann haben wir endlich das in Händen, was ich mir schon so lange wünsche.«
Er zog Graydon beiseite.
»Hast du wirklich geglaubt, mein Junge, ich würde dich im Stich lassen? Aber die Urd waren in solchen Mengen über mir, daß ich nicht ausbrechen konnte, obwohl ich gekämpft habe wie selten zuvor. Durch irgendeinen dummen Zufall hat dann der Emer, der deine lautstarke Waffe tragen durfte, das Ding abgefeuert. Die Urd sind kreischend in alle Richtungen davongerannt, und sogar Lantlu ist vor Schreck von der Plattform gefallen. Nur war leider von dir nichts mehr zu sehen. Da war mir klar, daß sie dich entführt hatten. Die Emer und ich waren schon fort, bevor Lantlu seine Eidechsenmänner wieder sammeln konnte. Als wir ins Lager zurückgekehrt waren, haben wir Rat gehalten. Huon kam auf die Idee, dir Kon nachzuschicken. Huon machte einen merkwürdigen Eindruck. So ähnlich wie vor ein paar Tagen, als er dir Lebwohl gewünscht hat. Es gebe eine Höhle mit trübem, rostrotem Licht, erklärte er. Dort sollten Kon und seine Weberkameraden nach dir suchen. Sie sollten dort loslaufen, wo sich die Öffnung befinde, durch die auch wir

gegangen sind, als wir das Lager verlassen haben. Wir haben immer gewußt, daß sich vor der Höhle der Froschfrau Urd herumtreiben, aber es wäre uns im Traum nie eingefallen, daß sich dort der Thron des Dunklen befinden könnte. Nun ja, also Huon erklärte Kon, welchen Weg er zu nehmen habe. Und dann wich alle Farbe aus seinem Gesicht, als er wieder von den todbringenden Schatten sprach, die vom Himmel fallen sollten. Und er erzählte von einem schwarzen Felsvorsprung, der neben einem Garten in einem schwarzen Schrein auslief. Dort sollten Kon und seine Kameraden dich finden.

Ich habe die drei Weber nach draußen geführt und ihnen nachgesehen, wie sie in der Dunkelheit verschwanden. In diesem Moment begriff ich, welch weise Auswahl Huon da getroffen hatte. Kon berichtete mir eben, daß sie rasch vorangekommen seien. Kein Urd sei ihnen begegnet, bis sie den Felsvorsprung erreicht hatten. Kon wußte jedoch nicht, in welcher Richtung er weiterlaufen sollte. Mehr aus Zufall entschied er sich für links. Nachdem sie eine Weile gelaufen waren, hörten sie das Zischen von vielen Urd, eine Männerstimme und eine weitere Stimme, die, wie Kon es ausgedrückt hat, ›ohne dazugehörigen Körper sprach‹. Die drei Weber warteten, bis die Echsenmenschen abgezogen waren und auch die körperlose Stimme verschwunden schien ...

Und dann sahen die drei dich: auf dem schwarzen Schrein neben dem Garten! Wie sonderbar ... wie sonderbar, daß Huon das alles ...«

Er hielt inne und schüttelte verwundert den Kopf.

»Ich fürchte, dein kleiner Esel hat es hinter sich«, sagte der Riese. »Aber kurz nach dem Eindringen der Feinde gelang es mir, etwas von dem Futter für deine Waffen einzustecken.«

Er rief den Indio, der das Gewehr hielt. Graydon nahm ihm die Waffe ab, und als er sie in der Hand hielt, fühlte er grimmige Freude. Der Emer reichte ihm einen Beutel. Darin befanden sich etwa hundert Patronen und ausreichend Revolvermunition. Graydon untersuchte das Gewehr und lud es, nachdem er festgestellt hatte, daß es die Ereignisse unbeschadet überstanden hatte.

»Schieb deine Hand durch diesen Schlitz unter das verdammte Kettenhemd, Regor, greif mir unter den Arm und hol das heraus, was du dort findest.«

Regor kam der Bitte nach und reichte Graydon seinen Revolver. Der Abenteurer schob ihn sich in den Gürtel. Nun fühlte er sich schon viel besser. Schwerter und Keulen hatten natürlich, zu ihrer Zeit, ihren Wert, aber jeder Mann kam doch mit seinen eigenen Waffen am besten zurecht.

»Dann laß uns aufbrechen«, sagte er.

Regor pfiff den Wächtern und berührte Kon an der Schulter. Er übernahm die Spitze und führte die Gruppe den Weg zurück, den Graydon gekommen war. Kon lief direkt hinter ihm, dann kamen die beiden anderen Weber, schließlich Graydon und die Rebellen, und den Schluß bildeten die Indios. Regor verließ sich nicht auf Kons Augen, die auch in dieser Dunkelheit sehen konnten. In gewissen Abständen schoß er einen Lichtball ab.

Sie erreichten den Ort, den der Riese die Höhle des Wissens genannt hatte. Als sie an der Schwelle standen, fiel Regor auf die Knie und küßte den Boden. Die Yu-Atlancher murmelten ehrfürchtig, taten es ihm aber nicht nach.

Sie liefen weiter durch die Dämmerkammer mit den sterbenden Lichtatomen, kamen an den geheimnisvollen Maschinen und großen, roten und grauen Metallkoffern vorbei, die, wie Graydon sich sagte, die Schätze einer verlorenen Welt enthalten mußten. Sie passierten die silbernen Kugeln, und beim Vorübergehen entdeckte Graydon auf ihnen rätselhafte Symbole in Gold und Blau. Sie liefen an der im Schatten liegenden Hülle des großen Schiffes vorbei, und hier fiel Regor wieder auf die Knie. Endlos verlief ihr Marsch durch die Höhle, vorbei an der Technik, den Kunstwerken und den anderen Schätzen der Schlangenmenschen und der mächtigen Vorväter der Yu-Atlancher. Als sie das Ende erreicht hatten, standen sie vor einem leeren Raum, dessen jenseitiges Ende sie nicht sehen konnten.

»Hier müssen wir durch«, erklärte Regor, »bis wir den Felsen erreichen, der den alten Eingang versperrt. Der Gang der Fürsten, so berichtete mir der, von dem ich diese Kenntnisse habe, geht von dort ab in Richtung des Wasserfalls. Der Tunnel verläuft unter dem See und streift das Amphitheater der Xinli. Dort müssen wir sehr leise und vorsichtig sein, denn es ist zu vermuten, daß dort andere Gänge auf den unseren stoßen, die möglicherweise belebter sind als in dieser Gegend. Eigentlich sollten sie versiegelt sein, denn die Alten wollten die Höhle des Wissens für alle Zeiten verschließen. Aber das kann sich zwischenzeitlich geändert haben, und wir wollen uns lieber nicht zu fest darauf verlassen. Und irgendwo dort in der Nähe liegt der Eingang zu dem Tunnel, durch den Suarra vor ein paar Nächten aus der Halle der Weber kam, um uns zu treffen.«

Sie marschierten los. Nach einer Weile gelangten sie an eine Felswand, die aus erkalteter Lava zu bestehen schien. Regor grunzte wohlgefällig. Sie liefen um die Wand herum, bis der Riese einen ovalen schwarzen Stein ähnlich dem entdeckte, nach dem Kon in der roten Höhle gesucht hatte.

Regor klickte dem Spinnenmann etwas zu. Kon tastete den Stein genauso vorsichtig ab, wie er das bei dem anderen getan hatte, und schüttelte den Kopf. Regor zog aus seinem Gürtel den Kegel, den er beim Öffnen des Tores vom Lager benutzt hatte, und reichte ihn dem Weber. Lichtstrahlen schossen aus der Wand, als der Spinnenmann den Kegel über das Oval stülpte. Langsam tat sich eine Öffnung im Stein auf, wie zwei Flügel einer Schwingtür. Vor den Männern breitete sich ein Korridor aus, der hell erleuchtet war und sanft abfiel. Nachdem sie eingetreten waren, stülpte Kon den Kegel über das Oval auf der Innenseite, und das Steintor schloß sich wieder. Graydon warf noch einen Blick darauf, konnte aber beim besten Willen keinen Hinweis auf eine Öffnung entdecken. Der Fels wirkte glatt und solide.

Knapp zwei Kilometer weit liefen sie durch den Korridor. Zuerst war er schnurgerade, doch dann wand und drehte er sich in endloser Folge, so als wären seine Erbauer einer meanderförmigen Ader aus weichem Gestein gefolgt.

»Wir sind gerade unter dem See hindurch gelaufen«, flüsterte Regor. »Wenn ich auch sonst nicht allzu viel wissen mag, das weiß ich genau.«

Abrupt endete der Gang in einer kleinen Höhle. An zwei Wänden waren schwarze Ovale. Regor betrachtete sie und kratzte sich dann am Kopf.

»Bei Duran Duran dem Haarigen«, knurrte er. »Wir sind um so viele Ecken gebogen, daß ich nicht mehr weiß, in welcher Richtung es zum Tempel geht und in welcher nicht.«

Auch die anderen konnten ihm nicht helfen.

»Nun«, entschied er, »irgendwo müssen wir ja hin, also probieren wir mal den Weg nach rechts.«

Kon hantierte mit dem Kegel. Unmittelbar darauf entstand eine Öffnung. Sie gelangten in einen noch heller erleuchteten Tunnel, der in rechten Winkeln abbog.

Vorsichtig schlüpften sie hinein. Bald standen sie vor einer Wachstube. Ohne Vorwarnung drangen sie ein und fanden dort ein halbes dutzend Emer und einen Yu-Atlanchi-Offizier. Sie waren in Grün gekleidet, der Farbe von Lantlu.

Völlig verblüfft starrten sie die bunt zusammengewürfelten Eindringlinge an. Bevor sie sich von ihrem ersten Schrecken erholen konnte, gab Regor Kon ein Zeichen. Die drei Spinnenmänner sprangen die Indios an und fesselten sie. Regor packte den Offizier an der Kehle. Alles ging so rasch vor sich, daß für Graydon keine Möglichkeit blieb, sich zu beteiligen.

Regor lockerte seinen Griff und bedrohte den Yu-Atlancher mit seinem Metallarm. Kon eilte herbei, stellte sich hinter den Offizier und fesselte ihm die Arme.

»Dann war rechts also die falsche Richtung!« murmelte Regor. »Jetzt sprich, Ranena, aber sprich leise und fasse dich kurz. Was ist das hier für ein Ort?«

Ranena warf einen kurzen Blick auf die gefesselten Körper der Wächter, die zu Füßen der beiden anderen Weber lagen, und kleine Schweißperlen traten auf seine Stirn.

»Du darfst mir nichts tun, Regor«, haspelte er, »ich bin nie dein Feind gewesen.«

»So?« entgegnete der Riese. »Da muß ich mich wohl geirrt haben, als ich letzte Nacht glaubte, dich unter den Angreifern in Huons Lager zu erkennen. Nun ja, es war dunkel, da kann man leicht jemanden verwechseln. Wie dem auch sei, antworte mir auf meine Frage, Ranena!«
»Dieser Gang führt zum Amphitheater«, antwortete er mürrisch. Wie zur Bestätigung ertönte ein Grollen wie ferner Donner. »Heute ist wieder Xinli-Rennen«, fügte der Offizier hinzu.
»Und Lantlu ist auch dort, nicht wahr?« fragte Regor.
Ein Schatten von Boshaftigkeit huschte über Ranenas hübsche Züge.
»Auch Dorina«, sagte der Yu-Atlanchi.
»Was habt ihr mit Huon gemacht?«
»Höre, Regor.« Ranena sah ihn mit verkniffenen Augen an. »Wenn ich dir sage, wo Huon steckt und wie ihr ihn erreichen könnt, wirst du dann mein Leben verschonen und mich nur fesseln und knebeln, bevor ihr weiterzieht?«
»Was habt ihr mit Huon angestellt?« wiederholte der Riese.
Kon drückte dem Offizier mit einer Hand die Kehle zu und verdrehte ihm mit der anderen die Hände. Ranena wand sich mit verzerrtem Gesicht. Wenig später schon nickte er.
»Nach dem nächsten Rennen... kämpft er gegen einen Xinli«, stöhnte der Offizier.
»Aha!« knurrte Regor. »Jetzt hat es sich erwiesen, daß der rechte Weg zwar der falsche war, nun aber zum richtigen geworden ist.«
Er gab Kon ein Zeichen. Der Spinnenmann bog Ranenas Kopf zurück, bis das Genick knackte.
Regor warf noch einen letzten Blick auf die starren Augen des Offiziers und wandte sich dann den Indios zu.
»Du und du...« Er zeigte nacheinander auf die sechs, »zieht euch deren grüne Sachen an. Du, Notalu«, sagte er einem der Rebellen, »ziehst Ranena aus und tauschst dein Gelb gegen sein Grün. Dann hältst du Wache. Wahrscheinlich kommt doch keiner mehr vorbei, aber wenn doch, erschlägst du ihn, bevor er Gelegenheit hat, eine Warnung auszustoßen. Ich lasse dir noch zwei von den Webern

hier, du weißt ja, wie du sie behandeln mußt. Kon kommt mit mir. Aber zuerst müssen wir diesen Unrat hier beiseite schaffen.«
Er klickte Kon etwas zu. Der Spinnenmann hob die Gefangenen und den Toten und schaffte sie in einen Nebengang. Dort legte er sie außerhalb der Sichtweite der Wachstube ab.
»Jetzt wollen wir sehen, was wir für Huon tun können«, brummte der Riese.
Sie schlichen auf den Gang hinaus, der laut Ranenas Auskunft zum Amphitheater führte.
Wie eine Explosion blendete Sonnenlicht Graydons Augen. Er sah nur noch eine rote Fläche, in der schwarze Flecken tanzten. Und darin mischte sich das Donnern von Titanenfüßen.
Als er wieder klarer sehen konnte, erblickte er vor sich eine Gittertür aus dicken Metallstangen. Durch sie blickte er auf die Arena der Dinosaurier.

XVIII

Die Arena der Dinosaurier

Die eigentliche Arena bestand aus einem riesigen Oval von hundertfünfzig Metern Breite und achthundert Metern Länge. Der Boden war mit feinem gelben Sand bedeckt. Rund um dieses Oval lief eine glänzende Mauer aus grüner Jade von vierfacher Manneshöhe. In gewissen Abständen waren weitere Gittertüren in dieser Mauer zu erkennen; manche waren ein gutes Stück größer als die, durch die Graydon gerade blickte. Über der Mauer erhoben sich Rang um Rang Reihen von Steinsitzen, etwa dreißig Meter hoch bis zur Außenmauer des Amphitheaters. Auf deren Krone wehten die Banner von Yu-Atlanchi. Innerhalb des Ovals befand sich ein kleineres, das von einer anderthalb Meter dicken Mauer begrenzt wurde. Zwischen ihr und den Tribünen blieb so eine etwa fünfzehn Meter breite Spur frei.

Fast direkt gegenüber von Graydon befand sich eine breite Tribüne, die bis auf den letzten Platz von Yu-Atlanchern besetzt war. Schlanke, grün lackierte Säulen stützten seidene Baldachine. Diese Tribüne sah aus wie ein gigantischer Blumengarten, in dem die bunten und fröhlichen Gewänder der Frauen wie Blüten aus dem grünen Meer hervorstachen. Soviel Grün war dort zu sehen, daß es sich nur um den Platz für Lantlus Helfershelfer handeln konnte.

Diese Empore der Edlen wurde von einer Doppelreihe grün gewandeter Emer umrahmt, die Speere und Bögen trugen. Darunter kamen einige Reihen leerer Sitzplätze, dann eine weitere Doppelreihe von Emer-Soldaten und schließlich einige tausend Indios, die sich in ihre Festroben geworfen hatten. Zu beiden Seiten erstreckten sich Sitzreihen, die nur spärlich besetzt waren; deutliches Anzeichen für die immer kleiner werdende Anzahl der Yu-Atlancher.

In der unerklärlich klaren Luft waren die Distanzen nur unbestimmt auszumachen. Ganz vorn auf der Tribüne entdeckte Graydon Lantlu. Eine Gruppe von lachenden Edlen umgab ihn. Aber wer war die Frau, die da neben ihm saß?

Dorina!

Graydon hörte, wie Regor einen Fluch ausstieß, und wußte nun, daß er sie auch entdeckt hatte.

Aber Dorina nahm an dem Lachen der anderen nicht teil. Sie saß nur da, stützte das Kinn auf ihre zu Fäusten geballten Hände und ließ den Blick finster über die Arena schweifen. Dann starrte sie direkt auf die Gittertür, hinter der sich Graydon und Regor befanden. Der Abenteurer fuhr eilig zurück.

»Wird deine Wunderwaffe sie erreichen können?« Regors Gesicht war vor Haß finster wie die Nacht.

»Das dürfte nicht zu schwierig sein. Doch lieber würde ich mein Gewehr auf Lantlu richten«, antwortete Graydon.

»Nein, weder ihn noch einen seiner Getreuen. Noch nicht, später...« Regor schüttelte den Kopf und bekam sich wieder unter Kontrolle. »Huon würden wir damit nicht helfen. Aber diese stinkende Tochter eines Aasfressers, diese *Buala*... daß sie auch noch die Unverfrorenheit besessen hat, hierher zu kommen, um ihm beim Sterben zuzusehen!«

»Na ja, einen besonders glücklichen Eindruck scheint sie mir nicht gerade zu machen«, sagte Graydon.

Regor knurrte nur etwas Unverständliches und suchte dann die Wand rings um das Gitter ab.

»Irgendwie muß das hier doch zu öffnen sein«, brummte er. »Dann kann Huon zu uns, sobald sie ihn in die Arena lassen. Wo ist denn bloß das verdammte Schloß?... Dann könnten wir durch den Tunnel zurück und die Tür nach links nehmen... Vielleicht wenn wir Kon hinaus schicken, um ihn zu holen... Nein, der Weber kann zwar schneller rennen als wir alle zusammen, aber er ist nicht schneller als die Pfeile, die sie ihm hinterher schießen würden... Bevor er den halben Weg zurück zu uns bewältigt hätte, wäre er schon von Pfeilen übersät... Nein, wir werden wohl warten müssen... bei den Sieben... Aha, da sind sie ja!«

Bolzen schnappten, Regor zog an der Tür, und dann sprang sie auf. Zweimal verschloß und öffnete er sie wieder, um sicherzugehen, daß im entscheidenden Augenblick nichts schiefgehen konnte.
Fanfaren ertönten. Direkt unter Lantlu öffnete sich ein Gatter. Sechs Reit-Xinli sprangen heraus. Sie stammten vom Tyrannosaurus Rex ab und waren durch Zucht verkleinert worden, wenn auch nicht so stark wie bei den Jagdechsen. Immer noch waren es mächtige Monstren, deren schwarze Schuppenhaut wie ein Panzer aus Gagatt wirkte. Ihre dicken Schwänze, die zweimal so lang waren wie der Leib, liefen zum Ende hin spitz zu. Im Moment drehten sich die Schwänze halb nach oben und peitschten den Sand. Die vergleichsweise winzigen Reptilienschädel fuhren auf den langen, schlangenartigen Hälsen nervös hin und her. Sie standen auf Hinterbeinen, die so schwer und so röhrenförmig waren wie die eines ausgewachsenen Elefanten. Die kleinen Vorderbeine hielten sie wie Känguruhs vor der Brust.
Wo sich bei ihnen der schlanke Hals mit den abfallenden Schultern vereinigte, saß ein Reiter. Jeder von ihnen trug wie ein Jockey eine andere Farbe. Es waren die Farben der vornehmsten Yu-Atlancher. Die Reiter wirkten auf diesen mächtigen Echsen wie kleine Affen auf Giraffen. Sie hockten in kleinen Sätteln, stützten die Füße in Steigbügeln und hielten Zügel, die zu einer sehr großen Trense führten. Die Saurier kauten auf den Beißeisen herum, zischten und bellten und schnappten mit ihren absurd kleinen Schädeln nach einander. Sie erinnerten an die Teilnehmer bei Hunderennen, die kurz vor dem Start so aufgeheizt waren, daß sie es kaum abwarten konnten.
Erneut ein Fanfarenstoß, und sofort begann ein gewaltiger Donner von riesigen Füßen. Die Xinli sprangen nicht, sondern liefen wie Menschen. Wie Kolben hoben und senkten sich ihre mächtigen Beine. Die Hälse waren fast waagerecht vom Körper nach vorn gereckt, während sie um das Innenoval herum rasten. Als unüberschaubares Knäuel kamen sie an Regor und Graydon vorbei und hatten mittlerweile die Geschwindigkeit von Expreßzügen erreicht. Die Zugluft von ihrem Vorübersausen drang wie ein Wir-

belwind durch das Gitter. Graydon schauderte bei der Vorstellung, was einem Trupp Soldaten widerfahren würde, der sich solchen lebenden Projektilen aus Sehnen, Muskeln und Knochen entgegenstellen wollte.
Die Reiter kamen an Lantlus Empore vorbei. Von den Zuschauern ertönten stürmische Begeisterungsrufe. Und nun, als die schwarze Sturmwolke sich zum zweitenmal näherte, erkannte Graydon, daß das Rennen vor einer Entscheidung stand. Zwei Reiter hatten sich vom Feld gelöst; der eine trug Grün und der andere Rot. Der grüne Reiter versuchte, den roten an die Mauer des Innenovals zu drängen. Die vier hinteren Reiter verzettelten sich in Zweikämpfe, indem sie versuchten, die Konkurrenten auf ebensolche Weise auszuschalten. Die boaartigen Hälse der Xinli schienen sich ineinander zu verknoten, und die kleinen Köpfe gingen wie angreifende Nattern aufeinander los.
Der grüne Reiter stieß sein Tier plötzlich gegen das des roten. Dieser unternahm einen verzweifelten Versuch, sein Xinli über die Barrikade springen zu lassen. Aber es stolperte bei dem Versuch und landete krachend im Innenoval. Der Reiter flog wie ein roter Tennisball durch die Luft, kam hart im Sand auf, überschlug sich mehrmals und lag dann still. Der Grüne eilte weiter dem Feld davon, aus dem sich jedoch nun ein Reiter in Violett löste und zur Verfolgung ansetzte. Ein Begeisterungssturm von den Rängen übertönte kurzzeitig das Donnern der Xinlibeine.
Zum drittenmal kamen die Reiter an Graydon vorüber. Der Grüne lag nun zwei Längen vor dem Violetten. Auch das Feld lief nun nicht mehr neben-, sondern hintereinander. An Lantlus Empore erreichten sie das Ziel und kamen in einer Wolke aus gelbem Sand zum Stehen. Unbeschreiblicher Jubel entstand. Nachdem der Sand sich zum größten Teil wieder gelegt hatte, sah Graydon, daß die vier anderen Reittiere etwas abseits standen, während auf den Grünen direkt unter der Empore ein glitzernder Kranz zuflog.
Die Xinli liefen durch eine hohe Öffnung hinaus und verließen die Arena. Nachdem sie verschwunden waren, strömten Soldaten aus der Öffnung, eilten zu dem verletzten Roten und trugen ihn da-

von. Ein Soldat nahm die Zügel seines Sauriers, der bis dahin stupide und mit gesenktem Schädel neben seinem Reiter gestanden hatte. Willenlos ließ er sich von dem Soldaten nach draußen führen. Hinter ihnen fielen die Gittertüren krachend zu.

Wieder ein Fanfarenstoß. Schweigen senkte sich über die Arena. An einer anderen Stelle öffnete sich ein Tor...

...und heraus trat Huon.

Er trug ein Kurzschwert und eine Lanze, und an seinem linken Arm hing ein kleiner Rundschild. Einen Augenblick lang blieb er stehen, um seine Augen an die grelle Sonne zu gewöhnen. Dann fiel sein Blick auf Dorina. Sie zuckte zusammen und verbarg ihr Gesicht in den Händen. Doch dann hob sie den Kopf und begegnete trotzig Huons Blick.

Langsam hob Huon die Lanze. Aber was immer er in diesem Moment vorgehabt haben mochte, er kam nicht mehr dazu, es zu Ende zu führen. Kaum dreißig Meter von ihm entfernt öffnete sich eine Gittertür. Heraus sprang ein Jagd-Xinli. Es blieb erst reglos auf dem gelben Sand stehen und sah sich dann mit tückischen kleinen Augen um. Graydon erfuhr in diesen Sekunden, wie viele Gedanken einem Menschen im Zeitraum eines einzigen Atemzuges durch den Kopf gehen konnten. Er sah, wie Lantlu sich erhob und sich höhnisch vor dem Mann verbeugte, den Dorina verraten hatte. Gleichzeitig sah er das Xinli genau vor sich: die glänzenden Schuppen aus Saphirblau und Smaragdgrün, die es wie ein glitzerndes Edelsteingewand bedeckten; die kurzen und mit kräftigen Muskeln versehenen Vorderbeine: die langen und gebogenen, meißelartigen Klauen, die von den kleinen Händen austraten; den bösartig peitschenden Schwanz; die weißen Fänge; die flammend roten Augen, die ähnlich einem Vogel weit auseinander auf jeder Seite des Echsenschädels saßen.

Graydon hatte das Gewehr angelegt und zielte auf Lantlu. Er zögerte. Sollte er den Fürsten verschonen und statt dessen auf den Saurier schießen? Nur an einer Stelle war das Xinli von einer Gewehrkugel verwundbar: in den beiden roten Augen. Unschlüssig richtete er den Gewehrlauf auf das Tier und zielte sorgfältig...

Nein, das Risiko war zu groß, ein so kleines Ziel zu verfehlen... Wieder zurück zu Lantlu... Aber er war gerade halb hinter Dorina versteckt und unterhielt sich mit jemandem hinter ihr... Ganz ruhig, irgendwann wird er schon wieder nach vorn kommen... Jetzt, da, und... Regor öffnete das Gitter und verdarb Graydon damit alles.

All dies fuhr Graydon innerhalb eines einzigen Atemzuges durch den Kopf. Und dann griff der Saurier an. Regor zupfte den Abenteurer am Arm, zeigte immer wieder auf das Xinli und beschwor ihn, auf das angreifende Monstrum zu schießen. Verdammt, es hatte keinen Sinn, mehr oder weniger ins Blaue zu schießen... die Kugel würde nutzlos an den Schuppen abprallen... besser er zielte auf Lantlu... Aber was würde das jetzt noch nutzen?... Warten, abwarten... abwarten bis sich eine bessere Gelegenheit bot, das Jagd-Xinli zu treffen...

Huon sprang beiseite und ließ so das anstürmende Tier ins Leere rennen. Aber das Xinli fuhr mit unglaublicher Wendigkeit herum und sprang mit ausgestreckten Klauen auf Huon zu. Huon ließ sich auf ein Knie fallen und hielt die Lanze so, daß er damit die ungeschützte Stelle am Hals des Tiers treffen konnte. Er stieß zu, aber die Waffe drang nicht tief genug ein. Der Lanzenschaft brach in der Mitte ab. Der Saurier zischte und drehte sich mitten im Sprung um die eigene Achse. Ein paar Schritte weiter kam es auf dem Boden auf und brach zusammen. In einer sonderbar menschlichen Geste faßte das Tier sich an den Hals, dann erhob es sich wieder und fing an, Huon zu umkreisen. Wie ein Schattenboxer stieß es immer wieder mit den muskulösen Vorderbeinen nach ihm. Huon achtete darauf, ihm nie die Seite oder den Rücken zu bieten. Er hielt die abgebrochene Lanze in der Linken und das Schwert in der Rechten. Den Arm mit dem Schild hob er hoch, um seine Brust zu schützen.

»Huon, halte aus! Ich komme!«

Brüllend stürmte Regor an Graydon vorbei in die Arena. Sein Schrei fuhr wie eine Lanze durch das Schweigen über dem Amphitheater, das bislang nur vom Zischen des Xinli gestört worden war. Nun folgte ein noch viel tieferes Schweigen, entstanden aus völliger Verblüffung unter den Zuschauern. Huon hatte den Freund erkannt und rannte auf ihn zu. Das Xinli drehte den Kopf. Ein Sonnenstrahl fiel direkt auf eines seiner purpurfarbenen Augen. Wie eine glühende Halbkugel hob es sich klar vom Schädel ab. Graydon legte rasch an, zielte und feuerte.

Der Schuß hallte durch die Arena wider. Der Saurier sprang hoch in die Luft, überschlug sich und hüpfte dann schwankend über den Sand, wobei er sich immer wieder mit den Klauen gegen den Kopf hieb. Von den Tribünen ertönte ein lautes Seufzen wie die Ankündigung eines großen Sturms, und Bewegung kam unter die Zuschauer. Dann schoß Kon erregt klickend an Graydon vorbei und folgte Regor. Der Abenteurer richtete sein Gewehr auf Lantlu, aber der ließ sich rasch nach unten fallen, so als habe er rechtzeitig die Gefahr gewittert.

Dorina saß reglos da und starrte hinunter auf Huon. Sie wirkte so, als wüßte sie, daß ihr Untergang gekommen sei.

Regor hatte die halbe Strecke zu Huon zurückgelegt, und Kon holte mächtig zu ihm auf. Huon wandte sich nicht einmal nach hinten um. Sein Blick war auf Dorina fixiert, als er einen Schritt auf die Empore zutrat.

Er hob den gebrochenen Speer. Als er ihn schleuderte, spiegelte sich das Sonnenlicht in der Metallspitze wider, das erst in der Brust der Frau erlosch.

Wieder trat Schweigen ein. Und dann schien das ganze Amphitheater aus den Fugen zu geraten. Ein Regen von Pfeilen fiel auf Huon hinab. Kon überholte Regor, griff sich Huon und raste mit ihm zur Gittertür zurück. Graydon verschoß sein ganzes Magazin auf die Reihe der Bogenschützen. Abrupt endete der Pfeilregen.

Die Fanfaren ertönten gebieterisch. Gittertore flogen auf und heraus stürmten in Grün gekleidete Emer. Die Soldaten von den Tribünen ließen sich an der Mauer herab. Am gefährlichsten aber waren die Emer, die sich den Rebellen von der Seite näherten. Kon hatte das Gitter fast erreicht, und Regor war noch ein Stück zurück. Graydon hätte in diesem Augenblick alles für ein Maschinengewehr gegeben. Aber es blieb ihm nichts anderes übrig, als sein Gewehr immer wieder nachzuladen und damit auf die nächsten Indios zu schießen. Plötzlich stockte der Ansturm der Emer. Das vor Schmerzen rasende Xinli hob den Schädel und griff die Soldaten an, die Regor verfolgten. Die Indios liefen nach allen Seiten davon. Dann hatte der Rebell die Tür erreicht. Er warf sie hinter sich ins Schloß und schob den Riegel vor. Der Saurier schien das registriert zu haben, denn jetzt warf er sich gegen das Gitter und schlug mit seinen harten Klauen nach den Eisenstangen. Gelbes Blut rann ihm vom Schädel. Graydons Kugel hatte dem Tier eine ganze Ecke vom Kopf gerissen.

»Du bist zäher, als ich dachte!« knurrte Graydon und hob das Gewehr, um auf kürzeste Entfernung auf das unverletzte Auge des Untiers zu schießen.

»Nein!« keuchte Regor. »Lebend wird es die anderen davon abhalten, sich dieser Tür zu nähern.«

Huon, den Kon wieder abgesetzt hatte, stand mit gesenktem Kopf wie ein seelenloser Roboter da. Plötzlich wurde sein Körper von Schluchzen geschüttelt.

»Ist doch alles wieder gut. Nun komm schon, Kopf hoch!« tröstete ihn der Riese.

Ein Pfeil flog an dem Saurier vorbei durch das Gitter und verfehlte Graydon nur um Haaresbreite. Ein zweiter Pfeil folgte, ein dritter und immer neue. Signaltrompeten ertönten wütend und befehlend.

»Nichts wie fort von hier!« brummte Regor. Er legte einen Arm um Huon und rannte mit ihm durch den Korridor. Graydon folgte den beiden und spürte dabei die kleinen Hände von Kon, der ihm im Laufen anerkennend und voller Wärme auf die Schultern klopfte. Die anderen kamen ihnen nach, als sie an der Wachstube vorbeirannten. Sie gelangten durch die geheime Tür, die sie zum Amphitheater geführt hatte. Während sie sie hinter sich schlossen, hörten sie im Korridor schon die Schritte der Verfolger. In der

kleinen Höhle suchte und fand Kon den Mechanismus, mit dem sich das Tor zum linken Gang öffnen ließ.
Sie schlossen dieses Portal hinter sich und bewegten sich schweigend durch den Gang, der sie direkt ins Zentrum des Tempels führen würde.

XIX

Die Schlangenmutter

Regor hatte Huon immer noch den Arm umgelegt. Die fünf Rebellen folgten ihrem Anführer mit gezogenen Kurzschwertern. Dann kamen die Spinnenmänner, Graydon und schließlich die Indios. Wann immer sich Graydon zu ihnen umdrehte, entdeckte er Stolz und Bewunderung in ihrem Blick . . . so als betrachteten sie nun ihn als ihren Führer. Der Emer, der sein Gewehr trug, hatte mittlerweile unübersehbar eine Vorrangstellung unter seinen Stammesgenossen eingenommen. Er marschierte voller Selbstbewußtsein vor den anderen Indios her und folgte Graydon wie ein Schatten. Die Gruppe erreichte das Ende des Gangs und öffnete ohne größere Schwierigkeiten das Portal, das vor ihnen lag.

Und sie traten in die Säulenhalle, die Graydon in seinem Traum gesehen hatte!

Matt azurblaue Lichtsäulen fielen von der hohen, gewölbten Decke und wirkten wie die Speere eines Strahlenkranzes. Neblig und doch strahlend hingen sie wie ein Vorhang vor einem geräumigen Alkoven, der sich hoch über dem mit einem Mosaik aus Opalen ausgelegten Boden erhob. Hinter diesem Schleier erkannte Graydon einen Saphirthron aus milchigem Kristall, an dessen Fuß prächtige Sessel in Rot, Gold und Schwarz standen – die Stühle der Sieben Fürsten.

Oben am Rand der zweiten Treppenflucht, die vom Alkoven hinunter führte, lehnte ein Mädchen am Geländer. Sie hatte die weißen Hände an die Brust gepreßt, die roten Lippen hatten sich verwundert geteilt, und die dunklen Augen starrten ungläubig zu ihm herab . . .

»Graydon!« rief sie und eilte die Stufen hinunter.

»Suarra!« Eine warnende, lispelnde Stimme von prickelnder Klarheit, in der das Trillern von Vögeln mitzuschwingen schien. Eine schimmernde, lebende Perlmuttsäule schoß hinter dem Mädchen hoch. Über Suarras Schultern tauchte ein Gesicht auf: herzförmig, mit purpurroten Augen und Haar wie gesponnenem Silber. Die Schlangenmutter!

»Wollen wir doch einmal sehen, wer da im Gefolge deines Geliebten so unzeremoniell hier hereingeplatzt kommt«, lispelte sie. »Und dann auch noch durch einen Gang, von dem ich dachte, daß niemand in Yu-Atlanchi Kenntnis von ihm hätte!«

Sie hob eine kleine Hand, die ein Sistrum hielt. In ihm befand sich statt Metallplättchen eine glitzernde Flüssigkeitskugel, die wie Quecksilber auf und nieder fuhr.

Regor verkniff sich einen Ausruf und fiel auf die Knie. Die anderen folgten seinem Beispiel rasch. Nur die Spinnenmenschen blieben stehen und sahen schweigend zu. Graydon zögerte einen Augenblick, dann fiel er ebenfalls auf die Knie.

»Aha, ihr habt eure Manieren also nicht völlig vergessen!« Milder Spott klang aus ihrer Stimme. »Tretet näher. Bei meinen Ahnen, das ist ja Regor... und Huon... Und seit wann trägst du Lantlus Grün, Natalu?... Es ist lange her, seit du dich vor mir verbeugt hast, Regor.«

»Das ist nicht allein meine Schuld, Mutter!« empörte sich der Riese. »Also, das ist einfach ungerecht...«

Ein tirillierendes Lachen brachte ihn zum Schweigen.

»Heißblütig wie eh und je. Nun für eine Weile darfst du dich gern in dieser vernachlässigten Übung beweisen, Regor. Du auch, Huon, und die anderen, die mit dir gekommen sind.«

Graydon hörte, wie der Riese erleichtert ausatmete. Sein vernarbtes Gesicht leuchtete auf, als er sie brüllend unterbrach:

»Heil der Schlangenmutter! Heil Adana! Nun sind wir Ihre Gefolgsleute!« Er verbeugte sich, bis seine bandagierte Stirn den Boden berührte.

»Ja«, sagte die Schlangenmutter, »aber für wie lange. Ach, das kann nicht einmal ich voraussagen...« Sie ließ die Hand fallen, die die zitternde Quecksilberkugel hielt, beugte sich über Suarras

Schultern weiter vor und zwinkerte Graydon zu: »Komm zu mir herauf. Und du, Regor, vergiß ja nicht, die Tür hinter dir auch wieder zu schließen!«

Graydon marschierte Stufe für Stufe zum Alkoven hinauf. Sein Blick hing wie gebannt auf den beiden purpurroten Augen, die ihn so interessiert ansahen. Als er die Hälfte der Treppe hinter sich gebracht hatte, trat die Schlangenmutter hinter Suarra vor; eine schimmernde Säule, aus der ein mädchenhafter Oberkörper entsprang. Der Abenteurer spürte in diesem Augenblick wieder eine unerklärliche, aber tief sitzende Liebe für dieses fremdartige Wesen. Es war so, als sei in seinem Herzen eine Harfensaite angeschlagen worden, die nur Adana zum Klingen bringen konnte.

Graydon kniete vor ihr nieder und küßte die zierliche kleine Hand, die sie ihm entgegenhielt. Dann sah er hinauf in ihr Gesicht. Es war zart, alle Alterserscheinungen waren daraus verschwunden, und die Augen sahen ihn weich an. In diesem Augenblick waren alle Zweifel vergessen, die ihn im Angesicht der bemalten Wände befallen hatten. So stark war ihre Ausstrahlungskraft, daß es fast schon an Hexerei grenzte.

»Du bist wohlerzogen, mein Sohn«, murmelte sie. »Nein, Tochter«, wandte sie sich schelmisch an Suarra, »sorge dich nicht, es ist bloß die Fülle meiner Jahre, vor der er sich verbeugt.«

»Mutter Adana«, begann Suarra mit brennenden Wangen, »ich...«

»Ach, nun geht schon aufeinander zu, ihr Kinderlein, und erzählt euch das, was euch in den Herzen bewegt.« Die roten, herzförmigen Lippen lächelten. »Und ihr habt euch sicher eine Menge zu erzählen. Setzt euch auf die goldenen Throne, wenn ihr möchtet. Was hast du gerade gedacht, Suarras Geliebter? Daß die goldenen Throne ein Symbol für das Ende deiner Reise seien? Doch, das hast du gewiß gedacht. Warum das so sein soll, weiß ich nicht, aber ganz sicher war das dein Gedanke. Nun denn, nimm auf einem Platz.«

Graydon hatte sich schon halb wieder erhoben, fiel aber wieder auf die Knie zurück. Als Adana von den goldenen Thronen gesprochen hatte, war ihm der Anfang eines alten Negro-Spirituals wieder in den Sinn gekommen...

Wenn ich diese ermüdende Reise hinter mir habe
Wenn ich sie hinter mir habe, o Herr
Werde ich sitzen auf einem goldenen Thron...

Die Schlangenmutter lachte und winkte Suarra zu sich heran. Sie nahm die Hand des Mädchens und legte sie in die von Graydon.
»Regor«, rief Adana dann, »komm du zu mir und erzähle mir alles, was vorgefallen ist.«
Der Riese schulterte seinen Metallarm und marschierte fröhlich zur Schlangenmutter. Suarra zog Graydon hinter einen Vorhang am Rand des Alkovens. Der Abenteurer sah noch, wie Regor sich neben Adana niederließ, wie sie sich ihm zuwandte und wie er zu reden begann. Dann vergaß Graydon alles andere um sich herum und hatte nur noch Augen für Suarra, die ihn mit Sorge, Neugier und Wärme durchflutete.
»Was ist mit dir geschehen, Graydon?« Ihre Arme schlangen sich um seinen Hals. »Ich bin in jener Nacht rasch gegangen und hatte schon den Wasserfall erreicht, als ich einiges Getümmel vernahm. Als ich glaubte, deine Waffe zu hören, blieb ich stehen und überlegte, ob ich zurückkehren sollte. Aber danach war alles still, und so ging ich weiter. Was war denn los? Und woher haben Regor und seine Kameraden ihre Verwundungen?«
»Lantlu hat das Lager überfallen. Dorina hat Huon verraten. Lantlu nahm Huon gefangen und zwang ihn, gegen eines dieser verwünschten Xinli anzutreten. Wir haben ihn gerettet. Huon tötete Dorina«, berichtete er ihr in aller Kürze.
»Dorina hat ihn verraten! Er hat sie getötet!« Suarras Augen wurden groß.
»Sie war gewissermaßen eine Tante von dir, oder?« wollte er wissen.
»Nun, vermutlich, ja, vor langer, langer Zeit«, antwortete sie.
Und damit beschloß er, ein für allemal die Frage zu klären, die ihn

am allermeisten quälte. Er mußte herausfinden, ob sie eine »Unsterbliche« war oder die ganz normale junge Frau, als die sie ihm erschien... Wenn sie wie die anderen war, mußte er eben den Umstand akzeptieren, daß er ein Mädchen liebte, die seine Urgroßmutter hätte sein können... aber wenn sie so jung war, wie sie aussah, dann sollten ihm alle anderen Probleme und Fragen egal sein. »Hör mal, Suarra«, begann er, »wie alt bist du wirklich?«

»Ich, zwanzig, wieso?« antwortete sie verdutzt.

»Ich weiß, daß du zwanzig bist«, erklärte Graydon, »aber ich möchte gern wissen, ob du erst seit zwanzig Jahren auf der Welt bist, oder ob du dich im Alter von zwanzig – und nur die Mutter allein mag wissen, wie viele Jahre seitdem verstrichen sind – dazu entschlossen hast, für dich diese teuflischen Tore zu schließen?«

»Aber, mein Lieber, warum erregst du dich denn so?« fragte Suarra noch immer etwas irritiert. »Ich bin noch nie in der Halle der Tore gewesen. Ich bin wirklich zwanzig Jahre alt, nicht etwa zwanzig geblieben, und mit jedem neuen Jahr werde ich älter.«

»Dank sei Gott im Himmel!« rief Graydon freudig, und ein großer Stein fiel ihm von der Brust. »Nach diesen guten Nachrichten nun die schlechten: Lantlu und mit ihm fast ganz Yu-Atlanchi ist in eben diesem Augenblick auf der Jagd nach uns!«

»Aber das macht doch nichts«, sagte Suarra. »Jetzt nicht mehr, nachdem die Schlangenmutter euch akzeptiert hat.«

Graydon bezweifelte, ob von nun an alles so einfach sein sollte, aber er wollte Suarra nicht mit seinen Bedenken beunruhigen. Statt dessen erzählte er ihr ausführlicher von seinen Erlebnissen und Abenteuern. Aber kaum hatte er begonnen, da hörte er einen gezischten Ausruf von Adana, und Regor bestätigte:

»Es stimmt. Genau dort hat Kon ihn gefunden.«

Graydon sah zu den beiden hinüber. Die Schlangenmutter starrte zu dem Abenteurer hinüber und winkte ihm zu kommen. Als er vor ihr stand, richtete sie ihren Schlangenleib auf, bis ihr Gesicht auf der Höhe des seinen war.

»Der Schatten... Graydon, erzähl mir von ihm. Von Anfang an... von dem Moment an, in dem er auf dem schwarzen Thron erschien. Nein warte, ich will es sehen, während du mir davon berichtest.« Sie legte eine ihrer Hände auf seine Stirn. »Nun beginne.«

Chronologisch erzählte er ihr von seinem Erlebnis. Und es kam ihm so vor, als würde er das Ganze noch einmal durchmachen; so lebendig waren die Erinnerungsbilder, als befände sich in seinem Kopf eine Leinwand, auf die ein Projektor Bilder warf. Als er von Cadoks Tod sprach, spürte er, wie die Hand auf seiner Stirn zitterte. Später berichtete er von Kons überraschendem Auftauchen, und damit ließ Adana ihn los.

»Genug!«

Sie zog sich etwas von ihm zurück und betrachtete ihn nachdenklich. So etwas wie Überraschung war in ihrem Blick, so etwas wie Verblüffung... so etwas, was ein Mathematiker fühlen mußte, sagte sich Graydon, der vor einer Menge von wohlbekannten Formeln stand, aus denen er mehr oder weniger durch Zufall auf eine völlig neue Gleichung gestoßen war.

»Du hast mehr in dir, als ich dachte, Graydon«, erklärte Adana, und es klang für den Abenteurer so, als antworte sie ihm damit auf seine eigentümliche Überlegung. »Nun frage ich mich... du bist doch auch aus diesen grauen Affen entstanden... Alles was ich über Menschen weiß, entstammt denen, die hier leben... Was aber hat sich sonst noch entwickelt, jenseits der Grenze, in dem Land, aus dem du gekommen bist...«

Sie verfiel wieder in Schweigen und studierte ihn weiter. »Du hast den Schatten für etwas Reales gehalten«, sagte sie dann. »Hast ihn nicht als Schatten, als Geist... sondern als etwas Materielles gesehen...«

»Er war materiell genug«, unterbrach er sie, »um sich in Cadok zu ergießen. Er besaß genug Substanz, um Cadok zu vernichten. Er ergoß sich in den Mann wie Wasser in ein Glas. Und er saugte das Leben aus Cadok. Etwa zehn Herzschläge lang war der Schatten kein Schatten mehr. Wenn Ihr wirklich meine Gedanken gesehen habt, Mutter, wißt Ihr, was für ein Gesicht Cadok da getragen hat.«

»Ich habe es gesehen«, nickte sie, »und dennoch kann ich es kaum glauben. Wie kann ich etwas glauben, wenn ich...«
Sie hielt inne und lauschte. Plötzlich richtete sie sich auf ihrem Schlangenleib auf, bis sie sogar Regor um einen guten Meter überragte. Ihr Blick war starr und intensiv, so als schaue sie auf etwas jenseits der Mauern der Halle. Dann sank sie wieder tiefer, ringelte ihren Schlangenleib und machte ein ernstes Gesicht.
»Zu mir, Huon!« rief sie. »Bring alle deine Männer mit. Kon...« Sie klickte ihm einen Befehl zu und zeigte auf das gegenüber liegende Ende des Alkovens.
Wieder lauschte sie.
»Suarra«, wandte sie sich an das Mädchen, »du begibst dich sofort in deine Gemächer!«
Doch als Suarra zögerte, sagte sie: »Nein, Tochter, bleib ruhig hier. Wenn er schon so etwas wagt, solltest du Zeuge seiner Vermessenheit werden.«
Die Schlangenmutter blickte wieder abwesend in die Ferne. Huon und seine Männer eilten die Stufen hinauf. Suarra trat neben Graydon.
»Sie ist zornig! Oh, wie zornig sie ist!« flüsterte sie ihm zu. Dann begab sie sich zum Schlangenleib der Mutter.
Nun hörte Graydon schwach und weit entfernt ein Getöse. Rufe und das Klirren von Metall. Der Lärm kam rasch näher. Gegenüber dem Alkoven lag ein breiter Eingang, vor dem spinnwebartige Vorhänge hingen. Von einem Moment auf den anderen wurden sie beiseite oder herunter gerissen, und blau gewandete Soldaten stürmten rückwärts in die Halle. Sie kämpften gegen einen unerbittlichen Gegner, der sie Stück für Stück zurückdrängte.
Dann erblickte Graydon in dem Getümmel den alles überragenden Kopf von Lantlu. Und hinter ihm waren hundert oder mehr von seinen Yu-Atlanchi-Anhängern.
Sie drangen durch den Eingang. Die blauen Emer wehrten sich verzweifelt, mußten dem Gegner aber Meter um Meter des Bodens preisgeben. Dabei kam es kaum zu Blutvergießen. Lantlus Soldaten hielten lediglich ihre Speere wie gesenkte Lanzen vor sich

her. Wie eine unüberwindbare Phalanx schoben sie die Emer vor sich her. Graydon erkannte, daß die Angreifer niemanden töten, sondern sich nur Zutritt verschaffen wollten.
»Halt!«
Der Ruf der Schlangenmutter hatte etwas von der Kraft der Elfenhörner, ihrer gefiederten Boten, in sich. Er brachte die miteinander ringenden Soldaten zum Stehen.
»Dura!«
Einer der blauen Offiziere drehte sich zu Adana um und salutierte.
»Laß sie durch! Geleite sie zu mir!«
Die Emer bildeten eine Gasse, durch die Lantlu und seine Anhänger bis zum Fuß der Treppe marschierten. Der Fürst lächelte, als sein Blick auf Graydon fiel, und ein Glitzern war in seinen Augen, als er auch Regor, Huon und deren kleine Schar entdeckte.
»Sie sind alle hier, Bural!« rief er einem Offizier an seiner Seite zu, dessen Gesicht genauso schön und grausam war wie das seines Herrn. »Soviel Glück hätte ich mir nicht zu erhoffen gewagt.«
Er vollführte die Karikatur einer Verbeugung vor der Schlangenmutter.
»Heil, Mutter!« Es blieb nicht bei dem Spott des Grußes. »Wir bitten um Verzeihung für unser etwas unkonventionelles Erscheinen, aber Eure Wächter haben offensichtlich das Recht der Alten Rasse vergessen, Euch Ehrerbietung erweisen zu dürfen. Da wir jedoch wußten, daß Ihr sie für solche Lücken im Gedächtnis strafen würdet, haben wir davon abgesehen, sie so zu behandeln, wie sie es verdient hätten. Und es will mir so scheinen, als seien wir gerade rechtzeitig erschienen, um Euch vor großem Schaden zu bewahren, Mutter, denn wir müssen feststellen, daß Ihr von gefährlichen Feinden umzingelt seid! Es sind die Rebellen, denen wir schon seit langem das schändliche Handwerk legen wollen. Und dann ist da noch ein Fremdländer, der sein Leben schon mit seinem Eindringen in Yu-Atlanchi verwirkt hat. Böse Männer, Mutter! Aber nun sind wir hier, um diese Gefahr von Euch zu nehmen!«
Er flüsterte Bural etwas zu und trat vorsichtig die erste Stufe hinauf. Die Yu-Atlancher hoben ihre Speere, und sie schwangen sie

bedrohlich, als sie ihrem Führer folgten. Graydon legte sein Gewehr an und schob den Zeigefinger an den Abzug. Der Anblick Lantlus versetzte ihn so in Erregung, daß er, ohne es zu bemerken, in seiner Muttersprache rief:
»Stehenbleiben! Sonst blase ich dir dein verderbtes Hirn aus dem Kopf! Sofort die Speere 'runter!«
»Still!« Die Mutter berührte seinen Arm mit dem Sistrum. Wie eine Woge breitete sich Taubheit durch ihn aus. Das Gewehr fiel zu Boden.
»Dieser junge Mann hier meinte soeben, es wäre besser für dich, Lantlu, du würdest dort bleiben, wo du bist. Und es wäre noch besser für dich, wenn deine Männer die Waffen senken würde. Und er hat recht damit, Lantlu. Ich, Adana die Schlangenmutter, befehle es dir!« Ihre Worte klangen todernst.
Sie hielt das Sistrum hoch. Lantlu starrte auf das zitternde Kügelchen, und zum erstenmal wirkte er unschlüssig. Er blieb stehen, flüsterte Bural etwas zu, und schon senkten sich die Speere.
Die Schlangenmutter schwankte leicht und rhythmisch nach beiden Seiten.
»Mit welchem Recht verlangst du die Auslieferung dieser Männer, Lantlu?«
»Mit welchem Recht, Mutter?« Er starrte Adana mit bösartiger, hochmütiger Ungläubigkeit an. »Mutter! Plagt Euch das Alter, oder seid Ihr so vergeßlich geworden wie Eure Wächter? Wir verlangen ihre Auslieferung, weil sie das Gesetz von Yu-Atlanchi gebrochen haben, weil sie Gesetzeslose sind, weil sie vogelfrei sind, auf daß jedermann sie bestrafen kann. Kraft des alten Gesetzes, Mutter, demgemäß Ihr, aufgrund eines alten Pakts zwischen Euren Vorfahren und den meinen, unsere Strafverfolgung nicht stören dürft! Und solltet Ihr uns doch behindern, Mutter, müssen wir für Euch Eure Ehre wahren und sie trotzdem ergreifen. Bural, wenn dieser Fremdländer sich bückt, um seine Waffe aufzuheben, durchbohrst du ihn mit deinem Speer. Und wenn einer dieser Gesetzlosen eine falsche Bewegung macht, fliegen unsere Lanzen durch die Luft. Reicht Euch das als Antwort, Mutter?«

»Ihr bekommt sie nicht«, sagte die Schlangenmutter gelassen. Aber ihr Körper schwankte in wachsenden Kreisen, sie streckte sich höher, und sie hielt den Kopf wie eine angriffslustige Kobra. Suarra trat hinter ihr hervor, ging zu Graydon und hakte sich bei ihm ein. Lantlus Miene verfinsterte sich augenblicklich.
»Aha!« rief er. »Suarra mit ihrem neuen Gespielen! Deine Verwandten beweinen dich, und deine Freunde raufen sich die Haare, du Dirne der Urd! Nun, bald schon wirst du dich dort wiederfinden, wo du hingehörst, du...«
Graydon sah nur noch einen roten Nebel vor den Augen, und in seinen Ohren rauschte es schrill. Der heiße Haß, den er seit damals gefiltert hatte, als Lantlu ihn vor dem Schrein des Schatten verhöhnt hatte, durchbrach nun alle Dämme. Bevor die Schlangenfrau ihn aufhalten konnte, war er schon die Stufen hinunter und hieb dem höhnenden Rivalen die geballte Faust ins Gesicht. Er fühlte, wie das Nasenbein unter seinem Schlag zersplitterte. Lantlu wankte und stolperte ein, zwei Schritte zurück. Doch dann gewann er behende wie eine Katze seine Haltung zurück. Er stürmte auf Graydon zu und breitete dabei die kräftigen Arme aus, um ihn zu zerdrücken.
Graydon tauchte unter ihm weg und versetzte ihm dabei zwei Fausthiebe. Der eine traf den Fürsten auf das lose Mundwerk. Und wieder spürte er, wie Knochen zerbrachen. Lantlu taumelte gegen seinen Willen in Burals Arme.
»Graydon, komm sofort zurück zu mir!« Die Stimme der Schlangenmutter klang so einschneidend, daß er ihr gehorchen mußte. Rückwärts stieg er die Stufen hinauf und ließ dabei die Anhänger Lantlus nicht aus den Augen. Aber keiner von ihnen setzte ihm nach. Auf halbem Weg sah er, daß der Fürst die Augen öffnete, sich aus Burals Griff befreite und zunächst verständnislos um sich blickte. Graydon blieb stehen, unbändige Freude erfüllte ihn, und wieder sprach er, ohne es zu bemerken, in seiner Muttersprache:
»Damit bist du wohl ein Stückchen von deiner Schönheit los geworden!«
Lantlu starrte ihn verstört an. Er wischte sich mit einer Hand über

den Mund und blickte dann verständnislos auf das feuchte Rote an seinen Fingern.
»Unser junger Freund meint«, trillerte die Schlangenfrau, »daß deine Kurtisanen nun einige Mühe haben werden, deine Schönheit zu bewundern. Und auch darin hat er recht.«
Graydon sah sie an. Die kleine Hand hatte sich so fest um das Sistrum geklammert, daß die Knöchel weiß hervortraten. Die rote, gespaltene Zunge fuhr vor den Lippen auf und ab, und die Augen strahlten besonders hell... Die Mutter ist vielleicht böse auf dich, dachte Graydon, aber offensichtlich amüsiert sie auch der Anblick von Lantlus eingeschlagenen Zügen... Der Abenteurer hatte beim Preisboxen Frauen unter den Zuschauern gesehen, die mit dem gleichen faszinierten Gesichtsausdruck verfolgt hatten, wie ihr Favorit seinen Gegner verdrosch. Graydon trat neben Adana und versorgte seine aufgeschlagene Knöchel.
Jetzt versuchte Lantlu, sich aus dem Griff der Männer zu befreien, die ihn festhielten... Graydon bewunderte seinen Gegner in diesem Moment... Ohne Zweifel hatte dieser Mann Mut...
»Lantlu!« Die Schlangenmutter erhob sich, bis ihr Kopf eine Manneslänge über Graydon schwebte. Ihre Augen waren kalte, rote Edelsteine und ihre Züge hart wie Stein. »Sieh mich an, Lantlu!« Sie hob das Sistrum. Die zitternde Kugel kam zum Stillstand, und von ihr löste sich ein silbriger Lichtstrahl, der auf Lantlus Stirn sprang. Augenblicklich hörte er auf, sich zu wehren, stand starr da und sah Adana an. Der Silberstrahl sprang auf die Gesichter seiner Anhänger über und verwandelte auch sie in stumme, versteinerte Männer.
»Lantlu, der du die Drecksarbeit für Nimir erledigen darfst, höre mir gut zu: Du hast den Tempel verunreinigt, was noch niemand von der Alten Rasse wagte! Durch Gewalt hast du dir Zutritt verschafft. Durch Gewalt bist du vorgedrungen zu mir, Adana von der Älteren Rasse, die deine Vorfahren mit den Früchten unserer Weisheit gefüttert haben. Die euch erst zu Menschen gemacht haben. Und da kommst du und wagst es, mich zu verhöhnen! Du wagst es, deine Hand gegen mich zu erheben!

Nun erkläre ich den alten Pakt zwischen meinem Volk und dem deinen für gebrochen... verletzt durch dich, Lantlu! Nun erkläre ich, Adana, dich zum Gesetzlosen, und vogelfrei sind alle die, die dir noch weiterhin die Treue halten oder erst noch zu dir stoßen wollen! Ich verstoße dich von diesem Ort! Schleich dich zu deinem wispernden Schatten und erzähl ihm, wie es dir mit deiner Unverfrorenheit ergangen ist! Verkriech dich bei deinem Dunklen Herrn, Lantlu, und flehe ihn an, er möge dich wiederherstellen und dir deine Schönheit zurückgeben. Aber ich sage dir gleich, das kann er nicht... nicht er, dessen Kräfte so schwach geworden sind, daß er nicht einmal einen Körper für sich finden kann.
Dies dir zum Trost, Lantlu. Auch wenn er versucht gewesen sein mag, er wird nun kein Interesse mehr daran haben, in deinen Körper mit dem zerbeulten Gesicht zu schlüpfen. Sage ihm, daß ich, die ihn vor langer Zeit vernichtet hat, daß ich, Adana, die ihn in Stein gefesselt hat, wach und auf der Hut bin. Und ich werde ihm wieder begegnen, wenn die Stunde geschlagen hat, um ihn erneut zu vernichten, doch diesmal ganz und gar! Geh, du Speichellecker, du Kreatur, die noch unter den Urd steht... Geh!«
Sie zeigte mit dem Sistrum auf die zerfetzten Vorhänge, und Lantlu, dessen Kopf jeder Schwingung ihres Leibes wie eine Marionette gefolgt war, drehte sich steifbeinig um und stapfte von dannen. Ihm folgten ebenso die Köpfe schwingend seine Anhänger. Die blauen Emer trieben sie wie Vieh hinaus, bis nichts mehr von den frechen Eindringlingen zu sehen war.
Adanas Schlangenleib hielt in seiner rhythmischen Bewegung inne. Sie ließ sich hinabsinken, bis ihr kleines, spitzes Kinn auf Suarras Schulter ruhte. Alle Kälte war aus ihren Augen gewichen, als sie Graydon fragend ansah.
»Gekämpft wie ein Tier!« sinnierte sie. »Ich denke, etwas Menschliches muß immer noch in mir sein... wie sonst wäre es wohl zu erklären, daß ich Vergnügen dabei empfand zuzusehen, wie deine Fäuste sein Gesicht trafen. Graydon, zum erstenmal seit undenklichen Zeiten hat mich jemand von der Langeweile befreit.«

Sie machte eine kleine Pause und lächelte ihn dabei an.
»Ich hätte ihn vernichten sollen«, sagte sie dann. »Das hätte uns einigen Ärger erspart. Und wahrscheinlich viele Leben gerettet. Aber dann hätte er ja keine Gelegenheit mehr gehabt, seine zerstörte Schönheit zu beweinen oder die Qualen des Neids und der Eifersucht zu erleiden. O nein, diese Freuden möchte ich ihm nicht nehmen, selbst nicht um den Preis etlicher Menschenleben.« Sie gähnte. »Und zum erstenmal seit Äonen fühle ich mich schläfrig.«
Suarra läutete eine goldene Glocke. Eine Tür öffnete sich, und vier anmutige Indiofrauen kamen mit einer reichhaltig gepolsterten Liege herein. Sie stellten sie neben der Schlangenfrau ab und blieben mit vor der Brust verschränkten Armen und gesenkten Köpfen vor ihr stehen. Adana glitt hinauf, hielt aber noch einmal inne.
»Suarra, sorge dafür, daß Regor, Huon und die anderen zu ihrem Quartier geleitet werden und daß man sich gut um sie kümmert. Graydon, du bleibst erst einmal hier bei mir.«
Die Männer knieten noch einmal vor ihr nieder und folgten dann Suarra durch ein Portal.
Graydon stand neben der Mutter. Zuerst sprach sie nicht, sondern war tief in ihren Gedanken versunken. Endlich sah sie ihn an.
»Die Botschaft, die ich an Nimir gesandt habe, war reichlich kühn«, sagte sie, »und ich bin mir längst nicht mehr so sicher wie vorher, mein lieber Graydon, wie diese Geschichte für uns ausgehen wird. Du hast mir einige neue Dinge mitgeteilt, die ich erst abwägen muß. Andererseits hat nun auch dieser schleichende Teufel einiges zum Nachdenken bekommen, was ihn vielleicht etwas von seinen durchtriebenen Boshaftigkeiten ablenken wird.«
Damit schwieg sie, bis Suarra zurückkehrte. Dann glitt sie aus ihrem Nest auf die Liege und zog ihren langen Schlangenleib nach. Dort lag sie eine Weile, stützte das zarte Kinn auf die kleinen Hände und sah die beiden jungen Leute an.
»Gib ihm einen Gute-Nacht-Kuß, Tochter«, sagte sie, »damit er gut schläft und sich geborgen fühlt.«
Suarra drückte ihre Lippen auf die seinen.

»Komm her, Graydon«, lachte die Schlangenfrau, und als er ganz nahe vor ihr stand, nahm sie sein Gesicht in beide Hände und gab ihm auch einen Kuß.

»Welche Abgründe zwischen uns!« Sie schüttelte den Kopf. »Und die wurden von ein paar Hieben auf den Mann überbrückt, der mir zutiefst zuwider ist. Ja, Tochter, letztendlich bin ich auch eine Frau!«

Die Indiofrauen hoben die Liege und gingen los. Suarra begleitete die Mutter. Zwei blau gekleidete Emer erschienen, verbeugten sich leicht vor Graydon und bedeuteten ihm, ihnen zu folgen. Die Schlangenfrau winkte dem Abenteurer noch zu, und Suarra warf ihm eine Kußhand nach.

Graydon folgte den Indios. Als er am roten Thron vorbeikam, bemerkte er, daß dort jemand saß; eine gebeugte Gestalt, in einer mit Troddeln verzierten, rotgelben Robe.

Der Fürst der Narrheit! Graydon konnte sich nicht entsinnen, sein Hereinkommen bemerkt zu haben. Wie lange mochte er schon hier sein? Graydon blieb stehen. Der Fürst sah ihn mit blinzelnden, jugendlichen Augen an. Er streckte eine lange, weiße Hand aus und berührte damit Graydons Stirn. Alle Verwirrung wich daraufhin aus den Gedanken des Abenteurers und wurde ersetzt durch sorglose Fröhlichkeit. Ein angenehmes Gefühl, wenn trotz gegenteiligen Anscheins alles, was falsch und verfahren wirkte, mit einemmal richtig und unbeschwert war. Graydon strahlte die blinkenden Augen an.

»Willkommen, Sohn!« schmunzelte der Fürst der Narrheit.

Einer der Indios berührte den Abenteurer am Arm. Als Graydon sich nach ein paar Schritten noch einmal umwandte, war der rote Thron leer.

Er folgte den Indios durch eine Tür. Sie führten ihn in einen dämmerig beleuchteten, mit Spinnwebvorhängen bestückten Raum, in dessen Mitte eine breite Couch stand. Daneben stand ein kleiner Tisch aus Elfenbein, auf dem ihn Brot, Früchte und milder Weißwein erwarteten. Während er ein Mahl zu sich nahm, befreiten ihn die Indios von seinem Kettenhemd und entkleideten ihn bis

auf die Haut. Sie führten ihn zu einer Kristallwanne, badeten und massierten ihn und rieben seinen Körper mit Öl ein. Danach kleideten sie ihn in ein seidenes Gewand und brachten ihn zum Bett. »Willkommen, Sohn!« fuhr es Graydon beim Einschlafen unentwegt durch den Sinn. »Sohn? Was mag der alte Fürst damit wohl gemeint haben?«
Und während er nach einer Antwort auf diese Frage suchte, schlief er tief und fest ein.

XX

Die Weisheit der Schlangenmutter

Der Morgen des nächsten Tages war schon weit fortgeschritten, als ein Emer zu Graydon kam und ihm mitteilte, daß die Mutter ihn zu sehen wünschte. Er war schon vorher wach gewesen und hatte beim Erwachen entdeckt, daß Huon und Regor in der Tür standen und ihn beobachteten. Regor trug immer noch sein schwarzes Kettenhemd, Huon hingegen hatte das Gelb der Bruderschaft gegen das Blau der Mutter gewechselt. Als Graydon aufstand, fand er am Fußende seines Bettes ebenfalls blaue Kleider vor. Er zog sich die Hose, das lange, lose Hemd und die flachen, halb hohen Stiefel aus weichem Leder an. Die Sachen saßen ihm so ausgezeichnet, daß er sich kurz fragte, ob in der Nacht jemand zu ihm gekommen war und Maß genommen hatte.

Auch ein goldener Stirnreif lag am Bettpfosten, den Graydon jedoch liegen ließ. Nach einem Moment des Nachdenkens schob er sich seinen Revolver in den breiten Gürtel. Ein blauer Seidenumhang, der an den Schultern mit goldenen Schnallen befestigt wurde, vervollständigte seine Aufmachung. Er fühlte sich nicht recht wohl in diesen ungewohnten Kleidungsstücken und kam sich vor, als wäre er zu einem Kostümball unterwegs, was ihm nie besonderes Vergnügen bereitet hatte. Leider gab es für ihn nichts anderes zum Anziehen: Das Kettenhemd war verschwunden, und seine normale Kleidung befand sich – vielleicht zerfetzt – noch in Huons überfallenem Lager.

Er nahm zusammen mit den beiden Rebellen das Frühstück ein. Huon schienen die vergangenen Ereignisse noch immer zu schaffen zu machen. Seine Schönheit war nur noch ein Schatten ihrer selbst, und seine Augen blickten unglücklich drein. Auch Regor schien seine Lebensfreude abhanden gekommen zu sein; ob nun aus Mitgefühl für Huon oder aus irgendeinem anderen Grund, Graydon kam nicht dahinter. Keiner von beiden ging auch nur mit einer Silbe auf Graydons Auseinandersetzung mit Lantlu am Vorabend ein, was Graydon nicht nur verwunderte, sondern auch etwas empörte. Einmal gelang es ihm, das Gespräch sehr nahe an diesen Vorfall heranzuführen. Aber Huon bedachte ihn nur mit einem Blick voller Irritation und Widerwillen, und Regor verabreichte ihm unter dem Tisch einen wohlmeinenden Tritt ans Schienbein.

So empfand Graydon dieses gemeinsame Mahl nicht als sonderlich erquicklich, und er fragte sich, ob Huon ihm doch nicht so wohlgesonnen war, wie er vermutet hatte. Nicht lange danach brachen Huon und Regor auf. Graydon wollte sie begleiten, aber Regor erklärte ihm barsch, daß er besser in seiner Kammer bliebe, weil die Mutter über kurz oder lang nach ihm schicken würde. Adana habe alle ihre Soldaten unter Huons Kommando gestellt, und nun seien sie unterwegs, um diese Truppe zu inspizieren. Der Abenteurer blieb einigermaßen verwundert zurück, doch nach einer knappen Minute war Regor wieder bei ihm.

»Das was du getan hast, war gut getan, mein Junge«, brummte der Riese und klopfte Graydon auf die Schulter. »Mach dir nichts aus Huons Übellaunigkeit. Weißt du, wir pflegen nie so zu kämpfen, wie du es gestern getan hast. Das war der Stil der Urd, mein Junge, rohe Gewalt und so weiter. Ich habe Huon erklärt, daß du unsere Gepflogenheiten natürlich noch nicht kennen kannst, aber, na ja, wie soll ich es sagen, es hat ihm trotzdem nicht gefallen. Davon abgesehen ist sein Herz gebrochen: einmal wegen des Überfalls auf das Lager und zum anderen, was nicht verwundern kann, wegen Dorina.«

»Du kannst Huon ausrichten, er kann mit seinen Gepflogenheiten zur Hölle fahren.« Graydon war verletzt und verärgert. »Wenn mir ein menschliches Tier wie Lantlu gegenübersteht, kämpfe ich halt mit Zähnen und Klauen und schere mich wenig um irgendeine Etikette. Jetzt wird mir klar, warum Lantlu Huon besiegen konnte. Während Nimirs Büttel tat, was er für richtig hielt, grübelte Huon

noch darüber nach, wie er seine Entgegnung Lantlu am besten durch die Blume mitteilen könnte!«
»Einige deiner Worte entstammten deiner Welt«, grinste Regor, »aber ich denke, ich habe mitbekommen, was du sagen wolltest. Vielleicht hast du sogar recht, aber Huon ist eben Huon. Mach dir keine Sorgen, wenn du ihm das nächtstemal begegnest, wird er seinen Verdruß über dich längst vergessen haben.«
»Es ist mir verdammt nochmal egal, ob sein empfindliches Gemüt dann, zumindest was mich betrifft, wieder im Lot ist oder nicht...«, schimpfte Graydon.
Aber Regor klopfte ihm noch einmal freundschaftlich auf die Schulter und verließ ihn.
Noch immer reichlich empört ließ sich Graydon auf einen Sessel nieder und wartete grimmig auf den Ruf der Mutter. Die Wände seines Zimmers waren mit hauchdünnen Vorhängen verziert, die von der Decke bis zum Boden reichten. Der Abenteurer sprang ungeduldig auf und besah sich die Vorhänge aus der Nähe. Er betastete sie, und an einer Stelle fand seine Hand keinen Widerstand. Dort teilte er den Vorhang und trat in einen weiteren Raum, der hell vom Tageslicht beleuchtet war, das durch einige Fenster drang. Die Fenster ließen sich öffnen und führten auf einen Balkon. Graydon ging hinaus. Unter ihm breitete sich Yu-Atlanchi aus.
Der Tempel stand hoch über der Stadt. Wie ein sanfter Hang fiel der Boden von ihm ab. Zwischen dem Sitz der Mutter und dem See erstreckte sich eine einzige Wiesenlandschaft. Kein Baum stand dort, aber eine Vielzahl von blauen Glockenblumen. Das jenseitige Ufer des Sees war nicht so weit weg, wie er vermutet hatte, vielleicht gut anderthalb Kilometer.
Er konnte die Gischt über dem Wasserfall sehen, die vom Wind in lange Fahnen gezogen wurde. Die Höhlen der Kolosse blickten wie Titanenaugen aus dem braunen Gesicht der Felswand. Die Froschfrau war deutlich zu erkennen. Der grüne Stein, aus dem sie gehauen war, hob sich wie ein Relief vom ockerfarbenen Fels ab. Etwas weiter stand die weiße Skulptur, die die Höhle der Toten bewachte. Ein dritter Koloß war auszumachen. Anscheinend aus rosafar-

benem Quartz gemacht, war er bis zu den Füßen verhüllt. Er hatte einen Arm gehoben und verbarg damit sein Gesicht. Dahinter erhob sich eine Statue von einem der grauen, haarlosen Affenmenschen. Diese vier Kolosse waren relativ gut zu erkennen. Die weiter hinten stehenden konnte Graydon nur schlecht sehen, und ihre Farben schienen sich mit der des Fels zu vermengen.

Zu seiner Linken ging die Wiese in eine Ebene über, die nur spärlich bewachsen war, sich über viele Kilometer hinzog und dann relativ übergangslos in den Wald mündete. Überall auf dieser Ebene standen die kleinen Höfe der Indios.

Zu seiner Rechten lag die uralte Stadt. Er hatte sie noch nie aus solcher Nähe gesehen, und jetzt kam sie ihm mehr wie ein Park als wie eine Ansammlung von Gebäuden vor.

Wo die Stadt am Rand der blühenden Tempelwiese ihr Ende fand, erhob sich ein einzelnes Gebilde. Es hatte die Form einer gewaltigen Muschel, deren Basis in den Boden eingelassen war, um das Ganze aufrecht stehen zu lassen. Die Seiten waren anmutig geschwungen, vereinigten sich zu zwei Halbbögen und hingen dann über, um einen Eingang zu bilden. Es stand dem Tempel genau gegenüber, und vom Balkon aus konnte Graydon ziemlich gut erkennen, wie es im Innern dieses Gebäudes aussah.

Die Riesenmuschel war aus opalinem Stein erbaut. Hier und da glühten Pfauenaugen auf seiner Oberfläche, wie Graydon sie schon auf mexikanischen Tempeln gesehen hatte, und an anderen Stellen blitzte es nachtblau auf; ein Effekt, den er von schwarzem Opal kannte. Die reflektierten Strahlen von diesen Stellen schienen sich im Zentrum des Gebildes zu vereinigen und wie ein Lichtnebel durch das Innere zu verbreiten. Wie bei einer Art von Amphitheater waren die runden Innenseiten von Rängen mit steinernen Sitzen durchzogen; vom oberen Rand hinab über etwa zwei Drittel der Fläche. Das Gebilde war etwa neunzig Meter hoch und gut dreimal so lang. Der Abenteurer fragte sich, welchem Zweck es wohl dienen mochte.

Dann ließ er seinen Blick wieder über die Stadt schweifen. Wenn Lantlu seine Getreuen um sich scharte und zum Angriff versammelte, so tat er das wohl im Verborgenen, denn nirgendwo war etwas Außergewöhnliches zu entdecken. Auf den breiten Avenuen herrschte normale Betriebsamkeit. Indios gingen ihren Geschäften nach, andere trugen auf ihren Schultern Körbe, die im Sonnenlicht funkelten, und auf dem See zog gerade eine Bootsflotille mit fröhlich bunten Segeln vorbei. Die Schiffe erinnerten an mittelalterliche Feluken. Doch an keiner Stelle sammelten sich Bewaffnete oder strömten Menschen zusammen. Graydon sah zu, wie beladene Lamas sich in ihrem schwankenden Gang bewegten, und an einer Stelle äste ein Rudel hirschartiger Tiere. Die blühenden Bäume und Büsche verbargen große Teile der Straßen und die Unterseite des Palastes.

In diesem Moment erschien der Indio, um ihn zur Mutter zu führen.

Graydon folgte ihm. Sie blieben vor einer Nische stehen. Der Indio betätigte dort eine goldene Glocke. Vor ihnen tat sich ein Vorhang auf.

Der Abenteurer stand an der Schwelle zu einem Saal mit hohen, ovalen Fenstern, durch die Sonnenlicht strömte. Gobelins hingen an den Wänden und zeigten Bilder vom Leben und von der Kultur des Schlangenvolks. Auf einem nicht sehr hohen Podest lag die Mutter zusammengerollt in einem Nest aus Kissen. Hinter ihr stand Suarra und bürstete ihr das Haar. Das Sonnenlicht zauberte einen silbernen Kranz um ihren Kopf. Neben der Mutter saß der Fürst der Narrheit in seinem rotgelben Umhang. Suarras Augen leuchteten, als Graydon eintrat, und sie schenkte ihm einen langen, zärtlichen Blick. Der Abenteurer erwies Adana seine Ehrerbietung und verbeugte sich leicht vor dem Fürsten.

»Mein Blau steht dir gut, Graydon«, lispelte die Schlangenfrau. »Natürlich mangelt es dir an der Schönheit der alten Rasse. Aber Suarra scheint das nichts auszumachen.« Sie warf dem Mädchen schmunzelnd einen Seitenblick zu.

»Ich halte ihn für sehr gut aussehend«, gestand Suarra ohne Scheu.

»Nun, ich halte ihn zumindest für interessant«, trillerte Adana.

»Nach so vielen Jahrhunderten ist die Schönheit der Männer von Yu-Atlanchi doch etwas monoton geworden. Komm und setz dich neben mich, Junge.« Sie zeigte auf eine lange, niedrige Truhe nahe ihrem Nest. »Nimm dir ein paar Kissen und mach es dir bequem. Und jetzt erzähl mir alles von deiner Welt. Erspar mir eure Götter und Kriege... die haben sich seit hunderttausend Jahren nicht verändert. Berichte mir lieber von eurem Leben, von euren Vergnügungen, von euren Städten, wie ihr mit eurem Leben zurecht kommt und welche Erfahrungen ihr macht.«
Graydon fühlte sich im ersten Moment von einer solchen Aufforderung etwas überfordert, aber er tat sein Bestes. Fast eine Stunde später war er am Ende angelangt und kam zu dem Schluß, daß er eine reichlich kühne Mischung aus Wolkenkratzern, Kinospielfilmen, Eisenbahnen, Dampfschiffen, Krankenhäusern, Radios, Elektrizität, Flugzeugen, Zeitungen, Fernsehen, Astronomie, bildenden Künsten, Telefonen, Bakterien, Explosivstoffen und Straßenbeleuchtung dargeboten hatte. Unglücklicherweise hatte er sich auch kurz in die Fallstricke der Elektronik begeben und dort hoffnungslos auf dem Pfad der Relativitätstheorie verirrt. Schluckend und schwitzend war es ihm nicht möglich gewesen, etliche Begriffe in die Aymarasprache zu übertragen, und so hatte er auf englische Wörter zurückgreifen müssen.
Doch Adana schien keine Mühe zu haben, ihm zu folgen. Sie hatte ihn nur selten unterbrochen und dann auch nur, um detaillierte Zusatzfragen zu stellen. Graydon war sich sicher, daß Suarra kaum die Hälfte von seinem Vortrag mitbekommen hatte, aber er hätte darauf gewettet, daß der Fürst der Narrheit, auch wenn er keine Regung zeigte, ihm hatte folgen können. Die Schlangenfrau schien etwas erschrocken zu sein über die Flugzeuge und das Fernsehen, zeigte sich aber fasziniert von den Wolkenkratzern, dem Telefon, den Explosivstoffen und der elektrischen Beleuchtung.
»Ein ziemlich vielseitiges Bild«, sagte sie schließlich, »und ein wahrhaft erstaunlicher Fortschritt für, wie du sagtest, hundert Jahre. Ich denke, bald werdet auch Ihr einige weitere Neuerungen entwickelt haben. Licht aus Stein erzeugen, wie wir das können,

oder es gar aus der Luft holen. Aber ich mache mir ernsthaft Sorgen um eure Flugapparate. Falls Nimir gewinnt, mögen sie meinetwegen gern über Yu-Atlanchi kreisen! Aber ansonsten muß ich mir etwas ausdenken, um solche Besuche aus der Luft zu verhindern. Wahrlich, ich bin nicht so ungeheuer begeistert von eurer Zivilisation, zumindest wie du sie beschrieben hast, um sie auch an diesem Ort einzuführen. Ein wesentlicher Kritikpunkt von meiner Seite wäre, daß ihr euch zu rasch nach außen entwickelt, euch aber zu wenig um eure Innenseite kümmert. Der Gedanke, mein junger Freund, ist eine ebenso mächtige Kraft wie jede von denen, die du eben aufgezählt hast. Und die Gedankenkraft läßt sich besser kontrollieren, da man sie aus sich selbst heraus schafft. Anscheinend habt ihr euch nie ernsthaft mit der Macht der Gedanken auseinandergesetzt. Eines Tages werdet ihr euch wahrscheinlich so von Maschinen umgeben finden, daß ihr keinen Weg mehr hinaus findet. Oder ihr entdeckt, daß ihr hoffnungslos abhängig geworden seid von euren Apparaten. Dann kommt euch vielleicht zu Bewußtsein, daß euch etwas Unsterbliches innewohnt, das zu gegebener Zeit alles hinter sich lassen und in eine perfekte Welt fliegen kann.«

»Viele in meinem Volk glauben an so etwas«, antwortete Graydon. »Ich habe das nie getan. Allerdings ist mein Unglaube in der letzten Zeit argen Prüfungen ausgesetzt worden: Einmal in der Höhle des steinernen Antlitzes, wo ich etwas Unfaßbares sah, und ein weiteresmal durch einen Traum, der mir kam, als ich am Ufer eines Flusses schlief, und der sich später nicht als Traum, sondern als Realität entpuppte. Ein drittesmal ließ mich ein wispernder Schatten an meinem Unglauben zweifeln. Wenn das Leben nur aus Materie besteht, wie sind dann diese drei Ereignisse zu erklären?«

»Glaubst du wirklich, du hättest den unsterblichen Teil meines Wesens gesehen, Graydon? Bist du tatsächlich davon überzeugt?« Sie beugte sich vor und lächelte. »Aber, mein lieber Junge, das ist doch etwas kindisch, nicht wahr? Falls ich wirklich eine ätherische Essenz besäße, wäre sie sicher mehr als eine bloße Schattenduplikation meiner selbst. So etwas Wunderbares wie eine rein geistige Wesenheit müßte die Materie an Schönheit um ein Vielfaches übertreffen. Und sie wäre ganz, ganz anders anzuschauen als meine körperliche Hülle. Ich bin eine Frau, Graydon, und als solche würde ich mich natürlich zu gern in einer neuen Aufmachung sehen.«

Erst als er sie verlassen hatte, wurde ihm bewußt, wie intensiv die Schlangenmutter ihn bei ihren Ausführungen angesehen hatte. Wenn sie geglaubt hatte, irgend etwas habe seine Gedanken sehr beschäftigt – ein Widerstreben, ein Zweifel oder was sie in seinem Kopf gefunden oder nicht gefunden hatte. Erst hatte sie gelacht und dann wieder ganz ernst gesagt:

»Auch ist nichts aus dir entwichen, um meinem Ruf Folge zu leisten. Es waren meine Gedanken, die dich im Schlaf erreichten. Meine Gedanken hoben die räumliche Distanz zwischen uns auf, genau so, wie eure elektrische Kraft alle räumlichen Widerstände überwindet und Licht oder ein Bild oder sonst etwas zu euch trägt. Ich sah dich dort am Fluß, und es gefiel mir, dich auch mich sehen zu lassen. Ähnliches ist vor kurzem geschehen, als ich sah, wie Lantlu mit seinen Schergen in den Tempel eindrang. Früher einmal konnten wir von der Älteren Rasse den sehenden Gedanken um die ganze Welt schicken. Aber ich habe diese Fähigkeit so selten eingesetzt, daß ich meine Gedanken heute kaum noch über die Grenzen von Yu-Atlanchi hinaus senden kann.

Und was Nimir angeht...« Sie zögerte, »... nun, er hat sich schon immer auf unheimliche Künste verstanden. In gewisser Weise war er ein Pionier. Wie er diesen Schatteneffekt hervorruft, kann ich mir beim besten Willen nicht erklären. Aber ich glaube kaum, daß es sich dabei um sein Unsterbliches, um seine – wie hast du sie noch genannt, Graydon? – um seine Seele handelt. Nein, nicht seine Seele! Und dennoch, irgendwo hat alles einmal seinen Anfang... Vielleicht ist Nimir der Erfinder der Seelenschaffung... wer weiß? Aber wenn dem so wäre, warum ist seine Seele dann so schwach? Im Vergleich zu dem Nimir, als er noch leiblich unter uns weilte, ist Nimirs Schatten ein kümmerliches Etwas. Nein,

nein, keine Seele, eher ein Gedankenprodukt, eine Emanation vom im Antlitz gefesselten Nimir... eine entkörperlichte Intelligenz, die in der Lage war, die Partikel des Körpers von Cadok zu manipulieren... ja, das ließe sich noch einsehen...aber eine unsterbliche Seele? Nein, niemals!«

Sie verfiel wieder in Schweigen und schien sich auf etwas zu konzentrieren. Aber dann...

»Beim sehenden Gedanken kenne ich mich aus. Ich zeige es dir, Graydon. Meine Sicht wird zu dem Ort eilen, an dem du das Schiff gesehen hast, und du sollst sie dabei begleiten.«

Sie drückte ihre Handfläche auf seine Stirn und beließ sie dort. Graydon hatte das Gefühl, über den See und durch die Felsen zu wirbeln; das gleiche schwindelerregende Gefühl wie damals im Tempel, als er glaubte, entkörperlicht im Tempel zu stehen. Jetzt endete seine Reise neben der Hülle des Schiffes in der dämmrigen Höhle. Er studierte kurz die zusammengehäuften, rätselhaften Apparaturen, und schon war er wieder zurück im Tempel.

»Siehst du«, erklärte Adana, »nichts von dir hat diesen Ort verlassen. Nur deine Sicht wurde erweitert, nicht mehr und nicht weniger.«

Sie hob einen silbernen Spiegel hoch und betrachtete sich selbstgefällig.

»So sind die Haare gut«, sagte sie. »Nun flechte sie für mich, Tochter.«

Sie zupfte noch kurz an der einen oder anderen Locke und legte dann den Spiegel wieder hin.

»Graydon, du hast alte Überlegungen in mir erweckt. Oft habe ich mich gefragt ›Was bin ich, Adana, eigentlich?‹ und konnte nie eine Antwort darauf finden. Keiner von meinen Vorfahren ist je zurückgekehrt, um es mir zu sagen. Auch von der Alten Rasse wußte niemand Bescheid. Ist es nun nicht eigenartig, daß es ein Leben nach dem Tode geben soll, und nichts konnte bislang die Lücke zwischen beiden überbrücken; weder Liebe noch Leid, weder Verstand noch Muskelkraft, weder Leidenschaft noch Geheimwissenschaft. Denk nur an die ungezählten Millionen, die seit der

Menschwerdung der grauen Affen gestorben sind. Unter ihnen waren viele unruhige Geister, die unbekannte Gefahren auf sich nahmen, um das Wissen von fernen Ufern mit nach Hause zu bringen, mutige Abenteurer, die es mit Witz und Geschick verstanden, ans Ziel zu gelangen. Dann die weisen Männer, die ihr Leben lang nach der Wahrheit suchten, nicht aus Eigennutz, sondern um den Horizont ihrer Mitmenschen zu erweitern. Und die Männer und Frauen, die sich so sehr liebten, daß nichts zwischen sie treten, nichts sie hätte trennen können; sicher auch nicht die Barriere zwischen diesem und dem nächsten Leben. Leidenschaftliche Priester, deren Glaubensfeuer ihre Gemeinde erleuchteten ... sind sie vielleicht jemals zurückgekehrt, um ihrem Volk zu verkünden ›Seht, ich hatte recht, nun zweifelt nicht mehr!‹? Entschlossene Männer, besessene Forscher oder leidende Liebende ... warum ist nicht einer von ihnen zurückgekehrt, um auszurufen ›Es gibt keinen Tod!‹. Nicht ein solcher Fall ist bekannt geworden. Warum schweigen die, die ins Jenseits gelangt sind, wenn es einen solchen Ort geben soll?

Aber das allein reicht als Beweis für die Nichtexistenz kaum aus. Leider, denn andernfalls wären wir einige beunruhigende Gedanken los. Doch dem ist ja nicht so. Sieh nur, Graydon, wir marschieren um unsere Sonne, die wiederum im Gleichschritt mit einer Armee von anderen Sonnen marschiert, von denen einige auch umkreisende Welten besitzen müssen. Jenseits dieses Universums marschieren andere Sonnenarmeen durch den Raum. Die Erde kann nicht der einzige Ort in all diesen Universen sein, auf dem sich Leben entwickelt hat. Und erst der Strom der Zeit: er fließt sowohl vorwärts als auch rückwärts in die Unendlichkeit. Wohlan denn, in aller unmeßbaren Zeit hat kein Schiff von einer anderen Welt seinen Anker auf unserer Erde ausgeworfen. Kein Handelsschiff segelt zwischen den Sternen umher, um neben Waren auch Nachrichten von anderen bewohnten Orten feilzubieten.

Haben wir also mehr Beweise dafür vorliegen, daß irgendwo in diesen gewaltigen Universen Leben existiert, als für die Hypothese, daß das Leben in einem geheimnisvollen, unbekannten

Land seine Fortsetzung findet, durch das man anscheinend nur nach dem Tod Zugang findet? Doch die Wissenschaftler deines Volks verneinen letzteres, weil noch nie jemand aus dem Jenseits zurückgekehrt ist, während sie ersteres als gegeben annehmen, obwohl von den Sternen auch noch nie Besuch gekommen ist. Von dem einen sagen sie, daß sie es leider nicht wissen, während sie das andere, von dem sie auch nichts wissen, rundheraus abstreiten.

Und wenn es doch so etwas geben sollte, das du Seele nennst, dann frage ich mich, wo kommt sie her, und wann und wie gelangt sie in unseren Körper? Hatten die affenartigen Kreaturen, aus denen du hervorgegangen bist, schon eine Seele? Hatten deine Vorfahren, die auf allen vieren aus dem Wasser gekrochen sind, schon eine Seele? Wann tauchte die erste Seele auf? Besitzt nur der Mensch eine Seele? Ruht sie vielleicht in der Eizelle der Frau? Oder in den Samenfäden des Mannes? Oder ist sie zu je einer Hälfte in beiden enthalten? Und wenn nicht, wann gelangt sie dann in das entstehende Leben in der Gebärmutter? Oder kommt sie erst nach dem ersten Schrei des Neugeborenen? Oder wann tritt sie in das Leben des Menschen ein?«

»Die Zeit strömt wie ein mächtiger Fluß, ruhig und gleichmäßig«, erklärte der Fürst der Narrheit. »In ihm zieht sich eine Spalte entlang, aus der Blasen steigen. Das ist das Leben. Einige Blasen treiben ein wenig länger als die anderen. Manche sind groß und manche klein. Diese Blasen steigen auf und platzen, steigen auf und platzen. Entweicht ihnen beim Platzen eine unsterbliche Essenz? Wer weiß das, wer kann das wissen?«

Die Schlangenmutter betrachtete sich wieder im Spiegel.

»Ich für meine Person weiß es nicht«, erklärte sie leicht und ungezwungen. »Suarra, mein liebes Kind, du hast mein Haar wieder einmal wunderbar hinbekommen. Genug jetzt der Spekulationen.« Sie drehte den Kopf im Spiegel nach allen Seiten. »Ich bin eine praktische Person. Wir sollten uns mehr Gedanken darüber machen, Tyddo, wie wir Nimir und Lantlu davon abhalten können, die Blasen zum Platzen zu bringen, die unser Leben darstellen.« Sie zupfte eine einzelne widerspenstige Locke zurecht.

»Vor einem habe ich wirklich Angst«, fuhr sie fort, »daß Nimir nämlich danach trachtet, die Geräte der Macht in seinen Besitz zu bringen, die sich zusammen mit dem Schiff in der Höhle befinden. Und ich fürchte, er findet einen Weg, an sie zu gelangen. Daher müßt ihr, Graydon und Suarra, noch heute nacht in die Höhle gehen und zusammen mit fünfzig Emern das heraustragen, was ich benötige. Und dann hättet ihr dort noch etwas Wichtiges zu erledigen. Eile ist geboten, deshalb müßt ihr euch sputen. Graydon, erheb dich von der Truhe.«

Der Abenteurer stand auf. Sie öffnete die Truhe und entnahm ihr eine dicke, einen Meter lange Kristallstange, die offensichtlich hohl war. Das Innere wurde von einer schlanken Säule aus pulsierendem violettem Feuer angefüllt.

»Dies, Graydon, gebe ich dir beim Aufbruch«, sagte Adana. »Achte gut darauf, denn unser aller Leben könnte davon abhängen. Nachdem die Emer alles aufgeladen haben und auf dem Weg zurück sind, wirst du mit diesem Gerät das tun, was ich dir gleich zeige. Suarra, im Bauch des Schiffes befindet sich ein Kästchen, das du mir bringen mußt. Ich zeige dir noch, wo genau es steht. Bevor das Gerät in Aktion gesetzt wird, dürft ihr beide euch von den alten Schätzen nehmen, was ihr wollt. Nur eines dürft ihr nicht: trödeln!« Sie betrachtete stirnrunzelnd die pulsierende Flamme. »Es tut mir leid, sehr leid. Aber nun steht uns ein großer Verlust bevor, damit wir noch größeren Verlust verhindern können. Suarra, Kind, folge meiner Sicht!«

Das Mädchen trat vor und wartete vor der Mutter. Ihre Gelassenheit bewies, daß sie nicht zum erstenmal eine solche Gedankenreise antrat. Adana drückte ihr die Handfläche auf die Stirn und beließ sie lange Minuten dort. Als die Schlangenfrau ihre Hand wieder fortnahm, lächelte Suarra und nickte.

»Du hast gesehen«, sagte Adana. »Du weißt genau, was ich möchte. Und du wirst nichts vergessen!« Ihre Worte klangen wie Befehle.

»Ich habe gesehen, ich weiß alles, und ich werde nichts vergessen«, antwortete Suarra.

»Nun du auch, Graydon, damit es zu keinem Fehler kommt und ihr beide reibungslos zusammenarbeitet.«
Sie berührte seine Stirn. Mit der den Gedanken eigenen Schnelligkeit fand er sich in der Höhle wieder. Einer nach dem anderen erstrahlten die Gegenstände hell, die Adana haben wollte. Er erfuhr präzise, wo jedes einzelne Stück stand und wie er dorthin gelangte. Und es prägte sich unauslöschlich in sein Gedächtnis ein. Nun befand er sich in dem Schiff in einer reichhaltig ausgestatteten Kabine, und dort sah er auch das Kästchen, das Suarra holen sollte. Dann stand er neben einem merkwürdigen Apparat aus Kristall und einem silberartigen Metall. Er war geformt wie eine dickbauchige geschlossene Schüssel, deren Rand mit Kugeln wie denen an Adanas Sistrum besetzt war. Sie wiesen allerdings die zehnfache Größe auf, und das quecksilberartige Zittern in ihnen fehlte. Im Kristall, der die Schüssel bildete, schwamm wie eine Lache violettes Feuer, das ebenfalls inaktiv war. Als Graydon sich die Oberseite der Schüssel genauer ansah, entdeckte er, daß sie aus einer Substanz klar wie Luft bestand. Das violette Feuer war darin eingeschlossen. Direkt im Zentrum der Lache stand ein Metallzylinder. Vor Graydon tauchte nebelhaft Adanas Stange auf. Sie paßte haargenau in den Zylinder. Dann hörte er die Stimme der Schlangenfrau: »Genau dies mußt du tun.«
Dem Abenteurer kam es so vor, als würden selbst bei dieser geistigen Vereinigung die Kugeln zu zittern und die Flamme zu pulsieren beginnen. Dann löste sich der Stab auf.
Er spürte, wie er die wirbelnde Rückreise zum Tempel antrat. Doch mitten im Flug wurde er aufgehalten. Ihn überkam der gleiche Schrecken, den er angekettet an die Steinbank vor dem schwarzen Thron erfahren hatte!
Rotes Licht drang auf ihn ein. Rostrote Atome umwogten ihn. Er war wieder in der Höhle des Schattens, und vom Thron starrte ihn ein konturloses Gesicht an. Der Schatten!
Der schreckliche Blick durchbohrte ihn. Dann ließ der Druck von ihm ab, und er hörte ein wisperndes Lachen...
Er stand zitternd in der Kammer der Mutter und keuchte wie nach

einem Langstreckenlauf. Suarra war neben ihm, und seine Hände umklammerten ihre Finger. Sie sah ihn erschrocken an. Die Schlangenmutter hatte sich hoch aufgerichtet, und zum erstenmal entdeckte er auf ihren Zügen so etwas wie Verwirrung. Der Fürst der Narrheit stand angespannt da und hatte seinen Stab auf den Abenteurer gerichtet.

»Großer Gott!« schluchzte Graydon und mußte sich auf Suarra stützen. »Der Schatten! Er nahm mich gefangen!«

Plötzlich wurde ihm klar, was eigentlich geschehen war. In dem kurzen Augenblick, in dem er sich in der Gewalt des Schattens befunden hatte, hatte Nimir in seinem Kopf wie in einem offenen Buch gelesen. Und er wußte jetzt genau, wonach der Abenteurer in der Höhle des Verlorenen Wissens gesucht hatte, wußte genau, was die Mutter von dort haben wollte, und wußte auch, was die Mutter vorhatte. Wahrscheinlich traf er nun alle Vorbereitungen, Adanas nächstem Zug zu begegnen. Graydon erzählte das rasch der Mutter.

Sie hörte ihm mit glitzernden Augen zu, und ihr Kopf wackelte wie der einer Kobra. Sie zischte.

»Wenn Nimir Graydons Gedanken gelesen hat, hat er auch erfahren, daß der Zug dorthin heute nacht beginnen soll«, sagte der Fürst der Narrheit leise. »Daher müssen sie augenblicklich aufbrechen, Adana.«

»Du hast recht, Tyddo. Nimir kann nicht in die Höhle hinein, zumindest in seinem Zustand nicht. Was er nun unternehmen will, vermag ich nicht zu erraten. Aber irgend etwas geht in seinem Kopf vor. Du sagtest, er habe zum Schluß gelacht, Graydon? Nun, was er auch plant, er wird einige Zeit für die Vorbereitungen benötigen. Er muß Helfershelfer zusammenrufen, weil er selbst ja nichts tun kann. Wir haben also eine gute Chance, ihm zuvorzukommen. Suarra, Graydon, macht euch sofort auf den Weg. Tyddo, du begleitest sie.«

Der Fürst der Narrheit nickte, und seine Augen funkelten.

»Ich würde gern noch einmal Nimirs Stärke erproben, Adana«, erklärte er.

»Und Kon . . . Kon muß auch mit. Suarra, mein Kind, rufe Regor. Er soll die Emer aussuchen.«

Als Suarra gegangen war, um den Riesen zu suchen, reichte die Schlangenmutter Tyddo die Kristallstange.

»Nimir ist stärker, als ich erwartet habe«, sagte sie düster. »Dieser wispernde Schatten hat ein Mal auf dir gelassen, Graydon. Du bist ihm zu sehr ausgeliefert, bist zu schwach, um Nimir abwehren zu können. Daher bekommt Tyddo den Schlüssel, und er wird ihn auch einsetzen. Hol meinen Armreif unter dem Ärmel hervor. Trage ihn offen, und wenn du noch einmal spürst, daß der Schatten seinen Geist nach dir ausstreckt, sieh rasch und intensiv auf die roten Steine. Und denk dabei fest an mich. Jetzt gib ihn mir.«

Sie nahm den Armreif, hauchte die Steine an und drückte sie an ihre Stirn. Dann gab sie ihm das Stück zurück.

Nach einer halben Stunde war alles vorbereitet, und sie brachen auf. Regor wollte unbedingt mit, hatte geschimpft, gebettelt und fast geweint. Aber die Schlangenmutter hatte es ihm verboten. Der Fürst der Narrheit übernahm die Führung und trug in der einen Hand die Kristallstange und in der anderen seinen Stab. Hinter ihm lief Graydon, zu beiden Seiten eskortiert von Suarra und Kon. Dann kamen fünfzig ausgesuchte Emer der Tempelwache.

XXI

Die Höhle des Verlorenen Wissens

Sie liefen durch einen anderen Gang, als den, durch den sie in den Tempel gelangt waren. Dieser war höher und breiter. Der Fürst der Narrheit marschierte zügig und entschlossen, als eile er zu einem Rendezvous. Sie betraten die Höhle des Verlorenen Wissens durch eine Tür, die sich nach der Berührung von Tyddos rotem Stab öffnete. Der neue Korridor hatte sie auf geradem Weg zu den verborgenen Schätzen des Schlangenvolks und des ersten Yu-Atlanchi geführt.

Vom Dunklen Fürsten und seinen Schergen oder gar den Urd war nichts zu sehen. Die Höhle wirkte unberührt. Die Kristalle schimmerten matt, die Metalle glänzten, und die Edelsteine funkelten unbeständig. Die verwirrenden Formen der Apparate, deren Zweck oder Arbeitsweise unenträtselbar waren, erhoben sich als Schatten aus dem trüben Licht.

Zuerst nahmen sie zwei Kristallscheiben auf. Aus nächster Nähe erkannte Graydon an ihnen Details, die auf dem Gemälde vom Sumpf der Vorzeit nicht zu erkennen gewesen waren. Die linienförmigen Scheiben waren sechs Meter hoch und im Zentrum einen Meter dick. Im Innern der hohlen Scheiben befand sich eine kleinere Scheibe von milchiger Färbung wie geronnenes Mondlicht. Von den Rändern hingen unzählige Fäden ab, jeder einzelne so fein und silbrig wie ein Haar der Schlangenmutter. Weitere Fäden verliefen quer zu ihnen und bildeten eine Art Spinnennetz. In regelmäßigen Abständen waren rund um die Kristallinsen ein dutzend kleinerer Scheiben aus dem milchigen Material verteilt.

Die strahlenden Fäden gingen über das Netz hinaus und strömten wie Zügel zu den Außenscheiben. Diese ruhten auf grauen Metallsockeln mit Kufen wie bei einem Schlitten. Insgesamt waren diese

Konstruktionen jedoch so zerbrechlich anzuschauen, daß man sich fragte, warum sie nicht schon lange zusammengefallen waren.
Die Indios banden lange Seile an die Kufen und zogen die Gebilde in den Korridor. Als sie sie hinausgeschafft hatten, seufzte Tyddo erleichtert. Er klickte etwas zu Kon, und der Spinnenmann folgte dem Zug der Emer.
»Auf die müssen wir ein besonderes Augenmerk haben«, erklärte der Fürst. »Das sind unsere stärksten Waffen. Ich habe Kon aufgetragen, dafür zu sorgen, daß sie auf dem schnellsten Weg zu Adana geschafft werden. Ihr beide sammelt nun rasch die anderen Dinge ein, die die Mutter haben will. Ich halte solange Wache.«
Er marschierte davon und war bald im trüben Licht verschwunden.
Suarra und Graydon machten sich rasch ans Werk und teilten die verbliebenen Indios unter sich auf. Hauptsächlich handelte es sich bei den gewünschten Objekten um Truhen. Manche waren klein genug, um von einem Mann bequem getragen zu werden, andere waren so schwer, daß vier Emer unter ihrer Last ächzten. Sieben von den symbolverzierten Silberkugeln waren auf der Liste der Schlangenmutter. Graydon stellte verflüfft fest, daß sie so leicht waren wie Seifenblasen und schon durch einen leichten Schubs ins Rollen gerieten. Endlich stand nur noch das Schiff auf ihrem Programm, und mit den letzten Emern stiegen sie in seinen Bauch.
Das Schiff ruhte auf einem Metallgestell. Eine Leiter führte hinauf. Graydon stieg hoch, und Suarra folgte ihm. Graydon fragte sich, wie die Ahnen der Yu-Atlancher diese große Arche über das Land bis zu dieser Stelle gezogen hatten. Dann erinnerte er sich daran, daß Suarra ihm einmal erzählt hatte, daß in jenen Tagen die Landschaft noch anders ausgesehen hatte und der Ozean sehr nahe gewesen war.
Dennoch bedeutete der Transport eines neunzig Meter langen Schiffes eine enorme Leistung. Graydon sagte sich, daß die Ahnen über Maschinen von ungeheurer Kraft verfügt haben mußten. Und wie mochten sie das Schiff durch all die Äonen vor dem Verfall bewahrt haben? Der Rumpf bestand aus einem Hartholz, das

in seiner Konsistenz fast metallische Eigenschaften hatte. Das Schiff erinnerte an einen Schoner und hatte dicke und stämmige Masten. Graydon entdeckte am Heck ein blaues Glitzern. Als er dorthin ging, sah er eine weitere von den großen Scheiben. Sie war himmelblau und im Gegensatz zu den anderen nicht durchsichtig. Er fragte sich, ob es sich bei diesem Gebilde um eine Art Propeller oder Schraube als Antriebskraft für das Gefährt handelte; aber wozu dann die Masten? Bis auf die Scheibe und die Masten war das Deck leer. Er erinnerte sich an die Darstellungen in der Höhle mit den bemalten Wänden. Die Schiffe dort hatten viel höhere Masten, und ein Schonertyp war nicht darunter. Von seinem erhöhten Standpunkt aus ließ Graydon den Blick durch die Höhle schweifen. Der Fürst der Narrheit, ein konturloser Fleck aus Gelb und Rot, befand sich neben dem geheimnisvollen Apparat mit der pulsierenden violetten Flamme. Reglos stand er da, lauschte und hielt ständig die Kristallstange bereit, um sie sofort in den Zylinder zu schieben.

»Graydon!« rief Suarra und winkte von einer offenen Luke. »Beeil dich!«

Eine Klampentreppe führte in den finsteren Bauch des Schiffes. Suarra eilte leichtfüßig wie ein Reh dort hinunter. Aus einem Kegel in ihrer Hand löste sich eine Leuchtwolke. Graydon stand auf einem Seidenteppich so dick und üppig wie eine Sommerwiese. Vor ihm breitete sich eine Reihe von verschlossenen, niedrigen und ovalen Türen aus. Suarra schien sie abzuzählen, entschied sich dann für eine und stieß sie auf. Die blitzende Leuchtwolke strömte ihr nach. Graydon und das Mädchen befanden sich in einer geräumigen Kabine, deren Wände mit Gobelins behangen waren und in der wohl einmal eine Frau gelebt hatte. Welche Prinzessin aus dem uralten Yu-Atlanchi, die vor so vielen Jahrtausenden über eine aufgewühlte See vor dem Ansturm des Eises geflohen war, hatte sich wohl einst in diesem Silberspiegel betrachtet? Sein Blick fiel auf ein Nest von seidigen Kissen, und er wußte, wer in diesem Raum die Überfahrt verbracht hatte. Suarra machte sich in einer Ecke zu schaffen und erhob sich plötzlich mit dem Kästchen in den Händen. Graydon entdeckte eine weitere Truhe und öffnete sie. Darin lag eine lange

Kette mit nachtblauen Perlen und unbekannten Edelsteinen, die von innen heraus leuchteten. Er zog sie heraus und legte sie Suarra um den Kopf. Wie Sterne funkelten die Steine in ihrem pechschwarzen Haar.
Ein Buch! Graydon hielt den Atem an, als er das Stück aus der Truhe zog. Ein Buch mit Seiten aus papyrusdünnem Metall, reich bebildert und mit unbekannten Symbolen bedruckt. Er schob sich das Werk in den Umhang.
Im Augenwinkel nahm er das Funkeln der Steine auf seinem Armreif wahr. Sie blinkten so intensiv, daß es nur eine Warnung sein konnte. Suarra, die sich gerade im Silberspiegel betrachtete, bemerkte ebenfalls das Funkeln.
»Rasch!« rief sie. »Aufs Deck, Graydon!«
Sie rannten die Treppe hoch und gelangten gerade rechtzeitig aufs Deck, um zu sehen, wie der Fürst der Narrheit die Kristallstange in den Zylinder schob.
Augenblicklich schoß eine amethystfarbene Flammensäule hoch und wuchs, bis sie das Dach der Höhle erreicht hatte. Sie war kreisrund, so als habe ein Bildhauer sie gemacht, und beim Auffahren ertönte von ihr ein unterdrücktes Seufzen wie beim ersten Auftreten eines Sturms. Sie füllte die Höhle mit einem strahlenden Glanz aus, der heller war als Sonnenschein, und machte damit für das menschliche Auge alle Perspektive zunichte. Die Gegenstände schienen aufeinander zuzurücken.
Der Fürst der Narrheit, der, wie sie wußten, ein ganzes Stück entfernt war, wirkte jetzt so nah, daß man nur die Hand auszustrekken brauchte, um ihn zu berühren. Die Quecksilberkugeln neben ihm zitterten wie in dem Sistrum, das Adana hochgehalten hatte, als Lantlu vor ihr stand.
Tyddo sah Suarra und Graydon und zeigte mit seinem Stab auf den Korridor. Aber sie konnten sich kaum rühren, so sehr hatte sie der faszinierende Anblick der strahlenden Säule in ihren Bann gezogen.
Eine Vibration zuckte durch die Säule. Ein leuchtender violetter Ring löste sich von ihr und breitete sich wie eine Welle auf einem

stillen See aus, in den jemand einen Stein geworfen hat. Er strömte durch den Fürsten und tauchte ihn in einen Lavendelnebel. Dann breitete sich der Ring einen oder zwei Meter über Tyddo hinaus aus und verging. Aber alles, was er dabei – bis auf Tyddo – berührt hatte, war ebenfalls verschwunden. Und der Fürst der Narrheit selbst war nackt bis auf die Haut!
Rund um die Säule war in einem Umkreis von zwei Metern nichts mehr!
Wieder pulsierte die Säule. Ein dickerer Ring löste sich langsam von ihr. Vor ihm tanzte Tyddo auf und ab, schwenkte erregt seinen Stab und rief Suarra und Graydon zu, sie sollten endlich in den Korridor verschwinden. Die beiden rannten auf die Leiter zu.
Hoch über dem Seufzen der Säule ertönte ein unheilvolles Zischen. Aus dem Hintergrund der Höhle ergossen sich Scharen von Urd. Zu Hunderten ergossen sie sich zwischen den Geräten und Apparaturen hindurch und griffen die nackte Gestalt an, die dort so gelassen stehenblieb. Dann fuhr der zweite Ring durch Tyddo und weitete sich immer noch aus. Er erreichte die ersten Reihen der Urd, umschloß sie und verging dann. Danach war rund um die Säule ein sechs Meter breiter Ring leer.
Aber neue Urd drängten nach, wurden von den hinteren vorgestoßen. Der Fürst trat zurück, immer weiter zurück, bis in den dritten Ring. Er weitete sich wie seine Vorgänger und ließ bei seinem Vergehen nichts zurück.
»Suarra!« keuchte Graydon. »Die Leiter hinunter! Wir müssen den Korridor erreichen! Die Säule spuckt die Ringe in immer rascherer Folge aus. Und sie werden immer breiter. Bald haben sie uns erreicht. Tyddo weiß schon, was er tut. Aber wenn diese Höllenkreaturen von Urd dich entdecken ...«
Es verschlug ihm die Sprache, und er blieb wie angewurzelt stehen. Lauter als das Zischen der Echsenmenschen und dröhnender als das Seufzen der Säule erhob sich ein Schrei wie der von einem umzingelten Wildpferd. Die Urd liefen auseinander, und mitten zwischen ihnen, direkt am Rand der Leere erschien Nimir.
So furchtbar er als Schatten gewesen war, und so grauenvoll der

Anblick gewesen war, als er sich in Cadok ergossen hatte, beide waren noch vergleichsweise harmlose Bilder im Vergleich zu dem, wie der Dunkle Fürst sich jetzt zeigte.

Nimir hatte sich einen Körper verschafft. Ein Yu-Atlancher, ohne Zweifel einer von Lantlus Gegnern, der hastig für die Bedürfnisse des Schattens vorbereitet worden war. Ein geschwollener Fleischklumpen mit unbeständigen Konturen, so als bereite es Nimir Mühe, sich in ihm zu halten, so als hielte der Dunkle Fürst das Fleisch und die Knochen seines Trägers nur durch reine Willenskraft zusammen. Der Kopf rollte hin und her, und dann tauchte dahinter das Gesicht des Bösen auf. Bleiche Augen starrten umher. Graydons Herz hämmerte wie verrückt, und seine Kehle war trocken wie Staub, als er auf diesen aufgedunsenen Körper, das leblose Gesicht und die Züge des Bösen darüber sah.

Ein weiterer Ring löste sich. Was auch immer den Fürsten der Narrheit immun gegen die vernichtende Wirkung des Rings machte, niemand konnte das mit ihm teilen. Denn Nimir taumelte rasch auf toten Füßen davor zurück.

Tyddo zeigte mit seinem Stab auf ihn und lachte.

»Schande über dich, Nimir!« höhnte er, »mich nach so vielen Jahren in einer so schlecht sitzenden Aufmachung zu begrüßen! Hast du denn in deiner langen Gefangenschaft alle Regeln des Anstands vergessen? Gürte deinen labberigen Umhang fester um dich, gewaltiger Fürst... oder geh besser ganz nackt wie ich durch die Flamme. Aber ach, wie dumm von mir, ich vergaß kurz, daß du das ja gar nicht kannst, du Möchtegern-Herr-der-Welt!«

Nun kam es Graydon, der langsam wieder zu Verstand kam, so vor, daß der Fürst der Narrheit den Dunklen Herrn provozieren wollte, um Zeit zu gewinnen, oder aus einem anderen Grund. Nimir schluckte den Köder, lief wieder auf Tyddo los und entdeckte erst im letzten Moment den Haken. Nur mit äußerster Anstrengung gelang es ihm gerade noch rechtzeitig, vor einem neuen Ring zurückzuweichen, der ihn unweigerlich wie alles andere auch aufgefressen hätte.

Nimir taumelte zurück in die abwartenden Urd. Augenblicklich

kam Bewegung in die Echsenmänner. Während Graydon sich hinter Suarra die Leiter hinabließ, rannten die Urd um den sich weitenden Kreis herum und zerrten und zogen an allem herum, auf das sie stießen, um es fortzuschaffen. Der Schatten fand trotz der Mühe, seinen verfallenden Körper aufzuhalten, die Kraft, die Echsenmenschen unablässig anzutreiben.
Lauter und lauter wurde das Seufzen der Flammensäule, rascher und rascher sonderte sie Ringe ab, und weiter und weiter breiteten sie sich aus.
Graydon rannte, zog Suarra an der Hand hinter sich her, und als er einmal den Kopf wandte, konnte er seinen Blick kaum von dem Spektakel lösen. Ein Ring umschloß das Schiff und verging mit ihm! Ein weiterer Ring fuhr in eine Kolonne von Urd, die sich mit Truhen abmühten, und löschte sie aus. Und über allem das Heulen des Dunklen Fürsten...
Er fühlte sich von Suarra gezogen und von Tyddo geschoben. Endlich im Korridor. Hinter ihnen schloß sich die Tür. Graydon folgte den beiden wie im Traum, sah nichts mehr, hörte nichts mehr und war unfähig, einen klaren Gedanken zu fassen. Sein Verstand war einfach nicht in der Lage, das soeben Gesehene zu verarbeiten.

Sie fanden die Mutter in einer Kammer, die so vollgestopft war mit geborgenen Schätzen aus der Höhle, daß man sich kaum noch rühren konnte. Adana hatte schon einige Truhen geöffnet und ihren Inhalt inspiziert. Ins Haar hatte sie sich blitzende Edelsteine geflochten, und um den Leib hatte sie sich einen breiten Perlengürtel gebunden. Halsketten von unschätzbarem Wert fielen bis auf das Tal zwischen ihren zierlichen Brüsten hinab. Als die drei eintraten, bewunderte sich die Schlangenmutter gerade in einem Spiegel.
»Auf meine Weise bin ich von unvergleichlicher Schönheit«, meinte sie versonnen. »Zumindest diese Befriedigung bleibt mir... daß mich auf meine Art keine an Schönheit übertrifft. Suarra, meine Tochter, ich bin ja so glücklich, daß du mir diese Steine mitgebracht hast. Ich hatte schon lange vor, sie dir zu schenken.

Aber Tyddo!« Sie riß in gespieltem Entsetzen die Hände vors Gesicht. »Wo sind deine Kleider geblieben. In deinem Alter... und nicht einmal die Blöße bedeckt!«
»Bei Euren Vorfahren, Adana, wie konnte ich mich nur so vergessen!« Der Fürst der Narrheit griff sich rasch ein Seidentuch und band es sich um den Leib.
»Ist es vollbracht?« fragte die Schlangenmutter, und alle Heiterkeit wich aus ihrem Gesicht.
»Es ist vollbracht, Adana«, antwortete Tyddo. »Und wir sind keinen Moment zu früh gekommen!«
Sie hörte ihm kummervoll zu, wie er ihr von den Ereignissen in der Höhle berichtete.
»So vieles verloren!« flüsterte sie. »So vieles, das unersetzlich war...das der Welt auf immer verloren gegangen ist. Mein Volk, oh mein Volk... Und auch das Schiff... Aber es gibt auch eine gute Seite«, lächelte sie leicht, »wir haben Nimir die besten Stücke vor der Nase weggefischt! Ich bin jedoch bestürzt, welche Stärke er schon angesammelt hat. Zu gern würde ich wissen, was seine Urd für ihn davontragen konnten. Ich kann nur hoffen, daß sich darunter ein Gegenstand befindet, der ihm zu einer dauerhaften Hülle verhelfen dürfte. Ich frage mich, in wessen Körper er bei dem Überfall eingedrungen war? Nun geht und beschäftigt euch mit euch selbst, Kinder. Tyddo und ich haben hier noch einiges zu tun.«
Sie entließ die beiden mit einer graziösen Handbewegung. Doch als Graydon sich an der Tür noch einmal umwandte, entdeckte er Kummer auf ihren Zügen und Tränen in ihren Augen.

XXII

Das Fest der Traummacher

In den nächsten beiden Tagen bekam Graydon die Schlangenmutter überhaupt nicht und Huon und Regor nur selten zu sehen. Aber da er ohnehin die meiste Zeit mit Suarra verbrachte, störte ihn das auch nicht sonderlich. Er spazierte mit seiner Geliebten durch den Tempel, entdeckte vielerlei sonderbare und auch beunruhigende Dinge und erfuhr einiges über die Experimente der Schlangenmenschen und der alten Yu-Atlancher mit der Umformung von Leben. Experimente, aus denen unter anderem die Weber und die Urd resultierten. Aber auch groteske und erschreckende Lebensformen – androgyne Monstrositäten, hybride Wunderwesen, einige von ihnen von bizarrer Schönheit. Einmal gelangte Graydon in eine große Bibliothek, die mit reich bebilderten Metallseitenbüchern angefüllt war. Die Schriftzeichen waren heute nur noch für Adana und den Fürsten der Narrheit verständlich.
Zusammen mit Suarra besuchte er die Halle der Weber und hielt sich dort recht lange auf. Fasziniert betrachtete er die Spinnenmenschen, wie sie klickend an den Webstühlen entlangliefen und die Stoffe anfertigten, deren Muster sie nach so langer Zeit instinktiv kannten. Kaum mehr als hundert Weber arbeiteten hier noch, und in der gewaltigen Halle bewegten sich etliche Webstühle unbeaufsichtigt und leer.
Suarra erzählte ihm, daß sich unter dem Tempel viele Kammern und Höhlen befanden, von denen sie nicht wußte, was sie enthielten. Darunter war auch der geheimnisvolle Ort mit den beiden Toren, das eine zum Leben und das andere zum Tod, die nur denen geöffnet wurden, die sich Kinder wünschten und dafür einen hohen Preis zu zahlen bereit waren: der Verlust ihrer Unsterblichkeit.
Weder Nimir noch Lantlu unternahm in diesen Tagen einen offenen

Gegenzug. Wenn Graydon auf seinen Balkon trat, sah er unter sich eine friedliche Stadt, in der alles seinen gewohnten Gang ging. Regor wußte allerdings zu berichten, daß seine Spione Unruhe und Spannungen in der Luft registriert hätten. Die Geschichte von Lantlus Demütigung hatte sich in Windeseile herumgesprochen. Einige seiner Anhänger waren dadurch in ihrem Glauben an ihn wankend geworden.

Regors Männer waren auch unter den Indios aktiv. Der Riese glaubte, daß nun die Hälfte der Emer hinter ihnen standen. Graydon wollte wissen, wie viele Krieger das wären, und erfuhr, daß man auf etwa viertausend Indios mit militärischer Ausbildung zählen könnte. Von der anderen Hälfte der Emer hatten sich viele in die Wälder zurückgezogen, um dort den Ausgang der Auseinandersetzung abzuwarten. Und täglich machten sich neue Indiofamilien dorthin auf den Weg. Regor glaubte nicht, daß die verbliebenen, Lantlu ergebenen Emer Nimir von großem Nutzen sein würden. Zum einen band er sie nur durch Furcht an sich, und zum anderen haßten sie die Urd und würden eher mit Ablehnung als mit Begeisterung an deren Seite kämpfen. Graydon fürchtete jedoch nicht so sehr die Echsenmenschen, sondern mehr die Reitsaurier. Auch die viertausend Emersoldaten würden einer geschlossenen Kavallerieattacke solcher Wesen kaum standhalten können. Regor machte sich allerdings kaum Gedanken darüber und verkündete geheimnisvoll, daß ihnen noch andere Mittel zur Verfügung stünden.

Dann kam der Riese mit einer neuen Nachricht: Gut zwanzig Rebellen hatten den Angriff auf Huons Lager überlebt, und mit ihnen kamen hundert Emer, allesamt erfahrene Krieger.

Der Tag des Ladnophaxi, des Fests der Traummacher brach an. Alle Yu-Atlancher würden an diesem Abend die Stadt verlassen und zum Theater ziehen. Emer hingegen waren strikt von dieser Feierlichkeit ausgeschlossen. Es war ihnen sogar verboten, von außen zu versuchen, Einblick in das muschelartige Gebäude zu werfen, das Graydon von seinem Balkon aus betrachtet hatte. Das sonderbare Gebäude war eigens für diese alljährliche Veranstaltung er-

richtet worden. Die Indios hielten an diesem Abend weit fort am Rand des Walds ihr eigenes Fest ab. Diese Nacht erwies sich also von allen als die günstigste, um die versprengten Mitglieder der Bruderschaft in den Tempel zu schmuggeln. Die Stadt war dann wie ausgestorben und wurde kaum bewacht. Huon und Regor wollten die Überlebenden an einem bestimmten Punkt am See treffen und dann in Sicherheit bringen.
Graydons Neugier auf das Fest der Traummacher wuchs von Stunde zu Stunde. Bald konnte er es kaum noch aushalten, dort Zuschauer zu sein, und er beschloß, auf Biegen und Brechen dorthin zu kommen. Suarra sagte er nichts davon, weil er fürchtete, sie könnte zu energisch ihren hübschen kleinen Kopf schütteln, oder aber darauf bestehen, ihn zu begleiten. Letzteres war natürlich völlig ausgeschlossen, wenn man an Lantlus Drohungen dachte; davon abgesehen hatte die Schlangenmutter offiziell den Krieg erklärt. Er fragte sich, ob er Adana dazu bringen konnte, ihn mit einem Gerät auszustatten, das ihm einen gefahrlosen Besuch des Ladnophaxi ermöglichen würde. Aber er verwarf den Gedanken rasch wieder, als ihm klar wurde, daß Adana viel eher ein Gerät hervorzaubern würde, daß ihn erfolgreich davon abhielt, den Tempel an diesem Abend zu verlassen. Vielleicht der Fürst der Narrheit? Die Vorstellung war so verrückt, daß sie Graydon immer besser gefiel. Aber dann erinnerte er sich an den Kampf in der Höhle des Verlorenen Wissens, und ihm wurde klar, daß die Art der Narrheit, über die Tyddo Fürst war, sich deutlich von der landläufigen Bedeutung dieses Begriffs unterschied.
Wie dem auch sei, er würde das Fest der Traummacher nicht versäumen!
Während er noch über die besten Möglichkeiten grübelte, dorthin zu gelangen, schickte die Mutter nach ihm. Er trat in ihr Privatgemach und fand sie allein vor. Die großen Scheiben waren nicht mehr dort, genauso wenig wie die meisten anderen Gegenstände, die sie aus der Höhle geschafft hatten. Ihre Augen blitzten, ihr Hals zuckte, und ihr glitzernder Schlangenleib bewegte sich unruhig hin und her.

»Du unterscheidest dich sehr von den Menschen, die ich sonst zu sehen bekomme«, begrüßte sie ihn. »So sehr, daß du meine Gedanken aus ihren festgelegten Bahnen holst und meinen Geist erfrischst. Ich kann mir vorstellen, wie ungeheuer fremdartig dir Yu-Atlanchi vorkommen muß, und ich denke, ich selbst bin dir von allen Dingen das Rätselhafteste. Dagegen ist alles, was dir so verwunderlich vorkommt, für mich alltäglich. Genau so wie das, was dir völlig normal vorkommt, den hiesigen Menschen als etwas völlig Phantastisches erscheint. Und vieles davon bereitet auch mir Kopfzerbrechen. Ich würde gern aus meiner Abgeschiedenheit entfliehen, die sowohl eine Stärke als auch eine Schwäche ist. Ich würde gern durch deine Augen sehen, Graydon, und würde gern einmal so denken wie du, der Fremdländer. Wie verarbeitest du die Situation, in die du durch dein Eintreffen hier geraten bist? Sprich frei und offen, mein Sohn, und fürchte nicht, daß deine Worte mich verletzen könnten.«
Graydon räusperte sich und sprach dann so frei und offen, wie sie es von ihm verlangte. Er erzählte von der Stagnation der Alten Rasse, von ihrem Niedergang hin zu Grausamkeit und übertriebener Indifferenz; von seiner Sicht der Ursachen für diesen Verfall; von dem Befremden, das ihn beim Anblick solcher Monstrositäten wie der Spinnenmenschen und der Urd befiel; von der Grausamkeit und der zynischen Pervertierung von Wissenschaft, die solcher Umformung von Leben vorausgehen mußte; von seiner Ansicht, daß die Urd, obwohl sie für ihr Dasein nichts konnten, ausgelöscht werden sollten; von seiner Erkenntnis, daß man nicht einmal Lantlu und seine Kumpane für eine solche Entwicklung verantwortlich machen konnte, auch nicht für den soziokulturellen Niedergang der Rasse, sondern die, die vor Urzeiten mit der Forschung begonnen hatten, deren Auswirkungen heute den Verfall bestimmten; und schließlich von seiner Angst vor den Sauriern im Verein mit den Urd, die bei der kommenden Schlacht kaum aufzuhalten sein würden.
»Aber über Nimir hast du dir wohl keine Gedanken gemacht, oder?« sagte sie, als er geendet hatte.

»Auch habe ich nichts von Euch gesagt, Mutter«, antwortete der Abenteurer. »Ich erzählte nur von den Dingen, die ich erkennen und begreifen kann, und ich weiß nichts über die Kräfte und Mächte, die Euch beiden zur Verfügung stehen. Ich denke mir nur, daß es am Ende auf eine Auseinandersetzung zwischen Euch und Nimir hinauslaufen wird... daß alle anderen, die Urd und die Xinli, Lantlu, Regor und Huon und natürlich auch ich nichts als Bauern auf Eurem Schachbrett sind, vernachlässigbare, opferbare Größen.«

»Da hast du nicht unrecht«, nickte die Schlangenfrau. »Ich wüßte wirklich gern, was Nimir aus der Höhle fortschaffen konnte. Ein Apparat liegt mir besonders am Herzen, und ich hoffe, er hat ihn geholt.« Ihre Augen funkelten boshaft. »Und ich hoffe auch, daß er ihn benutzt. Er würde damit den Körper bekommen, den er sich wünscht, Graydon. Aber ich bezweifle, daß ihm das Ergebnis viel Freude bereitet. Was seine Hilfstruppen angeht – die Xinli und die Urd –, da brauchst du dir keine Sorgen zu machen, mein Sohn. Meine gefiederten Boten kümmern sich um sie. Auch seid ihr nicht so vernachlässigbar, wie du das vielleicht annimmst. Nicht auszuschließen, daß ich im entscheidenden Moment dein rasches Auge und deine sichere Hand benötige. Insgesamt hast du jedoch recht, die eigentliche Auseinandersetzung wird zwischen mir und dem Dunklen Fürsten geführt.«

Sie schwieg und betrachtete den Abenteurer. Dann fuhr sie fort:

»Die Weber und die Urd... experimentiert nicht auch die Natur beständig an ihren Geschöpfen herum? Wie viele Modelle hat sie schon entworfen? Manche von ihnen waren wahrhaft monströser als alles, was du hier gesehen hast. Und mit einer ebensolchen Portion an Zynismus, wie du ihn uns vorwirfst, hat die Natur viele Modelle wieder vernichtet. Welche ekelhaften und widerwärtigen Formen hat die Natur nicht schon aus ihrem Labor entlassen? Warum sollten da wir, die wir Teil der Natur sind, nicht dem Beispiel folgen, das sie uns vorgeführt hat?

Die Alte Rasse und was bis heute aus ihr geworden ist... Wenn du einem anderen das Leben rettest, ihn während einer Krankheit pflegst und durchbringst, bist du dann auch dafür verantwortlich, was er danach tut oder nicht tut? Wenn er Menschen tötet oder sie foltert, bist du dann verantwortlich für das Morden und Foltern? Meine Vorfahren befreiten diese Menschen vom Tod, zumindest vom natürlichen Tod. Dafür mußten sie den Preis bezahlen, keinen oder nur in sehr geringer Anzahl Nachwuchs zu bekommen. Wenn wir das nicht getan hätten, hätten diese Menschen hier sich so vermehrt, daß sie sich bald auf dieser großen Erde ständig gegenseitig auf die Füße getreten hätten. Wir haben sie nicht nur vom Tod, sondern auch von allen Krankheiten befreit. Und wir haben ihnen großes Wissen in die Hand gegeben. Ist es nun unsere Schuld, daß sie sich dieser Gaben als nicht wert erwiesen haben?«

»Ihr habt um sie herum einen Damm errichtet, damit sie dieses Wissen nicht gebrauchen konnten«, sagte Graydon. »Menschen entwickeln sich weiter, wenn sie Schwierigkeiten überwunden haben, nicht aber, wenn man sie wie im Treibhaus gefangen hält.«

»So so, aber ist der Damm denn keine Schwierigkeit?« fragte die Mutter listig. »Sie hätten diese Barriere doch überwinden können, um sich weiterzuentwickeln, oder?«

Darauf wußte Graydon keine Antwort.

»Aber in einem Punkt hast du recht«, fuhr die Mutter fort. »Wenn ich Nimir besiege, werde ich danach die Urd vernichten. Und nur einige wenige von der Alten Rasse sollen übrigbleiben. Ihre Fehlentwicklungen will ich ausmerzen, so wie auch die Natur von Zeit zu Zeit Kehraus hält. Diesen Sumpf lege ich trocken.«

Sie hob den Spiegel, strich sich über das Haar und sagte dann: »Die Krise ist nahe. Vielleicht kommt sie schon heute nacht. Lantlu hat sich vor wenigen Stunden in der Stadt gezeigt und lauthals geprahlt. Er wirkte sehr von sich überzeugt und war arroganter als je zuvor. Ich fürchte, er weiß etwas von einer Suppe, die Nimir gerade kocht. Nun, soll er prahlen. Ich wüßte gern, was Nimir aus der Höhle fortschaffen konnte. Ich habe versucht, meine Sicht zu ihm zu erweitern, aber ich kam nicht durch. Er blockiert mich... Irgend etwas hat er entdeckt... Und wenn ich es so versuche...«

Sie beugte sich vor und legte Graydon eine Hand auf die Stirn. Der Abenteurer wirbelte rasch davon, trieb über dem See und war plötzlich in der roten Höhle des Schattens! Doch warum war das rote Licht so dick, daß er nichts erkennen konnte? Wie ein Nebel legte es sich um ihn.

Er stand unvermittelt wieder neben der Schlangenmutter und schüttelte den Kopf.

»Ich weiß«, sagte sie. »Ich habe unserer beider Sicht zur Höhle gesandt, weil ich hoffte, daß deine besondere Sensibilität gegenüber dem Schatten eine Lücke in seiner Blockade finden würde. Aber du hast auch nicht mehr entdecken können als ich.« In einem ihrer plötzlichen Stimmungswandlungen lächelte sie ihn plötzlich an. »Es tut mir leid, daß du nicht zum Fest der Traummacher gehen kannst, mein Junge. Ich könnte natürlich zusammen mit meiner deine Sicht dorthin senden, aber es wäre nicht lange genug für dich, um wirklich etwas mitzuerleben. Die Anstrengung wäre zu groß für dich. Eine kurzzeitige Sichtverlängerung schadet nichts, aber für einige Stunden... nein, das kann ich dir nicht zumuten.«

Wenig später entließ sie ihn. Graydon hatte ein schlechtes Gewissen, als er ihr Zimmer verlassen hatte, aber sein Entschluß stand unverändert fest.

Als er seine eigene Kammer erreicht hatte, kam ihm die Lösung in den Sinn.

Kon!

Er konnte ihm wahrscheinlich helfen. Seit Graydons Kampf mit Lantlu hatte der Spinnenmann den Abenteurer so fest in sein Herz geschlossen, wie er ihn bei der Flucht aus der Höhle des Schattens in den Armen gehalten hatte. Wenn die beiden sich begegneten, klickte ihm der Weber immer freundlich zu und klopfte ihm auf die Schulter. Ob er Kon überreden konnte, mit ihm die Wand des Muschelgebildes hinaufzusteigen, bis sie eine Stelle gefunden hatten, von der aus Graydon alles sehen konnte, ohne selbst entdeckt zu werden? Aber wie zum Teufel sollte er den Spinnenmann überreden, wenn er sich ihm kaum verständlich machen konnte? Er wendete in Gedanken die Angelegenheit von allen Seiten und

brach dann plötzlich in Gelächter aus. Ja, so konnte er es versuchen.
Drei Stunden nach Sonnenuntergang erhob sich der Vollmond über den Gipfeln des Gebirgsdamms. In Yu-Atlanchi wurde es früh dunkel, und durch diese hohen Berge war es hier schon stockfinster, während das Land jenseits der Barriere noch im Dämmerlicht lag. Das Fest der Traummacher würde erst beginnen, wenn der Mond hoch über dem Amphitheater stand. Soviel hatte Graydon in Erfahrung bringen können. Jetzt, wo der Mond schon aufgegangen war, blieb ihm nicht mehr viel Zeit.
Er aß mit Suarra und den anderen zu Abend. Sie erzählte ihm, daß Adana sie in dieser Nacht an ihrer Seite wünschte, weil die Schlangenmutter nichts von dem Fest versäumen wollte. Zwar beherrschte sie die Gedankensicht auch ohne fremde Hilfe, aber es war ihr angenehm, dabei noch jemanden bei sich zu haben. Zu seiner großen Erleichterung wurde er an diesem Abend nicht von Adana benötigt. Nach einer Weile erklärte er Suarra, er sei etwas müde und wolle auf seinem Zimmer noch etwas in den Büchern der Schlangenmenschen blättern. Ihre Freundlichkeit und Arglosigkeit ließ ihn sich noch schlechter fühlen, aber sein Entschluß stand felsenfest. Beiläufig fragte er sich noch, wo sich Kon aufhielt. Sie antwortete, daß es dem Spinnenmann besonders gut im Thronsaal gefiel und er sich regelmäßig dort aufhalte, wenn er mal gerade nicht mit Huon zusammen sei.
Er verabschiedete sich von ihr und schlich sich in den Thronsaal. Kon war tatsächlich dort und hatte es sich auf dem Thron des Fürsten der Narrheit bequem gemacht. Graydon nahm das als gutes Omen und grinste den Spinnenmann an. Er setzte sich neben ihn hin und holte ein Stück weißen Seidenstoff und einen roten Farbstift aus seinem Umhang. Kon klickte interessiert. Graydon malte den Umriß des Muscheltheaters auf den Stoff. Kon nickte. Der Abenteurer zeigte auf den Eingang und dann auf sich. Der Spinnenmann schüttelte heftig den Kopf. Graydon zeichnete die Rückseite des Versammlungsortes, so wie er es sich vorstellte, und malte dann ein Strichmännchen, das dort hinaufstieg. Kon be-

trachtete das Bild intensiv, nahm dann den Stift und malte ein genaues Bild von der Rückseite, wie sie tatsächlich aussah. Dann grinste er und zeichnete ein paar Querstriche. Er malte sich, wie er an diesen Strichen die Außenwand des Amphitheaters hinaufstieg und dabei Graydon unter dem Arm hielt. Kon legte den Stift beiseite, klopfte dem Abenteurer auf den Rücken und stieß ein rasches Stakkato sonderbarer Laute aus, von denen Graydon annahm, daß Spinnenmänner auf diese Weise lachten.

Aber er wußte auch, was Kon ihm mit der Zeichnung hatte sagen wollen: »Du kannst nur dort hinauf, wenn ich dich trage, und ich weiß sehr gut, daß du das nicht willst.«

Wollte er das wirklich nicht? Im Gegenteil, genau das war sein Plan!

Er nickte dem Spinnenmann anerkennend zu, zeigte auf die Skizze und strahlte. Das Grinsen verschwand von Kons Gesicht. Er wirkte überrascht und dann besorgt. Sein Klicken klang warnend und sogar verärgert. Graydon sagte sich, daß er wohl gerade vom Spinnenmann ausgeschimpft wurde, aber er störte sich nicht daran, sondern zeigte immer wieder auf die Skizze und nickte strahlend. Kon schien etwas eingefallen zu sein. Er griff den Stift und malte eine grobe Darstellung von Lantlu. Graydon erkannte ihn vor allem daran, daß eine Faust auf seiner Nase war. Daneben zeichnete der Spinnenmann den Abenteurer, der sein Gewehr auf Lantlus Gesicht richtete. Das entsprach nun nicht Graydons Plan, und er schüttelte den Kopf. Kon war verwirrt.

Der Spinnenmann zeichnete ein neues Bild: Er kletterte die Tempelwand hinab und hielt dabei Graydon mit dem Kopf nach unten an einem Fuß fest. Der Abenteurer ließ sich davon nicht abschrekken und nickte erfreut. Wenn Spinnenmenschen so etwas konnten, dann fluchte Kon jetzt wütend. Er zeichnete ein neues Bild, in dem er sich von Ast zu Ast durch die Bäume schwang und dabei Graydon immer noch am Fuß hielt. Der Abenteurer klopfte ihm auf die Schulter und nickte, um sein Einverständnis zu zeigen. Kon fluchte wieder, dachte dann einen Augenblick lang nach und zeichnete dann sich, wie er Lantlus Kopf mit vier Keulen malträtierte. Graydon zuckte die Achseln. Kon klickte noch einmal leise und gab dann nach.

Er stapfte aus dem Thronsaal und bedeutete Graydon, ihm zu folgen. Der Spinnenmann führte ihn auf einen Balkon am Ende des Korridors und verschwand dann. Graydon sah hinaus in die Nacht. Die Schüssel von Yu-Atlanchi lag in Finsternis. Er bemerkte lange Lichtketten: Yu-Atlancher, die sich auf dem Weg zum Amphitheater befanden. Jemand berührte Graydon am Arm. Kon stand neben ihm und hielt zwei Metallkeulen in den Händen. Ohne noch etwas von sich zu geben, nahm der Spinnenmann ihn unter den Arm, schwang sich über den Rand des Balkons und kletterte die glatte Tempelwand hinunter. Graydon registrierte dankbar, daß Kon ihn nicht mit dem Kopf nach unten hängen ließ.

Der Abstieg endete vor einer breiten Treppe, die hinunter zu den Wiesenlandschaften führte. Der Spinnenmann stellte ihn ab, und zusammen eilten sie vorsichtig die Stufen hinunter, bis sie die ersten Bäume erreichten. Dort nahm Kon ihn wieder auf, aber er schwang sich nicht von Ast zu Ast, sondern eilte, stets auf Dekkung bedacht, von Stamm zu Stamm.

Stimmengewirr drang an Graydons Ohr, das stetig lauter wurde. Aus den Lichtpunkten, die er vom Balkon gesehen hatte, wurden Fackeln und Laternen. Blasse Lichter, die an eingefrorenen Mondschein erinnerten. Darunter ließen sich schwach die Yu-Atlancher ausmachen. Männer und Frauen, die durch einen schmalen Einlaß in das gewaltige Muschelgebilde strömten. Hin und wieder war auch eine reich verzierte Sänfte in ihren Reihen zu entdecken. Die Fackeln waren wie Irrlichter, die keinen Schatten verbreiteten.

Kon bog ab und eilte zwischen den Bäumen hindurch, bis er die Rückseite des Amphitheaters erreicht hatte. Er übergab Graydon die beiden Keulen, packte ihn fester und begann mit dem Aufstieg. Er kam gut voran und hielt sich an dem fest, was er in seiner Skizze mit Strichen dargestellt hatte, obwohl der Abenteurer in der Dunkelheit nicht erkennen konnte, um was es sich dabei handelte. Nicht lange, und sie waren oben.

Hier befand sich eine breite Brüstung. Kon stieg über das Geländer, setzte Graydon etwas unsanft ab und verschwand. Doch bald schon war er wieder zurück, nahm den Abenteurer wieder auf und huschte mit ihm in die Dunkelheit hinab. Graydon keuchte, aber dann war ihr Lauf so abrupt zu Ende, daß ihm der Atem stockte. Um ihn herum war nur sehr spärliches Licht; Sternenlicht, das von der opalinen Wand hinter ihm reflektiert wurde. Kon hatte eine Rille gefunden, und Graydon fragte sich, ob der Spinnenmann sich hier gut genug auskannte, um sie wieder heil zurückzubringen.

Der Abenteurer sah sich um. Sie befanden sich hinter der obersten Sitzreihe, die von einer etwa einen Meter hohen Brüstung abgeschirmt wurde. Von unten drangen Rascheln, Gemurmel und leises Gelächter hoch.

Kon faßte Graydon an der Schulter und drückte ihn hinter die Brüstung. Er hockte sich neben ihn und spähte über die Mauer.

Über den westlichen Bergen tauchte ein silberner Schein auf, der rasch an Helligkeit zunahm. Das Getuschel von den Sitzreihen erstarb. Zwischen zwei hohen Gipfeln entstand ein schimmernder silberner Punkt, der sich in einen Bach von silbernem Feuer verwandelte.

Eine kräftige Baritonstimme fing an zu singen. Die Zuschauermenge antwortete ihm, und es entwickelte sich ein langer Wechselgesang.

Und mit dem Aufsteigen des Mondes wurde auch der Gesang lauter.

Funken sprangen vom oberen Rand des Amphitheaters, die sich zu einem hellen Schein verdichteten. Dann erstrahlte das ganze Gebäude.

Das Fest der Traummacher begann.

Der Wechselgesang endete. Das Licht des Vollmondes strömte ungehindert in das Amphitheater und verwandelte die ganze Anlage in einen glänzenden Opal. Strahlen entsprangen von den höchsten Stellen, die sich im Zentrum des Theaters trafen und bald ein Lichtnetz woben, das von einer Seite des Gebäudes zur anderen

reichte. Stetig wurde dieses Netz dichter, und in ihm waren silhouettenhaft die Köpfe der Zuschauer auszumachen. Die Yu-Atlancher zählten nicht mehr viele, und etliche Sitzplätze waren leer geblieben.
Ein neues Lied wurde angestimmt. Ein silberner Lichtpunkt erschien auf der gegenüberliegenden Wand, stieg auf, bis er über der Öffnung des muschelartigen Gebäudes stand. Er vergrößerte sich zu einem kleinen Mond; eine exakte Kopie des Mondes am Himmel. Drei weitere strahlende Miniatur-Himmelskörper tauchten neben ihm auf. Sie versandten Strahlen, die sich mit dem Lichtnetz vermengten und auch darüber hinaus strömten. Das Netz wirkte dadurch wie ein durchsichtiger, aber fester Vorhang.
Plötzlich wuchs aus dem Netz ein größerer Mond, aus dem sich ein Frauenkopf schälte. Sie war unzweifelhaft eine Yu-Atlanchin, und ein silberner Glorienschein umgab ihr Haupt. Ihr Gesicht strahlte in unvergleichlicher Schönheit. Sie hatte die Augen geschlossen und schien zu schlafen.
Eine Traummacherin!
Sie befand sich in einer breiten Nische, aber ob sie saß oder stand, konnte Graydon nicht entscheiden. Ihr Körper war ohnehin nur schemenhaft auszumachen. Die Lichtkugel hinter dem Kopf pulsierte, schwoll an und war wieder starr. Die Traummacherin verschmolz mit dem Leuchten, bis sie nur noch als Nebel darin zu erkennen war. Der Gesang wuchs zu großer Lautstärke an und endete dann abrupt.
Etwas löste sich mit rascher Geschwindigkeit von der Lichtkugel, etwas das weder Form noch Gestalt besaß. Es traf auf das Netz und schüttelte mit seinem Aufprall den Lichtvorhang durch. Und von einem Moment auf den anderen waren Netz wie Strahlen verschwunden. Graydon sah zum Himmel. Dorthin raste das formlose Etwas mit unfaßbarer Geschwindigkeit. Er begriff jetzt, daß es sich dabei um einen Gedanken eines Traummachers handelte. Während sein Blick ihm zu folgen versuchte, spürte er, wie ein kalter, betäubender Finger in sein Gehirn stach. Und unendlich weit floh der Gedanke in den grenzenlosen Raum.

Irgendwo blieb er stehen und verwandelte sich in einen immensen Nebel wie eine eigene Galaxis. Mit der gleichen unfaßbaren Geschwindigkeit raste die Galaxis dann zum Amphitheater zurück, so als wollte sie das Gebäude unter sich zerschmettern. Der Nebel löste sich in seine einzelnen Sterne auf, die in allen nur denkbaren Farbtönen leuchteten. Eine Sonne löste sich aus der Schar, eine riesige, saphirblaue Kugel. Neben ihr tauchte ein Planet auf. Die Sonne verschwand auf ihrer Bahn irgendwo im All, aber der Trabant flog weiter auf das Amphitheater zu...

Es war ein Flammenplanet. Graydon sah Feuerdschungel, durch die sich monströse Wesen wie lebendige Lava bewegten. Über den Feuerwipfeln flogen Kreaturen, deren Federn aus brennenden Smaragden, Rubinen und Diamanten bestanden. Und da waren Ozeane aus geschmolzenen Juwelen, in denen sich glühende Seeungeheuer tummelten.

Dann strömten Sonne und Planet zum Verband der Galaxis zurück.

Durch das All marschierten nun Giganten. Lachend blieben sie vor dem Sternennebel stehen und pflückten sich einzelne Sonnen heraus, um sie zu Ketten zu binden. Diese schleuderten sie dann in die Unendlichkeit. Oder sie warfen sie gegen Meteore, so daß beide Funken sprühend in Sternenstaub untergingen.

Bald hatten die lachenden Giganten genug von ihrem Spiel und marschierten davon. Einen Augenblick lang war das Universum leer.

Noch völlig hingerissen starrte Graydon auf den Vorhang sich kreuzender Strahlen. War das nur eine Illusion gewesen? Die Vorführung war so real gewesen, daß er sich kaum vorstellen konnte, nur ein zweidimensionales Bild auf dieser merkwürdigen Leinwand gesehen zu haben. Nein, es waren drei Dimensionen gewesen... und so täuschend echt, wie man seinen Augen nur trauen konnte. Oder hatte ein Traummacher dieses Universum erschaffen? Genau so wie die heiteren Giganten... Oder handelte es sich bei ihnen um Wesenheiten aus einer anderen Dimension, die es zu der eben gesehenen Galaxis verschlagen hatte?

Leises Stimmengewirr ertönte von den Rängen, dann kam matter Applaus. Die leuchtende Kugel hinter dem Kopf der Traummacherin wurde trübe. Als er verging, tauchte an seiner Stelle ein Männerkopf auf, der die Augen ebenso geschlossen hielt wie vorhin die Traummacherin.
Auch der neue Kopf sandte seine Gedanken aus, und unter deren Druck zitterte der Lichtvorhang. Vor Graydon breitete sich nun eine Wüste aus. Der Sand funkelte, Bewegung geriet in ihn, und er wuchs in die Höhe. Aus dieser Einöde entstand eine Stadt; aber eine, die sich mit keinem Ort auf der Erde vergleichen ließ. Gewaltige Strukturen und Gebäude, wie sie noch nie ein Mensch erblickt hatte, entstanden aus dem Nichts. Und die Straßen belebten sich mit Chimären. Die Scheußlichkeit ihres Aussehens traf die Augen Graydons wie ein Schlag. Er schloß sie rasch. Als er die Augen wieder öffnete, zerfiel die Stadt gerade. An ihre Stelle trat eine Landschaft, über der zwei Sonnen schienen, eine in Saffrangelb und die andere in Grün. Beide schwebten umeinander. Unter ihrem vermischten Licht standen Bäume, die wie Hydren oder Polypen aussahen und fleischige, sich windende Reptilienäste hatten, an denen große, grell bunte Blumen von absonderlicher Schönheit hingen. Die Blüten öffneten sich, und aus ihnen sprangen amorphe Kreaturen, die wie Dämonen unter den schauderhaften Gewächsen kämpften, einander Qualen zufügten oder sich paarten.
Graydon wurde von diesem Anblick so übel, daß er wieder die Augen schließen mußte. Nach einer Weile machte ihm ein Begeisterungssturm auf den Rängen klar, daß diese Darbietung ihr Ende gefunden hatte. Er verspürte Ekel vor diesen Menschen, die sich an solchen Widerlichkeiten, wie er sie gerade gesehen hatte, delektierten.
Nun folgte ein Traummacher dem anderen, und Traum um Traum manifestierte sich auf dem Lichtstrahlenvorhang. Manchen Darbietungen sah Graydon fasziniert zu und konnte den Blick nicht davon wenden. Andere waren so Übelkeit erregend, daß der Abenteurer sich zitternd in die Arme des Spinnenmanns

flüchtete. Einige Träume waren von überragender Schönheit und zeigten Welten von märchenhafter, meist orientalischer Pracht. Ein unbewohnter Planet voller roter Farben in allen Tönen, die sich selbst zu beeindruckenden Symphonien aufbauten. Aber solche Vorstellungen bekamen nur spärlichen Applaus. Die hier versammelten Männer und Frauen ergötzten sich an Gemetzeln und Grausamkeiten, an ekelhaften Obszönitäten, an Hexen- und Dämonensabbatten. Grauenvolle Phantasie wurde hier bloßgelegt, gegen die Dantes Inferno wie das Paradies wirkte.
Dann hörte Graydon Getuschel, und darüber erscholl arrogant und voller hämischer Vorfreude die Stimme von Lantlu.
In der Lichtkugel schwebte nun ein Frauenkopf. Ihr schönes Gesicht wurde von Verderbtheit überschattet, so als sei die Korruptheit ihr wesentlicher Charakterzug. Als ihr Kopf zu einem Nebel wurde, glaubte Graydon zu sehen, wie sich die geschlossenen Lider kurz öffneten. Tiefviolette Augen voller Tücke sandten eine kurze Botschaft zum prahlenden Lantlu. Zum erstenmal herrschte völliges Schweigen auf den Rängen. Ein erwartungsvolles Schweigen, so als erwarte jeder eine besondere Attraktion.
Der Vorhang wogte unter dem Aufprall der Gedanken der Traummacherin. Dann zog sich ein Film über das Netz der Lichtstrahlen; wie eine Öllache, die sich über einen See ausbreitet. Der Film verdickte sich zu einer Haut.
Dunkle Schatten sausten über die Oberfläche, einer jagte dem anderen nach, und kamen erst am Rand des Netzes zum Stillstand. Immer schneller rasten sie über die Haut, vereinigten sich und nahmen schließlich Gestalt an.
Nein, nicht nur Gestalt, sie bildeten eine Substanz!
Graydon klammerte sich an den Rand der Abgrenzungsmauer. Auf dem Netz bildete sich das Gesicht eines Mannes, nein, ein ganzer Körper tauchte dort auf. Ein Riese von mindestens drei Metern Größe; eine düstere Gestalt, über die grelle Farbtupfer krochen... kein bloßer Schatten, sondern etwas Materielles...
Über den Rand des Amphitheaters schoß ein breiter und heller roter Strahl. Er mußte seinen Ursprung in den Höhlen haben und

traf auf die düstere Gestalt, breitete sich wie ein Fächer darüber aus und verlieh ihm eine rostrote Färbung.
Der Strahl schien die Gestalt zu nähren und zu verfestigen. Mit ihm strömten schwarze Atome heran, die von der Gestalt aufgesaugt wurden. Und bald war sie nicht mehr düster.
Ein Körper, ohne ausgeprägte Konturen zwar, aber unzweifelhaft ein Körper, der durch die Kraft des roten Strahls aufrecht gehalten wurde.
Etwas Neues trieb mit dem Strahl heran – der Schatten!
Er kam nicht rasch, sondern schwebte aus eigenem Antrieb heran; und zwar so vorsichtig, als sei er sich seines Ziels noch nicht ganz sicher. Der unbestimmbare Kopf war vorneweg, und die unsichtbaren Augen starrten auf die Gestalt. Die letzten Meter zu ihr überwand der Schatten jedoch mit einem einzigen Sprung. Eine wirbelnde Nebelwolke hüllte die Gestalt und das, was mit ihr vorging, ein. Purpurrote Korpuskeln fuhren wie Funken hoch.
Etwas Weißglühendes berührte den wirbelnden Nebel und wurde davon aufgesaugt. Graydon hatte den Eindruck, als sei dieses neue Element aus der entgegengesetzten Richtung gekommen ... vom Tempel nämlich.
Der Nebel wurde dichter und trieb davon. Die Gestalt stand einen Augenblick lang auf dem Lichtvorhang und sank dann hindurch auf den Boden.
Der Körper war nicht der eines Menschen, sondern ein verkrümmtes, mißgestaltetes Etwas ...
Es erinnerte an einen aufrecht gehenden Frosch ...
Und auf dessen Schultern war ...
... der Kopf von Nimir!
Graydon glaubte kurz, in Gedanken das Gelächter der Schlangenfrau zu hören.
Doch Nimirs Augen funkelten vor Triumph. Das gebieterische, luziferische Gesicht war voller Siegesgewißheit. Er stieß einen wilden Schrei aus, während die Yu-Atlanchi auf den Rängen ihn wie angewurzelt anstarrten. Er hüpfte auf groteske Weise auf seinen gestreckten Froschbeinen herum und schrie in der uralten,

vergessenen Sprache der Fürsten seinen Trotz und Triumph hinaus!

Der rote Strahl erlosch. Von den Höhlen am jenseitigen Ufer des Sees schoß eine purpurne Flamme hoch hinauf in den Himmel.

Die unheimliche Froschgestalt blieb starr stehen. Das Gesicht von der Schönheit eines gefallenen Engels blickte ungläubig auf die Flamme. Dann schien Nimir zum erstenmal seinen Körper zu sehen. Graydon beobachtete, wie sich seine Züge von Triumph in wahrhaft satanischen Zorn verwandelten. Die Augen glühten wie die Feuer der Hölle, der Mund verzerrte sich zu einer entstellten Fratze, das ganze Gesicht wurde zu einer Gorgonenmaske.

Langsam wandte Nimir den Kopf zu der korrupten Traummacherin, die ihm und Lantlu als Werkzeug gedient hatte. Sie war nun wach und stand in der Nische einer silbernen Kugel.

Die monströsen Arme Nimirs holten weit aus, und er hüpfte auf sie zu. Die Frau kreischte, versuchte auszuweichen und stürzte aus der Nische. Auf dem Boden des Amphitheaters zuckte ein weißer, konturloser Haufen und lag dann reglos da.

Langsam wandte Nimir den Blick von seinem Opfer und suchte die Ränge ab ... und kam Graydon näher und näher.

XXIII

Die Gefangennahme von Suarra

Graydon ließ sich hinter die Brüstung fallen, kauerte dort, verbarg das Gesicht und spürte eine Angst, wie er sie nie zuvor kennengelernt hatte... nein, nicht einmal in der Roten Höhle hatte er sich davon so betäubt gefühlt. Das Herz schlug ihm bis zum Hals, während er auf das Näherkommen der hüpfenden Schritte wartete... auf die unheimliche Gestalt wartete, die ihn holen wollte...

Er hob den rechten Arm und konzentrierte seine Augen auf die roten Steine am Armreif der Schlangenmutter. Deren Schein beruhigte ihn etwas. Verzweifelt verbannte er aus seinen Gedanken alles bis auf das Bild Adanas; klammerte sich daran wie ein abstürzender Bergsteiger an eine vorstehende Wurzel im Fels. Er schloß die Augen und die Ohren und richtete alles in sich nur noch auf das Bild von der Schlangenfrau.

Wie lange er so dagelegen hatte, erfuhr er nie. Erst das Klopfen von Kons zierlichen Händen auf seine Schulter rief ihn in die Wirklichkeit zurück. Zitternd und mit einem Würgen in der Kehle hob er den Kopf und sah sich vorsichtig um. Der Mond hatte den Zenit überschritten, und seine Strahlen beschienen nicht länger das muschelartige Amphitheater. Der Ort wurde nicht mehr beleuchtet, und das Strahlennetz war verschwunden.

Mehr noch, das Amphitheater war leer.

Nach einer Weile hatte Graydon seine Schwäche größtenteils überwunden. Er kroch hinter dem Spinnenmann her durch die Sitzreihen nach unten. Ohne auf jemanden zu treffen, erreichten sie den Ausgang des Komplexes und schlüpften in den Schutz der Bäume.

Als sie wieder vor dem Tempel standen, nahm Kon ihn unter den

Arm und trug ihn zu dem Balkon hinauf, an dem ihr Ausflug begonnen hatte. Oben angelangt sah Graydon auf die Stadt hinab. Überall brannten Lichter, und in dieser Nacht dachte wohl niemand ans Schlafengehen, denn die Straßen waren belebt wie selten zuvor.
Der Abenteurer zögerte. Er wußte nicht, was er als erstes tun sollte. Während er noch nachdachte, marschierte Regor an der Spitze eines Trupps Indios herein, die mit Speeren und Bögen bewaffnet waren. Der Riese wirkte verstört. Ohne Graydon mit einem Wort zu bedenken, stationierte er die Emer an der Tür und wandte sich an Kon. Die beiden klickten sich ein oder zwei Minuten lang etwas zu, dann sah er den Abenteurer noch melancholischer als gewöhnlich an und huschte nach draußen.
»Komm«, sagte Regor und legte Graydon eine Hand auf die Schulter, »die Mutter erwartet dich.«
Eine dunkle Vorahnung durchfuhr Graydon wie ein frostiger Finger. Wenn seine Gedanken nicht mehr von dem schrecklichen Erlebnis im Amphitheater durcheinander gewesen wären, hätte er sich sofort bei Regor erkundigt, ob etwas vorgefallen sei. Aber so folgte er dem Riesen, ohne eine Frage zu stellen. Überall auf den Gängen liefen bewaffnete Emer herum, und unter ihnen waren auch Yu-Atlancher. Einige davon erkannte er als Mitglieder der Bruderschaft wieder. Diese salutierten vor ihm, aber er glaubte, in ihren Augen so etwas wie Mitleid zu erkennen.
Plötzlich blieb er stehen und hielt Regor an. »Irgend etwas stimmt doch nicht. Was ist denn los?«
Der Riese murmelte etwas Unverständliches, schüttelte den Kopf und eilte weiter. Graydon hatte einen furchtbaren Verdacht, der sein ganzes Bewußtsein ausfüllte, während er hinter Regor her lief. Sie stiegen zur Spitze des Tempels hinauf, und das beunruhigte Graydon noch mehr, denn sonst hatte Adana ihn immer in ihren Privatgemächern empfangen.
Überall standen Abteilungen von Emern. Auch bewaffnete Yu-Atlancher waren zu sehen; einige trugen sogar noch Lantlus Grün. Der Abfall von Nimirs rechter Hand mußte doch größere

Ausmaße angenommen haben. Graydon bemerkte darunter bewaffnete Frauen, die wie die Männer Speere, Kurzschwerter und kleine Schilde trugen. Mit so vielen Soldaten ließ sich der Tempel gut verteidigen, sagte sich der Abenteurer, und jeder von ihnen schien zu wissen, wo sein Platz war. Stimmung und Disziplin waren gut.

Dann wurde Graydon klar, daß ihn der Zustand der Truppe gar nicht so sehr interessierte. Er versuchte sich vielmehr mit diesen Beobachtungen bewußt von der Angst abzulenken, die er bislang nicht zu artikulieren gewagt hatte. Nun hielt er es nicht länger aus; er mußte es einfach wissen.

»Regor«, sagte er, »ist etwas mit Suarra?«

Der Riese blieb stehen und legte ihm die Hände auf die Schultern.

»Sie haben sie entführt! Sie ist bei Lantlu!«

Graydons Mund stand weit auf, und alles Blut strömte aus seinem Herzen.

»Entführt? Aber sie war doch bei der Mutter! Wie konnte Lantlu denn überhaupt an sie herankommen?«

»Es geschah während der Verwirrung am Ende vom Fest der Traummacher.« Regor drängte ihn zum Weitergehen. »Huon und ich waren kurz vorher zurückgekehrt. Zahllose Emer strömten zum Tempel, und es gab viel zu tun. Etwa hundert Yu-Atlancher erschienen – womit wir nicht gerechnet hatten –, schworen der Mutter Treue und verlangten Einlaß. Wie ich hörte, hat sich Suarra auf die Suche nach dir gemacht. Als sie dich nicht fand, suchte sie Kon. Und während sie noch überall nachschaute, erhielt sie eine Nachricht – von dir!«

Graydon starrte ihn mit weit aufgerissenen Augen an.

»Von mir! Großer Gott, nein!« rief er. »Wie hätte ich ihr denn eine Nachricht senden sollen? Ich war doch auf dem verdammten Fest... hatte Kon überredet, mich dorthin zu bringen. Ich war doch gerade erst zurückgekommen, als du in mein Zimmer getreten bist!«

»Ist ja gut, mein Junge.« Regor zuckte die Achseln. »Nun haben wir allerdings schon eine Stunde nach Mitternacht. Das Fest endete hingegen eine Stunde vor Mitternacht. Was hast du denn in den letzten zwei Stunden gemacht?«

Ein Sturm toste durch Graydons Kopf. Hatte er sich am Ende so lange hinter der Brüstung verkrochen? Unmöglich! Und wenn doch...

Er holte weit aus und stieß den Riesen so fest vor die Brust, daß der ein paar Schritte zurückfuhr.

»Verdammt, Regor!« fuhr er ihn an. »Du willst damit doch wohl nicht andeuten, ich könnte etwas damit zu tun haben...«

»Sei doch nicht so dumm, Junge«, meinte Regor verständnisvoll. »Natürlich weiß ich, daß du nicht der Absender der Nachricht warst. Aber eines ist doch wohl gewiß: Wenn du hier gewesen wärst, wäre Suarra nicht in die Falle gegangen. Und es scheint sicher zu sein, daß die, die sie entführten, genau gewußt haben, daß du nicht im Tempel warst. Woher wußten sie das? Warum haben sie nicht versucht, dich bei deiner Rückkehr ebenfalls zu ergreifen? Vielleicht hat die Mutter eine Antwort darauf. Zuerst war sie furchtbar wütend... die von ihr am meisten geliebte Person unter ihren Augen entführt...«

Er blieb dort stehen, wo der Korridor vor einem runden Stützbogen endete. Er berührte eine Stelle an der Wand, und eine Tür tat sich auf. Dahinter lag eine kleine, runde Grotte, deren Wände mit einem hochglänzenden, bernsteinfarbenen Metall bedeckt waren. Als die Tür sich hinter ihnen wieder schloß, hatte Graydon das Gefühl, nach oben zu treiben. Dann stand er auf dem Dach des Tempels. Unter den Sternen schimmerte Adanas Schlangenleib, und ihre Stimme ertönte voller Angst, aber ohne Ärger oder Vorwürfe.

»Komm her zu mir, Graydon. Regor, fahr wieder nach unten und besorge unserem jungen Freund die grüne Kleidung von einem der Abtrünnigen von Lantlu. Und vergiß auch die Kopfbinde nicht.«

»Ihr werdet den Jungen doch hoffentlich nicht zu hart herannehmen, Mutter?« murmelte der Riese.

»Ach Unsinn! Wenn hier jemand die Schuld trägt, dann doch wohl ich! Nun mach schon, Schwarzer Regor, wir haben nicht viel

Zeit.« Als er gegangen war, winkte sie Graydon an ihre Seite, nahm sein Gesicht in ihre Hände und gab ihm einen Kuß.

»Wenn ich wirklich vorgehabt hätte, dich auszuschimpfen, mein Junge, könnte ich es spätestens jetzt nicht mehr. Denn ich kann in dein Herz sehen, und dort entdecke ich sehr viele Selbstvorwürfe und noch mehr Kummer. Aber die Schuld liegt bei mir! Hätte ich nicht einem dummen Impuls nachgegeben, sondern Nimir den Körper haben lassen, der im Strahlennetz auf ihn wartete, statt dem Dunklen Fürsten einen Streich zu spielen und seinen Leib zu verunstalten... tja, dann hätte ich ihm damit auch keine Veranlassung zum sofortigen Zurückschlagen gegeben... und er hätte mich nicht mit der Entführung von Suarra treffen wollen. Ich wollte ihm einen Denkzettel verpassen, wollte ihn wütend sehen... ach was soll ich lange versuchen, mich zu rechtfertigen? Eine weibliche Schwäche von mir, etwas Neugierde, etwas Eitelkeit... ich wollte Nimir meine Macht spüren lassen. Daß ich damit natürlich eine ebensolche Vergeltung provozieren würde, ist mir erst später bewußt geworden. Und der Dunkle hat sich ja auch nicht lange bitten lassen. Die Schuld liegt also eindeutig bei mir, und damit genug von diesem Thema.«

Ein Gedanke, der schon die ganze Zeit an der Schwelle zu Graydons Bewußtsein drängte, ein so furchtbarer Gedanke, daß er ihn lange zurückgehalten hatte, brach sich nun Bahn.

»Mutter«, begann der Abenteurer, »Ihr wißt, daß ich Eure Anordnung mißachtet habe und zum Fest gegangen bin. Als Nimir dort seinen neuen Körper zum erstenmal sah und er sich an der Traummacherin gerächt hatte, suchte er Rang um Rang in dem Amphitheater ab. Ich denke, er ahnte, daß ich mich dort irgendwo verborgen hielt. Ich konzentrierte mich voll und ganz auf Euch, um so vor ihm geschützt zu sein. Nun hat Regor mir eben gesagt, daß seitdem zwei Stunden vergangen sind. Und ich weiß nicht, was ich in dieser Zeit getan habe. Könnte es sein, daß Nimir in diesem Zeitraum, auch wenn ich mich auf dein Armband konzentrierte und Kon bei mir war, meine Gedanken gestohlen hat und damit Suarra aus dem Tempel lockte? Vor einer Woche noch hätte ich eine solche Vorstellung für die Ausgeburt einer kranken Phantasie gehalten. Aber nun, da ich weiß, daß der Dunkle Fürst über infernalische Fähigkeiten verfügt, und nach dem, was ich beim Ladnophaxi gesehen habe, kommt mir eine solche Vorstellung nicht mehr als abwegig vor.«

»Nein«, schüttelte Adana den Kopf, aber ihre Augen verengten sich, und sie sah ihn eindringlich an. »Nein, ich glaube nicht, daß er von deiner Anwesenheit wußte. Ich wußte es ja auch nicht... aber mir kam ja auch nie der Gedanke, im Theater nach dir zu suchen...«

»Er wußte, daß ich dort war!« Graydon war jetzt davon überzeugt, und der Gedanke, der so lange gedrängt hatte, breitete sich in seiner ganzen Schrecklichkeit in seinem Bewußtsein aus. »Wieder hat er mich in eine Falle gelockt, wie einen Vogel auf eine Leimrute, bis er das erreicht hat, was ihm vorschwebte. Er brauchte mich gar nicht auf meinem Rückweg zu behelligen, denn da hatte er Suarra ja schon in seiner Gewalt, und das war alles, was er wollte. Mutter, ich denke mir, der Dunkle Fürst hat folgenden Plan: Er will Suarra austauschen – gegen mich. Denn sein größter Wunsch wäre es, meinen Körper zu besitzen. Im Moment hat er nur das, was Ihr ihm untergeschoben habt. Nun will er mich natürlich noch mehr als vorher. Nimir weiß, daß ich mich ihm nie ergeben würde, um damit einer Folter oder dem Tod zu entgehen. Aber um Suarra zu retten... ja, er vermutet, daß ich mich dafür hingeben würde. Also hat er mich im Amphitheater für zwei Stunden mehr oder weniger ausgeschaltet und währenddessen Suarra entführt. Bald schon wird er Euch ein Angebot unterbreiten: Sie gegen mich!«

»Und wirst du akzeptieren, sobald uns dieses Angebot vorliegt?« Die Schlangenmutter beugte sich vor, und ihre roten Augen sahen ihn intensiv an.

»Ja«, antwortete Graydon, obwohl die Erinnerung an den Schatten übermächtige Furcht in ihm auslöste.

»Aber warum hat er dich dann gehen lassen?« fragte die Schlangenmutter. »Nachdem er Suarra entführt hatte, wäre es ihm doch sicher ein leichtes gewesen, auch dich auf deinem Rückweg anzugreifen und in seine Gewalt zu bringen.«

»Die Antwort darauf ist nicht schwer«, entgegnete der Abenteurer. »Er wußte, daß ich mich wehren würde, und dabei wäre wohl nicht auszuschließen, daß der von ihm ersehnte Körper verwundet, verstümmelt oder gar zerstört werden könnte. Nimir hat in diesem Punkt keine Zweifel offen gelassen. Warum hätte er also ein solches Risiko eingehen sollen? Mit Suarra in seiner Hand bekommt er doch alles viel einfacher: Ich komme freiwillig und mit intaktem Körper zu ihm.«

Die Mutter streckte einen Arm aus, legte ihn um seinen Hals und zog seinen Kopf an ihre Schulter.

»Wie weit ihr doch gekommen seid, ihr Enkel der grauen Affen«, flüsterte sie. »Und ich kann dir leider nur wenig Unterstützung bieten, wenn das wirklich Nimirs Plan sein sollte. Eines kann ich dir jedoch mit Gewißheit sagen: Nimir wird es sich gut und lange überlegen, wann er seinen momentanen Körper ablegt. Der Mechanismus, der den Nährstrahl aussendet, ist zerstört. Ich habe diese Vernichtung zu Wege gebracht. Damit hat der Dunkle Fürst keine Möglichkeit mehr, sich auf diese Weise zu einem neuen Leib zu verhelfen; auch wenn ihm sein augenblickliches Aussehen nicht behagt. Vielleicht wird er wieder zum Schatten, zu einer entstofflichten Intelligenz... vielleicht um in dich eindringen zu können. Aber würde er dich jetzt schon in Besitz nehmen wollen? Nein, nicht in diesen Tagen, wo ich sehr stark bin und nur auf den besten Moment zum Zuschlagen warte. Vielleicht wenn er vollkommen sicher sein könnte, widerstandslos in dich einfahren zu können... Aber gerade diese Gewißheit hat er ja nicht. Er muß sich also etwas ausdenken, wie er deiner sicher sein kann, bis die Schlacht gegen mich zu seinen Gunsten entschieden ist.«

»Wenn das wirklich sein Plan ist, steckt ein großer Fehler in seiner Rechnung«, erklärte Graydon grimmig. »Sollte er tatsächlich über Euch siegen, Mutter, wäre wohl kaum davon auszugehen, daß Suarra dann noch am Leben wäre. Und damit besteht für mich ja kein Grund mehr, mich ihm hinzugeben. Schlimmstenfalls würde ich dann meinen Körper verstümmeln, wie ich es damals in der Höhle schon einmal vorhatte.«

»Ich lasse es aber nicht zu, daß er mich besiegt«, erklärte die Mutter. »Und ich sorge auch dafür, daß weder du, noch Suarra noch einer von meinen anderen Getreuen zu Schaden kommt. Wie dem auch sei, ob du nun recht hast mit deinen Vermutungen über Nimirs Motive oder nicht, es läuft wohl auf dasselbe hinaus. Du bist der einzige, der Suarra retten kann, falls eine Rettung überhaupt noch möglich ist. Ich habe einen Entschluß gefaßt, und vielleicht spiele ich dem Dunklen Fürsten damit direkt in die Hände. Andererseits können wir uns damit kaum in eine schlechtere Position bringen. Und wenn du scheiterst, tritt lediglich ein paar Stunden früher das ein, was du befürchtest...«

Sie richtete ihren Schlangenleib hoch auf, und als sie fortfuhr zu sprechen, klang sie sehr entschieden.

»Sobald wie möglich mußt du dich allein zum Haus Lantlus begeben, dort der Brut des Bösen entgegentreten und Suarra befreien. Falls dir das nicht gelingt, verspreche ich dir, daß du nicht zum Wirtskörper Nimirs werden sollst. Denn dann werde ich, Adana, letzte meines Geschlechts, Yu-Atlanchi und alles Leben in diesem Land vom Erdboden tilgen... auch wenn mit diesem Untergang auch mein Ende kommt!«

Sie rollte sich wieder zusammen.

»Ist dir das recht, Graydon?«

»So ist es mir recht, Mutter«, antwortete er fest, »wenn dabei auch Nimir vernichtet wird!«

»Da brauchst du dir keine Sorgen zu machen«, antwortete sie gelassen.

»Dann mache ich mich am besten gleich auf den Weg«, erklärte der Abenteurer. »Gott im Himmel, wo bleibt denn nur Regor?«

»Er kommt doch schon, Graydon«, sagte die Schlangenmutter. »Sieh dich nur einmal um.«

Zum erstenmal kam der Abenteurer dazu, sich diesen Ort näher anzuschauen. Er befand sich auf einer runden Plattform, die über dem Dach des Tempels angebracht war. Über ihm waren nur die Sterne und im Westen der untergehende Mond. Zu seiner Rechten lag die Stadt, in der die Lichter wie ein in Panik geratener Schwarm Glühwürmchen durcheinander wirbelten. Tumultartiger Lärm drang matt an sein Ohr. Jenseits des Sees gähnten die schwarzen Höhlen der Kolosse wie offene Münder. Zu seiner Linken breitete sich die finstere Ebene aus.

Die Plattform hatte einen Durchmesser von sechzig Metern und war ringsum mit einem Geländer aus einem bernsteinfarbigen Metall umgeben. Direkt gegenüber den Höhlen war eine der großen Kristallscheiben stationiert, und eine zweite war auf die Stadt ausgerichtet. Ihre metallenen Sockel standen offen. Darin standen längliche Kristallbehälter, die mit dem Quecksilber vom Sistrum der Mutter gefüllt waren. Kristallartige Kabel liefen von ihnen aus, und in ihnen pulsierte die purpurne Flamme, die schon in der Höhle des Verlorenen Wissens für vollständige Vernichtung gesorgt hatte.

Neben der Schlangenmutter lag ein sonderbarer Apparat, der ein wenig an die Schüssel erinnerte, aus der die Flammensäule gestiegen war, aber viel kleiner und in eine seitliche Lage gebracht war, so als wollte man ihn als Scheinwerfer einsetzen. Andere Geräte standen auf der Plattform, deren Zweck Graydon nicht einmal ahnen konnte. Er vermutete, daß sie aus den Truhen stammten, die er zusammen mit den Eimern hierher geschafft hatte. Und in dieser Ansammlung befanden sich in regelmäßigen Abständen sieben große silberne Kugeln.

»Adana unter Waffen.« Die Schlangenmutter lächelte. »Wenn du nur die geringste Vorstellung davon hättest, mein lieber Graydon, was diese Waffen alles anrichten können. Ich wünschte, wir hätten alles andere in der Höhle vernichten können, bevor Nimir daran geriet. Besonders diesen Nährstrahl, mit dem sich vor langer Zeit meine Vorfahren sonderbare Kreaturen schufen – zur Arbeit, aber auch zum Amüsement –, und die sie danach regelmäßig zerstörten. O ja, nun wünsche ich, dieses Gerät wäre auch zerstört worden, obwohl ich vor gar nicht langer Zeit sehr gehofft habe, Nimir

würde darauf stoßen... Nun ja, geh zum Geländer und fahre mit der Hand darüber.«
Verwundert kam er ihrer Aufforderung nach, spürte dabei aber nichts als kühle Nachtluft.
»Und jetzt...« Sie beugte sich vor und berührte ein Kabel in der Schüssel neben ihr. Ein Ring aus atomisch winzigen violetten Funken stieg fünfzig Meter hoch in die Luft, verwandelte sich dort in eine Feuerkugel und verging.
»Nun streck deine Hand aus.« Graydon gehorchte. Seine Finger stießen gegen etwas. Er preßte seine Handfläche dagegen. Die unsichtbare Substanz fühlte sich warm an, war wie unzerstörbares Glas. Der Lärm aus der Stadt war nicht mehr da. Graydon war von völligem Schweigen umgeben. Er drückte fester gegen das Hindernis, schlug mit der Faust darauf und stieß mit der Schulter dagegen... Er konnte nichts sehen, aber unzweifelhaft war hier ein unüberwindliches Hindernis. Adana zog wieder an dem Kabel. Graydons Hand stieß so abrupt vor, daß er fast aus dem Gleichgewicht geraten wäre.
»Nicht einmal eure stärksten Waffen könnten dieses Hindernis durchstoßen, Graydon«, erklärte die Schlangenmutter. »Auch Nimir ist dagegen machtlos. Wenn ich diese Mauer um den ganzen Tempel ziehen könnte, wie ich ihn hier um mich gezogen habe, bräuchten wir keine Soldaten. Aber es handelt sich hierbei keinesfalls um Magie. Die Gelehrten deines Volkes glauben, daß Materie nichts anderes ist als umgewandelte Energie. Damit haben sie nicht unrecht. Die Mauer besteht aus Energie, die in einem rascheren Zeitablauf zu Materie geworden ist und sich daher als ungeheuer widerstandsfähig erweist... Regor, du hast dir aber Zeit gelassen!«
Der Riese war soeben heraufgekommen und hatte die Plattform betreten. Über dem Arm trug er ein Bündel Kleidungsstücke.
»Es war nicht ganz einfach, etwas in seiner Größe zu finden«, brummte Regor.
»Nun zieh dich aus«, wies die Mutter Graydon an, »und streife die grünen Kleider über. Ach, mein Junge, du brauchst dich doch nicht

zu genieren. Ich bin eine sehr alte Frau!« Ihre Augen funkelten schelmisch, als sie seine erste Verlegenheit bemerkte. »Und während du dich anziehst, höre mir gut zu:

Ich könnte die ganze Stadt vernichten oder auch nur Lantlus Palast. Aber die Waffen, die mir zur Verfügung stehen, machen in ihrer tödlichen Wirkung leider keinen Unterschied zwischen Freund und Feind. Suarra würde also ebenso wie ihre Gegner den Tod finden. Daher kann ich diese Geräte hier nicht einsetzen...«

Sie bedachte Graydon mit einem beziehungsreichen Blick. »... zumindest im Augenblick noch nicht. Auch ist es uns leider nicht möglich, eine Abteilung Soldaten in Marsch zu setzen, denn dann käme es unweigerlich zu einer offenen Auseinandersetzung, und bevor die Männer zu Suarra vordringen könnten, hätte Lantlu sie schon woanders hingeschafft, wo wir sie nicht mehr so leicht aufspüren könnten. Nein, Suarras Rettung kann nur durch Mut und List, durch Heimlichkeit und Geschick zuwege gebracht werden... und auch nur von einem einzigen Mann. Ein Mann kommt überall dort durch, wo viele auffallen würden. Regor kann diese Aufgabe nicht übernehmen, denn er hat zu viele auffällige Merkmale, um sich erfolgreich verkleiden zu können. Auch Huon ist ungeeignet, denn seine Stärken sind nicht die List und nicht das Geschick. Und einem anderen Yu-Atlancher schenke ich kaum genügend Vertrauen.

Damit bleibt nur einer übrig – du, Graydon. Du mußt diese Aufgabe ganz auf dich allein gestellt übernehmen. Dein Vorteil liegt darin, daß der Gegner kaum erwartet, daß wir nur mit einem Mann anrükken. Du magst dazu ruhig deine eigenen Waffen mitnehmen.«

Graydon hielt im Anziehen inne und nickte zufrieden.

»Suarra wird in Lantlus Haus gefangen gehalten. Ich weiß leider nicht, ob Nimir sich auch dort aufhält. So wie er meine Sicht blokkierte, als ich ihn in seiner Höhle suchte, so komme ich auch nicht zum Innern des Hauses durch. Wo Suarra sich genau befindet oder in welchem Zustand sie ist, kann ich leider nicht feststellen; stets versperrt mir ein roter Nebel die Sicht. Ich habe dir ja schon gesagt, wie gerissen Nimir ist. Doch ich kann deine Sicht bis zu den

Mauern von Lantlus Haus verlängern, Graydon, damit du wenigstens weißt, wohin du mußt. Und eine Hilfe kann ich dir noch geben ... dazu später mehr ... Nun komm zu mir.«
Sie preßte ihre Handfläche an seine Stirn. Graydon schien vom Tempeldach zu schweben, eilte rasch von diesem Ort fort, gelangte auf eine große Straße, bog hier und da ab, blieb einige Male stehen, um sich markante Punkte einzuprägen, und stand endlich vor einem Palast aus Türkisen und Opalen, der von einer Reihe Bäumen mit langen Rispen von roten und silbernen Blüten umstanden war. Große Fenster waren in den Mauern und Türmen, in die feine und kunstvolle Gitter eingelassen waren. Die Läden standen offen, und so konnte man auf hell beleuchtete Räume sehen, in denen sich viele Menschen aufhielten. Das Licht und die Gäste ahnte Graydon eher, denn stets wenn er versuchte, ins Haus hineinzusehen, wurde seine Sicht von einem feinen, aber dichten und undurchdringlichen Nebel blockiert.
Er kehrte mit der gleichen Geschwindigkeit zurück, blieb noch einmal an den markanten Punkten stehen, um sie sich noch fester einzuprägen. Endlich stand er leicht schwankend wieder neben der Schlangenfrau.
»Jetzt kennst du den Weg und wirst dich an alles erinnern.« Es waren weniger Fragen, als vielmehr Aufforderungen.
»Ich kenne den Weg, und ich werde mich erinnern«, antwortete er gehorsam und begriff im gleichen Moment, daß jeder Schritt vom Tempel zu Lantlus Palast fest in sein Gedächtnis eingeprägt war, so als wäre er diesen Weg schon tausendmal gegangen.
Adana nahm eine smaragdbesetzte Kopfbinde und band sie Graydon um die Stirn. Sie warf ihm einen grünen Umhang um die Schultern und verdeckte mit einer Falte sein Gesicht. Dann schob sie ihn ein Stück fort und betrachtete ihn kritisch.
»Zum erstenmal, mein lieber Junge, bedaure ich es, daß du nicht über die Schönheit der Männer von Yu-Atlanchi verfügst; auch wenn ich ihrer müde geworden bin. Du siehst aus wie eine Zwischenstufe von Emern zur Alten Rasse. Bei meinen Vorfahren, warum bist du nicht mit blauen statt grauen Augen geboren wor-

den, und warum muß dein Haar gelb sein? Nun, daran läßt sich leider nichts ändern. Du brichst in einem günstigen Moment auf: Große Verwirrung herrscht in der Stadt, und unsere Gegner erwarten noch keinen Angriff; zumindest keinen von einem einzelnen Mann. Und wenn du doch scheitern solltest, so will ich dich rächen, wie ich es dir versprochen habe.«

Er verbeugte sich vor ihr und wollte gehen.

»Warte!« Sie richtete sich hoch auf und rief etwas, das wie ein Stoß aus den Elfenhörnern klang. Graydon begriff, daß die unsichtbaren Boten zwar nicht für ihn, aber für die Mutter sichtbar waren. Von überall her rauschten Schwingen heran. Die Luft über der Plattform schwirrte von unsichtbaren, fliegenden Schlangen. Adana streckte beide Arme aus, griff mit den Händen etwas aus der Luft und zog es zu sich heran. Dann sah sie mit ihren Augen auf etwas, das jedem anderen verborgen blieb. Sie stimmte ein leises Trillern an. Graydon war etwas unheimlich zumute, als diese vogelartigen Töne aus dem Nichts beantwortet wurden. Adana ließ die Arme sinken.

Graydon hörte direkt über seinem Kopf Schwingenschlagen. Etwas berührte ihn an der Schulter, ließ sich sanft auf seinem Oberarm nieder und schlang sich um seine Hüfte. Etwas strich ihm zärtlich über die Wange. Etwas brachte sanft seine Haare in Unordnung. Aus einem Impuls heraus griff Graydon danach. Eine fliegende Schlange, aber diese Berührung ließ ihn nicht zusammenfahren. Eine kühle, aber nicht kalte Haut. Vorsichtig fuhr er mit den Fingern über den unsichtbaren Leib. Der Körper mußte einen Durchmesser von zwanzig Zentimetern haben, sagte er sich und wunderte sich im gleichen Augenblick über das geringe Gewicht des Wesens. Etwas summte und brummte über ihm wie ein Hubschrauber, und er wußte, daß genau dies es war, das den Großteil des Gewichts von ihm abhielt.

Er klopfte dem Tier sacht auf den Leib, so wie er es bei einem Hund gemacht hätte. Der Bote löste sich von ihm, aber das Summen blieb. Graydon hörte genauer hin und gewann den Eindruck, daß über ihm zwei fliegende Schlangen kreisten.

»Nun brich auf, Graydon«, sagte die Mutter. »Und geh zügig voran. Ich habe dir zwei Boten mitgegeben. Du kannst nicht mit ihnen reden. Zeige nur auf die, die du beseitigt haben möchtest, und die beiden werden das für dich erledigen. Vertraue ihnen, Graydon. Du kannst sie zwar nicht verstehen, aber sie sind intelligent. Verlaß dich auf sie, und nun geh . . .«

Sie versetzte ihm einen sanften Stoß. Regor fing ihn auf und führte ihn zum Rand der Plattform. Er bückte sich und nahm ein langes Tau auf, an dessen Ende sich ein Haken befand. Den befestigte er an einem Vorsprung und warf das Seil über die Brüstung.

»So beginnt dein Weg, mein Junge«, erklärte er heiser. »Die Mutter möchte vermeiden, daß jemand dich beim Gehen sieht. Also, schwing dich hinab, und nimm dies mit . . .«

Er schob ihm einen langen Dolch in den Gürtel. Graydon schnallte sich das Gewehr über und ließ sich an dem Seil hinab. Das Schwirren der unsichtbaren Wächter war ständig um ihn präsent. Er erreichte das Ende des Taus, stand einen Moment orientierungslos in der Dunkelheit, bis er die sanfte Berührung eines der Boten verspürte.

Und plötzlich sah er vor seinem geistigen Auge den Weg, den er zu nehmen hatte.

Graydon lief durch die Straßen, die er in Gedanken vorgezeichnet sah. Und über ihm folgten die unsichtbaren Boten.

XXIV

Braut der Echsenmänner

Die Nacht war klar und hell. Er hatte keine Mühe, den Weg zu finden, und fast kam es ihm so vor, als seien seine Füße seit Jahren diese Strecke gelaufen. Nach einigen Minuten blieb er stehen; einmal um seine Kräfte nicht zu vergeuden, und zum anderen um festzustellen, ob ihm vielleicht jemand folgte.
Als er nicht mehr weit von Lantlus Palast entfernt war, begegnete ihm zum erstenmal jemand auf der Straße. Hier erlebte er zum erstenmal die tödliche Wirkung der Rapiere der Boten, die die Mutter ihm mit auf den Weg gegeben hatte. Auf einer von Büschen begrenzten Straße tauchte plötzlich ein Trupp Emer auf, der Speere und Fackeln trug. Doch an letzteren waren keine offenen Flammen, sondern Kugeln, die ein goldenes Licht verbreiteten. Den Bewaffneten folgten vier Indios, die eine Sänfte trugen. In ihr saß ein grüngekleideter Yu-Atlancher. Den Abschluß bildete ein weiterer Trupp bewaffneter Indios.
Graydon konnte sich nicht mehr vor ihnen verbergen. Der Yu-Atlancher winkte ihm grüßend zu. Graydon hielt die Falte seines Umhangs vor den Mund, erwiderte kurz den Gruß und wollte rasch weiter. Der Yu-Atlancher empfand solche Kurzangebundenheit wohl als besonders unhöflich und rief seinen Emern einen lauten Befehl zu. Dann sprang er aus der Sänfte, zog sein Schwert und näherte sich Graydon.
Es gab für den Abenteurer nur eins zu tun, und er überlegte nicht lange. Graydon zeigte auf die Indios und warf sich auf den Yu-Atlancher. Er duckte sich, um einem Schwerthieb zu entgehen, und hatte im nächsten Augenblick mit der Linken die Schwerthand des Gegners gepackt, während er ihm mit der Rechten an die Kehle fuhr. Graydon blieb kaum Zeit für eine faire Kampfweise.

Sein Knie fuhr hart hoch und traf den Yu-Atlancher ins Gekröse. Der Mann ächzte und ließ sein Schwert fallen. Graydon zog den Dolch aus dem Gürtel und stieß ihn dem Mann ins Herz.
Er wagte es nicht, seine lauten Schußwaffen einzusetzen, also bückte er sich rasch, nahm das Schwert des Yu-Atlanchers in die Hand und fuhr herum, um die Emer zu bekämpfen.
Aber die lagen längst in ihrem Blut am Boden.
Acht Emer lagen dort, jeder einzelne von den Rapieren der Flugschlangen durchbohrt, bevor er schreien oder seinen Speer heben konnte. Die Boten hatten acht Gegner in dem kurzen Zeitraum erledigt, den Graydon gebraucht hatte, um den Yu-Atlancher zu besiegen.
Der Abenteurer sah auf die acht Leichen und konnte es nicht fassen, wie furchtbar effektiv seine unsichtbaren Begleiter waren. Er hörte das Schwirren ihrer Schwingen über seinem Kopf und sah hinauf. Zwei dünne rote Linien standen dort in der Luft, die Stück für Stück verschwanden. Und von den noch sichtbaren Rändern tropfte Blut zu Boden.
Die fliegenden Schlangen säuberten ihre Klingen!
Er lief mit grimmigem Stolz im Herzen weiter. Nun wähnte er sich nicht mehr allein. Kühn schritt er aus mit dem Gefühl, eine ganze Armee im Rücken zu haben. Die Straße führte nun durch ein dichtes Wäldchen von blühenden Bäumen. Vorsichtig glitt Graydon durch das Unterholz und verbarg sich im Schatten. Kaum hundert Meter voraus stand Lantlus Palast. Das Gebäude bedeckte etwa einen Morgen. Es war achteckig und nicht besonders hoch. Der Hauptteil wies lediglich zwei Stockwerke auf. Von seinem Zentrum erhob sich eine Kuppel, die mit Saphiren und Opalen besetzt war. Sie erinnerte den Abenteurer an den Dom, den Tamerlan der Eroberer aus dem zerstörten Damaskus mitgebracht hatte, um sein geliebtes Samarkand zu verschönern. Rings um die Kuppel waren kleine, juwelenverzierte Türmchen angebracht, die wie kleine Kemenaten wirkten, die Zwerge für ihre Damen errichtet hatten.
Die achteckigen Mauern waren mit Platten belegt, die so schim-

merten, als ob man sie mit geschmolzenen Rubinen, sonnengelben Topasen und wassergrünen Smaragden lackiert hätte. Viele Fenster waren zu sehen, sowohl viereckige als auch ovale, die mit Läden und zierlichem Gitterwerk in den Scheiben versehen waren. Ein mit schwarzen und weißen Steinen mosaikhaft ausgelegter, fünf Meter breiter Weg führte zum Palast. An den Rändern standen goldene Säulen, zwischen denen einige Bänke mit seidenen Kissen aufgestellt waren. Weiches Licht strömte durch spinnwebartige Vorhänge aus jedem Fenster. Doch nirgendwo war eine Tür zu sehen.

Graydon schlich sich bis an den Rand des Wäldchens. Zwischen ihm und dem Weg breitete sich ein offener Rasenstreifen aus, den er unmöglich überqueren konnte, ohne von jemandem im Haus gesehen zu werden. Er konnte zwar nirgendwo Wächter ausmachen, aber aus den erleuchteten Fenstern drang Stimmengemurmel. Fünfzig Meter weiter rechts ragte das Wäldchen bis an die Gebäudemauer heran. Er glitt durch die Bäume, bis er kurz vor der Wand stand. Von dort waren es nur fünfzehn Meter bis zum Säulengang.

Hier konnte er auch eine andere Seite des Palastes sehen. Im Erdgeschoß waren drei breite, ovale Fenster, deren Ränder sich fast berührten. Helleres Licht als sonstwo strömte aus ihnen. Nun konnte er auch deutlicher Stimmen hören. Aber davor standen zwölf mit Speeren und Bögen bewaffnete Indios.

Während er noch darüber nachdachte, wie er nun am besten verfahren sollte, schwoll das Stimmengewirr tumultartig an. Lautes Lachen war zu vernehmen, und ein Bläserorchester spielte eine fremdartige, aber heitere Melodie. Dann ertönte über allem die spöttische Stimme Lantlus.

»Willkommen, Suarra! Heißt die Braut willkommen! Und nun führt den Bräutigam herein!«

Ein Sturm von Gelächter und Applaus brach aus.

Graydon trat aus dem Schutz der Bäume heraus und zeigte auf die Emer. Er rannte auf die drei Fenster zu, riß das Gewehr von der Schulter und hörte dabei das Schwirren der Botenschwingen. Er war kaum ein paar Schritte weit gekommen, da sanken die beiden ersten Indios schon zu Boden. Rasch folgten zwei weitere, und die übrigen standen wie angewurzelt da und konnten nicht begreifen, welcher unsichtbare Tod da über sie kam. Die unsichtbaren Rapiere schlugen rascher und wirkungsvoller zu als beim besten Fechtmeister. Als Graydon die Hälfte der fünfzehn Meter hinter sich gebracht hatte, lagen schon alle Wächter mit durchbohrtem Herzen oder aufgeschlitzter Brust am Boden. Präzise, mit tödlicher Sicherheit und mit der Geschwindigkeit eines Maschinengewehrs hatten die Rapiere ihre Ziele gefunden. Geräuschlos hatten sie den Tod verbreitet, und geräuschlos waren die Indios niedergesunken.

Graydon trat über einen der Gefallenen und stand an einem der Fenster. Ob sich in der Nähe noch andere Wachen aufhielten, wußte er nicht, und es interessierte ihn in diesem Augenblick auch nicht. Er drückte gegen das erste Fenster, aber es gab nicht nach. Das zweite hingegen ließ sich leise nach innen schieben. Graydon entsicherte sein Gewehr, hielt die Waffe dann in der Linken und schob mit der Rechten den Vorhang ein Stück beiseite.

Sein Blick fiel direkt auf Suarra und blieb an ihr hängen. Für einige Sekunden konnte er nichts anderes sehen.

Suarra stand auf einem Podest im Zentrum eines großen Raums. Hinter ihr war eine mit Blumen überhäufte Couch aufgestellt. Sie trug ein hauchdünnes, grünes Gewand, unter dem ihr weißer Körper leuchtete. Auf ihrer Stirn lag ein Blumenkranz. Sie hatte die Arme über den Brüsten gekreuzt. Ihre Hände waren mit goldenen Ketten gebunden.

Suarras Lippen waren bemalt, ihre Wangen reichlich mit Rouge bedeckt, und diese bunten Stellen hoben sich deutlich von der wächsernen Blässe ihres Gesichts ab. Wie eine leblose Puppe stand sie auf ihren nackten Füßen da, hatte die Augen geschlossen und schien kaum zu atmen. Während Graydon sie ansah, zitterte Suarra, schwankte und ließ sich auf die Couch fallen.

»Die Braut wird langsam nervös, so sehr ersehnt sie die Ankunft des Bräutigams«, verkündete Lantlu wie ein Showmaster. »Und so geziemt es sich auch für eine Braut. Alle jungen Frauen werden vor dem Moment der Eheschließung immer nervöser. Ihre Jungfräulichkeit ist in den höchsten Alarmzustand versetzt, weiß sie doch, daß ihr Ende naht. Im Gegensatz dazu wächst die Vorfreude auf die Umarmungen des geliebten Bräutigams. Dieser Konflikt beunruhigt die Braut, macht sie schüchtern. Doch bald, nicht mehr fern ist der Moment...« Lantlu brach in Gelächter aus, und aus dem Raum antwortete ihm ein gehässiger, brüllender Chor. Suarra ließ den Kopf noch tiefer hängen.

Rote Lichter tanzten vor Graydons Augen. Der Zorn in ihm war so heftig, daß er daran zu ersticken drohte. Aber es gelang ihm, sich unter Kontrolle zu bekommen. Nun sah er, daß um das Podest herum Bänke und Couchen aufgestellt waren, auf denen sich einige Dutzend Yu-Atlancher niedergelassen hatten. Wieder verblüffte Graydon ihre Schönheit. Wie Engel wirkten sie, doch unter den perfekten Zügen lauerten die Dämonen der Grausamkeit und der kalten Lust. Nicht einer von ihnen brachte Mitleid oder Mitgefühl für Suarra auf.

An der gegenüberliegenden Wand stand Lantlu. Er hatte ein Bein auf eine Couch gestellt und strich mit einer Hand gedankenlos das Haar einer Kurtisane. Kurz gewann in Graydon die Befriedigung Oberhand über den Zorn, als er das gebrochene Nasenbein und den entstellten Mund sah; die Auswirkungen seiner Fausthiebe in Lantlus Gesicht. Rasch wandte er den Blick von seinem Gegner ab und suchte in dem Saal nach Ausgängen und Wächtern.

Es gab nur einen Zugang, der wie die Fenster mit Vorhängen verhangen war. Keine Wachen waren zu sehen. Eine günstige Ausgangslage... Lantlu war ein einfaches Ziel... am besten würde Graydon einfach durch das Fenster steigen, seinem Feind eine Kugel durch den Kopf jagen, einige weitere Yu-Atlancher niederschießen, Suarra packen und mit ihr fliehen, bevor die anderen sich von ihrem Schrecken erholt hatten. Es gefiel ihm allerdings ganz und gar nicht, daß er seinem Intimfeind, diesem höhnischen Teufel, einen so raschen Tod bescheren würde... am liebsten hätte er Lantlu ein oder zwei Tage lang in einer mittelalterlichen Folterkammer ›behandelt‹ . . . aber man konnte eben nicht alles haben. Immerhin brauchte er auch so eine große Portion Glück, solange der Dunkle Fürst abwesend war. Ja, im Augenblick gab es keinen erfolgversprechenderen Plan. Und, Himmel nochmal, er hätte ja fast seine beiden unsichtbaren Trümpfe vergessen! Mit den Boten der Mutter und seinem Gewehr konnte er die ganze Brut in dem Saal auslöschen. Waren die beiden noch bei ihm?

Wie zur Antwort spürte er auf jeder Schulter das Ende eines Schlangenleibs. Die beiden Kreaturen warteten nur darauf, mit ihm zusammen durch das Fenster zu steigen und die Yu-Atlancher anzugreifen.

Er warf Suarra noch einen Blick zu, atmete tief durch und stellte fest, daß er etwas übersehen hatte. Zwischen Suarra und der einzigen Tür war eine breite Gasse offengelassen worden.

In diesem Moment wurde der Vorhang an der Tür beiseite geschoben. Zwei nackte Emerfrauen kamen mit Körben herein, aus denen sie Blüten holten, die sie beim Gehen auf den Boden streuten. Hinter ihnen marschierten vier mit glänzenden Keulen bewaffnete Indios.

»Meine Damen und Herren!« rief Lantlu. »Der Bräutigam!«

Durch den Eingang watschelte ein Echsenmann!

Er war wie Suarra in ein durchsichtiges grünes Gewand gekleidet, durch das seine ledrige gelbe Haut glänzte, so als hätte man seinen Leib eingeölt. Die roten Augen des Urd fuhren unruhig und mit tückischem Blick nach allen Seiten. Auf dem schuppigen Schädel trug er einen weißen Blumenkranz, aus dem der rote Kamm unheimlich hervorragte.

Aus irgendeiner Ecke, die Graydon nicht sehen konnte, ertönte wieder die heitere Musik. Der Blick des Echsenmanns fiel auf die zusammengesunkene Gestalt der jungen Frau auf der Couch. Er zog die Lippen zurück und zeigte seine gelben Fänge. Das schien ihn zu ermutigen, und er watschelte eilig weiter.

»Großer Gott!« stöhnte Graydon und drückte durch den Vorhang ab.

Der Urd machte einen Satz, als habe er einen Schlag mit einem

Schmiedehammer erhalten. Mitten in der Luft drehte er sich um seine eigene Achse und fiel dann krachend zu Boden. Das obere Drittel seines Schädels war fortgeschossen.

Graydon schwang sich über das niedrige Sims in den Saal. Kaum hatte er aufgesetzt, schoß er wieder sein Gewehr ab, diesmal auf Lantlu. Aber der hatte sich schon beim ersten Krachen hinter eine Couch fallen lassen. Graydon wußte, daß er ihn verfehlt hatte. Auch gut, dann würde er sich später um ihn kümmern! Im Augenblick waren die vier bewaffneten Emer wichtiger. Er hob das Gewehr, aber da lagen die Indios schon am Boden.

Die geflügelten Boten! Fast hätte er sie wieder vergessen. Diesmal hatten sie seinen Befehl gar nicht erst abgewartet, sondern gleich die Soldaten durchbohrt.

»Suarra!« schrie Graydon. »Komm her zu mir!«

Sie erhob sich, starrte ihn aber nur ungläubig an. Dann machte sie einen vorsichtigen Schritt auf ihn zu.

Ohne die geringsten Bedenken versandte Graydon seine Kugeln auf die Yu-Atlancher, die schreckensstarr auf ihren Couchen saßen. Das würde ihnen eine Lehre sein... aber nun war es genug mit der Schießerei, sollten die Boten sich um die Yu-Atlancher kümmern... viel wichtiger war es, Suarra zu holen... danach konnte er sie immer noch zur Hölle schicken, wo sie hingehörten...

Wenn er nur wüßte, wie er sich den unsichtbaren Flugschlangen verständlich machen sollte! Er würde sie sofort zu Lantlu schicken, um ihn gehörig zu piesacken. Leider konnte man solchen Wesen nicht einfach sagen: »Packt ihn und spielt mit ihm!«

»Suarra!« schrie er wieder. Endlich schien sie begriffen zu haben. Sie sprang vom Podest und rannte auf ihn zu... Graydon behielt den Eingang im Auge... seine Schüsse mußten im ganzen Palast zu hören gewesen sein... und wenn sie durch das offene Fenster hinter seinem Rücken kamen... man konnte seine Augen leider nicht überall haben...

Suarra war an seiner Seite!

»Geliebter, oh mein Geliebter!« hörte er ihre heisere Stimme und spürte ihren Kopf an seiner Schulter.

»Reiß dich zusammen, Schatz! Wir müssen schleunigst hier 'raus!« rief er. Er hielt das Gewehr auf die Yu-Atlancher gerichtet und zog sich mit Suarra zum Fenster zurück.
Er fragte sich, ob sie ihm nachkommen würden. Am besten griff er auf die Idee zurück, die er vorhin gehabt hatte... sollten die Boten sich um sie kümmern und ein Massaker unter ihnen anrichten, damit ihm und Suarra genügend Zeit blieb, durch das Fenster die Flucht zu ergreifen... die Flugschlangen konnten immer noch folgen, zu den beiden aufschließen und den Rückzug decken.
Aber zu spät!
In der Tür stand urplötzlich, so als sei er aus der Luft materialisiert, der Dunkle Fürst – Nimir.
Aus mit der raschen Flucht. Es hatte keinen Sinn, die tödlichen Boten einzusetzen. Und er konnte jetzt auch nicht mehr mit Suarra aus dem Fenster springen. Graydon wurde plötzlich klar, worauf er sich eigentlich eingelassen hatte. Er war direkt in Nimirs Falle gelaufen und mußte nun den Preis dafür bezahlen. Der Abenteurer ließ das Gewehr sinken und zog Suarra zu sich heran.
Dann kamen ihm Zweifel. Hatte ihm der Dunkle Fürst wirklich eine Falle gestellt? Nimir trat einen Schritt in den Saal, und als er Graydon und Suarra anstarrte, war Erstaunen in seinem Blick. Lantlu tauchte neben seinem Herrn auf, lachte und zeigte gehässig auf den Abenteurer.
Graydon riß das Gewehr hoch und zielte auf seinen Feind. Aber bevor er abdrücken konnte, hatte Nimir bereits einen seiner langen, verunstalteten Arme um Lantlu gelegt und ihn hinter sich geschoben. Das Gewehr krachte, und die Kugel fuhr in die Brust des Dunklen Fürsten.
Ruhig und langsam wanderte der verblüffte Blick Nimirs von Graydon und Suarra zu der Leiche des Echsenmannes am Boden. Der weiße Blütenkranz war gelb vom Blut des Urd, und das grüne Brautgewand war im Todeskampf zerfetzt worden. Der Dunkle Fürst sah auf den blumenbestreuten Boden, auf die toten Emersoldaten und dann wieder auf die geschmückte Suarra.
Graydon bemerkte, wie Nimir endlich begriff.

Der gebückte, froschartige Körper schien sich aufzublähen. Dann stand er aufrecht da. Das wunderbare, luziferische Gesicht darüber wurde weiß und hart wie Stein. Die blassen Augen glitzerten wie Eis. Er fuhr herum, packte Lantlu und hob ihn hoch über seinen Kopf, so als wollte er ihn am Boden zerschmettern. Der grüne Fürst wand sich unter dem Griff, konnte aber nichts dagegen ausrichten. Einen Augenblick lang hielt ihn Nimir so, dann gewann er die Beherrschung wieder, setzte Lantlu ab und drückte ihn zu Boden, daß er auf allen vieren vor ihm lag.
»Du Tölpel!« sagte er mit unheimlicher, tonloser Stimme. »Gegen meinen Willen hast du deinen Lüsten und deinem Haß freien Lauf gelassen! Habe ich dir nicht erklärt, daß dieses Mädchen zwar eingesperrt werden sollte, man ihr aber kein Haar krümmen dürfte? Und habe ich dir nicht sogar den Grund dafür genannt? Wie konntest du es da wagen, so gegen meinen Willen zu handeln? Antworte mir, du Nichtsnutz!«
»Ich habe Suarra schon vor einiger Zeit versprochen, sie mit einem Urd zu vermählen. Und ich halte meine Versprechen. Was hätte es denn schon für einen Unterschied gemacht? Der Fremdländer hätte doch in jedem Fall Eurem Ruf Folge geleistet. Und er hätte ja gar nicht erfahren, was aus seiner Herzensblume geworden wäre, zumindest vorher nicht. Ich verstehe nicht, warum Ihr Euch so erregt? Es hat doch alles geklappt, der Fremdländer ist hier, ist in Eurer Gewalt. Und sogar noch etwas früher als von Euch geplant, Herr.«
Keine Furcht war in Lantlus Stimme, sondern statt dessen sogar etwas von seiner immerwährenden Arroganz. Der Dunkle Fürst bedachte ihn nicht mit einer Antwort. Er sah nur mit gnadenlosen Augen auf ihn hinab. Ein sturer Bursche, dachte Graydon. Ein Schuft und ein Teufel, aber von einer bewundernswerten Furchtlosigkeit.
Er betrachtete den monströsen Froschkörper, auf dem der Kopf eines gefallenen Engels thronte. Die unvergleichliche Schönheit in den Zügen, der gebieterische Ausdruck, die unerbittlichen Augen, und dann eine solche Karikatur eines Körpers. Graydon verspürte so etwas wie Mitleid für den Herrn der Finsternis. Warum sollte er

keinen Körper besitzen, der dem edlen Gesicht entsprach... Verdammt, er konnte nicht erkennen, was es einbringen sollte, Nimir mit solcher Monströsität auszustatten... Der Dunkle Fürst hatte lange darum gekämpft und gerungen, einen ordentlichen Körper zu bekommen... Nun hatte ihm die Tücke einer Frau so übel mitgespielt... Nein, das war nicht die Art, wie sich Gegner bekämpfen sollten!

Dann wurde ihm bewußt, daß Nimir ihn ansah und offensichtlich in seinen Gedanken gelesen hatte.

»Du und ich, wir sind uns doch ähnlicher als ursprünglich angenommen, nicht wahr, Graydon?« sagte der Dunkle Fürst mit der gleichen betörenden Süße, die in der Höhle des Schattens Graydons Widerstand fast zerbrochen hätte.

Und das brachte den Abenteurer wieder zu Verstand. Wie kam er dazu, Nimir zu bedauern? Alles, was ihn interessierte, war, Suarra rasch und sicher hier hinauszubekommen!

Die kalten Augen des Dunklen wurden etwas weicher. Freundlichkeit trat in sie, und man konnte nicht unterscheiden, ob sie echt oder aufgesetzt war.

»Ich muß mit dir reden, Graydon.«

»Das ist mir klar«, antwortete Graydon grimmig. »Am besten reden wir gleich jetzt und hier, Nimir.«

Der Dunkle lächelte und verwandelte damit seinen Gesichtsausdruck; verlieh ihm die gefährliche Anziehungskraft, die auch in der Süße seiner Stimme steckte. Der Abenteurer spürte diese Wirkung und wappnete sich so gut es ging dagegen.

»Steh auf, Lantlu. Verdrück dich in irgendeine Ecke, aber wage es nicht zu gehen, bevor ich dich nicht entlassen habe. Und hüte dich davor, irgend etwas zu tun, was uns stören könnte. Ich warne dich, zum letztenmal!«

Lantlu erhob sich langsam, bedachte Suarra und Graydon mit einem indifferenten Blick und begab sich zu seiner Couch, wo er sich neben seiner Kurtisane fallen ließ und sie ihn zu streicheln hatte.

Der Dunkle Fürst watschelte auf Graydon zu. Der Abenteurer

spürte, wie Suarra an seiner Seite zitterte. Als Nimir auf wenige Schritte herangekommen war, zog Graydon Regors Dolch und setzte die Spitze dem Mädchen direkt über dem Herzen an die Brust.

»Bleib genau dort stehen, Nimir«, sagte er. »Aus dieser Distanz läßt es sich gut plaudern. Und zuerst möchte ich etwas sagen. Ich weiß genau, was du willst, und ich bin bereit, darüber zu diskutieren. Falls wir zu keiner Einigung kommen und ich der Überzeugung bin, daß wir hier nicht mehr hinaus können, werde ich Suarra töten. Ich weiß, daß sie dazu bereit ist. Nicht wahr, Suarra?«

»So ist es, Geliebter«, antwortete sie ganz ruhig.

»Danach werde ich dies hier gegen dich richten.« Er zeigte auf sein Gewehr. »Wenn ich dich damit nicht aufhalten kann, schieße ich mir mit der letzten Kugel selbst in den Kopf. Und das würde dir sicher nicht gefallen. Aber ich werde genau das tun, Nimir.«

Der Dunkle Fürst lächelte nur.

»Ich glaube es dir. Und wie du richtig sagtest, würde mir das nicht gefallen. Ganz und gar nicht gefallen. Aber dazu wird es nicht kommen, wenn du dich einigermaßen verständig zeigst.«

»Mein Gesicht ist offen und willig«, antwortete Graydon, »aber nur für deine gesprochenen Worte, wenn du verstehst, was ich meine.«

Der Dunkle Fürst verbeugte sich kurz und sah Graydon dann eine Weile lang wortlos an. Den Abenteurer beschlich das Gefühl, aus der Realität zu entweichen. Er kam sich vor wie in einem Traumspiel, in dem er nur Scheinrisiken einging, die ihm nicht wirklich schaden konnten; so als ob er tun und lassen könnte, was er wollte; so als ob er jede Situation nach eigenem Gutdünken gestalten könnte. Bald verlor er jedes Gespür für die Realität und schwamm unbekümmert durch den irrealen Traum. Er fühlte sich stark und unbesiegbar und hätte nicht im Traum daran gedacht, daß Nimir diesen Zustand in seinem Kopf hervorrief.

»Du kannst von hier nicht entkommen«, erklärte der Dunkle Fürst, »nicht solange ich es dir verwehre. Auch kannst du mir nichts anhaben; genauso wenig wie diese beiden fliegenden Wür-

mer dort über mir, die Adana dir mitgegeben hat. Höre Graydon, dieser Körper läßt sich mit deinem nicht vergleichen. Ja, er ist materiell, wenn auch auf ganz andere Weise. Durchbohre mich mit deinen Kugeln, stoße mir den Dolch in die Brust oder tu sonstwas... nichts davon kann mir etwas anhaben. Und wenn du mir nicht glauben solltest, dann versuch es doch einfach, mein Freund.«
Er knöpfte seinen Umhang auf und entblößte eine mißgestaltete Brust. Graydon hob das Gewehr und war einen Moment lang willens, die Herausforderung anzunehmen. Doch dann senkte er die Waffe wieder. Warum sollte er sinnlos Munition verschwenden, Nimir hatte die Wahrheit gesprochen.
»Aber dich und Suarra könnte ich vernichten«, sagte Nimir und bedeckte seinen Oberkörper wieder. »Es würde mich kaum Mühe kosten. Leider sind wir jedoch in dieser Frage zu einem Waffenstillstand gezwungen. Denn ich will dich ja, Graydon, und zwar intakt.«
»Das hast du vor einiger Zeit schon einmal sehr deutlich gemacht«, entgegnete der Abenteurer barsch. »Also, was wollen wir nun tun?«
»Ich hätte dir einen guten Handel vorschlagen können, wenn dieser selbstgefällige Trottel dort drüben nicht seine dummen eigenen Pläne gehabt hätte. Leider hat er dir durch seine Rache Gelegenheit gegeben, dich im Zweifelsfall... nun, unbewohnbar zu machen. Nun, ich bin allerdings einigermaßen gerührt über einen Gedanken von dir, den du über mich und Adana hattest. Es ist schon so unfaßbar lange her, daß jemand etwas Nettes über mich gedacht hat. Daher will ich mehr geben, als ich eben noch vorhatte.«
»Und?« wollte Graydon ungeduldig wissen.
»Nun denn«, fuhr der Dunkle freundlich fort, »ich hatte nie vor, diese Hülle hier für längere Zeit zu tragen. Selbst wenn Adana mir keinen dummen Streich gespielt hätte, wäre mir ein Körper in einer solchen Materieform auf Dauer nicht recht gewesen. Nein, Graydon, ich bevorzuge viel zu sehr menschliches Fleisch und

Blut, das bei entsprechender Behandlung unsterblich werden kann. Und ich wünsche mir nun einmal, wie ich fürchte, es dir bereits zu oft gesagt zu haben, deinen Körper. Daher will ich dich und Suarra unbehelligt zum Tempel zurückkehren lassen und euch sogar noch eine Ehreneskorte mit auf den Weg geben, wenn ...«

»Jetzt wird es interessant«, warf Graydon ein.

»... und wenn du mir etwas versprichst. Sollte ich die anstehende Schlacht gewinnen, kommst du aus freiem Willen zu mir und gibst dich mir hin, sobald ich mich von dieser Hülle hier befreit habe. Ich will dann Mitbewohner in dir sein und wiederhole hiermit mein Angebot, dich an allem teilhaben zu lassen.« Nimir lächelte abwartend.

»Das ist fair«, erklärte Graydon ohne Zögern. »Ich bin einverstanden.«

»Nein, Geliebter, nein!« rief Suarra und klammerte sich an ihn. »Besser wählst du den Tod für uns beide ...«

»Ich glaube nicht, daß er die Schlacht für sich entscheidet, Schatz«, antwortete der Abenteurer. Die Tollkühnheit in ihm hatte alle anderen Gefühle verdrängt ... es bereitete ihm ungeheures Vergnügen, mit diesem menschlichen Ungeheuer zu schachern ... fast ein sportlicher Wettkampf ... wie sollte Nimir die Schlacht gewinnen ... und selbst wenn doch, so ein Schwächling war Graydon nun auch nicht ... er würde seinen neuen Mitbewohner schon in die Schranken zu verweisen wissen ... und schlimmstenfalls erwartete ihn dann ein Leben, das auch seine interessanten Seiten hatte ... Verdammt, woher kamen eigentlich solche Gedanken? ... Warum fühlte er sich so ungeheuer stark? ... Er mußte Suarra retten ... Und wenn es keinen anderen Weg gab, mußte er halt auf Nimirs Handel eingehen!

»Ich weiß, daß ich den Sieg erringen werde«, sagte der Dunkle Fürst freundlich. »Und du weißt es auch, nicht wahr, mein lieber Graydon?«

»Nein!« sagte Graydon fest und befreite sich im selben Moment von dem Bann der Verklärung, der sich wie ein Tuch über ihn gelegt hatte. Er atmete tief durch, und alle tollkühne Unüberlegtheit, alles Gefühl, in einem Traum zu sein, verging wie ein Hauch. An deren Stelle traten Verbitterung und wilde Entschlossenheit. »Nein, ich weiß es nicht, Nimir. Und hüte dich davor, mich noch einmal mit deiner Zauberkraft einzulullen. Ich könnte sonst vielleicht zu dem Schluß gelangen, gleich hier ein Ende zu machen. Aber ich bin mit deinem Handel einverstanden. Nun laß uns ziehen!«

»Fein!« lachte der Fürst. »Jetzt soll es mir ein zusätzliches Vergnügen sein, diese Schlacht für mich zu entscheiden! Da wäre nur noch ein kleines Detail... Ich will ja gar nicht verlangen, daß du passiv und neutral im Tempel bleibst, während ich meine kleine Debatte mit der Schlangendame führe. Nur, ich möchte eine kleine Sicherheitsmaßnahme vorschlagen.« Er grinste Graydon amüsiert an. »Da ich nun ein so starkes Interesse an deiner Person hege, ist es doch sicher einsehbar, daß ich meinen zukünftigen Lohn schützen will. Daher bitte ich dich, dies hier zu tragen...«

Er zog aus seinem Gürtel ein breites Halsband aus einem matt glänzenden, roten Metall und ging damit auf den Abenteurer zu.

»Was ist das?« wollte Graydon mißtrauisch wissen.

»Etwas, das einige von meinen gefährlichsten Verbündeten davon abhält, dir zu nahe zu rücken«, antwortete der Fürst. »Natürlich nur für den Fall, daß es dich doch nicht mehr im Innern des Tempels halten sollte. Meinetwegen magst du Adana ruhig davon erzählen. Sie wird wissen, um was es mir geht, wenn sie das Halsband nur sieht. Ganz ehrlich, mein Freund, dieses Band dient nur zu deinem Schutz. Nun komm«, ein Befehlston mischte sich in seine Freundlichkeit, »es ist unumgänglich. Ich erlange damit keine Macht über dich, wenn du das befürchtest. Aber solange du dir das Halsband nicht anlegen läßt, darf das Mädchen nicht gehen.«

Graydon beugte den Kopf, spürte die Berührung der monströsen Finger an seinem Hals und hörte, wie das Schloß zuschnappte. Suarra schluchzte.

»Und nun zu eurer Eskorte für den Heimweg zu Adana, die sich so

eifrig bemüht zu sehen, was hinter diesen Mauern vorgeht. Wie ärgerlich für sie, daß sie nicht durchkommt. Folgt mir.«
Er watschelte zur Tür. Hand in Hand folgten ihm die beiden jungen Leute durch den Kreis der verängstigten, schweigend starrenden Yu-Atlancher, vorbei an dem erschossenen Urd und an den Leichen der Emer. Graydon hörte das Schwirren der geflügelten Boten über seinem Kopf. Er unterdrückte den Impuls, sie zu Lantlu zu senden.
Sie gelangten in eine große Halle, in der sich viele Soldaten und Offiziere aufhielten, die alle beim Anblick von Nimir zurückwichen. Mit zusammengepreßten Lippen und ausdruckslosen Gesichtern ließen sie den Dunklen Fürsten und die beiden jungen Leute vorbeiziehen. Graydon bemerkte allerdings, daß einige einen verstohlenen Blick auf das Band an seinem Hals warfen. Und einige von ihnen erbleichten bei diesem Anblick.
Sie erreichten das Hauptportal des Palasts. Nimir winkte einen Offizier heran und gab ihm ein paar rasche Befehle. Indios schafften eine Doppelsänfte herbei, zu der sich acht Träger gesellten. Der Dunkle Fürst bedeutete Graydon und Suarra, dort Platz zu nehmen.
Die Träger hoben die Sänfte, und rund um sie marschierten etwa zwanzig Soldaten. Ein Offizier führte den Zug hinaus auf die Straße.
»Auf ein baldiges Wiedersehen!« winkte ihnen Nimir nach.
»Möge es niemals dazu kommen!« antwortete Graydon grimmig.
»Ich freue mich schon auf einige erfreuliche gemeinsame Jahrtausende!« rief der Dunkle Fürst und lächelte nett.
Sie gelangten in das Wäldchen, und die Soldaten entzündeten Fakkeln, die weißes Licht verbreiteten. Plötzlich schlang Suarra ihre Arme um Graydons Hals und zog seinen Kopf an ihre warme, weiche Brust.
»Graydon, geliebter Graydon, ich habe solche Angst, daß mir das Herz zu zerspringen droht. Du hast einen zu großen Preis gezahlt, Geliebter. Es wäre besser gewesen, ich hätte Hand an mich gelegt, bevor du gekommen bist. Aber ich wußte doch auch nicht, was ich

machen sollte ... Ich hoffte immerzu, es würde ... Dann war es zu spät, und sie haben mich gefesselt ... Danach konnte ich mich doch nicht mehr töten ...«

Angst hatte der Abenteurer auch, aber er zwang sich dazu, Suarra zu trösten.

Dann erreichten sie den Tempel. Die Sänfte blieb stehen, und der Offizier stieg mit ein paar Männern die Treppe hinauf. Graydon hörte den Ruf eines Postens und dann Regors rauhe Stimme. Kurz darauf sprang der Riese die Treppe hinunter, hob die beiden aus der Sänfte und umarmte sie wie verschollene Kinder.

Der grüne Offizier salutierte und blieb in dieser Stellung stehen, bis Graydon und Suarra durch das Tempelportal getreten waren. Der Abenteurer hörte, wie sich die beiden Boten kurz vor der Tür nach oben schwangen und zur wartenden Mutter flogen.

Nun überfiel Graydon von einem Moment auf den anderen große Erschöpfung. Er schwankte. Regor fing ihn auf und stützte ihn. Die beiden Tore schlossen sich geräuschvoll hinter ihnen.

XXV

Nimirs Halsband

Suarras zarte Hände streichelten ihn, und sie murmelte abwechselnd Worte des Mitgefühls für ihn und Worte des Abscheus für Nimir. Graydon überwand seine Mattigkeit und befreite sich von Regors Griff. Die gewaltige Eingangshalle war angefüllt mit Emersoldaten im Blau der Mutter. Auch viele Yu-Atlancher waren zu sehen. Letztere strömten auf den Abenteurer zu, und ihre sonstige Höflichkeit hatte eifriger Neugier Platz gemacht. Aber Regor drängte sie ab.

»Wir müssen zur Mutter, und zwar sofort! Suarra, bist du unverletzt?«

Sie nickte, und der Riese schob die beiden weiter. Dann bemerkte er das metallene Band an Graydons Hals. Er blieb abrupt stehen und sah ihn verwundert an.

»Das Zeichen von Nimir!« lachte Graydon humorlos. Der Riese streckte eine Hand aus, als wolle er das Halsband abreißen.

»Nein«, schob Graydon ihn fort, »so einfach geht das leider nicht, mein Freund.«

Der Riese starrte unglücklich auf das Band und legte seine Stirn in Falten.

»Die Mutter soll sich darum kümmern«, sagte Suarra. »Nun rasch, ehe die Nacht vorüber ist.«

Sie nahm Graydon an der Hand und eilte mit ihm davon. Regor blieb nichts anderes übrig, als ihnen zu folgen. Sie rannten durch breite Korridore, in denen Emer und Yu-Atlancher standen oder kampierten. Nicht einmal blieben die drei stehen, um einen Gruß zu erwidern. Endlich erreichten sie die Rundung, hinter der sich der Lift befand, der zum Sanktuarium Adanas hinaufführte.

»Mutter!« rief Suarra.

Der glänzende rosige Leib der Schlangenfrau bewegte sich wellenförmig über die Plattform. Adana richtete sich vor dem Mädchen auf, umarmte sie und zog ihren Kopf zu der kleinen Brust herab. Zum erstenmal glaubte Graydon so etwas wie ein leises Schluchzen von der Schlangenmutter zu hören.

»Suarra! Meine Tochter! Meine Tochter Suarra!«

Und Suarra ruhte weinend an Adanas Brust, während der herzförmige Mund der Mutter zärtlich über ihr Haar fuhr.

Dann hob die Mutter den Kopf und hielt Graydon eine Hand entgegen. Doch sie hielt abrupt inne, als sie das Halsband vom Dunklen Fürsten entdeckte. Ihr Körper wurde starr, ihre Augen blickten mißtrauisch drein, und ihre Schlangenzunge schnellte zweimal vor und zurück.

Sie ließ Suarra los und näherte sich Graydon. Adana berührte seine Stirn und sein Herz. Dann nahm sie sein Gesicht in ihre kleinen Hände und sah ihm tief in die Augen. Endlich verwandelte sich die Starre in ihrem Blick in Mitleid, Bedauern und so etwas, das ihm wie Furcht vorkam.

»Das ist es also!« flüsterte sie. »Das ist es also, was er plant!« Ihr Blick wandte sich nach innen, so als spräche sie mit sich selbst und würde ihre Umwelt nicht mehr wahrnehmen. »Aber er wird nicht willens sein, diese Waffe zu benutzen... zumindest nicht bis zum letzten Augenblick. Ja, ich vermag mich dagegen zur Wehr zu setzen. Aber auch ich schrecke etwas davor zurück, meine letzte Waffe einzusetzen. Wir beide zögern. Bei meinen Vorfahren, wäre doch nur einer aus meinem Volk an meiner Seite! Oder würde mich noch ein weiterer Fürst unterstützen als lediglich Tyddo! O ja, dann wäre mir nicht bange. Aber die Dinge sind nun einmal so, wie sie sind. Wenn zwischen Nimir und mir die Macht entfesselt wird, die sich nicht mehr kontrollieren läßt, verbreitet sich die Zerstörung wie eine Pestilenz um diesen ganzen Erdball... verwandelt diese Welt in eine öde Wüste... in der es kein Leben mehr gibt... Aber dann könnte der Dunkle der Zerstörung auch nicht entgehen...«

Sie wurde plötzlich Graydon wieder gewahr.

»Ach, mein Sohn«, sagte sie sanft, »verzweifle nicht. Du hast also Mitleid für Nimir verspürt. Und mit ihm einen Handel abgeschlossen, während er so listig sein Gift in deinen Geist träufelte. Nun, es war wohl vorherbestimmt, daß es so kommen mußte. Nein, es war nicht deine Schuld, mein Junge. Ich habe diese Falle aufgestellt, unwissend wohl, als ich meiner weiblichen Eitelkeit nachgab und Nimir auf dem Ladnophaxi diesen Streich spielte. Was danach geschah, ist auf diese kleine Boshaftigkeit zurückzuführen. Du hättest gar nicht anders handeln können, als du gehandelt hast. Und es hätte schlimmer kommen können. Nun lassen wir die Würfel so liegen, wie sie gefallen sind. Nein, sieh mich nicht so verwundert an. Es war keine Hexerei im Spiel. Ich habe nur deine Gedanken gelesen. Doch genau so gern habe ich deine Geschichte aus deinem Mund gehört.«
Sie wandte sich an Suarra. Offensichtlich bemerkte sie erst jetzt das grüne Brautgewand und die bemalten Lippen und Wangen. Bei diesem Anblick verdichteten sich all ihr Haß auf Nimir und all die Stunden des ängstlichen Wartens zu einer Zornesexplosion. Sie stieß wütend die Arme vor, riß dem Mädchen das Gewand vom Körper und ließ sie in all ihrer nackten Lieblichkeit stehen.
»Geh nach hinten und wasch dir das Gesicht«, zischte die Schlangenfrau wie eine Mutter, deren Tochter etwas derangiert zu spät nach Hause gekommen ist.
Das Mädchen keuchte und floh dann wie ein elfenbeinener Schatten hinter das Kissenlager Adanas. Graydon mußte trotz seiner Erschöpfung kichern. Die Reaktion der Schlangenmutter hatte gezeigt, daß sie neben ihrer atemberaubenden Fremdartigkeit auch menschliche Züge hatte. Und nun zweifelte er an den Zweifeln, die ihn allerdings nie befielen, wenn er in Adanas Gegenwart war.
Die Mutter warf ihm einen zornigen Blick zu und hob eine Hand, so als wollte sie ihm einen Wangenstreich versetzen. Doch sie überlegte es sich anders und glitt Suarra hinterher. Er hörte, wie sie sanft auf die junge Frau einredete. Ihre barsche Reaktion von vorhin schien sie zu reuen. Dann rief sie Graydon.
Eine matte Lichtkugel entstand neben ihr. In deren Licht sah

Graydon, daß Suarra sich einen weiten Mantel übergeworfen und ihr Gesicht gereinigt hatte. Das Mädchen sah ihn kurz an und senkte dann den Kopf. Die Schlangenmutter lachte und drückte die Gesichter der beiden jungen Leute nah zusammen.

»Aber, aber mein Kind«, schmunzelte sie, »ich bin mir sicher, der junge Mann weiß, daß Frauen unter ihren Kleidern einen Körper haben. Zumindest sollte er es wissen. Und Regor ist alt genug, dein Großvater zu sein, oder Urgroßvater, oder was weiß ich. Komm zu uns, Regor. Nun erzähl uns, Tochter, was geschehen ist. Nimm vorab einen Schluck hiervon.«

Sie griff in eine Truhe, entnahm ihr eine kleine Phiole, füllte einen Kristallkelch mit Wasser und kippte dort einen Tropfen aus dem Fläschchen hinein. Suarra nahm einen kleinen Schluck und reichte dann Graydon den Kelch. Als er davon trank, durchfuhr ihn ein Prickeln, das alle Erschöpfung mit einem Schlag vertrieb. Die innere Anspannung ließ nach, sein Geist wurde klar, und er setzte sich neben Regor, um Suarras Geschichte zu hören.

Das Ende ihres Abenteuers kannte Graydon ja schon, deshalb hörte er um so interessierter zu, wie es zu der Entführung gekommen war. Ein Emeroffizier war zu Suarra gekommen, nachdem sie die Mutter verlassen hatte, um der Ankunft der Flüchtlinge aus Huons Lager beizuwohnen. Der Indio erklärte ihr, er habe eine Nachricht von Graydon an sie. Dieser habe auf der unteren Terrasse des Tempels etwas entdeckt, das er ihr unbedingt zeigen wolle, bevor er die Mutter davon benachrichtigte. Er habe dem Emeroffizier befohlen, Suarra zu suchen und sie zu ihm zu führen. Die Kühnheit und Simplizität dieser List hatte Suarra in die Falle gelockt. Sie wußte, daß überall auf den Terrassen Soldaten der Mutter standen, und so wäre ihr nie der Gedanke gekommen, daß sich hier der Feind eingeschlichen haben könnte. Sie ging also zur unteren Terrasse, kam an etlichen Posten vorbei, deren Grüße sie erwiderte. Plötzlich warf man ihr einen Mantel über den Kopf, und sie wurde hochgehoben und davongetragen.

»Das waren Lantlus Männer«, erklärte Regor. »Sie haben unsere Wächter getötet und an ihrer Stelle Posten bezogen. Natürlich

haben sie es auch nicht versäumt, sich in den Farben der Mutter zu kleiden. Wir haben die Leichen unserer Wächter inzwischen gefunden. Die Gegner hatten sie einfach über die Mauer geworfen.«
Als sie in den Schutz der Bäume gelangten, fuhr Suarra fort, band man ihr die Füße und die Handgelenke und schob sie in eine Sänfte. Auf geradem Weg eilte der Trupp mit ihr in Lantlus Palast. Dort übergab man sie Indiofrauen, die sie schminkten und schmückten. Suarra ahnte noch nicht, was mit ihr geschehen sollte. Dann entkleidete man sie, zog ihr das grüne Gewand über und legte ihre Hände in goldene Ketten. Indios kamen und führten sie in den Saal, in dem Graydon sie später entdeckt hatte. Und erst dort erfuhr sie, was Lantlu mit ihr vorhatte.
Während Suarras Geschichte bewegte Adana ständig den Kopf nach links und nach rechts. Die Zunge stieß bedrohlich vor, und ihre Augen glitzerten. Sie stellte keine Fragen und unterbrach Suarra nicht ein einziges Mal.
»Regor«, sagte Adana leise, als Suarra fertig war, »du gehst nun los und überprüfst, ob irgendwo noch Lücken sind, durch die eine von Nimirs Ratten hereinschlüpfen könnte. Die Männer sollen sich jetzt ausruhen, denn am Morgen muß jeder ausgeruht auf seinem Platz stehen. Am Morgen danach habe ich über Nimir oder er über mich triumphiert. Suarra und Graydon, ihr beide schlaft für den Rest der Nacht bei mir.«
Nachdem Regor gegangen war, nahm sie eine Hand des Abenteurers in die ihre.
»Mein Sohn«, erklärte sie sanft, »du brauchst dich nicht zu fürchten. Du wirst tief schlafen und keinen Alptraum von Nimir haben. Bis zum Morgen sind es noch vier Stunden. Ich werde dich wekken, und dann beraten wir, was zu tun ist. Vor allem deswegen...« Sie berührte kurz das matt glänzende Halsband. »Nun trink das hier, und du auch, Suarra.«
Sie holte ein neues Fläschchen aus ihrer Truhe und goß ein paar Tropfen davon in einen Becher mit Wasser. Nachdem beide davon getrunken hatten, gähnte Suarra, ließ sich auf die weichen Kissen sinken und lächelte Graydon noch einmal kurz an, bevor sie die

Augen schloß. Der Abenteurer selbst spürte, wie sich eine angenehme Lethargie in ihm ausbreitete. Er legte sich auf die Kissen und sah noch einmal zur Schlangenmutter. Sie hielt ihr Sistrum hoch in die Luft. Ein bleistiftdünner, milchiger Strahl entströmte dem Gerät. Sie zog damit eine immer breiter werdende Spirale durch die Luft.
Sandte Adana ein Signal aus? fragte er sich müde. An wen? Er schlief ein.

Er erwachte unter der Berührung der Mutter und sah in ihr Gesicht, das sich über ihn beugte. Ihre Augen hatten sich geweitet, phosphoreszierten und wirkten für das kleine Kindergesicht zu groß. Der Abenteurer sprang hoch. Am Rand der Plattform stand der Fürst der Narrheit und starrte hinaus auf den See. Links und rechts von ihm standen Kon der Spinnenmann und der Schwarze Regor. Suarra schlief noch. Der Kopf ruhte in einer elfenbeinweißen Armbeuge.
Graydon zitterte, ihn fröstelte plötzlich. Zum erstenmal, seit er ins Verbotene Land gekommen war, zeigte sich der Himmel bedeckt. Die Wolken hingen tief, knapp hundert Meter über dem Tempel. Als er genauer hinsah, fiel ihm auf, daß es sich dabei weniger um Wolken als vielmehr um eine starre und solide stahlgraue Decke zu handeln schien.
Über ihm war ein fortwährendes Sausen und Rascheln wie von einem riesigen Vogelschwarm; rhythmisch, wie in militärischer Anordnung.
Die fliegenden Schlangen! Die Boten der Mutter. Sie hatte Adana in der Nacht mit dem Sistrumstrahl zusammengerufen.
Adana nahm den Abenteurer an der Hand, glitt mit ihm zum Rand der Plattform und reichte ihm eine Linse, wie er sie auch in Huons Lager benutzt hatte. Sie zeigte auf das Ufer des Sees, und er blickte durch die Linse.
Das Ufer war mit Echsenmännern übersät. Zu Hunderten, zu Tausenden strömten sie heran. Ihre Reihen kamen nicht sehr rasch vorwärts, wurden aber ständig von hinten von den Urd aufgefüllt,

die aus dem Wasser stiegen. Und nun sah Graydon auch, daß der ganze See von Echsenmännern wimmelte. Sie strömten am anderen Ufer aus den Höhlen und durchquerten das Wasser. Vor der ersten Reihe der Urd ritten einige grüne Yu-Atlancher auf schwarzen Dinosauriern. Mit langen Ruten wie Nilpferdpeitschen hielten sie die Echsenmänner in Formation. Einer der Reiter beugte sich weit zur Seite. Graydon entdeckte etwas matt Metallisches an seinem Hals und sah genauer hin.

Der Mann trug ein Halsband wie das, das Nimir ihm angelegt hatte.

Ein zweiter Reiter trug ebenfalls eine Metallkrause, auch ein dritter... Alle Yu-Atlancher auf den Sauriern waren damit ausgestattet. Graydon setzte die Linse ab und drehte sich zur Schlangenmutter um. Sie nickte und beantwortete damit seine unausgesprochene Frage.

»Nimir hat dich an sich gekettet«, erklärte sie. »Ein Teil von dem, was er dir sagte, war wahr, Graydon, aber der Rest waren Lügen. Als er behauptete, das Halsband würde dich schützen, entsprach das der Wahrheit. Aber als er meinte, das Band würde ihm keine Macht über dich geben, hat er gelogen.«

Sie schwieg, während er sie unglücklich ansah.

»Und daher kannst du nicht hier oben bei uns bleiben, um uns zu unterstützen, wie ich das gehofft hatte. Denn Nimir ist verschlagen und verzweifelt – ich hoffe, daß er bald noch viel verzweifelter ist –, und in einem unachtsamen Moment könnte er zu dir durchdringen und durch dich alles erfahren, was er über mich und meine Strategie wissen will.«

»Nicht durch mich, Mutter!« widersprach Graydon erregt. »Nein, nicht durch mich!«

»Das Risiko ist leider zu groß, mein Sohn«, erklärte die Mutter. »Ich könnte dich von diesem Halsband befreien, aber eine innere Stimme sagt mir, daß es dafür noch zu früh ist. Nimirs schlauer Plan, dir das Halsband anzulegen, könnte sich für ihn noch als sein größter Fehler erweisen. Wenn er länger nachgedacht hätte, hätte er die Würfel so liegen lassen, wie sie gefallen sind. Er hätte sich nur auf die Schlacht gegen mich konzentrieren dürfen. Aber seine Gier, auch noch dich zu besitzen, war zu stark. Seine Eitelkeit hat ihn genauso zu einer Dummheit verleitet, wie kürzlich meine mich überwältigte. Ich weiß nun noch nicht, wie wir aus seiner Eitelkeit Vorteil ziehen können, aber ich weiß, daß darin eine Chance für uns liegt...«

»Die letzten Urd haben unser Ufer erreicht, Adana«, verkündete Regor. »Wir sollten aufbrechen.«

»Du gehst mit Huon und Regor, Graydon«, sagte die Mutter. »Sie haben Verwendung für dich. Und eines kann ich dir versichern: Nimir bekommt dich nicht. Das habe ich dir versprochen, und wenn Adana etwas verspricht, hält sie es auch ein.«

Dann beugte sie sich vor und gab ihm einen Kuß auf die Stirn.

»Wecke Suarra«, sagte sie. »Verabschiede dich von ihr und dann spute dich. Sollten wir uns nie wiedersehen, dann sei gewiß, daß ich dich wie einen Sohn liebe.«

Noch einmal küßte sie ihn, dann schob sie ihn fort. Graydon beugte sich über seine schlafende Geliebte. Sie öffnete die Augen, sah ihn an, umschlang seinen Hals und zog seine Lippen zu den ihren heran.

»Wie fest habe ich geschlafen«, murmelte sie halb wach. »Ist es denn schon Morgen?«

»Die Sonne ist schon aufgegangen, Schatz«, sagte er. »Ich muß mit Regor und Huon fort... hinunter in den Tempel.«

»In den Tempel?« entfuhr es ihr, und plötzlich war sie hellwach. »Aber warum denn nicht hier oben mit mir? Mutter...«

»Sorge dich nicht, Liebste«, lachte der Abenteurer, und nur die Mutter ahnte, wieviel Mühe ihn dieses Lachen kostete. »Ich habe die Angewohnheit, immer wieder zu dir zu finden.«

Regor tippte ihm auf die Schulter. Graydon löste sich sanft aus den Armen Suarras, küßte sie und marschierte rasch mit Huon und dem Riesen davon. Als er sich vor dem Lift noch einmal nach ihr umdrehte, hatte sie ihren Kopf an die Brust der Schlangenmutter gelegt. Sie lächelte ihm zu, aber schon schlich sich Sorge in ihren Blick.

XXVI

Der Untergang von Yu-Atlanchi

Von dem Schrecken, der sich in den folgenden Stunden über das Verbotene Land verbreitete, sah Graydon nur wenig mit eigenen Augen. Den vollständigen Ablauf der Schlacht mußte er sich aus den Erzählungen anderer zusammenreimen.

Die drei Männer schritten rasch voran und legten nur einmal eine kürzere Pause ein, damit Graydon sich mit Patronen versorgen konnte. Als sie den Eingang zum Thronsaal erreichten, erklärte Regor:

»Wir haben alle Öffnungsmechanismen der Tunnel zu diesem Saal zerstört. Alle bis auf einen, und der kann nicht mit Gewalt genommen werden. Die Mutter hat das angeordnet, und wenn sie sich nicht verrechnet hat, kann der Feind nicht in unseren Rücken gelangen. Nimir und Lantlu werden natürlich alles versuchen, uns zu einem Ausfall zu verlocken. Denn außerhalb der Tempelbefestigungen können sie uns leicht mit der Übermacht der Xinli und Urd niedermachen. Unser Streben geht natürlich dahin, die eigenen Truppen auf jeden Fall im Tempel zu halten.

In der Nacht haben wir starke Barrikaden errichtet; auf den großen Stufen und an anderen Stellen. Auf den Terrassen rings um den Tempel sind unsere stärksten Bataillone stationiert. Wenn die Übermacht zu drückend wird, können die dortigen Truppen über Strickleitern durch die Fenster in den Tempel... Alle Fenster und Schießscharten sind mit Bogenschützen besetzt, die von Keulenträgern unterstützt werden. Huon kommandiert die Barrikaden an der Treppe. Du bleibst an seiner Seite. Wenn die Grünen mit den Reitxinli eine Attacke wagen, versuchst du, mit deinen Schußwaffen die Reiter zu treffen. Natürlich kannst du auch auf die Reitsaurier schießen. Es wäre nicht schlecht, wenn sie von deinen

Treffern, die sie nicht ernsthaft verletzen können, in Wut geraten und durch die Reihen der Urd stampfen. Doch auch wenn du nur den Reiter runterholst, ist das nicht schlecht; denn ein herrenloses Tier ist für Nimir und Lantlu von geringem Nutzen. Die größten Gefahren drohen uns von dem, was Nimir an verborgenen Waffen besitzt. Über uns kämpft die Mutter, die über Waffen verfügt, die mindestens so tödlich sind wie die des Dunklen Fürsten. Ich glaube nicht, mein Junge, daß wir uns nie mehr wiedersehen, aber für alle Fälle sage ich dir Lebewohl.« Er legte seinen gesunden Arm um den Abenteurer, preßte ihn so fest an sich, daß Graydon um seine Rippen fürchtete, und reichte dann Huon die Hand.

»Jetzt sind wir wieder zusammen, du und ich«, sagte Huon düster, nachdem Regor gegangen war. »Du erinnerst dich doch, was ich dir in jener Nacht erzählte, als du zur Höhle der Froschfrau aufgebrochen bist. Du und ich würden zusammen sein . . . unter einem roten Himmel, aus dem eisige Schatten fallen, die gegen rote Gegner kämpfen. Diese Stunde ist nun angebrochen, und ich bin froh darum.«

Er zeigte zu einem hohen Fenster, hinter dem ein Dutzend Bogenschützen standen. Davor war ein Stück vom grauen Himmel zu sehen. Doch das Grau war nicht mehr so intensiv, hatte eine rote Tönung angenommen, die sich zusehends verdichtete.

»Komm!« sagte Huon nur. Schweigend traten sie in die große Vorhalle des Tempels. Ungezählte Emer mit Speeren, Bögen, Kurzschwertern und Keulen hielten sich hier auf. Etwa zwanzig Yu-Atlancher befehligten sie. Als Huon kam, formierten sich die Soldaten. Die Tore zur breiten Treppe schwangen auf, und eine lange Kolonne zog mit Huon an der Spitze hinaus zu den Barrikaden.

An den Brüstungen der drei Terrassen standen wie auf den Mauern einer belagerten Stadt die Krieger. Quer über die breite Treppe war eine mächtige Doppelbarrikade aus Steinblöcken von jeweils zwei Metern Höhe errichtet worden. Die erste Barrikade stand neben der unteren Terrasse, die zweite erhob sich etwa zwanzig Meter dahinter. Hinter jeder Barrikade waren Steinblöcke angebracht, auf die sich die Verteidiger stellen konnten. Graydon überlegte, in welch tödliche Falle man den Zwischenraum von zwanzig Metern für jeden Angreifer verwandeln konnte, wenn die zweite Barrikade nur mit einem halben Dutzend Maschinengewehren bestückt wäre. Auch eine überwältigende Übermacht würde dem Angreifer dann nichts mehr nützen!

Aber dann dachte Graydon nach. Es hatte keinen Sinn, die anstehende Schlacht mit den modernen Waffen seiner Heimat führen zu wollen, wo doch die beiden gegenüberstehenden Feldherrn über Mächte geboten, von denen sich weder Offiziere noch Mannschaften eine Vorstellung machen konnten. Graydon erreichte die erste Barrikade, legte das Gewehr auf die Steinkrone und zählte seine Patronen. Nur gut hundert Schuß, zählte er bedauernd. Nun, wenn er sorgfältig zielte, konnte er damit einigen Schaden anrichten. Er füllte das Magazin auf, während Huon seine Männer postierte.

Graydon äugte über die Mauer vorsichtig auf das Seeufer. Das rötliche Licht vom Himmel machte jede Sicht auf größere Entfernung fast unmöglich. Natürlich war Nimir dafür verantwortlich. Wo steckte der Dunkle Fürst denn? Würde er sich in die Schlacht stürzen oder lieber, wie die Schlangenmutter, von einem geschützten Ort aus seine Streitkräfte lenken?

Nimir war sich seines Sieges sehr sicher gewesen. Er mochte den Abenteurer in einigen Punkten belogen haben, aber mit seinem Triumpf war es ihm ernst gewesen. Wäre es nicht besser für Graydon, gleich über die Barrikade zu springen, zum Dunklen Fürsten überzulaufen und sich ihm zu ergeben? Ihn jetzt schon in seinen Körper zu lassen. Damit würde Nimir den Angriff aussetzen und Waffenstillstand halten, bis er sein infernalisches Experiment durchgeführt hatte. Danach könnte Graydon gegen den Mitbewohner seines Körpers kämpfen und ihn so davon ablenken, sich auf die Führung seiner Streitkräfte zu konzentrieren. Bei Gott, warum eigentlich nicht? Einen Versuch wäre es mindestens wert. Wenn er damit Erfolg hatte, wären Suarra, die Mutter und Regor gerettet. Guter alter Regor. Warum sollte er es zum Blutvergießen kommen lassen? Er allein konnte es verhindern!

Dieser Gedanke wiederholte sich wie ein Wispern immer wieder in seinem Kopf.
Ein Wispern?
Graydon ächzte. Das Wispern des Schattens!
Die Mutter hatte recht gehabt. Nimir wisperte zu ihm, lockte ihn, führte ihn in Versuchung, erzählte ihm neue Lügen. Dem Himmel sei Dank, daß Adana ihn nicht oben auf der Plattform haben wollte. Graydons Hände fuhren an das Halsband und zerrten daran. Und in seinen Ohren dröhnte das Gelächter des Herrn der Finsternis.
Huon packte den Abenteurer am Arm. Graydon drehte sich zitternd zu ihm hin. Kalter Schweiß lief ihm über das Gesicht.
»Huon«, sagte er atemlos, »wenn ich Anstalten mache, über die Barrikade zu springen, wenn ich dir vorkomme, als wäre ich nicht mehr ich selbst, dann schlag mich nieder... oder durchbohr mich mit deinem Schwert, wenn es nicht mehr anders geht!«
»Hab keine Angst«, nickte Huon düster. »Ich behalte dich im Auge und lasse es nicht zum Schlimmsten kommen.«
Vom Tempel ertönten Fanfaren. Draußen am Rand der Wiese geriet etwas in Bewegung. Schwarze Schuppen glitzerten, und ledrige gelbe Haut glänzte matt.
»Sie kommen!« rief Huon und gab einen Befehl, der über die Terrassen weitergegeben wurde. Bogensehnen wurden gespannt. Schweigend beobachteten die Verteidiger das Heranrücken des Feindes.
Nimirs Truppen marschierten zunächst langsam. Die Vorhut bildeten die Reitsaurier, die im Abstand von fünfzehn Metern zueinander heranrückten. Mit Ärger registrierte Graydon, daß die Reiter Kettenhemden trugen und Visiere über ihre Gesichter gezogen hatten. Er wußte nicht, was Gewehrkugeln gegen diese Art von Panzerung ausrichten konnten. Er sagte sich, daß der Aufprall der Kugel vielleicht ausreichen mochte, einen Reiter aus dem Sattel zu werfen.
Hinter den Reitsauriern strömten die Urd heran: Schulter an Schulter, sechs Glieder tief über eine dreihundert Meter breite Li-

nie. Die Echsenmänner mußten eigene Offiziere haben, die sich kaum von den Gemeinen unterschieden, denn nirgendwo war unter ihnen ein Yu-Atlancher zu erkennen. Mit glitzernden roten Augen und ausgestreckten Krallen strömten sie heran.
Hundert Meter dahinter rückten die Kolonnen der in Grün gekleideten Emerkrieger, angeführt von Yu-Atlanchern, vor.
Graydon glaubte, die gegnerische Strategie zu durchschauen: Die gewaltigen Reitsaurier, die gegen Pfeile unverwundbar waren und höchstens durch einen glücklichen Stoß von einem Speer oder Schwert ausgeschaltet werden konnten, sollten als lebende Rammböcke durch die Verteidigungsanlagen brechen. In diese Lücken strömten dann die Urd nach, die ebenfalls nur schwer zu töten waren, aber mit ihren giftigen Klauen und Fängen großes Unheil anrichten konnten. Die Emer schließlich würden das aufreiben, was von den Verteidigern noch übrig geblieben war, und zum Tempel vorstoßen. Aber wo war Lantlu mit seinen Kampf-Xinli?
Trompeten ertönten aus den Reihen der Angreifer. Die Reitsaurier stampften schwer auf und rannten los. Wie eine lebendige Woge stürmten auch die Horden der Echsenmenschen los.
Ein milchiger Lichtstrahl blitzte vom Tempeldach auf. Augenblicklich war die Luft angefüllt vom Schwirren der geflügelten Schlangen.
Unruhe kam in die Front der Angreifer. Ein Drittel der Xinli-Reiter fiel aus den Sätteln, so als wären sie von einem Lasso gefangen worden. Die Boten hatten ihre Schlangenleiber um die Hälse der Yu-Atlancher gewickelt und sie vom Reittier gerissen.
Die Reihen der Urd gerieten völlig durcheinander. Zischend und kreischend sprangen die Echsenmänner hierhin und dorthin und schlugen mit den gefährlichen Klauen um sich. Manchmal gelang es ihnen, einen Boten aus der Luft zu reißen, den sie dann mit Fängen und Krallen zerfetzten. Aber die Urd selbst gingen zu Hunderten zu Boden. Die Rapiere der Flugschlangen stachen ihnen geschickt in Kopf und Herz.
Kurz darauf war die Hälfte der Xinli reiterlos. Und die Saurier

zeigten sich sehr unruhig. Sie stampften wütend mit ihren mächtigen Hinterbeinen auf, zischten zornig, schlugen mit den vergleichsweise winzigen Vorderbeinen um sich und ließen wie Schlangen die Köpfe vorschnellen.

Einer wandte sich zur Flucht, dann ein zweiter und ein dritter. Wie Dampfwalzen fuhren sie durch die Armee der Echsenmänner. Die Formation der Emer war stehengeblieben. Als die Indios sahen, wie es den Urd erging, rannten sie auseinander und bemühten sich, den Ungetümen aus dem Weg zu kommen. Nur die Yu-Atlancher blieben stehen. Im Lauf sprangen sie auf die Xinli und versuchten, die Zügel zu greifen, um die Reittiere wieder unter Kontrolle zu bekommen. Einigen gelang es, aber andere wurden abgeworfen und zertrampelt.

Hörner tönten vom Tempel, die von der linken Flanke beantwortet wurden. Über die Wiese kamen nun im Sturmlauf die Regimenter der blauen Emer heran, angeführt von Yu-Atlanchern mit langen blauen Umhängen. Die Truppen der Schlangenmutter hatten bis jetzt in Deckung gelegen. Graydons Blut rauschte triumphierend in den Adern, als er die geordneten Reihen der Blauen sah. Dann blieben sie stehen, und die erste Reihe kniete sich hin. Eine Wolke von Pfeilen ging auf die in Auflösung begriffenen Bataillone der grünen Emer nieder. Die Blauen erhoben sich wieder, stürmten weiter und fuhren wie eine Sturmflut in die grünen Truppen.

Zwei Schlachten wurden nun vor dem Tempel geschlagen: Vorn die geflügelten Schlangen gegen Xinli und Urd, weiter hinten das Getümmel der grünen und blauen Emer.

Von den Verteidigungslinien am Tempel erscholl lautes Siegesgeschrei.

Ein schweres Dröhnen kam von den Höhlen jenseits des Sees. Ein Kreischen schwang darin mit, das die Ohren folterte. Ein Dauerton unterhalb des Hörbereichs gesellte sich dazu, der Hirn und Nerven bis an den Rand des Wahnsinns durchrüttelte. Das Dröhnen kam immer näher, hatte die Geschwindigkeit einer Gewehrkugel. Es fuhr nach oben und verharrte direkt über dem Tempel.

Nun wurde das Geräusch wie bei einer Alarmsirene lauter und leiser, lauter und leiser ...
Plötzlich war alle Luft zwischen dem Boden und dem rötlich trüben Himmel voller purpurner Blitze. Grelles Licht, das in den Augen so schmerzte wie das Dröhnen in den Ohren.
Aber davon bekam Graydon kaum etwas mit. Seine Augen, Ohren und Nerven spürten nichts. Das wahnsinnige Dröhnen war für ihn nicht mehr als das Summen von ein paar Bienen, und die roten Blitze waren für ihn nicht mehr als Licht.
Verblüfft beobachtete er, wie Huon sein Schwert fallen ließ, wie er in die Knie ging und die Hände vor die Augen preßte.
Als Graydon aufblickte, sah er in dem harten, unerklärlichen Licht die geflügelten Schlangen. Die Boten der Mutter waren nicht länger durch Unsichtbarkeit geschützt.
Schwarze Schatten, die sich im Licht der Blitze abhoben. Auch sie machte Nimirs geheime Waffe blind. Wirbelnd und sich drehend und dabei gegeneinander stoßend fielen sie zu Boden. Zusammengerollt purzelten sie in die Fänge und Klauen der Echsenmänner, die wie auch Graydon gegen die unerträgliche Ballung von optischen und akustischen Reizen immun waren.
Am stärksten aber wirkten Blitze und Dröhnen im Tempel. In den gemarterten Hirnen der Verteidiger war nur noch ein Gedanke: Hinaus ins Freie und davonlaufen vor dieser Pein! Die schweren Portale flogen auf, und heraus eilten Emer und Yu-Atlancher, Männer und Frauen, die sich gegenseitig beiseite schoben, die sogar aus den Fenstern sprangen, um nur endlich ins Freie zu kommen.
Herausgelockt aus dem Tempel, wie der Fürst des Bösen es angekündigt hatte!
Durch das Dröhnen drang ein unheimliches, teuflisches Zischen. Graydon wußte, was es bedeutete, noch ehe er die Ursache dafür sehen konnte: Die Jagdsaurier! Die Schuppen glitzerten im roten Licht wie Edelsteine, und die roten Augen flammten, als die Xinli aus dem Schutz des Wäldchens brachen, das sich zwischen der Wiese und der Stadt erstreckte. Ihnen voraus ritt Lantlu auf seinem Reitsaurier. Brüllend raste er auf die Tempeltreppe zu.

Graydon riß sich aus seiner Starre, hob das Gewehr und sandte dem Herrn der Xinli Kugel um Kugel entgegen. Fluchend stellte er fest, daß sie dem Reiter nichts anzuhaben vermochten. Lantlu stürmte siegessicher heran, und seine Kampfsaurier folgten ihm auf dem Fuß.

Eine gewaltige silberne Lichtkugel schoß von Adanas Plattform über dem Tempeldach. In rascher Folge kamen weitere Kugeln. Hundert Meter über der Ebene blieben sie in der Luft hängen und formten einen weiten Kreis. Sie fingen an zu pulsieren, und helle weiße Strahlen lösten sich von ihnen. Im Pulsieren dehnten sie sich aus, bis sie einen Kranz aus kleinen hellen Sonnen bildeten, die ihre weißen Strahlen durch die roten Blitze schickten.

Abrupt endete das Dröhnen, und das Chaos unter den Boten legte sich wieder. Sie wurden erneut unsichtbar. Und auch die Folter in Ohren, Augen und Gehirnen verging.

Doch nun begann Graydons Pein. Das weiße Licht brannte wie glühendes Eisen in seinen Augen, das bis in sein Gehirn vorstieß. Und in diesem Schmerz war er eins mit den Urd, den Sauriern und den Yu-Atlanchern, die Nimirs Halsband trugen. Vor dem Dröhnen und den roten Blitzen waren sie durch die Metallkragen geschützt gewesen, aber gegen Adanas Waffe halfen diese nicht.

Bevor die Qual ihn bezwang und er zitternd zu Boden ging und das Gesicht in den Händen vergrub, bemerkte er noch, wie Lantlus mächtiges Reittier bockte, an den Zügeln zerrte, wütend auf die Trense biß und kreischend und blindlings zurück stapfte. Der Herr der Saurier wurde aus dem Sattel geworfen, kam aber mit panthergleicher Geschmeidigkeit sofort wieder auf die Füße. Er bedeckte das Gesicht mit den Armen und stolperte weiter. Die Urd rannten zischend ziellos durcheinander und fielen unter den Rapierstößen der geflügelten Schlangen.

Jetzt fuhren die Soldaten des Tempels zwischen die Xinli und die Urd. Sie zerschmetterten den Echsenmännern mit ihren Keulen die Schädel, zerschnitten den Xinli die Kniefl echsen und stießen dann die Speere in die verwundbaren Stellen an den Kehlen.

Huon hatte Graydon ganz vergessen, hatte nur noch Augen für

Lantlu. Er war fast schon über die Barrikade, als er sich noch einmal umdrehte, um nach dem Abenteurer zu sehen. Einen kurzen Atemzug lang schwankte er zwischen Sorge für Graydon und Haß auf Lantlu. Dann stieg er zurück, hob den am Boden liegenden hoch und trug ihn hinauf in den Tempel.
Kalte Luft, die jeden frösteln ließ, toste durch die Ebene. Als Graydon sie spürte, endete damit sein Leiden. Er befreite sich aus Huons Griff. Die beiden blieben auf den Stufen stehen und starrten auf die Leuchtkugeln. Ihre strahlende Helligkeit ließ deutlich nach, und ein ständig intensiver werdender Dunkelheitsfilm umhüllte sie.
Die Kugeln erloschen.
Zusammen eilten Huon und Graydon zu den Barrikaden zurück. An der untersten Stufe stand Lantlu. Er trug ein blutiges Schwert in der Hand, und zu seinen Füßen lag ein toter blauer Yu-Atlancher. Genau so wie Graydon war er von der Pein befreit und starrte die beiden Männer nun kampflustig an.
Überall auf der Wiese stritten die Yu-Atlancher, Emer und Urd miteinander. Von den Jagdsauriern hatte nicht einer überlebt, und von den Reitxinli war keiner mehr zu sehen.
Graydon hob sein Gewehr und zielte auf Lantlu. Aber bevor er abdrücken konnte, fiel Huon ihm in den Arm.
»Der gehört mir! Laß mich mit ihm kämpfen!«
Huon rannte mit gezücktem Schwert die Stufen hinunter auf Lantlu zu, der ihn bereits mit einem höhnischen Grinsen auf den Lippen erwartete.
Der rote Himmel pulsierte ein-, zwei-, dreimal, so als sei er ein gigantisches Herz. Schwarze Schatten, die an riesige Fledermäuse erinnerten, fielen von ihm herab. Und von Sekunde zu Sekunde wurde die Kälte eisiger.
Einen Augenblick lang sah Graydon dem furchtbaren Regen zu. Die Schatten tauchten direkt unter dem rötlichen Nebel auf. Sie waren form- und gestaltlos, aber so dicht schwarz, als seien sie aus dem Mantel der Nacht gerissen worden. Sie wirbelten hinab und drehten sich dabei um sich selbst, aber sie hatten eine hohe Ge-

schwindigkeit erreicht, als sie auf der Wiese niedergingen und keinen Unterschied zwischen Yu-Atlanchern, Urd oder Emern machten.
Der Abenteurer hörte das Klirren zweier aufeinanderprallender Schwerter. Er sah, wie Huon und Lantlu stachen und zuschlugen und abwehrten.
Zwischen ihm und den beiden tauchte plötzlich eine Gruppe von Urd und Indios auf, die einander auf das heftigste bekämpften. Ein Schatten fiel auf die Streiter, umhüllte sie, verbarg sie unter sich und driftete dann wieder nach oben. Als Graydon hinsah, kämpften die Urd und die Indios nicht mehr. Sie standen nur stocksteif da, schwankten dann wie aus dem Gleichgewicht gebrachte Statuen und kippten schließlich um. Graydon keuchte und rannte die Stufen hinunter zu ihnen. Der Boden war dort, wo der Schatten niedergegangen war, schwarz verbrannt. Graydon berührte einen der Indios. Der Körper war kalt und hart, wie steifgefroren. Er berührte den Boden. Auch der war frostkalt.
Kopfschüttelnd drehte der Abenteurer sich um. Huons Schwert sauste gerade auf Lantlus rechtes Handgelenk nieder und trennte die Hand halb vom Arm ab. Der Herr der Saurier schrie, sprang zurück und fing dabei rasch die Waffe mit der Linken ab, bevor sie zu Boden fallen konnte. Ohne sich um seine Wunde zu kümmern, griff er Huon an.
Aber der Anführer der Rebellen wich ihm aus, und als Lantlu an ihm vorbeischoß, stieß Huon ihm mit beiden Händen das Schwert in den Bauch und zog es mit aller Kraft hoch bis zur Brust.
Der Herr der Saurier ließ das Schwert fallen, starrte wütend auf seinen tödlichen Feind, preßte die Hände an die herausquellenden Eingeweide und sank auf die Knie. Ungläubig verfolgte er, wie das Blut zwischen seinen Fingern herausspritzte. Dann kippte er mit einem letzten arroganten Grinsen auf den Lippen nach vorn um...
Ein Schatten trieb herab und umhüllte den Lebenden und den Toten. Graydon hörte einen Entsetzensschrei, rannte los und begriff erst jetzt, daß er seine eigene Stimme gehört hatte.

Der Schatten hob sich wieder, fuhr wie davongeweht hoch und wirbelte zum Himmel. Huon stand da und starrte grimmig auf Lantlu.
»Huon!« rief der Abenteurer und berührte ihn an der Schulter. Sie war eiskalt.
Die leichte Berührung reichte schon aus, den Fürsten zum Kippen zu bringen. Er fiel wie ein Stein über seinen toten Gegner.
Graydon starrte blöde um sich.
Was waren das für Lichter? Mantaschatten aus grünlichen Flammen, in deren Innerem ein blendend heller Kern war... Sie entstanden aus der Luft, wurden von ihr ausgespuckt... rangen mit den schwarzen Schatten... Flammenschatten, die mit den schwarzen Schatten kämpften... Und zu seinen Füßen lag Huon tot...
Wie Huon es einst prophezeit hatte... wie lange war das her? Jahrzehnte, Jahrhunderte, Jahrtausende?
Die Gedanken in seinem Kopf blieben stehen, weil sie nicht mehr die Kraft hatten, sich durch den dicken Brei zu quälen, der sich über sein Bewußtsein gelegt hatte... Verzweiflung befiel den Abenteurer... Schwärzeste Verzweiflung, die seinen Herzschlag verlangsamte und das Atmen erschwerte... Woher kam diese schwarze Woge... Er hatte nie zuvor etwas Ähnliches verspürt... Auch Haß war dabei, kalter Haß... so kalt und unerbittlich wie die schwarzen Schatten... Wen haßte er so sehr? Warum dieser Haß?... Wenn er doch nur diesen Brei aus seinem Bewußtsein zwingen könnte.
Diese verdammten grünen Mantaschatten. Sie waren überall. Wie sie alle davonrannten... Emer und Urd und die letzten der Alten Rasse... Meine Männer rennen davon, sind besiegt! Meine Kameraden... wen meinte er eigentlich mit seinen Kameraden? Was für ein Lichtspektakel... Was für eine wilde Nacht... Ein wenig Selbstbewußtsein erwachte in Graydon und verdünnte den Brei... Asche zu Asche, Staub zu Staub, Schatten töten, fallen wie Laub... Ein hübscher Reim, freute sich der Abenteurer... Die Freude brachte einen neuen Schub an Selbst-

bewußtsein... aber nur einen kleinen, der leider nicht ausreichte... Was war bloß los in seinem Kopf... Armer Huon... Ob Suarra wußte, daß er hier unten stand... Wo mochte Nimir sich aufhalten... Endlich, nun wußte er, wen er so sehr haßte... die Schlangenfrau... verfluchtes Monster... *Ja, Dunkler Herr, ich komme!*

Was hatte er da gerade gesagt? Reiß dich zusammen, Nick Graydon... Nick Graydon aus Philadelphia, Absolvent des Bergbau-Studiums in Harvard... Reiß dich zusammen... *Ja, Dunkler Fürst... ich... ich komme!*

Ein Arm legte sich um seine Schulter. Knurrend riß Graydon sich los. Was wollte Regor von ihm?

Regor? Woher kam Regor auf einmal? Etwas von dem Brei entwich seinem Bewußtsein.

»Mein Kopf, Regor! Etwas stimmt nicht mit ihm!«

»Ist ja schon gut, mein Junge. Komm mit mir, komm mit Regor. Komm mit zu Suarra!«

Suarra? Natürlich würde er zu Suarra mitgehen. Aber nicht zum Schlangenweib! Nein, niemals zu ihr... Sie war nicht menschlich... weder im Aussehen noch im Wesen... Nein, Dunkler Herr, niemals zu ihr...

Wieso war er plötzlich wieder im Tempel? Wie war er hier hin gelangt? Etwas zerrte an seinem Metallkragen. Wollte es von seinem Hals reißen. Das durfte nicht sein. Graydon wollte keinen Schritt mehr tun. Daher kam die Lähmung im Kopf – vom Halsband. Aber er mußte doch weitergehen und Suarra von allem erzählen. Dort war sie ja schon... Aber kein Sterbenswörtchen zum Schlangenweib... *Nein, Dunkler Meister, niemals ein Wort an sie*... Wie angenehm es war, von Suarra umarmt zu werden, ihre Lippen und ihre runden weichen Brüste zu spüren.

»Halt ihn fest, Suarra«, sagte die Mutter leise. »Küß ihn, sprich mit ihm, beschäftige ihn... vor allem sorge dafür, daß er dich wahrnimmt. Kon!«

Der Spinnenmann kam herbei und blickte kummervoll auf den vor sich hin murmelnden Abenteurer hinab.

»Halt ihn im Auge, Regor. Und laß dir von Kon helfen, wenn du ihn an der Flucht hindern mußt. Sobald der Ruf ganz und gar zu ihm durchgedrungen ist, wird seine Kraft ins Unermeßliche steigen. Binde ihn, falls es nicht mehr anders geht. Ich denke jedoch, daß wir ihn so lange wie möglich frei lassen sollen. Ich habe da so eine Ahnung... Aber Nimir soll ihn nicht bekommen... Oh, das hatte ich befürchtet. Halte dich bereit, Tyddo!«

Ein grüner Schein, hell wie Tageslicht, flutete über das Verbotene Land. Die schwarzen Schatten waren verschwunden, und der rötliche Schimmer im grauen Himmel war vergangen. Mitten auf der Ebene zwischen dem Tempel und dem See wuchs eine gewaltige und glitzernde grüne Flammensäule zum Himmel. Ihr Aufstieg wurde von einem entsetzlichen Donnern begleitet. Und sie pulsierte in einem langsamen, regelmäßigen Rhythmus. Blitze zuckten aus dem Flammenkörper, und dazu krachte Donner wie ein Sturm von niedergehenden Glasscherben.

Aller Kampf erlosch auf der Ebene. Die Überlebenden starrten gebannt auf die furchtbare Flamme und rannten dann in Panik davon.

Von überall strömten die Mantaschatten zu der Flammensäule, drangen in sie ein und speisten sie.

»Seine letzte Waffe, Tyddo!« flüsterte die Schlangenmutter. »Und seine gefährlichste.«

Der Fürst der Narrheit nickte und bezog an dem Apparat mit den Kristallkabeln Posten. Die zwei großen Scheiben mit der Mondlichtstrahlung wirbelten um ihre eigene Achse. Adana glitt erst zu der einen und dann zu der anderen, um einige Hebel zu ziehen. Langsam verringerte sich die Eigendrehung der Scheiben.

»Nun mögen mir meine Vorfahren beistehen!« murmelte die Schlangenmutter.

Immer langsamer drehten sich die Scheiben, und immer seltener wurden die grünen Mantaschatten, bis plötzlich gar keine mehr vorhanden waren.

Die pulsierende Flammensäule zuckte, schwankte und schwang sich unter lautem Donnergetöse fünfzig Meter vom Boden hoch.

Mit aller Wucht fiel sie auf das Amphitheater der Träumer. Mit einem gewaltigen Donnerschlag erhob sie sich erneut in die Luft. Von dem muschelartigen Gebäude war nichts mehr zu sehen.
Noch höher sprang die Flammensäule diesmal und fuhr hinab auf den Wald bei der Stadt. Ein drittes ohrenbetäubendes Donnerkrachen...
Die Scheiben waren zum Stillstand gekommen. Die Flammensäule sprang auf den Tempel zu.
»Jetzt!« rief die Schlangenmutter Tyddo zu. Aus dem Apparat, an dem der Fürst stand, strömte fächerartig ein violetter Schein, der auf geradem Weg auf die Flammensäule zuraste. Mit seinem Auftreten stoppte er Nimirs letzte Waffe. Der Schein vermischte sich mit der Flammensäule, die sich bog, sich wand und wie ein Tier in der Falle zu entkommen versuchte.
Ein entsetzliches Kreischen ertönte, dann ein Knall wie von einem einstürzenden Berg.
Dunkelheit und furchteinflößende Stille.
»Wohl getan!« Adana atmete vernehmlich aus. »Dank allen meinen Vorfahren, daß es vollbracht ist.«
Graydon hob den Kopf von Suarras Brust. Sein Gesicht war blaß und eingefallen. Er verdrehte die Augen nach oben, bis nur noch das Weiße in ihnen zu sehen war. Aber er schien intensiv zu lauschen.
Die Schlangenmutter glitt zu ihm und beobachtete ihn. Seine Lippen bewegten sich.
»Ja, Herr, ich höre!«
»Bald ist es so weit. Halte ihn, Regor. Nein, laß Kon das tun.« Sie glitt zu ihrer Truhe, entnahm ihr das Sistrum mit der Quecksilberkugel und eine größere Fassung dieses Geräts, in der sich mehrere solcher Kugeln befanden. Außerdem holte sie eine stumpfe Kristallröhre, in der eine purpurrote Flamme glühte. Adana reichte Tyddo das zweite Sistrum.
Der Spinnenmann hob Graydon hoch. Reglos ruhte er dort und schien immer noch zuzuhören. Die Mutter glitt zu ihm.
»Regor«, flüsterte sie, »du bleibst hier bei Suarra. Nein, meine

Tochter, es hat keinen Sinn zu weinen oder zu betteln. Du kannst nicht mit. Und damit genug!« sagte sie streng, als das Mädchen flehend die Hände ausstreckte. »Ich gehe nun, um deinen Liebsten zu retten. Und um Nimir zu vernichten. Regor, ich nehme Kon mit. Und nun rasch ans Werk.«

Sie klickte dem Spinnenmann etwas zu. Er trug Graydon in den Armen und lief zu dem Lift. Adana folgte ihm und rollte sich zusammen, um auch Tyddo mitnehmen zu können. Der Lift fuhr hinab. Als sie in den Korridor gelangten, bog sich Graydons Rükken durch.

»Ich höre Euch! Ich komme, Dunkler Herr!« schrie er und zerrte an den Armen des Spinnenmanns.

»Ja, er kommt«, zischte die Schlangenfrau, »aber so, wie ich es will. Nicht ganz nach Nimirs Wunsch. Kon, setz ihn ab und laß ihn laufen.«

Graydons Augen waren immer noch verdreht, als er wie ein Jagdhund zu schnüffeln begann. Er lief den Korridor hinab und rannte direkt auf das Tempelportal zu.

Hinter ihm glitt die Schlangenmutter, in der einen Hand das Sistrum und in der anderen die sonderbare Röhre, und hatte keine Mühe, mit dem Abenteurer Schritt zu halten. Auch Tyddo und Kon folgten rasch. Sie erreichten den Gang, der zum Thronsaal führte. Ein dünner Strahl löste sich aus dem kleinen Sistrum und traf Graydons Kopf. Der Mann blieb plötzlich stehen, als sei er gegen eine unsichtbare Mauer geprallt, und wartete. Wieder löste sich ein Strahl, fuhr über Graydon hinweg und traf auf den Fels. Ein Steinvorhang hob sich und gab einen Gang frei. Ein dritter Strahl berührte den Abenteurer, der daraufhin in den Gang lief.

»Fein«, sagte Adana leise.

Noch zweimal öffnete der Sistrumstrahl einen Gang, um Graydon den Weg zu Nimir zu ebnen. Er wandte nie mehr den Kopf, drehte sich nicht einmal um und schien überhaupt nichts von den dreien zu ahnen, die ihm folgten. Und sie boten zusammen wirklich einen sonderbaren Anblick: ein rennender Mann, dahinter eine Schlangenfrau mit einem perlrosafarbenen Leib und einem kindlichen Oberkörper, dann eine purpurrote Gestalt mit vielen Armen, eine Mischung aus Spinne und Mensch, und endlich ein uralter Mann mit funkelnden jugendlichen Augen, der den Titel Fürst der Narrheit trug.

Wie ein vom Wind verwehter Strohhalm kam der Abenteurer nicht zur Ruhe, wurde wie ein Stück Eisen von einem Magneten angezogen.

»Wird Nimir nicht entdecken, daß wir Graydon folgen?« fragte Tyddo im Laufen, ohne dadurch außer Atem zu kommen.

»Nein«, antwortete die Mutter ebenso ruhig. »Da Nimir meine Gedankensicht auf ihn blockiert, kann er mich auch nicht mehr sehen. Der rote Nebel, den er zwischen uns gesetzt hat, ist für mich genauso undurchdringlich wie für ihn. Er zieht Graydon an und weiß auch, daß er kommt, aber er weiß nicht, auf welchem Weg Graydon zu ihm unterwegs ist.«

»Unser junger Freund läuft schneller«, sagte der Fürst der Narrheit.

»Dann ist Nimir nicht mehr fern«, sagte die Schlangenmutter. »Ich weiß nicht, wohin diese Reise geht, Tyddo. Ich lasse mich von Graydon führen. Alles, was ich tun kann, ist, ihm den Weg zu ebnen, damit er schnellstmöglich zu seinem Herrn gelangen kann... Ah ja, das habe ich mir gedacht!«

Graydon rannte blindlings direkt auf eine glatte Wand zu. Der Sistrumstrahl öffnete einen Steinvorhang. Rostrote Lichtpartikel strömten dahinter heraus.

Die Höhle des Schattens!

Graydon schien seine Geschwindigkeit zu verdoppeln; war nur noch ein voranhuschender Schemen im roten Nebel. Die schwarze Felswand ragte vor ihm auf, und er rannte an ihr entlang. Er bog um die Ecke, und vor ihm waren die Plattform, die Rampe und der schwarze Thron.

Vor der Plattform lagen Hunderte von Echsenmenschen auf dem Bauch: die Frauen und Kinder der Urd und die Männer, die die Schlacht überlebt und den Weg zurück in die Höhle gefunden hatten. Schwer lag ihr eigentümlicher Geruch in der Luft, und in den

mischte sich das widerwärtige und zugleich angenehme Aroma vom Garten des Bösen.
Und auf dem Thron hockte Nimir!
»Dunkler Fürst, hier bin ich!« rief Graydon und blieb steif vor der Rampe stehen, so als erwarte er neue Befehle.
Nimir wandte den Blick ab von den Resten seiner am Boden liegenden Echsenmenschen-Horde. Sein Froschkörper blähte sich auf und erhob sich vom Thron. Die langen, verunstalteten Arme reckten sich gierig vor, und das Gesicht war eine einzige Miene des Triumphes.
»Komm!« wisperte der Dunkle Fürst nur. Graydon sprang die Rampe hoch, als seien seine Muskeln angespannte Stahlfedern, die nur auf diesen Moment gewartet hätten.
»Nein!« Schrill schnitt der Schrei der Schlangenmutter durch die Höhle. Aus dem Sistrum in ihrer Hand löste sich ein dünner Strahl, der Graydon am Hinterkopf traf. Der Abenteurer drehte sich um die eigene Achse und krachte nur wenige Schritte von Nimir entfernt zu Boden.
Der Dunkle Fürst sah Adana und wurde ihrer erst nach einem Augenblick gewahr, so als stünde immer noch ein Nebel zwischen ihnen, der sich gerade erst aufgelöst hatte. Dann bemerkte er auch Tyddo und den Spinnenmann, und als er wieder auf die Schlangenmutter blickte, schien aus seinen Augen das Feuer der Hölle zu schießen.
Eine seiner Hände fuhr an den Gürtel und riß dort etwas heraus, das an eine vereiste grüne Flamme erinnerte. Aber bevor er dieses Gerät einsetzen konnte, hielt Adana schon ihre Kristallröhre hoch. Aus der schoß ein violetter Strahl auf Nimirs Hand und das, was er darin hielt. Eine helle Explosion ertönte, und ein Funkenregen stob hoch, der den Fürsten und seinen Thron verbarg.
Die Schlangenmutter nahm Tyddo das größere Sistrum aus der Hand. Aus den winzigen Kügelchen strömte mondlichtartige Strahlung, die sich zu einem handbreiten Strang vereinigte, der in den Funkennebel um Nimir fuhr und am jenseitigen Ende wieder austrat. Er breitete sich fächerartig über die Plattform aus. Risse

zeigten sich auf der Erhebung, die sich rasch ausdehnten, bis das ganze Gebilde zerfiel.
Wo vorher die Plattform gestanden hatte, gähnte nun die schwarze Öffnung eines Tunnels.
Der Funkennebel hatte sich aufgelöst. Nimir kroch über den Boden, war aber offensichtlich unverletzt. Bevor die Mutter den Strahl auf ihn richten konnte, packte er sich Graydon, warf ihn sich wie einen Umhang über die Schultern und verschwand mit ihm in der Dunkelheit des Tunnels.
Adana zischte wütend. Sie richtete sich hoch auf und glitt über die Trümmer der Plattform auf den Gang zu. Kon und Tyddo folgten ihr dichtauf.
Sie benötigten kein Licht, genauso wenig wie Nimir, denn für die Augen dieser Wesen war die Dunkelheit ebenso wie der helle Tag. Plötzlich war am Ende des Tunnels als Silhouette der monströse Körper des Dunklen Fürsten auszumachen. Er hob sich deutlich ab und war dann verschwunden.
Der Gang mündete in die Höhle des Steinernen Antlitzes und endete direkt vor der obersten Stufe der gigantischen Treppe, die direkt hinunter zum Gesicht führte. Verzweifelt und nahezu am Ende hatte Nimir sich zu seiner Gruft geflüchtet.
Die Schlangenmutter blieb an der obersten Stufe stehen. Nimir hatte die halbe Treppe hinter sich gebracht und hielt immer noch Graydons Körper wie einen lebenden Schild an seinem Rücken. Durch den Wirbel der Leuchtatome, die aus den Höhlenwänden kamen, starrte das Steingesicht hinauf zu den Neuankömmlingen. Auf der Stirn bildeten sich immer noch goldene Schweißperlen, aus den Augenwinkeln quollen immer noch goldene Tränen, und aus den Mundwinkeln troffen immer noch goldene Speichelfäden.
Die Augen aus blauen Perlen waren leblos. Sie glitzerten, funkelten und schimmerten, aber ihr Blick war leer. Kein gefangenes Wesen spähte durch sie hinaus. Auch keine Befehle kamen mehr von diesem Antlitz, und stumm waren die Versprechungen von unendlicher Macht. Das Steingesicht war nur noch indifferent,

war leer und hohl ohne Nimir, der für so lange, so endlos lange, unter ihm gewohnt hatte.
Dem Mund der Schlangenmutter entrang sich ein Hornstoß, der von der Höhlendecke beantwortet wurde. Und von der Kuppel, die sich über dem Abgrund wölbte, rauschte ein Paar der geflügelten Schlangen heran.
Eine von beiden stieß den Dunklen Fürsten mit den Flügeln, die andere wand ihren Schlangenleib um seine Beine.
Nimir schwankte und stolperte, ließ Graydon fallen und schlug nach den beiden Boten.
Der Schlangenleib wand sich enger um seine Beine. Der Herr des Bösen geriet aus dem Gleichgewicht.
Nimir rollte hilflos die Stufen hinunter. Graydon blieb reglos dort liegen, wo der Dunkle Fürst ihn fallen gelassen hatte.
Die Schlangenfrau stieß ein Klicken aus. Der Spinnenmann raste die Stufen hinunter, hob den Abenteurer auf, trug ihn wieder hoch und legte ihn neben Adana ab.
Die beiden geflügelten Schlangen ließen ab von Nimir. Er rappelte sich wieder auf und hüpfte zum Gesicht.
Der Dunkle Fürst erreichte das Kinn. Er drehte sich noch einmal um und starrte die Mutter an. Zwei Gesichter Nimirs waren dort unten. Das große aus Stein, leblos und indifferent und die kleinere Ausgabe, gewoben aus Traumstoff und rostroten Atomen und voller Leben.
Der Dunkle Fürst preßte sich mit ausgestreckten Armen an das Steinkinn, während er zur Mutter hinaufstarrte. In den lebenden Augen war ebenso wenig wie in den steinernen über ihnen Furcht oder die Bitte um Gnade.
Nur Haß strömte aus Nimir und gräßliche Drohungen. Aber er sprach kein einziges Wort, und auch Adana schwieg.
Der Dunkle Fürst wandte den Blick ab. Wie ein Frosch krabbelte er das Antlitz hinauf.
Die Schlangenmutter hob ihr Sistrum. Eine strahlende Kugel löste sich aus dem Gerät, dann eine weitere und schließlich noch eine. Die erste traf das Steingesicht mitten auf die Stirn, die zweite

prallte zwischen den Augen auf, und die dritte schoß auf den Mund.
Die Kugeln zerplatzten und lösten sich in weiße Blitze auf. Das steinerne Antlitz schien sich in eine Karikatur zu verwandeln und verzerrte sich. Der Steinmund zuckte und bebte.
Eine vierte Kugel schoß aus dem Sistrum und traf den Froschleib des lebenden Nimir. Einen Augenblick lang waren Steingesicht und der krabbelnde Fürst unter den weißen Blitzen verborgen.
Ein, zwei Sekunden später waren die Blitze vergangen.
Aber der große Stein trug nicht mehr die Züge eines Gesichts, sondern war nur noch glatt.
Auch kein Fürst der Dunkelheit mit Froschleib war mehr zu sehen! Nur ein dunkler, verkohlter Fleck. Doch der Fleck bewegte sich, schien weiter das Gesicht hinaufsteigen zu wollen.
Eine fünfte weiße Lichtkugel traf auf den Fleck, zerplatzte, und dann war nur noch glatter, schwarzer Stein zu sehen.
Die Schlangenmutter sandte Kugel um Kugel aus. Gegen die Wände der Höhle, gegen das Dach, gegen das ehemalige Gesicht.
Die Stürme der Leuchtatome vergingen. Die Perlenblumen an den Wänden wurden trübe und zerfielen zu Staub.
Stetig wurde es dunkler in der Höhle, die einst der Hort des steinernen Gesichts gewesen war.
Endlich war sie von dunkelster Finsternis angefüllt.
Die Schlangenmutter stieß einen langen, wilden und schrillen Triumphschrei aus, der laut wie ein Fanfarenstoß klang.
Sie gab Kon ein Zeichen und zeigte auf Graydon. Dann kehrte sie dem finsteren Grab des Dunklen Fürsten den Rücken zu und glitt hinaus in den Gang.
Hinter ihr verließ der Fürst der Narrheit den unheimlichen Ort. Dann kam auch Kon. Er hielt Graydon wie ein Kind an seiner purpurroten Brust, stieß ihn sanft mit seinen Lippen und summte leise und beruhigende Lieder in die Ohren des Bewußtlosen.

XXVII

Abschied von der Schlangenmutter

Erst nach fünf Tagen erlangte Graydon das Bewußtsein zurück. Die ganze Zeit lag er im Privatgemach der Mutter und wurde von Suarra versorgt. Adana versorgte ihn mit allem, aber sie wollte ihm nicht den Metallkragen abnehmen.

»Ich bin mir noch nicht ganz sicher«, erklärte sie Suarra und Regor, als die beiden zum wiederholten Mal darum baten, ihm das Band abzunehmen. »Im Augenblick kann es ihm nichts anhaben. Erst wenn er dadurch in Gefahr geraten sollte, lasse ich es sofort entfernen; das verspreche ich euch. Aber dieser Metallkragen war ein zu starkes Band zwischen ihm und Nimir, und vielleicht ist die Verbindung immer noch nicht ganz abgerissen. Ich weiß nämlich nicht, ob das, was wir als Nimir kennengelernt haben, vollständig von mir vernichtet wurde. Ich bin mir noch nicht im klaren darüber, was es mit seinem Schatten auf sich hatte. Falls also doch noch etwas von ihm existiert, wird es sich an diesem Symbol orientieren... wird versuchen, dadurch in Graydon zu gelangen. Dann vermag ich festzustellen, über welche Kraft mein Erzfeind gebietet. Sollte ich den Dunklen Fürsten jedoch vollständig besiegt haben, kann der Kragen Graydon keinen Schaden zufügen. Und erst, wenn ich meiner Sache sicher bin, nehme ich ihm das Metallband ab.«

Damit war für Adana jede Diskussion darüber beendet. Am ersten Tag warf Graydon sich hin und her, murmelte vom Dunklen Herrn, lauschte anscheinend irgendwelchen Gedankenbotschaften und unterhielt sich dann und wann mit einem Unsichtbaren. Ob Nimir sich ihm noch mitzuteilen vermochte oder ob der Abenteurer mit einem Phantom in Verbindung stand, das sein verwirrter Geist erschaffen hatte, konnte die Mutter nicht erkennen. Graydons Unruhe steigerte sich bis zur zweiten Nacht. Die Mutter rollte sich von Zeit zu Zeit neben ihm zusammen, hob seine Lider und betrachtete seine Augen. In der Stunde, in der seine Ruhelosigkeit ihren Höhepunkt erreichte, befahl sie Regor, ihn vollständig zu entkleiden und auf ihr Kissennest zu legen. Adana hielt das kleinere Sistrum über den Kopf des Abenteurers und fing an, ihn in sanften Strahlen zu baden. Sie bestrich ihn erst von Kopf bis Fuß und wanderte dann mit dem Strahl um ihn herum. Am dritten Tag war Graydon schon viel ruhiger. In der folgenden Nacht ließ die Schlangenmutter ihn kaum einen Moment aus den Augen. Endlich nickte sie zufrieden und sandte einen starken Strahl aus dem Sistrum auf den Metallkragen. Graydon stöhnte und legte seine zitternden Hände zum Schutz auf das Band.

»Halt seine Arme fest, Regor«, sagte die Mutter gelassen. Sie verstärkte den Sistrumstrahl. Der Metallkragen verlor seinen stumpfen Glanz. Er war jetzt nur noch matt braun. Sie faßte das Band mit beiden Händen an und zerbrach es. Unter ihren Fingern zerfiel es zu Staub. Augenblicklich beruhigte sich Graydon und fiel in einen tiefen Schlaf.

Am Morgen des fünften Tages erwachte er. Suarra und Regor waren an seiner Seite. Er versuchte sich aufzurichten, war aber noch viel zu schwach dazu. Alle Kraft war aus seinem Körper gesaugt. Nur sein Verstand arbeitete klar und präzise wie immer.

»Ich weiß genau, welche Einwände jetzt von euch kommen«, erklärte er mit einem schwachen Grinsen, während er sich an Suarra festhielt, »aber ich bestehe darauf. Ich fühle mich zwar, als sei ich von einem Dutzend Windmühlenflügeln herumgewirbelt worden, werde aber trotzdem die Augen nicht eher wieder schließen, bis ihr mich über alles informiert habt. Am meisten interessiert mich, was aus Nimir geworden ist.«

Sie erzählten ihm von der Verfolgung des Dunklen Fürsten und von seinem Ende in der Höhle des steinernen Gesichts. Und sie berichteten ihm davon so, wie sie es von der Mutter erfahren hatten.

»Danach«, fuhr Regor fort, »hat sie den Tunnel gesprengt, durch den Nimir in seine Höhle gelangt ist. Dieser Weg ist nun also versperrt. Sie hat auch Nimirs Thron vernichtet, und von dem Garten des Bösen ist kein Staubkorn übrig geblieben. Schreie und Kreischen kamen aus ihm, als die weißen Blitze unerbittlich dort einschlugen.«

»Ein furchtbarer Garten«, sagte Suarra. »Von einer Schlechtigkeit jenseits aller Vorstellungskraft. Die Mutter sagte, allein für die Erschaffung eines solchen Gartens hätte Nimir die völlige Vernichtung verdient. Aber Adana verliert kein Wort darüber, zu welchem Sinn und Zweck Nimir diesen Garten angelegt hat.«

»Die Urd flohen aus der roten Höhle«, nahm Regor den Faden wieder auf. »Sie haben sich in ihren tiefsten Erdlöchern vergraben. Dann kamen die Mutter, Tyddo und Kon mit dir zum Tempel zurück. Am Tag darauf hat die Mutter Bilanz gezogen, was vom alten Yu-Atlanchi noch übrig geblieben ist. Von den Kämpfern aus der Alten Rasse, die den Tempel verteidigt haben, sind uns knapp hundert geblieben. Von denen, die auf Lantlus Seite gekämpft haben, kamen etwa achtzig zu uns, um sich der Mutter zu ergeben. Sie ließ sie vor sich hintreten, erschlug ein Dutzend von ihnen und gewährte dem Rest Pardon. Wir schätzen, daß sich weitere hundert von ihnen, weil sie keine Gnade erwarten, in den Wäldern und Höhlen versteckt haben. Sie werden wohl Rebellen, wie wir es waren, bevor du kamst, Graydon.

Die Mutter ließ die Traummacher wecken, die von der Schlacht nichts mitbekommen haben, und in den Thronsaal führen. Zumindest die meisten von ihnen, denn einige ließ Adana gleich an Ort und Stelle töten. Die Mutter stellte die Träumer vor die Alternative, entweder ihre Träume aufzugeben und für sich die Tore zum Leben und zum Tod zu öffnen ... oder aber gleich unterzugehen. Gut fünfzig wollten an unserer Seite weiterleben. Den anderen waren ihre Träume wichtiger. Man führte diese in ihre Kammern zurück, ließ sie von ihren Lieblingsphantomwelten träumen ... und kurz darauf wurden sie ausgeschaltet.

Von den geflügelten Schlangen, den Boten der Mutter hat kaum ein Viertel überlebt. Und die Emer zählen etwa noch tausend; ich

meine Männer. Meistenteils handelt es sich bei ihnen um solche, die vor Kampfesbeginn in die Wälder geflohen waren. Unsere und Lantlus Indio-Regimenter sind so gut wie ausgelöscht worden. Nimirs schwarze Schatten und die Mantaschatten der Mutter haben zwischen Freund und Feind keinen Unterschied gemacht.
Vor zwei Tagen sind auf Befehl Adanas die Emer in die Höhlen eingedrungen, um die letzten Urd zu töten. Ach ja, von den Jagdxinli sind sechs entkommen, und von den Reittieren haben ebenso viele überlebt. Erstere jagen und töten wir, die letzteren lassen wir am Leben, weil sie uns noch nützlich sein können.
Das wäre so gut wie alles an Bilanz. Wir wollen in Yu-Atlanchi ein neues Leben anfangen. Etwa dreihundert von der Alten Rasse bilden den Grundstock, und von denen sind mehr als die Hälfte Frauen. Alle von uns haben, manche freiwillig, manche auf Druck hin, die Tore zum Leben und zum Tod geöffnet. Die Mutter selbst hat dafür gesorgt, daß diese Tore nicht mehr verschlossen werden können. Daß wir mehr Frauen sind als Männer«, erklärte Regor nachdenklich, »ist doch irgendwie besser als umgekehrt.«
Graydon schloß die Augen und dachte über das nach, was er von den beiden gehört hatte. Die Schlangenmutter war wirklich gründlich, sobald sie sich einmal dazu entschlossen hatte, aktiv zu werden. Ohne Milde und gnadenlos räumte sie alles und jeden aus dem Weg, das oder der das neue Leben von Yu-Atlanchi stören könnte. Der Abenteurer stellte sich vor, wie die Traummacher mitten in ihren schönsten Phantomen... ja was... ausgeknipst wurden? Er hoffte, daß der, der beim Ladnophaxi die wunderbare Farbenwelt vorgeführt hatte, zu den Lebenden gehörte... Das Dröhnen und das entsetzliche Licht, wie mochte Nimir das erschaffen haben? Graydon vermutete manipulierte Infrarotstrahlen. Lichtwellen aus dem niedrigen Spektrum, die irgendwo abgelenkt wurden, vibrierten und so das Dröhnen erzeugten. Und die Sonnen der Mutter? Andere manipulierte Wellen wahrscheinlich, die sich denen von Nimir als überlegen erwiesen hatten. Warum hatte der Metallkragen ihn vor dem einen geschützt und vor dem anderen nicht? Wahrscheinlich handelte es sich bei dem Halsband

um eine Art Empfänger, der auf Nimirs Wellen eingestellt war... wie dem auch sei, er war diese lästige Krause nun los...
Er versank in tiefen Schlaf.
In den nächsten Tagen begegnete er der Schlangenmutter nie. Suarra sagte ihm, daß sie zusammen mit dem Fürsten der Narrheit und dem Spinnenmann Kon zu den Höhlen aufgebrochen sei. Graydons Verfassung machte nur langsame Fortschritte. Einmal wurde er in Suarras Sänfte hinausgetragen, und seine Liebste begleitete ihn. Die einst blühende Ebene zwischen dem Tempel und dem See war schwarz und öde, verbrannt von den Eisschatten und der hüpfenden Flammensäule. Eine dünne Staubschicht deutete an, wo bis vor wenigen Tagen noch das Amphitheater der Traummacher gestanden hatte. Viele Bäume am Rand der Wiese waren verkohlt oder schwer beschädigt. Und dort, wo die Flammensäule den Rand der Stadt berührt hatte, erstreckte sich nun ein Aschenkreis mit einem Durchmesser von sechshundert Metern, aus dem alle Bauten und alle Vegetation verschwunden waren.
Graydon fragte Suarra, was man mit den vielen Toten gemacht habe. Sie erklärte ihm, daß man die gefallenen Emer zu großen Haufen geschichtet hatte; und die hatte die Mutter mit ihren Apparaturen in Staub verwandelt. Huon hingegen war bei seinen Vorfahren in der Höhle der Toten beigesetzt worden.
Er rief den Trägern zu, sie sollten ihn in den Tempel zurücktragen. Der Ausflug hatte ihn erschöpft, und er erholte sich in der Stille im Thronsaal.
Am nächsten Tag kehrte die Mutter zurück, und danach verbrachte er eine Woche lang täglich mehrere Stunden mit Adana. Graydon mußte ihr zahllose Fragen beantworten und ihr von allen Details berichten, die das Leben der Menschen jenseits der Barriere ausmachten. Er erzählte von den verschiedenen Eigentümlichkeiten der Völker, von den Träumen und Sehnsüchten der Menschen, von dem langen Weg, den die Menschheit bis heute zurückgelegt hatte, seit vor fünfundzwanzigtausend Jahren die Cro Magnon-Menschen in ihrer Höhle zum erstenmal ein Feuer entzündet hatten. Und diesmal ließ Graydon auch die Götter und

Kriege der Menschen nicht aus. Er sprach von dem Aufbegehren der farbigen Rassen gegen die Vorherrschaft der Weißen; von weitergehenden Gesellschaftsformen wie dem Weg der Sowjetunion zum Kommunismus; von den Gefahren rassenverachtender Diktatoren für den Frieden in der Welt...

In anderen Stunden stellte Adana keine Fragen, sondern erzählte dem Abenteurer von der vergessenen Zivilisation, in der ihre Rasse die Oberschicht gebildet hatte; wußte auch von anderen untergegangenen Kulturen zu berichten, die längst unter dem Staub der Zeit begraben lagen. Und sie gewährte Graydon Einblicke in ihre Wissenschaft, die so weit entfernt war von der der Menschheit wie Einstein von Euklid. Sie sprach von Konzepten und von Materie-Energie-Verbindungen, die Graydons Geist schwindeln ließen.

»Und in nichts von dem«, erklärte sie, »was ich dir eben umrissen habe, war auch nur die geringste Spur von Zauberei oder Hexenkraft. Genau so wie hinter allem, was du während der Schlacht an Wunderwaffen erlebt hast, nichts anderes steckt als die bewußte Manipulation natürlicher Kräfte durch den Geist. Die tödlichen schwarzen Schatten... nichts weiter als eine Energieart, die auf rein mechanischem Weg von Nimir gesteuert wurde. Oder anders ausgedrückt: Ätherische Wirbel, Kräfte, die aus dem universellen Ozean der Energie kondensiert wurden, aus dem alle Energie, alle Gedanken und alles das kommt, was ihr Materie nennt.

Die Mantaschatten, die ich als Gegenwaffe auf den Plan rief? Eine andere Form gesteuerter Energie, mit denen sich Nimirs Schatten neutralisieren ließen. Die Flammensäule? Nimirs letzter Trumpf, vor dem ich große Angst hatte. Denn durch diese rasche Abschottung der Quelle seiner Schatten störte er abrupt und empfindlich die Interaktion der beiden Energien. Er sammelte mehr Energie an, als ich zur Verfügung hatte, und hoffte, bevor ich die Situation wieder unter Kontrolle bekommen würde, mich mit einer überwältigenden Menge freigesetzter Energie zu vernichten. Und um ein Haar hätte er recht behalten!«

Eine Zeitlang saß sie schweigend da. Dann schien sie einen Entschluß gefaßt zu haben und erhob sich.

»Geh mit Suarra, mein Junge«, sagte sie. »Habt Spaß miteinander. Und sieh zu, daß du bald wieder zu Kräften kommst. In den nächsten beiden Tagen brauche ich euch beide nicht.«

Nachdem auch diese Tage vorüber waren, kam Regor zu Graydon, um ihn zur Mutter zu bringen. Als er eintrat, lag sie auf ihren Kissen und betrachtete sich interessiert im Spiegel, während Suarra ihr Haar flocht. Adanas Privatgemach wirkte sonderbar leer, so als plane sie einen Umzug und habe schon alles verpackt und fortgeschafft. Und Suarras Augen waren trüb vom Tränenschleier. Auch der Fürst der Narrheit war anwesend. Die Schlangenmutter reichte Graydon die Hand zum Kuß.

»Ich verlasse euch, mein Junge«, begann sie ohne Vorrede. »Ich bin so müde und will mir einen langen Schlaf gönnen... einen sehr, sehr langen Schlaf. Ach, mein Sohn, nun blick nicht so verstört und traurig drein. Ich will doch nicht aus dem Leben scheiden. Wohin sollte ich auch, ich kenne ja keine andere Welt. Und ich habe auch nicht vor, alt und faltig zu werden.« Sie warf dem Abenteurer einen schelmischen Blick zu, als der sie verblüfft anstarrte, wußte er doch, daß sie viele tausend Jahre zählte. »Ich meine, ich habe nicht vor, alt und faltig auszusehen. Daher lege ich mich schlafen, um mich und mein Aussehen aufzufrischen. So war es seit jeher Sitte in meinem Volk.

Keine Diskussion bitte, ich habe mich entschieden. Nicht viele sind übriggeblieben in Yu-Atlanchi, das ist leider wahr. Aber in absehbarer Zeit habt ihr euch vermehrt. Das ist das einzige, worauf man sich bei den Menschen verlassen kann, wenn schon auf nichts anderes. Du, Graydon, sollst zusammen mit Regor über das Verbotene Land herrschen... und Tyddo wird euch beratend zur Seite stehen.

Nimir ist für immer fort. Seine letzten Anhänger, die sich irgendwo verborgen halten, sind Gesetzeslose. Ihr müßt sie rasch aufspüren und vernichten. Nichts soll mehr bestehen bleiben, das an ihn oder an Lantlu erinnert. Sollte jemand Lust verspüren, wieder der Traummacherei zu verfallen, eliminiert ihn. Große Gefahr lauert nämlich in solchem Treiben. Suarra! Nun hör endlich mit der Heulerei auf, die ziehst mir schon die ganze Zeit an den Haaren!«

Einen Augenblick lang betrachtete sich die Mutter kritisch im Spiegel.

»Ich habe euch gesagt«, fuhr sie fort, »daß ich nicht für immer gehe. Ich möchte allerdings in meinem Schlaf nicht gestört werden. Leider, mein lieber Graydon, halte ich nicht so viel von den Menschen jenseits der Barriere wie du. Ich bezweifle nicht, daß sich unter ihnen eine Anzahl ehrenwerter Persönlichkeiten deines Kalibers finden ließe. Aber in ihrer Gesamtheit irritieren mich diese Affennachkömmlinge doch sehr. Ich würde es alles andere als begrüßen, wenn einige Menschen damit beginnen, an meiner Ruhestätte Grabungen durchzuführen, oder irgend etwas in meiner Nähe mit ihren Explosivstoffen zu sprengen oder über mir einen Wolkenkratzer zu errichten. Auch mag ich es nicht, wenn jemand von draußen die Höhlen plündert oder sich hier herumtreibt, um Dinge herauszufinden, die seiner Kenntnis besser entzogen blieben. Kurzum, ich dulde keine Invasion des Verbotenen Lands.

Daher habe ich in den beiden vergangenen Tagen dafür Sorge getragen, daß es nie soweit kommen wird. Ich habe fast alles zerstört, was Nimir aus der Höhle des Verlorenen Wissens bergen konnte; darunter auch den Apparat, mit dem er die Todesschatten erschuf. Ich habe auch meine beiden Scheiben zerstört, die die Mantaschatten entstehen ließen. Ihr habt für solche Waffen keinen Bedarf, und auch ich brauche sie nicht mehr.

Schließlich habe ich meine Boten ausgesandt, damit sie jenseits der Barriere Wache halten. Vor allem sollen sie auf die Flugschiffe achtgeben, mit denen sich die höchsten Mauern überwinden lassen. Die geflügelten Schlangen holen solche Fluggeräte erbarmungslos vom Himmel und töten jeden, der einen solchen Absturz überleben sollte. Kein neugieriges Auge soll einen Blick auf Yu-Atlanchi werfen dürfen, um dann womöglich mit einer Armee zurückzukehren, die... meinen Schlaf stören würde. Ich habe es so ausgedrückt, um deine Gefühle nicht allzu sehr zu verletzen.

So lautet mein Beschluß. Dies ist mein Wille, und so soll es geschehen«, verkündete die Schlangenmutter. Graydon hatte keinen Zweifel daran, daß alles so rigoros durchgeführt werden würde, wie sie es gerade eben dargelegt hatte. »Und sollten die Affennachkömmlinge eine Möglichkeit entdecken, meine Boten zu überwinden, wird Tyddo mich wecken. Mich werden sie nicht überwinden können.«

Sie warf noch einen Blick auf ihr Haar.

»Wunderbar, Suarra. Das hast du wieder einmal sehr schön hinbekommen. Ach, wie müde ich schon bin!« Sie gähnte. »Die letzten Tage waren sehr amüsant, aber auch sehr ermüdend. Und ich fürchte«, sie sah noch einmal in den Spiegel, »nein, ich weiß, daß ich ein paar Falten bekommen habe. Wirklich höchste Zeit, daß ich schlafen gehe.«

Ihr Blick fuhr liebevoll über das weinende Mädchen, und dabei erkannte er, daß die Mutter in Wahrheit nicht sehr glücklich war. Was auch immer sie dazu drängen mochte, in einen langen Schlaf zu verfallen, in ihrem Herzen spürte sie nicht die Gelassenheit, mit der sie eben noch ihren Fortgang erklärt hatte.

»Meine Kinder«, sie legte Suarra ihre kleinen Arme um den Hals. »Begleitet mich. Auf meinem Weg muß ich noch die Kammer versiegeln, in der sich die Tore zum Leben und zum Tod befinden.«

Sie nickte dem Mädchen zu. Suarra berührte die gegenüber liegende Wand, und sogleich tat sich eine Tür auf. Kon trabte herein, und ihm folgten vier von seiner Art, die die Sänfte der Mutter trugen. Adana warf einen letzten Blick in den Spiegel und schob dann ihren Schlangenleib in die Sänfte. Kon lief vorneweg, Graydon und Regor eskortierten die Träger. Suarra lag bei der Schlangenfrau und hatte ihren Kopf an die Brust Adanas gedrückt. Der Fürst der Narrheit folgte gemessenen Schritts dem kleinen Zug.

Sie durchquerten eine große, leere Kammer und schritten an der anderen Seite eine breite Rampe hinunter.

Die Rampe schien endlos nach unten zu führen, tiefer noch als die Fundamente des Tempels. Sie erreichten einen Alkoven an der Seite des Gangs. Hier gab die Mutter ihren Trägern ein Zeichen, und sie hielten unmittelbar daneben an. Adana streckte eine Hand aus der Sänfte, und ihre Finger hielten das Sistrum. Ein schwacher Strahl strömte heraus und schmolz den Stein im Alkoven fort. Die Mutter nickte Graydon zu und zog Suarra von ihrer Brust, damit das Mädchen auch etwas sehen konnte.

Sie blickten auf ein Gebilde, das wie eine gigantische Perlenhalbkugel mit einem Durchmesser von etwa sechs Metern aussah. Die kleine Kammer war von einem hellen, rosafarbenen Licht angefüllt, so als schiene hinter den Wänden eine Sonne. Der Boden bestand aus schwarzem Obsidian, und in ihn waren zwei Ovale von jeweils drei Metern Länge eingelassen. Dazwischen stand eine Couch aus einer dunklen, glasartigen Substanz, und in die waren die Umrisse eines menschlichen Körpers eingedrückt. Graydon überlegte, ob hier tatsächlich ein Mensch Platz genommen hatte, als das Material noch weich gewesen war.

In dem einen Becken befand sich eine Flüssigkeit wie Roséwein, auf dem rote Flecken schwammen. Die Flüssigkeit im zweiten Becken war völlig farblos, wirkte aber weitaus unheimlicher als die andere.

Während Graydon hinsah, trat Unruhe in die unbewegten Flüssigkeiten. Irgend etwas stieß vom Beckenboden hoch, und die Flecken im ersten Becken begannen auf der Oberfläche zu tanzen.

Auf jeder der beiden Flüssigkeiten entstand eine Blase, die sich rasch ausbreitete, bis sie von Beckenrand zu Beckenrand reichte.

Die rosafarbene und die farblose Blase zerplatzten. Ein Nebel in allen Farben des Regenbogens entstand in der Kammer und verbarg Becken und Couch. Winzige Partikel von irisierendem Licht schossen durch den Nebel. Er hielt sich nur drei Herzschläge lang und verschwand dann spurlos.

Die Schlangenmutter sandte einen Sistrumstrahl in das Becken mit der farblosen Flüssigkeit. Die Oberfläche zuckte, als sei sie ein lebendes Herz, und ihre Transparenz verwandelte sich in Milchigkeit. Ein ganzes Rudel von Bläschen stieg so rasch auf, als wollten sie dem Strahl entkommen. Sie zerplatzten mit einem

leisen, kummervollen Seufzen. Die Flüssigkeit schwamm wieder ruhig im Becken, aber alles Unheimliche war von ihr gewichen.
Die Mutter sandte den Strahl in die rosafarbene Flüssigkeit. Kurz entstand ein wahnwitziges Strudeln, und wieder zerplatzten seufzend Bläschen, ehe die Flüssigkeit still war und wie tot wirkte.
»Es ist vollbracht«, verkündete die Schlangenfrau leise. Ihr Gesicht war angespannt, alles Blut aus den Lippen gewichen, und die Augen blickten hart wie Stein.
Sie bestrich mit dem Sistrum die Felsöffnung. Die Wand wurde wieder solide; der Stein schien aus dem Nichts zu materialisieren. Adana gab den Trägern ein Zeichen, und die kleine Gruppe setzte schweigend den Marsch fort.
Sie erreichten eine weitere Felsnische. Unter dem Sistrumstrahl tat sich ein niedriges, rundes Portal auf. Der Raum dahinter war ebenfalls rund, aber kaum halb so groß wie die Kammer der Tore. Feine blaue Strahlung kam von den Wänden, die sich auf ein breites Kissenlager konzentrierte. An den Wänden waren Truhen aufgetürmt. Graydon bemerkte einen fremdartigen, aber frischen Duft.
Die Schlangenmutter glitt aus der Sänfte und rollte ihren Leib auf den Kissen zusammen. Als sie die anderen ansah, waren wirklich Tränen in ihren Augen. Sie reichte Tyddo das Sistrum, drückte Suarra noch einmal und winkte dann Graydon zu, er solle näherkommen. Sanft brachte sie die Lippen des jungen Mannes mit denen des Mädchens zusammen.
Dann drückte sie die beiden auseinander, gab jedem einen liebevollen Kuß, blinzelte ihnen schelmisch zu und lachte ihr typisches Lachen, das wie das Trillern eines Vogels klang.
»Weckt mich, wenn euer Erstgeborenes da ist!« sagte sie.
Sie schob sie von sich fort, machte es sich auf den Kissen bequem und gähnte. Adana schloß die Augen. Ihr Kopf ruckte noch einoder zweimal, und im Halbschlaf reckte sie sich, um eine angenehmere Schlafstellung zu finden.
Als Graydon sich zum Gehen wandte, glaubte er einen Wandel auf

ihrem Gesicht wahrzunehmen. Die überirdische Schönheit verging... fiel von ihr ab... wie ein Schleier...
Er zwang sich, den Kopf zu drehen und nicht mehr hinzusehen... der Zweifel würde schon vergehen... so wie sie sich ihm hatte zeigen wollen, wollte er sie auch in Erinnerung behalten...
Sie stiegen durch die niedrige Öffnung nach draußen. Suarra preßte sich an den Abenteurer und ließ ihren Tränen freien Lauf.
Der Fürst der Narrheit hob das Sistrum. Der Strahl schmolz den Stein der Öffnung, verschweißte ihn mit den Rändern und machte ihn unkenntlich.
Die geheime Kammer der blauen Strahlung, in der Adana, die Schlangenmutter und letzte ihrer Rasse, sich zum langen Schlaf zusammengerollt hatte, war versiegelt.

CUM GRANO SALIS